梁羽生 著

朗聲圖書
中山大學出版社
SUN YAT-SEN UNIVERSITY PRESS
（·广州·）

图书在版编目（CIP）数据

冰川天女传／梁羽生著．—广州：中山大学出版社，2014.7
（梁羽生精品集）
ISBN 978-7-306-04892-9

Ⅰ．①冰…　Ⅱ．①梁…　Ⅲ．①侠义小说—中国—当代　Ⅳ．①I247.5

中国版本图书馆CIP数据核字（2014）第101540号

广东省版权局版权合同登记图字：19-2012-068号

朗声图书

敬告读者

为了维护读者、著作权人和出版发行者的合法权益，本书采用了新型数码防伪技术。正版图书的定价标示处及外包装盒上均贴有完好的防伪标签。刮开涂层，可见到一组数码，您可以通过两种途径查验真伪。

1. 拨打全国免费电话4008301315，按语音提示从左到右依次输入相应数码并按#键结束。
2. 扫描防伪标上的二维码，按提示输入相应数码。

读者如发现盗版图书，可向当地“扫黄打非”办公室、新闻出版局、工商管理部门、公安机关、技术监督部门举报，或直接与我们联系。

联系电话：020-34297719 13570022400

我们对举报盗版、盗印、销售盗版图书等侵权行为的有功人员将予以重奖。

广州市朗声图书有限公司

目 录

第二十一回　寻觅芳踪　名山逢怪客
追查旧事　古寺遇良朋

唐经天大怒，喝道："你让不让开?"金世遗哈哈大笑，站在路中，手舞足蹈，怪声叫道："不害臊么？追人家的大姑娘!"唐经天反手一振，打出一支天山神芒，只见一道暗赤色的光华，如箭疾射。金世遗上次与唐经天交手时，曾领教过天山神芒的厉害，被他射中，运了七日的玄功，方才平复，这时早有防备，但见一箭飞来，他突然一个筋斗，倒翻出去三丈有余，举拐一迎，叮当一声，火花飞溅。那天山神芒的去势已被他消了一半，再经这么一挡，立刻斜飞出去，没入荆棘丛中。金世遗又一个筋斗，翻转身形，挺腰怪叫："大姑娘已走得远啦!"

唐经天焦急之极，见天山神芒虽能把他迫退，但他仍然是拦住去路，只好硬冲，当下更不打话，飞身一掠，游龙剑抖起一道寒光，一招"穿云裂石"，同时刺金世遗喉头、胸口两处要害。金世遗拔出了铁剑，左拐右剑还了一招。两人功力悉敌，都给对方震得倒退三步。

唐经天剑走轻灵，左刺三剑，右刺三剑，使出天山剑式中的追风剑法，着着强攻，端的如水银泻地，逢隙即入。战到分际，唐经天觑着个破绽，游龙剑自左至右，突然划了一个圆圈，将金世遗的铁拐铁剑都圈在当中。只待圆圈一转，剑点立刻四处撒开，可以同时刺他上身的九处麻穴。金世遗怪叫道："好厉害，你这浑小子为了一个大姑娘就不念我适才的救命之恩了么?"突然将右手的铁剑在左手的铁拐上一击，拐剑齐飞，自身也凭着这一震之势，飞出圈外。

唐经天心中一凛，暗想道：适才黄石道人那最后一击，若非他与冰川天女的暗器及时打到，我必然给黄石道人打中，虽说我有软甲护身，即算受了掌力所伤，我也有天山雪莲调治，断断不至于丧命，但他们总算是有相救之恩。如此一想，他这一剑本来还有两个极厉害的后着，这时却自然收了，喝道："好，你以前无缘无故地伤我，弄得我几乎送命；今日看在你出手的份上，这恩怨一笔勾销，你让开路，以后咱们还可做做朋友。"

金世遗向后一望，忽地又怪笑道："谁和你做朋友，你这不要脸的小子，简直不懂江湖义气。"唐经天道："什么？我不懂江湖义气？你这话是骂谁？这正该是骂你！"金世遗道："是骂你！不点醒你，你不服气，我来问你，江湖上的义气是不是讲究有饭大家吃，有衣大家穿，自己有了的更不应抢别人的，是也不是？"唐经天道："不错，黑道上的朋友是讲究这一套。"金世遗道："好，那你有了邹家的小姑娘，为什么又要桂家的大姑娘？纵然我和你不是朋友，桂家的大姑娘可是我的朋友哩。你有了一个还要追我的朋友，这算什么江湖义气？"唐经天乃正派弟子，万料不到他讲出这一番混账的话来。

唐经天气得说不出话，那金世遗兀是嘻嘻怪笑，道："我说得对了吧？你这回可服气了？"唐经天大骂道："胡说八道，你再乱嚼舌头，我就一剑把你剁了！"金世遗道："只怕你剁不着！"唐经天大怒，游龙剑扬空一闪，又再出招，金世遗一面招架，一面时不时地向后面张望，看他这情形，敢情是要等到冰川天女走得远远之后，料唐经天再也追她不着之时，才肯罢手，不再纠缠。唐经天又急又气，但两人功力悉敌，唐经天在剑法上虽然稍稍占一点上风，要想摆脱他的纠缠，却是不能。这时唐经天一腔怒气，全都发泄在金世遗身上，想道："原来是这厮挑拨的！"刚才对金世遗那一点怜惜之情已化为乌有，将最精妙的天山剑法，都施展出来，直如惊涛骇浪，撼山裂石。金世遗用铁拐封闭门户，用铁剑还攻，竟也如江心巨石，傲然兀立。双方各不相让，斗了一百多招，未分胜负，萧青峰夫妇与江南都已赶至，见这声势，比刚才斗黄石道人还更激烈，都是暗暗心惊。

只听得唐经天叱咤一声，左手一勾，将金世遗的铁拐勾着，右脚飞起，游龙剑又分心直刺。他用了三记杀手绝招，全是拼命的招数，只道总有一招得手。不料忽听得金世遗一声怪笑，突然又是一个筋斗，倒翻竖地，“呸”的吐了一口浓痰，骂道：“为了一个妞妞儿拼命，值得么？好，见你这小子如此可怜，咱老子就让你过去。”他这一个倒翻，唐经天那一剑就刺了个空。唐经天再一脚踢去，又刚刚踢着竖在地上的铁拐。铁拐一飞，金世遗也就在这间不容发之际，借着那铁拐一震之力，平地飞起，在半空中接了那根拐杖，落到六七丈外。金世遗向林中一跑，还自好整以暇的，回过头来，向唐经天裂嘴一笑。唐经天正想再发天山神芒，只见他身形掠起，跳上一棵大树，像猿猴般挨着枝头，纵跃如飞，没入林中，倏忽不见。

唐经天呆然凝立，金世遗那回头一笑，神态潇洒之极，唐经天心中一动，脑中浮起金世遗以前那副肮脏的颜容，与现在相比，简直如同两人，心道：原来他也是这般俊秀的少年，他苦苦纠缠冰川天女，这是为何？唐经天一向以为，世上除他之外，再无第二人可配得上冰川天女，这时却不自禁的竟然有了醋意，有了醋意，即是在心底里承认这冒充麻风的怪物也算得是个厉害的对手了。又想起他适才逃避自己的两记杀手，那两次所显的身手，皆是怪异绝伦，凭自己对各家各派武功的熟悉，竟也瞧不出他半点家数，心中又不自禁地暗暗叹息，凭这少年的身手，确算得上是江湖上的后起之秀，却怎么行事怪僻得如此不近人情？

萧青峰夫妇与江南自后赶上，江南惊魂初定，又叽叽呱呱地叫道：“真险，真险！喂，唐相公，那少年是什么人？怎么他用暗器助你，却又拦阻你去追赶那个少女？”唐经天满怀心事，置之不答。江南又自作聪明地叫道：“那女子真美，我知道我们的公子欢喜一个神秘的藏族少女，那女子我见过，当时我以为世上再没有比她更漂亮的了，哈，如今见了这个女子才知道真的是天外有天，人外有人。哈，唐相公，这就是你的不是了！”唐经天愕然道：“怎么？”江南道：“你一定是像我们的公子一样，一见了美貌的女子，就神迷意荡了。这不怪你，但人家到底是同来的呀，你就是有意思，也该先请那个男的替你引见。说不定他们是一对兄妹，这还好，若是一对夫妇，那就怪不得他要打你了。”唐经天哭笑不得，他千辛万苦地攀登冰川，请得冰川天女下山，却想不到落到如斯结果，连江南也以为她和自己乃是初见面的陌生人。

萧青峰瞪了江南一眼，喝道：“不许多嘴！”江南嘀嘀咕咕，心中骂道：“刚走出险境，又摆起老师的架子来了。”但见萧青峰神色甚是认真，不敢多话，一赌气便走得也不起劲，自然落在后面。萧青峰上前小声说道：“唐相公休要烦恼，现在虽赶她不上，但到了冒老前辈那儿，一定可以见面。”唐经天如梦初醒，暗自笑道：“真的是我糊涂了，她既然来到此地，当然是要去找她的伯伯了。”但，想到还有半月之期，才能见面，而这半月她却与那“疯丐”同行，不禁心中隐隐作痛。其实，唐经天料错了，冰川天女并不是与金世遗一道，而是金世遗一路地跟踪她。金世遗知道她心绪不佳，还不敢过于接近她呢，这次在石林之中，乃是冰川天女先到，金世遗随后才到，见她出手，知道她尚未忘情于唐经天，心中亦暗暗着恼呢。

唐经天没精打采，一路前行，萧青峰是与唐经天同一时候上冰峰拜会冰川天女的人，知道其中因果，亦是郁郁不乐。正走路间，忽听得江南叫了一声：“哎哟！”萧青峰回过头来，问道：“作什么？”江南蹲在地上，捧着肚皮，道：“肚子痛！”萧青峰道：“刚才还好端端的，怎么忽然之间肚子痛？”萧青峰精于医理，替江南把脉，却无半点肚痛的病象，骂道：“小鬼头装神弄怪，咱们都有正经事儿，要赶路程，谁耐烦和你戏耍？”江南叫道：“谁和你开玩笑，我真的肚痛！”唐经天上前替他把脉，过了好一会子，面上越来越现出惊讶的神色，萧青峰道：“怎么？他真的肚痛吗？”唐经天忽然骈起双指，倏地向江南胸口的“璇玑穴”点去，这是人身死穴之一，萧青峰大骇，心道：“他纵多嘴，招惹了你，也不至于死呀！”但唐经天出手如电，萧青峰哪能拦阻？

只听得江南嘻嘻一笑，叫道：“好痒，好痒！我最怕痒，唐相公，我不和你闹。”唐经天道：“肚子还痛不痛？”江南道：“咦，奇怪，一痒就不痛了。”唐经天微微一笑，伸出双指，轻轻在他肩上一弹，萧青峰站在旁边，看得真切，这正是“通海穴”的所在，按摩这个地方，可以舒筋活血，平时武林中人，若被敌人点了其他穴道，一时不知道解穴之法，就请人点他的“通海穴”，使血脉流通，纵不能解，亦可延长时刻，所以点这个穴道，只有益，绝无害。不料唐经天只是那么轻轻地一弹，江南又捧腹叫道：“哎哟，好痛，好痛!”唐经天急忙伸指，又在他小腹上的“志堂穴”一戳，这“志堂穴”也是上身九处死穴之一，萧青峰又吃一惊，只听得江南又叫道：“咦，唐相公你是怎么弄的，我又不痛了。”唐经天道：“痒不痒?”江南道：“不痒，只是有点麻木。”唐经天哈哈一笑，道：“是了，不是我作弄你，这是你师父作弄你的。”

萧青峰大奇，问道：“怎么?是那个老道士做的手脚么?看他如此武功，如此身份，既然亲口答允了江南，让他出去，永不追究，怎么又要作弄他?”唐经天微微一笑道：“说起来也算不得是捉弄，可能还是江南的好造化呢。”萧青峰诧道：“此话怎说?”

唐经天沉吟半晌，忽然问道：“萧先生，你说那个想与冒老前辈为难的崆峒派奇人，你可知道他的名字，住在何方吗?”萧青峰道：“就是不知呀，若然知道，我早就禀告冒大侠了，何须四处打听。”唐经天道：“我在天山之时，曾听父亲和姨父谈论，说是崆峒古传有一种练功之法，可以将经脉的运行打乱，以逆为正，以正为逆。所以点了死穴反而无事。但这种功夫，必须终生不断地练，一间断就于人有害。而且即算终生苦练，也难保不会走火入魔。所以后来少人肯练，这种功夫就失传了。”萧青峰道：“如此说来，莫非那老道士教江南所练的，就是这种功夫吗?”唐经天道：“我看多半是了。”萧青峰道：“那么，江南如今与他虽然绝了师徒之份，岂非也要终生练他这种功夫?”

唐经天道：“江南只在他门下七天，学的不过是最初步的功夫。这种功夫也是要讲究循序渐进，由浅入深的，非得师父传授，他哪能继续练功?不过，好在时日还浅，发作起来，也不过是肚痛、骨痛、腰酸、脚软而已，若然时日深了，发作起来，不死也成残废。所以在数百年前，崆峒派中，凡是练这种功夫的，都不敢离开师门。”萧青峰道：“如此说来，江南岂不是要重回那古怪的林子里，一生伴那个老妖道?”江南叫道：“我死也不去，那老妖道不打死我，我闷也闷死了。唐相公，你得替我想法呀，我不去，不去！”

唐经天笑道：“不去也行，那你得长年四季，每天肚痛一个时辰。”江南叫道：“不，我最怕肚痛，肚痛就吃不得东西，那多糟糕。唐相公，你一定会治，你替我治了，说什么我也答应。”唐经天笑道：“那么我给你治了，以后你不许再多嘴。”江南叫道：“成，成！你给我治了，以后别人问我一句，我只答半句。”

唐经天禁不住“噗嗤”一笑，对萧青峰道：“所以我说这是江南的造化了。当日我父亲和姨父谈论，你知道我姨父曾得傅青主所遗下的医书，精于医理，在傅青主的医书中，也曾谈到这种练功之害，据说要免此害，只有练正派的最上乘内功，把五脏六腑都练得百邪不侵，那自然没事了。所以我只好传授江南一点我派内功的窍要了。”江南大喜道：“好呀，我给你磕头，叫你做师父。”说了就做，跪下磕头。

唐经天轻轻一拦，江南全身挺直，跪不下去，唐经天笑道：“我才不要你这个多嘴的徒弟呢！”江南道：“哎哟，我早说过不多嘴了。”唐经天正容说道：“再说，我天山派收徒最严，我年纪又轻，你要拜我为师，那是万万不可。而且，我只传你一些内功的窍诀，亦并非全教，其他剑诀拳技等更一概不传，你不能算是天山弟子。”萧青峰笑道：“江南，得到天山派的内功窍诀，那已经是毕生异数，你尚未知足，想得陇望蜀吗？”江南道：“哎哟，原来拜师父还有这么些讲究，我只是过意不去，所以才想拜师父罢了，你既不要我做徒弟，那更好，我少得一个人管。”唐经天道：“瞧，你又多嘴了。”江南道：“好，不说，不说！你给我治了，我连多谢也不说。”

唐经天甚是欢喜江南，先给他吃了两颗用天山雪莲合成的碧灵丹，增长他的真元之气，然后授他的内功窍要。江南自己还不知道，他这一下可是受益非浅，既有了崆峒派古传奇功的底子，不怕人点穴，又得了天山的内功心法，自此功力大增，日后竟成为武林中一位响当当的人物，这是后话，按下不表。

且说唐经天为了传授江南的内功，三日来只行了百多里路，还算江南聪明，第四日已心领神会，尽得所传。唐经天遂和江南分手。

峨嵋天下秀
一九八五年十一月画梁羽生先生著作
梓画于广州嘉陵阁畔时味斋居

……苍松交道，怪石嶙峋，瀑布飞悬挂，流泉幽冷，“峨嵋天下秀”，果然名不虚传，……

江南东下重庆，准备从重庆乘船出三峡，自武汉取道上京送信；唐经天和萧青峰夫妇往川南，准备上峨嵋山拜会冒川生。他们日夜兼程，走了十天，峨嵋山已经在望。越近峨嵋，唐经天越是情思缭乱，想起即可见到冰川天女，自是衷心欢喜；但想起那“疯丐”和她一起，见了之后，不知如何？又不禁黯然。

冒川生和峨嵋山金光寺的长老是方外至交，所以二十多年来，都借居在金光寺里，这次的“开山结缘”也在金光寺举行。金光寺建在峨嵋的最高处——金顶，唐经天等人赶到之时，已经是盛会的前夕了。

峨嵋是中国的佛教四大名山之一。（其余三处是浙江的普陀山、安徽的九华山和山西的五台山。）纵横四百余里，山势既雄伟而又秀丽，远远望去，就像两道清秀的浓眉，峨嵋便是由此得名的。唐经天等一行三人，晨早登山，但见苍松交道，怪石嶙峋，瀑布飞悬，流泉幽冷，“峨嵋天下秀”，果然名不虚传，唐经天虽是满怀心事，至此亦觉胸襟一爽。

山径上，树林中，时不时见有三五成群的背影，那自然是来朝山听讲的各方人物了。唐经天一向僻处天山，未曾到过中原，萧青峰亦隐居在西藏十有余年，音容已改，那些江湖人物无一认识他们。只当他们也是来向冒川生请益的后辈。

唐经天等三人都具有一身上好的轻功，中午时分，便到了峨嵋的最高处“金顶”。从金顶眺望四周，但见峰峦叠叠，云烟四起，端的是变化万千，不可名状。金光寺建在山巅，就像隐藏在云烟之间。唐经天和萧青峰夫妇，进入寺门，有个知客僧前来迎接，唐经天问道：“冒大侠精神好么，烦你替我们禀报一声，说是有他的子侄辈求见。”知客僧看了他们一眼，合十微笑，说道：“冒大侠已入定三日，我不便去惊动他。反正明儿你们便可见到，也不必多礼了。”那知客僧也是一点不知道他们的来历，只当他们是少年后辈。须知以冒川生的身份，来此朝山听讲之人，十有八九都认是他的“子侄辈”，也有不少希冀能单独会见冒川生的，若然来者不拒，冒川生哪见得许多，故此莫说冒川生真是入定，即算不是入定，知客僧也不会替他们引见的。知客僧将他们安置在两间僧房内，便又忙着招待其他有头面的人物了。

冒川生是武当派名宿，来听讲“结缘”的人自是以武当派的为最多，他们不知从哪儿听来的风声，也隐约知道今年可能有人捣乱，都在三三五五的谈论。有的说若然要冒川生亲自出手，那就是武当派的奇耻大辱了，有的说武当剑法，威震四海，江湖上第一流的高手，也不足当我们后辈的一击，还有谁敢来捣乱，敢情这根本就是谣言。唐经天听在耳中，暗暗好笑，却也暗暗担心。是夜，唐经天闭目调神，做了一个时辰的内功功课，到了中夜，推窗一看，只见月华如练，外面山头，忽然看见如萤光般的点点火光，由少而多，冉冉升起，飘忽不定，与天空中的星月之光相互辉映。

这是峨嵋山特有的奇景，佛教人士称为“圣灯”，每当天气晴朗的晚上，便有点点萤光出现，越聚越多，恍如在空际飘浮的万点灯光，故此称为“圣灯”，其实乃是因为峨嵋山特多磷矿，所谓“圣灯”，实际就是山中的磷光。

金光寺寺规最严，又当法会宏开的前夕，气氛肃穆，寺中的僧众与各方来的客人合计有数百人之多，却无一点声响。唐经天中夜无眠，凭窗遥望，心中想道：“此间一片宁静和平，若然真个有人捣乱，可是大煞风景。”随即想起石林中那个黄石道人，不知他是否就是萧青峰所说的那个崆峒奇士，若然是他，自己一人可难对付；忽地又想起了冰川天女，若然与她联手应敌，那么就是对付比黄石道人更强的敌人，亦不足为虑了。想到此处，脑海中忽地又浮起金世遗那嬉皮笑脸的无赖神气，冰川天女却会偏偏跟他一起，实是令人难解。越想情思越乱，心中郁郁不乐，遂披衣而起，想到隔房找萧青峰夫妇夜话，哪知萧青峰夫妇已不知何往。

原来萧青峰此时也是情思如潮，他这次是第二次参加冒川生的“结缘”盛会，想起上次在盛会的前夕，闹出了谢云真与雷震子比剑之事，自己无缘无故地被卷入漩涡，以至与雷震子他们结了大仇，远避西藏，几乎老死异乡，而今屈指数来，又将近二十年了。幸而去年在冰峰之上，与雷震子解了前仇，万里归来，又做了新郎，而今再到峨嵋，重参盛会，心中自是无限感慨。萧青峰的妻子自然知道丈夫的心意，一时兴起，便要丈夫带她到当年比剑的地方一看。

同样是盛会的前夕，只是那一晚星月无光，今晚却是银河明净，夜空皎洁，更加上空中飘浮的万点“圣灯”，半里之内的景物都看得清清楚楚。萧青峰指点当年比剑的所在，将那一晚惊险的情事，和妻子细说。这些事情他早已说过不知多少遍了，但如今身处其地，听起来就更加真切。

吴绛仙微微笑道：“那夺命仙子谢云真现在不知何往，你还思念她么？”萧青峰道：“谢云真手底狠辣，但却是个够交情的朋友，对好朋友谁都会思念的。”吴绛仙道：“就是这样么？”萧青峰续道：“我还非常地感谢她，原来她比我更知道你。”吴绛仙道：“怎么？”萧青峰道：“她说你是个温柔贤惠的好女子。现在我又知道，你还是个最善于体贴丈夫的妻子。可惜我是个笨驴，要是我二十年前已知道你的情意，我就不会跑到西藏去挨那十年之苦了。”话中充满蜜意柔情，他是真实地感到妻子比谢云真好得多，世上有她那样谅解丈夫体贴丈夫的可真难得。吴绛仙微笑道：“我可真想见谢云真一面。”萧青峰道：“她和铁拐仙现在不知是否还在西藏，怎能见她？”说话之间偶然一瞥，忽见远处野花丛中，隐约露出一个少妇的面孔。

那少妇转了个身，原来她还背着一个婴孩，大约是野花的枝叶拂着了婴孩酣睡的面孔，“哇”的一声哭了出来。这刹那间萧青峰几乎不敢相信自己的眼睛。吴绛仙道：“咦，她是谁？”“谢云真”三字险险就要从萧青峰口中叫出，忽听得有人叫道：“小妖妇，你居然还有胆量上峨嵋山？”“哈，你当我们认不得了你吗？再过二十年，你死了变灰我们还记得你！”“我们倒要见识见识夺命仙子究竟是怎样追人的魂、夺人的命？”声势汹汹，刹那之间，便来了四名黑衣道士，每人手上，都拿着一柄闪闪发光的长剑，在离开谢云真十余丈远的地方，分站在东南西北四个角落，将她围住。

萧青峰暗暗叹了口气，人世间的冤仇，有时真是结得莫名其妙，看这光景，分明是这几个道士还记着二十年前谢云真刺伤了雷震子的那一场仇恨，其实那时的雷震子骄妄自大，设下陷阱，暗算伤人等等事情，他的同门兄弟又有几人知道？萧青峰本想出去劝解，但转念一想，自己也是当日闯下祸事的人，若然露面，表明身份，只恐又要卷入漩涡，且先看看谢云真如何应付，再作打算，于是将新婚的妻子一拉，躲在一棵大树后面。

若依谢云真二十年前的脾气，哪容得这班道士喝骂，只怕早已拔剑动手，如今经过了廿多年来的飘荡江湖，火气收敛了不少，只见她拍了拍背上的婴儿，淡淡说道："冒大侠借峨嵋山开山结缘，各家各派，来者不拒，我本来就是峨嵋派的人，怎么反而来不得了？"站在东角的道士冷笑道："冒大侠是我们武当派的长辈，你伤了我们的大师兄雷震子，弄得他而今不知下落，你还有脸皮听冒大侠的讲座吗？"西角的道士也冷笑道："雷震子也遭了你的辣手，你还屑于学我们武当派的这点微末功夫吗？"萧青峰听了，暗暗叹息，想武当一派，在明代中叶盛极一时，其后由盛而衰，后来到了清代康熙年间，桂仲明得了达摩剑法，武当派方始声威重振。如今桂仲明的儿子冒川生（注：冒川生是跟母亲冒浣莲的姓。）虽然是一代武学大师，足以继承乃父，但不理琐事；武当的掌门，武功虽好，为人庸碌，门下师兄弟辈都不怕他，以致又像百余年前一样，虽是名闻天下的正宗大派，但却是有实学者少，骄妄者多了。

谢云真听他们提起雷震子，微微一笑，说道："雷震子虽然受了点伤，却是得益不少。"那四个道士轰然大怒，喝道："小妖妇辣手伤人，还说风凉话儿！"谢云真本想把雷震子在冰峰上的事情说出，见他们如此，故意不说，却仰天叹道："可惜呀！可惜！"那四个道士同声叫道："可惜什么？"

只见谢云真拍拍背上的婴孩，道："小宝宝，不要慌，不要怕，这几个牛鼻子野道士算不了什么。"那孩子也真奇怪，刚才穿过花丛，被花枝拂了一下，哭出声来，如今见那四个道士亮出光芒闪闪的长剑，反而觉得好玩，两只小手从襁褓里伸出来，抓呀抓的，还发出嘻嘻的笑声呢。谢云真续道："可惜冒老前辈本是一代宗师，武林中人人钦仰，推为领袖，而你们却只把他当作武当派的长老，这岂不反而贬损了他的威望？呀，我真为他可惜，武当派出了你们这几个不成器的蠢物！"

那几个道士乃是武当山本宗弟子，技业得自冒川生的二弟石广生亲授，石广生十几年前已经逝世，这几个道士在武当山本宗中，算得是辈分颇高的有地位的道士了，这时被谢云真一骂，均是怒从心起，西角的道士一抖长剑，冷冷说道：“谢云真把你的孩子放下，咱们得领教领教你的夺命剑法！”谢云真若无其事地淡淡说道：“你们武当派明日便有血光之灾，你们不知戒惧，反而要与我为难，这岂不是可笑呵可笑！”萧青峰在树后听了此言，吃了一惊，怎么谢云真也听到了风声，而且说得如此确切，敢情是她另有所知？

那几个道士素来骄妄，以为本派无人敢犯，听了此言，非但不加感激，反而更为动怒，东角的道士陡地喝道：“敢情就是你勾结外派奸邪，前来捣鬼？放下这小孩子，领道爷一剑！”那孩子正在嘻嘻地笑，突然闻这喝声，吓了一下，又哇地哭了出来。谢云真道：“我本不欲与你等一般见识，而今你这牛鼻子野道吓了我的孩子，我可饶你不得！”那道士正待说道：“那就快放下孩子进招！”话未出口，忽见青光一闪，谢云真拔剑快极，霎眼之间，剑锋已抵到了他的咽喉。那道士慌忙招架，谢云真的剑法是不出手则已，一出手就狠辣非常，但听得当的一声，那道士手中的长剑已断了一截，剑光一绕，道士头上的三叉髻又被削去一股，慌忙一个倒跃，避她追击，狼狈非常。谢云真背上的婴孩瞧着好玩，又再破涕为笑。他刚一岁多些，含糊叫道：“嘻嘻，妈妈！嘻嘻，妈妈！”牙音还未清楚，但却听得出是赞赏他妈妈的意思。萧青峰听到，也几乎忍不住笑，心道：“这小芽儿到底是铁拐仙和谢云真的孩子。”

那三个道士又惊又怒，这时再也不理会谢云真背着孩子了，一齐大喝，各抖长剑，便要合围。那站在东角的道士，惊魂稍定，抓起断剑，叫道：“咱们在这妖妇身上留下两处记号，动手时小心一些，不要伤了孩子！”四个道士展开了合围的四象剑阵，缓缓而进，首尾联防，看看就要发难！

这四象剑阵乃武当派镇山阵法之一，封闭得异常严密，除非将其中一二人杀伤，否则阵势越缩越紧，被围者绝难走出。只见谢云真口角挂着冷笑，长剑一振，嗡嗡作声，看来也似就要施展杀手。萧青峰暗叫“不妙”，正想走出，忽见山坡上一条人影疾冲而下，口中发出嘻嘻的怪笑，倏忽之间，就到了下面，那四个道士“呵呀”一声，忽地散开，同声叫道：“大师兄！”

萧青峰从大树后面探头窥视，见来的果然是雷震子，上衣一片鲜红，像是刚刚和人厮杀过后一般。只见他一跳一跳地直上直下，大声喝道："玄武、玄涵，你们干什么？嘻嘻！还不赶快住手！嘻嘻。""谢大姐，是你呀，嘻嘻！"前一句本来是喝骂那四个道士的，一股威严神气，但其中杂着莫名其妙的怪笑，反而显得极是滑稽，更加上他到了平地，仍是一跳一跳的缩头缩膊好像忍不住痕痒一般，越发显得神情诡异。

武当派门规素严，雷震子是武当第二代大弟子，除了长老和掌门之外，就要数他最尊，那四个道士被他一骂，都不敢笑，谢云真却忍不住笑，道："雷震子，你是怎么啦？"雷震子道："你为什么要和他们动手？嘻嘻！咳，有什么不是也得看我的薄面嘛，嘻嘻！"又是怪笑又是咳，谢云真先是好笑，渐觉情形不对，说道："他们说我迫得你不知下落，一定要和我过招，哈，好在你也来了，否则我号称夺命仙子，这条小命却先要给你们武当门下夺去。"那四个道士纷纷叫道："她二十年前欺负你，现在又欺负我们，大师兄，今回万不能叫她跑了。""她还说明日我们武当派便有血光之灾呢，哼，大师兄，你说怎能容她如此胡说乱道？"雷震子忽地一跃数丈，叫道："一点不错，明日便有血光之灾！嘻嘻，你们简直是丢了武当派的面子，嘻嘻！"跃起、落下，说话之间，竟然在四个师弟面上挨次打了一巴掌。雷震子性烈如火，这一巴掌还打得确实不轻。四个道士被他打得天昏地转，忽听得雷震子怪笑一声，一跤跌倒，口中发出嘶嘶之声，似笑非笑，手足搐动，摸起来一片冰冷。

四个道士都吓得慌了，探他鼻息，还有呼吸，抚他脉博，亦是正常，只是怪笑不已，声嘶力竭，不能说话。四个道士大为诧异，谢云真冷冷说道："你们解开他的衣服看看，九成是给人在穴道要害之处做了手脚啦。"谢云真背过面去，那四个道士解下他上衣一看，不看犹已，一看之下都同声怪叫起来，如遇鬼魅。谢云真忍不着好奇，不再避忌，回转头来，在月光之下，只见雷震子的背上有一个鲜红手印，另外三处地方，瘀黑一片，成了一个不规则的三角形，那三处地方，一处是麻穴，一处是痕痒穴，一处是笑腰穴。

四道士面面相觑，呆了一阵，忽地同声尖叫，心中实是惊骇已极。须知雷震子乃是武当第二辈弟子中的第一高手，同门师兄弟对他无不慑服，如今却见他受敌人暗算，而且所受的伤如此诧异，想起谢云真和雷震子刚才所说的话，均是不寒而栗，只怕明日真有血光之灾。

谢云真武功虽较他们高明得多，见了这鲜红的掌印，和那三处瘀黑的穴道，也自心惊，想来想去，想不出江湖之上，究竟何家何派，有如此邪恶的毒手？那几个道士手忙脚乱地试给雷震子推血过宫，解穴活脉，雷震子越发嘶嘶怪叫，汗水一滴滴地流下来，谢云真道："你们别乱试了，若是你们能够救治，他还不会自己解么？"四道士自己无法可施，被谢云真一说，以为是谢云真故意嘲笑他们，又羞又怒，竟然不约而同地迁怒于谢云真，骂道："我们不行，且看看你的高明手段。"

谢云真心中有气，忽听得一人笑道："她号称夺命仙子，并不是救命仙子呵！"四道士回头一看，只见一个白衣少年悄无声地站在他们背后，竟不知是什么时候来的。谢云真一见，认得这白衣少年正是在冰峰之上，与冰川天女两度比剑的唐经天，心中大喜，微笑说道："救命的神仙来啦，你们这四个牛鼻子野道士还不赶快求他！"四道士见唐经天如此年轻，哪里肯信，听谢云真意存讥笑，正欲发作，唐经天微笑道："且待我试一试，看是行不行？谢女侠，你还有两个老朋友在那边等着你呢！"谢云真早就察觉了萧青峰夫妇躲在树后，这时讨厌那四个道士，正好乘机跑开。

唐经天低头一看，只见雷震子背上的掌印鲜红如血，这时竟有热气冒起，凑近一闻，隐隐有一股皮肉烧焦了的味道，吃了一惊，这正是赤神子的独门邪手，看来他掌力只是用了一二分，不过意欲留一个标记而已。再看被点着的那三处麻穴、痕痒穴和笑腰穴，都是瘀黑坟肿，点穴的手法，怪异绝伦，也不似中原的武家所为。

唐经天沉吟一阵，猛地想起一人，心道："莫非他已经来了！"急忙取出用天山雪莲制炼的碧灵丹，嚼碎了在掌印周围敷上，雷震子在迷糊中但觉一阵沁凉，直透心脾，翻了个身，坐起来一眼瞧见了唐经天，认得他是当日用神芒一连打伤了十三名崆峒高手的白衣少年，虽不知其名，但却知他是天山弟子，急道："玄武玄涵，你们还不叩头，嘻嘻!”唐经天道：“不必多礼。”又将一粒碧灵丹给他服下，问道：“你遇见什么人了?”雷震子道：“先是一个大麻风，嘻嘻，后来是一个发如枯草的老怪物。嘻嘻!”唐经天的料想果然不错，真是金世遗和赤神子，只不知这两人又怎会同在一起?

雷震子断断续续说道：“那大麻风打了我，嘻嘻!后来又救了我，嘻嘻!”他被赤神子所印的那记血手印，经用天山雪莲敷治之后，痛楚大减，已不碍事，只是那三处穴道尚未解开，所以仍然发出嘻嘻的怪笑。唐经天怔了一怔，无暇多问。他与金世遗曾交过好几次手，知道他的点穴手法，立即在相应的穴道上揉搓，替雷震子推血过宫，发现金世遗的点穴手法虽重，看来竟是用拐杖的尖端点的，但却并不伤及筋脉，看来只是有意开一个大玩笑，令雷震子怪笑狂跳，不得解救，要过二十四个时辰方能自休!唐经天替雷震子解穴，又好气又好笑，世上除了金世遗这个怪人，再无第二个会做出这样怪诞顽皮之事。

穴道一解，麻痒自止，雷震子慢慢坐起吁了口气，唐经天道：“那大麻风怎样先打了你后来又救了你?”雷震子道：“我赶回来参加盛会，在山口遇见一个大麻风，我心想法会何等庄严，怎容得一个大麻风也来扰乱会场，于是我便要驱逐他走，他问我是何人，我说我是武当山第二辈的大弟子雷震子，幸亏是我遇见了你，要是我的师弟遇见你，准会将你打死。我还布施了他几两银子，叫他快快走开。不料他忽然哈哈大笑，说道：原来是雷震子么?听说在武当第二辈弟子之中，要数你的武功最高。我正心想：原来这个大麻风也知道我的名气。哪知他笑声未歇，忽然拿起拐杖就在我身上戳了几下，我不由自已地怪笑狂笑，待要觅他决斗，转眼之间，便不见了他的踪迹，真是邪门!”那四个道士听了，都是心中大骇，想雷震子是何等武功，竟然被敌人一连戳了几下，毫无办法招架，那麻风的本事，可想而知。唐经天却是暗暗好笑，心道：“金世遗专与武林中的成名人物开玩笑，若你不自报名号，也还罢了。你这骄妄之心一起，自炫名头，就是不赶他走，也难免受他捉弄!”

雷震子又道：“我被他捉弄，自是怒不可遏，哪知走了几步，又遇到一个发如乱草的怪人，我还未说话，他已知道我的名字，问道：‘雷震子呵，你有什么事情这样好笑？’我道：‘干你什么事？’那怪人忽道：‘好，我再叫你哭笑不得，我要在你身上刻一标志，让你替我报给冒川生知道。’我急忙拔剑，忽地感到一股热气扑面而来，就在这一瞬间，忽又听得嗤嗤怪响，那麻风在岩上现身，骂道：‘老怪，你懂不懂江湖的规矩？我做了的买卖，你怎么又来插手。’那怪人掌势如风，被他一骂，忽地跳开，但手掌已在我背上轻轻沾了一下。”唐经天这才知道，原来并非赤神子手下留情，而是他忌惮金世遗的独门邪恶暗器，所以来不及重伤雷震子。如今赤神子想是去找那金世遗算账去了。

雷震子中了毒掌之伤，刚得天山雪莲之力，替他消了热毒，但因内伤尚未痊愈，说了一大堆话，上气不接下气。其时武当派的弟子，已有数人闻讯赶来。唐经天心念冰川天女，道：“雷兄，你回寺中静养，用普通的提神补气之药，不过三日，亦可以自疗了。”雷震子两次和唐经天相遇，尚未请教姓名，这时方欲请问，唐经天身形一晃，已自飞过花丛，端的是来去无声，倏忽不见。那四个道士目瞪口呆，这才知道真的是天外有天，人外有人。

唐经天本就料想到金世遗必然会到此间，但此时知道他确实到了，心中仍是忐忑不安，想道：“他一定是陪着冰川天女来了，冰川天女最为好洁，他的本来面目亦是个英俊的少年，何以如今又假装了麻风出现？难道不怕冰川天女憎恶么？”又想道：“金世遗一路和她同行，定当知道她是冒大侠的侄女儿，源出武当一派，他怎么却作弄了武当的门人？就是怪僻也不应如此不近情理。难道他不怕冰川天女见怪？”

唐经天闷闷前行，又想道：“冰川天女来了，怎么不赶快到寺中去见她的伯伯。难道她也学了金世遗怪僻的行径，在这附近山头游荡吗？”唐经天本来是个聪明的少年，这时却不由自己地神思昏乱，心中忽起奇想，想拼着一晚不睡，在附近山头，找寻金世遗和冰川天女的踪迹。正在胡思乱想之际，忽见山坡上松荫下，两女一男，并肩同行，右手边那个女的，背着婴孩，自然是谢云真了。另外两人则是萧青峰夫妇。唐经天掠过他们身边，正听得谢云真说道：“不错，就是那个大麻风！”

唐经天本不想惊动他们，闻得此语，心中一跳，身形一落，脚步踏在地上，发出声响。谢云真回过头来，笑道："怎么？雷震子的伤不碍事吧？"唐经天道："幸好赤神子的掌力未曾用足，有了天山雪莲合成的碧灵丹，料当无事。说来还得多谢那个大麻风。"谢云真道："怎么，又是那个大麻风？"唐经天将金世遗捉弄了雷震子然后又救他的事情约略说了一遍，笑道："赤神子狠毒之极，那大麻风的怪僻行径也令人惊怕，幸而我知道他的点穴手法，要不然就是将赤神子那掌力所带的热毒解了，雷震子仍然得狂笑狂跳十二个时辰。雷震子是他们武当派的第二代大弟子，那可有多难为情！"

谢云真吃了一惊，道："幸喜我得高人所救，要不然我也着了这个大麻风的道儿！"唐经天道："你也碰着他了？"谢云真道："不错，他正想用石头打我的穴道，幸得一位不露面的少女将他吓走。"唐经天大奇，急道："什么少女有这样的本事，是冰川天女吗？你又是怎么遇到了那大麻风的？"正是：

惆怅伊人何处觅，惊鸿一瞥杳无踪。

欲知后事如何？请听下回分解。

第二十二回　空际香花　玉人戏英侠
蓬莱异岛　童子拜奇人

谢云真拍拍背上的孩子，孩子已经熟睡，脸上露出甜美的笑容，就像山谷中盛开的花朵。谢云真道："听声音不像是冰川天女。你问我怎么遇见了大麻风，这事得从头说起。"唐经天正在倾听，谢云真拍拍孩子，忽地笑道："你瞧他长得一点也不像他的父亲。"萧青峰道："他很像你，将来必定是个英俊的少年侠客。"这话实是称赞谢云真的美貌，谢云真微微一笑，问唐经天道："你从西藏来，可知道这孩子的父亲现在还在冰峰上面吗？那日山崩地裂，我刚从外面采药回来，地震之后，上山的通路已给熔岩堵塞，我在山腰，见冰宫还在，不知那场大地震有否波及他们？"

唐经天一阵伤心，萧青峰不知道，他却是知道铁拐仙已然身死，谢云真永远不能再见他了。但见她如此期待的神情，怎忍心明白告诉，只得含糊说道："后来我也没有再上冰宫，尊夫情形不大清楚。请你在此次盛会之后，即到萨迦去寻你们的徒弟陈天宇，他一定清楚的。"谢云真听他此言，觉得有点奇怪，但亦不以为意，往下续道："我本来早就想到金光寺拜见冒大侠，告诉他，他有一位侄女，现在在念青唐古拉山的冰峰之上，已学成了绝世武功。为了这孩子，直到如今，方能前来。动身之前，我也曾听到一点风声，说是有许多异派魔头，要趁今年的盛会与冒大侠为难，我还不大相信，哪知果然给我碰上了。看来明日必定有一场大闹。"唐经天道："怎么？除了那大麻风之外，你还碰见了什么人吗？"

谢云真说道："不错。就是在今日的黄昏时分，我刚刚进入山口，孩子饿了，我躲在一块岩石之后，给他喂奶，忽听得有人声走入山谷，我一看，原来是几个武当山的道士和崔云子。他们似乎一路在争论什么，只听得崔云子叫道：‘雷大哥没有死，他约我今晚到金山寺相会，你们不信，等下你们自己就可亲眼见他。’看来他与雷震子是分道而来，所以我适才见着雷震子也并不觉意外。那几个道士不知说了些什么，只听得崔云子又大声说道：‘这其实并不关夺命仙子谢云真的事！都是王瘤子从中捣的鬼！’我听他提起我的名字。更是留神，那几个道士似是十分惊诧，叫道：‘王瘤子不是你们结拜的三弟吗？’崔云子道：‘不错，他是崆峒的门徒，崆峒派……’刚刚说到此处，忽听得一声怪叫，只见山岩上突然飞下一条黑影，扑到崔云子身上，崔云子举起他的大弓一挡，但听得声如裂帛，崔云子怪叫几声，登时跌倒。那叫声真是凄厉非常，令人汗毛凛凛。正当此时，一件黑忽忽的东西，忽然朝我的头飞来！”

谢云真号称夺命仙子，平素在江湖之上，只有别人怕她，但如今她说到此处，也不自禁声音颤抖，令人心悸。萧青峰道：“那是什么？”谢云真道：“那是崔云子仗以成名的铁胎神弓，被拉直了成为一条铁棍，想是在那人飞扑而下之时，两边用力一夺，就成了这个样子。”唐经天听了也不觉骇然，想夺弓掷弓，只不过一瞬间之事，内力所至，铁弓便变成了铁棍，连自己也未必能够。谢云真又道：“这还不算厉害，崔云子那把神弓，是件宝物，弓弦用铂金精炼，刀剑难断，如今却都整整齐齐的从中断了。弓弦随风飘扬，有如一蓬乱草，故此发出呜呜声响。弄断十根八根尚不足为奇，只是这仅仅是一拂之力，就全部弄断，若非眼见，连我也不敢相信。”唐经天道：“那从岩石上飞扑下来的人，是不是一个身穿黄衣的老道士？”谢云真道：“不，看样子不过是个三十多岁的汉子，又高又瘦，头发俨如乱草，月光下面色苍白之极，令人惊恐。”唐经天“咦”了一声，道：“如此说来，这又不是黄石道人了，当今之世，除了几位正派的前辈之外，又有谁有这样的功力？”

萧青峰也是极为惊诧，但他老于世故，一想之下，便道：“看来此人不是崆峒派的，亦是与崆峒大有关系之人，所以当崔云子刚提到崆峒派时，他便想杀人灭口。”唐经天想起赵灵君等十三个崆峒高手围攻雷震子之事，脱口说道：“不错，崆峒派中以赵灵君为首的有一班人，效力清廷，想袭灭回疆一带抗清的武当派门人，崔云子一定是想说明此事，所以被那人杀了。”

谢云真道：“不错，那人是想灭口。不过，人没有杀，口却灭了。”萧青峰奇道：“怎么？崔云子给他点了哑穴吗？”谢云真道：“还不仅是被点了哑穴呢！那铁弓跌在我的身边，我动也不敢一动，幸好孩子吃饱奶了，也熟睡了，没有声息，那人没有发现。我从岩石的缝隙中望出去，只见那人将崔云子打倒之后，出手如风，只听得那几个道士个个，呵呵地怪叫，手舞足蹈地乱跳，就像脚下是一盆炭火一样。那人怪笑道：‘看你们还敢不敢乱嚼舌头！’转瞬之间，又猱升到山坡之上，端的是捷似猿猴，幽谷之中闻得怪叫声与怪笑之声交响，骇人心魄。不久笑声消歇，道士的怪叫也渐渐嘶哑，再过一会已发不出声来。我料那怪人是去得远了，想救人是我辈应为之事，便大着胆子，出来一看，当初我也以为他们或者是被点了哑穴，哪知出去一看，只见那几个道士连同崔云子在内，个个张大嘴巴，口中的舌头，都已割断，再仔细审视，肩上的琵琶骨也都被捏碎，不但个个成了哑巴，而且武功亦俱消失，全部成了废人！”

萧青峰夫妇听得骇然，道：“怎么这样狠毒！简直比那大麻风还要可恶百倍！那大麻风只不过开开玩笑而已，还不至于出手便弄人残废。”唐经天默然不语，只听得谢云真往下续道：“那些人个个目光呆滞，嘴巴张开，合拢不来，又不能发声，脸上的肌肉也扭曲变形，十分可怕，我又不能将他们一个个背出去，心下可是当真害怕，因此只好不顾凶险，想赶到金光寺报讯。出了山谷之后不久，见有十多个道士打着火把，从谷口的另一端进来，大声呼唤，猜想是他们的同门师兄弟，来找寻他们的。我稍为宽心，但想此事还是该报与冒大侠知道，因此仍然赶往。哪知到了金顶的附近，又碰到了那个大麻风！竟在一夜之间，连遭两次险事！”

唐经天微笑道：“想是那大麻风也知道你夺命仙子的大名，因此故意与你为难。”谢云真道：“我也不知他如何认得我，我走到金顶附近，金光寺已是遥遥在望，想是因为我跑得太快，孩子又醒了，哇哇地哭出声来。我停了下来，轻轻抚拍他，想起自己一人，背着孩子奔波，不免有些伤感，我拍着孩子道：‘呀，若你爹爹在此，什么凶险之事，咱们都不用害怕！’孩子也似乎知道大人心意，哭声顿止。我正欲继续赶路，忽听得嘻嘻的怪笑之声，发自头顶。我抬头一望，只见在头顶的一个岩石上，一个满面红云、浓眉大眼的汉子，披襟迎风，箕踞石上，赤膊露胸，臂上长满疙瘩，胸前露出一撮黑毛，竟然是个麻风，这一下吓得我比刚才还要害怕！那麻风凭高望下，迎着我嘻嘻笑道：‘来的是夺命仙子谢云真吗？’骤然间我想起了他莫非就是那个江湖上所传说的人见人怕的大麻风？孩子又哭了，我鼓起勇气道：‘喂，你不要吓了我的孩子！’那麻风道：‘你不是号称夺命仙子吗？怎么你却怕我？’忽然扮了一个鬼脸，吹了一声胡哨，不知怎的，孩子竟给他逗得笑了起来。那麻风得意洋洋地笑道：‘分明是你怕我，你却假说是孩子怕我。孩子非但不怕我，还喜欢我呢！喂，你的丈夫铁拐仙呢？为什么不与你同来？’我正在想应付之法，不答他的说话。那麻风又笑道：‘呀，可惜，可惜！听你刚才自言自语，铁拐仙大约是没有来了，要不然我倒要向这位名满天下的同行请教请教！’那麻风作叫花子打扮，用的又是一枝铁拐，看来倒真像我丈夫的同行。那麻风又道：‘喂，我好歹都是你丈夫的同辈，你怎么对我不理不睬？’我手抚剑柄，便想冲过，喝他让开。那麻风道：‘行，但你板起面孔，却教人见了生气，你得对我笑一笑，我就将路让开。’我不由不怒，拔剑便冲，那麻风笑道：‘哈，我也不夺你的命，就是要你笑，你不笑也不行！’他箕踞在岩石上，居高临下，忽然随手一抓，将一块石头，捏成了几个小块，一抖手就向我打来！”

唐经天道：“是不是也像他打雷震子一样，不过打雷震子是用铁拐，而打你则用的是碎石。”谢云真道：“一点不错，那石子来得快极，一块打左肋的软麻穴，一块打右肋的痕痒穴，还有一块打笑腰穴。作品字形打来，手法怪异之极。前面是峭壁悬岩，我若用轻功躲闪，只能后斜纵跃。但这麻风真是可恶之极，他打出的一把碎石，有的直射，有的斜飞，有的却向左右旋转，有的飞过了头顶又倒转回来，除了向正面奔来的那三块小石子之外，左右斜方和后面掉转头的石子，也都是每三颗成为一组，分打三处穴道，在这情势之下，我不论向何方躲闪，都一定是自己迎上去要给他打个正着！”

唐经天道：“这种打暗器的手法确是高明之极，我看除了四川唐家，与以前灵山派的名宿韩重山之外，恐怕就要数到他了。你手上没有宝刀宝剑，又背着孩子，那是更难躲闪的了。”谢云真道：“我也以为定被打中，百忙之中，只好运气闭穴，但那些石子来得太快，即算运气闭穴也来不及，不料就在这一瞬，忽听得一声极清脆的笑声，接着叮叮之声不绝于耳，我连看也看不清楚，那些石子倏地便向我身旁飞过，堕下幽谷，那麻风大叫一声，登时在岩石上飞跃而起，放开了我，奔入密林之中，密林中只见青衣一闪，是个女子，只瞧见她的背影，转瞬之间就不见了。”

萧青峰大奇，道：“如此看来，那把碎石定是给这女子用暗器打落了，你瞧出了是什么暗器吗?”谢云真道：“没有瞧出，不过听这声音，那是一种极微细的暗器，敢情是梅花针之类。”至此，唐经天也不禁骇然，心道：“那女子身匿林中，比那疯丐距离谢云真还远，居然能用飞针碰落碎石，这份武功岂不是尚在我之上?”

唐经天沉思半晌，缓缓说道：“真的不是冰川天女?”这话他已问过一次，但心中仍是怀疑之极，除了冰川天女还有何人?谢云真道：“当时我正在惊骇之中，那女子又跑得快极，林子中的树枝树叶，又遮住她的身子，我仅仅瞧了一眼她的背影，惊鸿一瞥，过眼不见。冰川天女身子修长，而这个女子的背影却比她矮得多，看来不似是冰川天女。”

这时已过了午夜，月亮渐渐西移，山中的“圣灯”——那些磷火所发的点点之光，也半明半灭，飘浮山谷，渐渐消逝。唐经天一心想念冰川天女，心道：“在这种情形之下，谢云真走了眼也是有的。我就不信世间除了冰川天女之外，还有哪一个少女有此本领。”谢云真道：“你屡次提起冰川天女，冰川天女不是说过不下冰峰的吗，难道她也到此间来了?”唐经天道：“冰峰倒了，她自然也下山了。只怕现在就在此间!”

谢云真叹了口气，道：“若然是她，但愿她不要碰上那个大麻风。冰川天女有如幽谷百合，清净高洁，若然见着那大麻风，不要说交手，只怕见了他的形貌，也会恶心，那岂不是玷辱了我们高贵的公主?”唐经天听了，脑海中又浮起冰川天女与那疯丐同行的情形，人世之事，确是难料，冰川天女居然会与那疯丐结交，说出来也无人相信。如此一想。心中更是难过。谢云真见他久久不语，笑道：“你想什么？是想冰川天女还是想那个大麻风？不如你去出手，将那个麻风驱逐了吧，免得他在此间捣乱。”

唐经天眼珠一转，道：“不错，我拼着今夜不睡，也要去寻找他们。”谢云真道：“他们?”奇怪唐经天何以将冰川天女与那大麻风连在一起。唐经天道：“我瞧他们既不进寺中投宿，一定还在附近的山头。雷震子现在想已渐渐恢复，可以行走了。你们再去找他，叫他带领你们到金光寺去。今晚之事应该禀告冒大侠知道。”

唐经天离开他们，独自攀登峰顶，山风振衣，幽谷猿啼，星月西移，磷火明灭，冷冷清清，哪里有人的影子。唐经天迷迷茫茫，想起一晚之间，所见所闻，竟然有这么多怪事。自己此来，一者是为了寻觅冰川天女，二者是为了护持法会。但依今晚之事看来，那个把崔云子与武当道士弄成残废的怪人，既然不是黄石道人，那就更为可虑。一算起来，敌人方面，最少有三个高手，黄石道人、赤神子和那怪人。这三人的武功，自己都难取胜，何况还有那个疯丐，到时又不知要出什么花样，敌友难知。

唐经天迷迷茫茫，在山巅上四下眺望，不自禁地高声叫道：“冰娥姐姐，冰娥姐姐!”他运天山的正宗内功，人又处在山巅，接连叫了几声，但听得群峰回响，“冰娥姐姐，冰娥姐姐，冰娥姐姐……”之声回旋空际，久久不绝。谅在周围十余里内，不管冰川天女是藏在密林还是幽谷，只要她人在此间，就必定能够听见。

唐经天叫几声，歇了一阵，又叫几声，当那回声渐渐消歇之际，唐经天正自心中忖度：“她听见了我的喊声，会不会寻声觅迹，前来见我呢?”心念甫动，忽闻得一声极其清脆的笑声，起自对面山峰，这笑声熟悉之极，但唐经天在迷茫之际，一时之间却不敢断定究是冰川天女还是另外的熟人？唐经天自然希望是冰川天女，不假细想，又叫道：“冰娥姐姐，我在这儿，你出来呀!”忽地眼前彩色缤纷，额上一片沁凉，唐经天还以为是冰川天女的冰魄神弹。但冰魄神弹哪有彩色？唐经天伸手一接，只见手中接着的是一个花环，编得十分精致，心中奇怪万分！

细看时，原来那花环用花枝结成了一个同心结，上面还结出七个小字“是你的总是你的！”，花环上露珠欲滴，看来还是刚刚结成！唐经天大喜若狂，对面的山峰与这边有怪石相连，不过数丈，唐经天飞身三掠，奔入那边的密林，不住口地叫道：“冰娥姐姐，冰娥姐姐！”唐经天的轻功，除了有限的几个前辈之外，能与他匹敌的实在没有几人，如今搜遍林中，竟然不见人影。唐经天心道：“即算是冰娥姐姐，也逃不得如此之快！”心中忽然一阵沁凉，想道：“想冰川天女何等矜持，她怎会直言无隐，毫无顾忌地说出心中爱意？这个花环一定不是她编的！”“但不是冰川天女编的，又是谁人这样顽皮，与自己戏耍？”唐经天冷静细思，大喜之后，继之以大失望，不觉心智迷糊，迷茫怅惘，在林子中漫无目的地走来走去，直到天明。

这山中还有另一个人，也是如此迷茫怅惘。这个比唐经天还要失望的人，正是金世遗。

金世遗自从川康边境的雀儿山中，见了冰川天女之后，一直暗暗追踪，或隐或现，直追到了峨嵋山。这一日刚刚进入峨嵋山，金世遗因为不愿让她发现，总落后半里之遥，借着山石林木，遮蔽身形。峨嵋山山势雄奇，地形复杂，千岩万笏，他稍不留神，抬头远望，忽然就不见了冰川天女主仆的背影。他急急加快脚步，往前直追，眼睛四下搜索，刚刚转入一处山坳，这时天色将晚，余霞散绮，山坳有一道飞瀑流泉，从山顶直泻下来，汇成一个清澄幽冷的水潭，潭边野花杂开，形成了锦屏一样的花丛，花丛中忽听得有个女孩子格格笑道：“小公主，我说唐相公一定先来了这里等你。”正是冰川天女的侍女幽萍之声。金世遗心中一跳，冰川天女久久无言，只听得幽萍又笑道：“其实你就是恨了他，也该向他问个清楚。”

金世遗躲在一块石头后面，那石头没有人高，金世遗蜷缩身躯，手脚仍然稍稍露出来。金世遗急着要听她们说话，也不留意。花丛中传出很低弱的叹息，隐约听得是冰川天女的声音说道：“不要你管。”幽萍又是格格一笑，道：“小公主，其实你这是何苦来呢？我明明知道你欢喜他！”冰川天女道：“乱嚼舌头。”幽萍道：

"若是你不欢喜他，你也就不会恨他了！"金世遗听了，心头又是卜通一跳，细想此言，大有道理。

冰川天女不见说话，幽萍又道："我说呀，你若再和唐相公生这无谓的闲气，倒教小人得意了。"冰川天女道："什么？"幽萍笑道："你难道不知道，有个人呀，就像猎犬一样追逐我们，不，不是猎犬，是个癞蛤蟆呀，癞蛤蟆想吃天鹅肉。"金世遗大怒，不由自己地跳了出来，大叫道："什么？我是癞蛤蟆！"

花丛中罗袂轻飘，翠环微响，冰川天女与幽萍走了出来，幽萍冷笑道："小公主，你瞧我说得不错吧。你说他是不是像一头猎犬，鼻子倒真灵呢，咱们在哪里他都嗅得出来。喂，算我说错了，好不好？猎犬比癞蛤蟆要高一等。"金世遗一声冷笑，面色倏变，铁拐一举，忽见冰川天女拦在前面，道："你要怎的？"金世遗道："你是天鹅，我这癞蛤蟆望都不敢一望；你的侍女是水鸭，我这癞蛤蟆倒想咬她一口！"冰川天女横眉一瞥，冷冷说道："金世遗，你眼中还有我吗？"金世遗一生任性，以他的武功，要伤幽萍那是易如反掌，这时被冰川天女一斥，不由得心中一凛，但觉冰川天女自然而然的具有一种威严尊贵的神气，教他不敢放肆。

他本来想再说几句冷嘲热讽的话，话到口边又吞了下去，正容说道："你的侍女出言无状，我……"冰川天女道："你想要教训她吗？我的侍女不必你代为教训。"金世遗怒火又起，虽然不敢发作，负气的说话却冲口说了出来，就用冰川天女适才的话反问道："冰川天女，你眼中也还有我吗？"冰川天女向他瞧了一眼，淡淡说道："咱们本是萍水相逢，眼中有谁没谁，本来就无关紧要。"

金世遗冷了半截，妒恨惭怒种种情绪倏时涌上心头，叫道："你眼中就只有姓唐的那个小子！"幽萍冷笑道："这又关你什么事？"冰川天女叹了口气，眼光在金世遗面上溜过，目光充满怜惜温柔，虽然她的年纪要比金世遗小，却像一个姐姐教训弟弟的说道："呀，你有这身本事，若然归了正途，可以成为一代侠士；再不就是潜心武学，也可成一代的宗师。怎么你却要故意将自己变得这般无赖？"金世遗心头一震，这种说话，他平生从未听人说过，在说话中也听得出冰川天女对他的爱惜关怀，但这时在如此的心情之下，他又哪能够冷静地去想？他只觉全身血脉偾张，脑中纷乱，身子似要爆炸一般，半晌才迸出一句说话："我怎么无赖了？"他自懂人事以来，就是这样愤世嫉俗，嬉笑怒骂，游戏风尘，从来未想过自己的行径对是不对，根本就没有考虑过什么无赖不无赖的。冰川天女被他一问，顿然怔住，说不上来。须知冰川天女所受的教养和他全然不同，她肯直言说金世遗无赖，已经是破了她平日含蓄矜持的惯例，再要她当面数说别人如何无赖，那简直是不可想像之事。

只见金世遗的目光如痴似傻，呆呆地望着冰川天女，幽萍心中害怕，道："你一直跟着我们，这不就是无赖吗?"金世遗叫道："路又不是你的，你有你走，我有我走，这怎么是无赖了?"冰川天女心头微感不快，避开了金世遗的眼光，道："世遗兄，路也有很多，咱们还是各走各的好。"金世遗忽地大叫一声，立即像猿猴一般攀上附近山峰，远远的逃开了冰川天女的视线。

金世遗攀上山峰，忽而长吁，忽而怪笑，忽而手舞足蹈，忽而在地上打滚，他身上那套偷来的华美的衣裳给荆棘刺穿，面上手足，也擦伤流血，他却全然不理，但觉自己的灵魂似要爆破躯壳向冥冥的太空飞去，又恨不得身体能霎时间化作微尘，洒遍大地山河。这心情是羞惭、是愤怒还是自伤？连他自己也不明白，料想世上亦无别人能够理解。他一把撕裂了身上的衣裳，在山涧旁临流照影，大声叫道："我也是父母所生的清白之躯，为何世人对我这般轻贱?"

这刹那间，他一生的经历闪电般地在脑海中一幕幕闪过。他记起了自己的童年，别人的童年是欢乐无忧，而他的童年却是辛酸痛楚。他母亲早逝，父亲是一个落拓江湖的教学先生，在异乡教馆，在他五岁那年，因为年老多病，东家不谅，辞了他的教职，他父亲别无其他谋生技能，又带着孩子，迫得乞讨回家，在途中时常生病，幸得同伴的乞丐照顾，孩子才得不死。求乞三年，还未回到家乡，他没有死，他的父亲却病死了。他从此变成了小叫花，混在乞丐堆中沿门求乞，衣服破烂，身上长满虱子，就像其他乞丐一般，没有人来料理。如是者的求乞生活又过了三年，不知是因为肮脏还是疾病，他满身生了一粒粒的小疮，脸上现出红斑，皮肤起结，他自己是小孩子自然什么也不懂，但见其他的乞丐从此避开了他，出外求乞，人们也远见远走，几乎经常挨饿。有一个老乞丐告诉他道："看来你是患上了麻风病了，你不要到人多的地方去求乞了，别人会把你活生生的打死的！"他骇怕得不得了，这才知道为什么连乞丐也躲开他的缘故。他自此不敢求乞，只是在晚上才悄悄出来，偷别人园地里的瓜果蔬菜生食，有好几次险些给人追上打死，白天偶一露面，就有人骂他是"小麻风"。胆小的远走，胆大的就追他，嚷着要把他活埋。幸而他跑得快，屡次险死还生。这样地过了几个月野人般的生活，小小的心灵，包不住巨大的悲痛，自思自想这样做人实在毫无味道，有一天他跑上高山，肚子饿，身上冷，叫一会爹，叫一会娘，突然把心一横，就从山岩上跳下来，他的脚下是一条瀑布，瀑布冲下百丈幽谷，这小孩子拼着一死的狂激心情，就像瀑布一样。

往事一幕幕闪过，金世遗回忆至此，只觉脚下山峰颤动，眼前也是一条瀑布，脚底也是深不可测的幽谷，这时的心情和当年也甚为相似，他叹口气道："那时有人救我，现在有谁救我呢？"他脑海中又闪过另一幕往事，那是奇怪万分的遭遇，改变了他一生命运的奇遇！

就在那一刹那，就在他从山岩上跳下的那一刹那，昏昏迷迷感觉还未完全消失的那一刹那，他似乎觉得有一只大手从半空抓着了他，将他拉出了死亡的幽谷。

他好像做了一场极其可怕的恶梦，身子突然间好像被抛上了云端，又似突然间被抛下大海，耳边隐隐听得轰轰的波涛之声，也不知过了多久，忽似听得有人轻声地说道："呀，好可怜的孩子！"

有人轻轻地抚拍着他，喂东西给他吃，这使他追回了几乎失掉了的记忆：就像他在襁褓之时，他的母亲对他一样。他睁开了眼睛，几乎疑心自己还在梦中，只见眼前是一片茫茫、波涛起伏的大海，自己置身于一叶轻舟之中，船上除了自己之外，还有一个相貌奇特的老人，正在看着自己。

他揉揉眼睛，看清楚了那个老人，只见这老人又高又大，穿着一身野麻所织的衣裳，在阳光海浪的映衬之下，发出一种黄色的光

冰川天女傳
一九八五年十二月畫梁羽生先生之著作

这刹那间，他一生的经历闪电般的在脑海中一幕幕闪过。

泽，这老人的头发非常长，直披到肩头，比他所见过的那些十几年没有理过发的乞丐的头发还要长，若是平日他见到这个老人，一定会吓一大跳，这时他却感到他的目光有无比的温柔，在他的身边，就像有母亲保护的孩子一样，反而忘记了一切害怕。

那老人望着他笑道："好孩子，你终于醒了，肚子饿吗？"他摇摇头，那老人却拿出一个大红葫芦，将里面的液体倒给他吃，甜甜的有一点酒味。他喝了之后，精神好似好了许多，问道："你是谁？是你救我的吗？"那老人点点头笑道："好孩子，我已经注意你好多天了，你一个人在深山野岭也有勇气求生，这本来很难得呀，为什么又要寻死呢？幸亏我伸手得快，要不然你早已粉身碎骨了。"

他咬咬指头，很痛，的确不是做梦，"梦中"的景象也并不全是幻觉，他们的小舟正在大海中航行，波涛将小舟抛上抛下，有如腾云驾雾。

那老人又笑道："你已经昏迷了五天啦。你的体质很好，别的孩子可没有你恢复得这样快。"

他骨碌地爬了起来，望着那老人叫道："为什么你要救我？为什么你不怕我？我是个麻风，人见人怕的小麻风！"

那老人笑了一笑，低声说道："你不是麻风，我才是麻风！"他吃了一惊，望那老人，那老人虽然相貌奇特，长发披肩，但面色红润，连一点斑疹也没有，手指修长，皮肤光洁，一点也不像他，怎么是个麻风呢？

那老人道："我以前真的是个大麻风，后来自己医好了。你患的是皮肤病，那是因为肮脏而引起的皮肤病，经海水洗了几天，太阳晒了几日，早就好啦。呀，可惜你不是一个麻风！"

声音伴着叹息，竟似十分遗憾。金世遗那时不过是个十一岁的孩子，觉得非常奇怪：这老人竟会嫌自己不是麻风！他怔怔地看着那个老人，那老人缓缓说道："我因为曾经是个麻风，当年所受的痛苦，十倍于你，后来逃至荒岛，发誓不见世人，直至十年之前，我被一个女侠点化，觉得这样避世隐居，独善其身，实在也没有什么意思，所以又改了心志，另发宏愿，立誓要救天下的麻风患者，这十年来也曾救了不少人。如今我自知已入暮年，来日无多，因此又想在患麻风的幼童中挑选一个徒弟，可惜总选不着一个合适的。”

金世遗福至心灵，立刻挣扎起来，纳头便拜，哀声求道：“世人都当我是个小麻风，我若回到陆地之上也是一死，师父，你若不要我，我只有跳下海去！”那老人沉思半晌，道：“好吧，但你可得有这个胆量跟我到荒岛去过一生。”金世遗道：“我连死都不怕，还怕什么？”于是就在小舟中行了师徒之礼。

小舟再行数日，金世遗在海浴阳光的天然治疗之下，恢复很快，不但体力充沛，而且皮光肉洁，完全变了个样子，舟行数日，忽见一个海岛，横在前面，海风吹来，异香扑鼻，香气之中，却又带着腥味。远望过去，只见绿荫覆盖全岛，花开树上，灿如云霞。有清泉从岛中流出，汇成小溪，注入大海。近岛处沙湾环抱，水波不兴，金世遗叫道：“呀，这里真好！”

那老人笑道：“好与不好，要你看后方知。”携金世遗舍舟登陆，一踏上沙滩，只听得海岛内的树林里沙沙之声大作，无数长蛇窜了出来，有的七彩斑斓，有的头上生角，昂头吐舌，密密层层，几乎把沙滩都遮住了。金世遗吓得魂不附体，但见那老人微微含笑，一点也不害怕。那些蛇朝着他昂头起伏，俨如欢迎久别的好友，点头致敬一般，金世遗惊魂稍定。老人回头笑道：“好孩子，害不害怕？”金世遗道：“这些毒蛇，充其量也不过像外面的世人一样，要将我弄死，这又有什么害怕？”老人笑道：“你这心思，倒和我初来一样。”

自此金世遗便在这小岛上住下来，跟随那个老人学习武艺，金世遗本来只知有姓，未曾起名，“世遗”二字乃是那老人到了海岛之后才替他取的。

到了海岛之后，金世遗才知道那老人名叫毒龙尊者，这个海岛名叫“蛇岛”，在黄海与渤海交接之处，亘古以来，人迹不到。毒龙尊者少年时候，是个武师，后来患了麻风，被人驱逐，无意之中，飘流到这个海岛，与毒蛇为友，取毒蛇的口涎，治愈了麻风，他一身绝世惊人的武功，就是在蛇岛之中练出来的。

毒龙尊者携金世遗到了蛇岛之后，就悉心传他武艺，金世遗聪明之极，每种武功，从来不要师父指点三遍，最多两遍，就能记得。

毒龙尊者每年总要出外一两次，每次一两个月不等，师父出去之后，他就独自在蛇岛之中练功。师父每次回来，说的总是救了多少个麻风患者之事。师父常常和他说起麻风患者的苦楚，以及他少年之时，怎样险险被人烧死等等情事。金世遗自己曾身受其苦，对外面人世，憎恨之极，只愿一生能在这海岛之上，再不重踏人世。

如是者年复一年，霎眼之间已过了七年，金世遗自己也不知道自己已经练成了第一流的武功，忽然来到了这一天，又发生了一个突然的变故……

往事一幕幕地闪过，金世遗脑海中泛起那一幕景象：一日黄昏，红日西落，火球一般的太阳就像沉入大海之中，余霞散绮，海上一片金碧。金世遗忽被师父叫到跟前，只见师父面容有异，缓缓说道："你已经尽得我的所传，如果重回陆地，行走江湖，料想当今之世，已无几人能与你为敌了。"金世遗急道："师父，外面人心叵测，我还是留在这里的好。"毒龙尊者点了点头，又摇了摇头，道："不错，外面果然是人心叵测，连武林中人，亦多半如此。但其中亦不是没有好人，像邙山的吕四娘和江南的甘凤池就是好人。"

金世遗从来没听过他师父提过中原的武林宗派，甚是好奇，正想问吕四娘和甘凤池是什么人？只听得师父又道："还有天山派的，呀，你若不出去寻访到天山派的门下，就有杀身之忧！"金世遗莫名其妙，问道："这是什么缘故？"毒龙尊者道："我所创的这家武功，自信不在天山诸侠之下，不过，不过……"金世遗道："不过什么？"毒龙尊者皱了皱眉，道："再过些时，你就知道了。呀，不知天山门下，如今还有何人？他们会不会幸灾乐祸，让咱们这派的武功绝灭，唯他独尊？"金世遗叫道："什么？现今天山派的弟子是没有心肝的坏人吗？弟子愿随师父出去，找他们比武。"毒龙尊者又摇了摇头，道："等下我都和你说个明白。你替我将蛇儿叫来。"金世遗在蛇岛七年，已学会了驱蛇之术，听了师父吩咐，便想出去呼唤，忽见毒龙尊者头顶上冒出热腾腾的白气，忽道："世遗，你要记着你少时所受的痛苦！"金世遗道："弟子记得！"毒龙尊者挥手道："快去快来，我还有许多话要和你说！"

金世遗在海岛各处走了一遍，将群蛇都唤了出来，那些蛇如有灵性，一队队的排在林外，每一队有一条大蛇随金世遗游进林中，似是要向毒龙尊者请安问候。金世遗走进林中，叫道："师父，蛇儿都唤来了。"抬头一看，猛可里大吃一惊。

只见师父汗出如浆，两目圆睁，眼珠一动不动。金世遗叫道："师父，你怎么啦?"毒龙尊者一声不出，金世遗上前一摸，只见他身体已经僵硬，竟是死了！他的身边摆着他日常所用的铁拐，铁拐下面有一本书，封面写着：《毒龙秘笈》四字，封面歪歪斜斜地写着几个字："武功大成后，要找天山派，呈书与他看，求……"写到"求"字，笔划已是潦草模糊之极，几乎辨不出来，想是气力用竭，未待写完，便死去了。

金世遗放声痛哭，群蛇俯首，亦似致哀。金世遗这才知道师父原来是想唤群蛇前来话别，他说有许多话要和自己说，只恨未及听他最后的话，不知他要说的是什么。金世遗将师父埋葬，大声叫道："师父，我记得你的话，我记得你我都同受过的痛苦，我明白你的意思，我要憎恨世人!"

金世遗哪知他将师父的意思完全理解错了！毒龙尊者在逃至海岛之后，不错，他是一直憎恨世人，但在十七年前，吕四娘、甘凤池、冯瑛、唐晓澜诸人来到蛇岛，吕四娘、冯瑛联剑杀败毒龙尊者，又救了他的性命，将世人有好也有坏，与立身处世的大是大非等等道理，反复和他谈论，终于令毒龙尊者恢复了人性，化恨为爱，因此他才以有限的余生，尽力去救治世上的麻风患者。他要金世遗记住曾受过的痛苦，无非是想金世遗继承他的遗志，将来也出去救治麻风患者，推而广之，救一切受苦受难的人，可惜最后的遗言来不及详细言说，竟令金世遗断章取义，完全误会了师父的意思！

金世遗葬了师父之后，将师父的遗书《毒龙秘笈》揭开来看，其中的武功，虽然十之七八自己都曾经练过，但诀窍精微之处可不能全都懂得，有了此书的解说，这才豁然妙悟，将所练过的武功贯通。书中还有制炼各种剧毒暗器的法子，以及各种打暗器的奇妙手法，金世遗都一一依书练习，又练了三年，试掌力则发掌可以摧树，试暗器则用一枚毒针就可射杀海底鲨鱼。心中想道："我师父在蛇岛一生，创出了这种厉害的武功，应该叫外面的人知道，这才不至埋没了他一生的心血!”又想道:“听师父日常谈论,中原各派的武功,也没有什么不得了之处,那些人以前居然敢歧视我的师父,我不如出去一玩,将他们打个落花流水,待到打败了天下所有的成名人物之后,我才说出我的师承来历,好叫师父名垂不朽!”如此一想,金世遗便有了离开蛇岛之意。

只是这三年来却有两个极大的疑问,盘塞心中,无法思解。那便是师父临死之前,提及天山派的那些说话是什么意思?以及师父何以会突然间死去?正是:

忽然暴死太离奇,两个疑难谁可解?

欲知后事如何?请听下回分解。

第二十三回　愤世奇行　赢来疯丐号
狂歌骇俗　惹得美人怜

金世遗三年来苦苦思索，这两个疑团终是无法打破，他师父为什么要他在武功大成之后去找天山派？为什么不去找天山派将来便有性命之忧？细细咀嚼师父几句话，又不似是和天山派有仇。至于为什么要把这本《毒龙秘笈》“呈”与天山的掌门看，那更是莫名其妙。金世遗虽然从未涉足武林，但亦知道每一派都把自己的独门武功视为不传之秘，万万不能泄漏给外人知道，师父临终时在沙滩上写的话，会不会是神智昏迷的“乱命”？最后那个“求”字更令金世遗不服气，这句话毒龙尊者没有写完，金世遗不知道师父要他“求”天山派什么，他自己思量本门的武功如此神妙，又有什么需要求人的？

至于师父之突然死去，那就更是奇怪了。以师父那样深不可测的武功，即算享尽天年，寿数应尽，但他明明还有许多话要和自己说，以他的武功，怎么不能多拖延一刻。为什么等不到自己回来就死去了？

金世遗最初随师父到蛇岛之时，本来想在这海岛度过一生，师父死后，他一人与毒蛇为伴，渐渐觉得寂寞无聊，加以他现在已长大成人，从初来时十一岁的小孩子，倏忽过了十年，变成廿一岁的少年了，少年的心情和孩子的心情自然有很大不同，小孩子可以自得其乐陶醉于自己的小天地，在这海岛上玩蛇、捉鸟、戏水、堆沙，已足够他玩了，少年人却憧憬于外面的世界，憧憬于外面更广阔的天地，虽然外面的世界对他是如此陌生，而且令他憎恨。

他怀着这两个疑问，在师父死后，又在蛇岛独自过了三年，终于按捺不住，于是取了师父留给他的那根铁拐，带了师父的遗书，就坐上他来时的那只小船，划过渤海，又回到了大陆。

十年的时间不算短，也不算太长，但他已完全变了样了，从一个被人欺负的小麻风变成一个怀有惊人武功的英俊少年了。

这少年人却怀着一股狂激的心情，向这个曾欺负过他的世界挑衅！他用上乘的内功，随时易容变貌，故意把自己变成一个大麻风，谁敢欺侮他，他就以眼还眼，以牙还牙，将别人捉弄得哭笑不得。他到处去找武林中的成名人物比试，不过数年“毒手疯丐”之名就传遍江湖，没有一人是他对手。越是享有盛名的前辈，他就越发要戏弄他，弄得中原的武林人物，闻风远避。

他也曾想去找甘凤池与吕四娘，但后来听得甘凤池已死，吕四娘久已不知踪迹，他才放弃了这个念头。他记着师父的话，以为武林中只有这两个是好人，其他的人他就毫无顾忌地欢喜怎样捉弄便怎样捉弄。

几年来他打败了无数成名高手，每一次打败敌手，他心中总是十分得意，但随即又感到寂寞与悲伤，越是胜利，越是悲伤。而且这样的情绪，随着每一次的胜利而加深，每次的胜利与得意，都只不过像天边一瞬即逝的彩虹，而寂寞与悲伤，却是永远笼罩心头的浓雾！

为什么？因为他嘲弄了这个世界，而这世界也便遗弃了他！没有一个人和他交朋友，甚而没有一个人把他当作正常的人一样，接待他或和他交谈。他假冒麻风，向这个曾欺负过他的世界挑衅，而这个世界却以超过百倍千倍的力量还击了他。那便是寂寞、冷淡与难以忍受的歧视！他武功越练越高，但那又有什么用？他所感受的，所获得的不是尊敬，而是异样的冷淡与轻蔑。这感受与岁月俱增，以至本来有些人对他并无恶意，并无轻视，而他也一例看待，把别人当成对他怀有恶意的人。他在自己的周围张起无形的帐幕，把自己与这世界隔绝开来。

因果相乘，他行事越怪诞不经，便越感到苦恼寂寞。中原的武师几乎都被他打败了，他自信武功已是天下无敌，于是便离开中原，浪游西北，想要去找天山派的掌门。想不到未曾踏入回疆，就在川康交界的雀儿山，竟然遇到了一个将他当作朋友看待的人，对他并不歧视轻蔑，并不憎恶远避，甚而对他的麻风也丝毫不以为意，还给他治病，携他同行。这人便是冰川天女。（他可不知道，冰川天女根本没见过麻风，也不知道麻风是什么模样，他假扮麻风，一点也没有吓着她。）

就像酷寒的幽谷里忽然透进了阳光，即使是一线阳光，也令幽谷大有生意，他的心扉给冰川天女在无意之中打开了。他除了师父之外，从未有过要与人亲近的念头，但自从见了冰川天女之后，就不愿离开她，纵许是暗暗跟踪也好。这倒并不是幽萍所说的“癞蛤蟆想吃天鹅肉”，而他只是觉得，这世上只有冰川天女才是他可以亲近的人。

在雀儿山中，他又遇见了唐经天，起先他并不知道唐经天是天山门下，后来知道了，却又同时知道唐经天是冰川天女的爱侣，不知怎的，他的心中竟自起了莫名其妙的妒意。他本来是要找天山派的掌门，先行比试，再探听天山派与自己师父的渊源，解答自己胸中的疑问的，但在见了唐经天之后，这个念头就忽然打消了。一来是他不愿对天山派有所求，二来是他发现唐经天的武功竟与他不相上下，大出他意料之外。唐经天是天山派掌门人唐晓澜之子，儿子已经如此，父亲可想而知，他是个心高气傲之人，自忖不是唐晓澜的对手，便立志再下苦功，练那《毒龙秘笈》的奥妙玄功，准备练到师父的那般境界时，再上天山挑衅。

于是他暗暗追踪冰川天女，故意在冰川天女与唐经天之间挑拨离间，兴波作浪。这本来是正人君子所不齿的事情，但对金世遗来说，他的脑海之中根本就没有世俗的道德观念，更没有想过什么是“正派”的行为，什么是“无赖”的行径，他只是像一个孩子一样，欢喜一件东西，就不愿意让第二个孩子抢去。幸好他心地尚非邪恶，否则他趁着唐经天在邹家疗伤未愈之际，大可以将他打死。

就是怀着这样的心情，金世遗追踪冰川天女，一直追踪到峨嵋山口。他完全料想不到，冰川天女主仆竟会毫不留情地指斥他，幽萍骂他是“想吃天鹅肉的癞蛤蟆”。这还罢了，连冰川天女也当面说他“无赖”，轻轻的一句说话，就像晴天之中突然起了霹雳，轰散了他幻想的彩虹。

此际，他独立峨嵋之巅，往事一幕一幕地从脑海中闪过，天上星月西沉，山间磷火明灭，他的心情也就像磷火一样闪烁无定，一忽儿暴怒如雷，一忽儿心伤欲绝，忽然间脑子里好像空空洞洞的，全然不能思想，真的似整个世界遗弃了他，离他而去。他在地上打滚，挣扎呼号。荆棘刺伤了他的手足，刺伤了他的头面，他也不感觉丝毫痛楚。偶然间在山涧这边临流照影，照见自己俊秀的面庞，面上几条被荆棘刺伤的淡淡的血痕，他便按捺不住激动的心情，发狂似的叫道：“我也是父母所生的清白之躯，为何世人对我这般轻贱?”

他狂叫、冷笑，忽地将衣裳都抓裂作片片碎，赤了身子在山涧里洗了一会，凝视水中清白的影子，喃喃自语道：“这个人是不是我，我的本来面目是这样的吗?”突然一跃而起，解开他放在树下的随身携带的包袱，里面有他以前假扮麻风时的那套褴褛衣裳，他抖了一下，重新披在身上，手涂药料，在面上一抹。玄功内运，转瞬之间，面上布满红云，手臂长出疙瘩，又变成了一个形容丑怪的大麻风！又跑到山涧旁边临流照影，哈哈笑道：“这才是我的本来面目，这才是人人憎厌的我的本来面目!”

他在自轻自贱之中感到一种莫名其妙的痛快。本来他在遇到冰川天女之后，和她同行几日，怪僻的性情已渐渐有所改变，当他知道了她不喜欢自己的麻风形貌之后，甚至曾立下誓愿，从此恢复本来的面目和世人相见，不再吓人了。还为此而偷了一套华美的衣裳。却想不到今晚被冰川天女主仆的说话刺伤，他非但不打算恢复本来面目，却反而恢复了愤世嫉俗的心情，比前更甚!

唉，这也不能怪他“偏激”，须知他有生以来，除了师父之外，只碰见过一个冰川天女，是把他当作“人”看待的人。所以他这心情，并不是普通的失恋。也许他根本就没有想到过爱情，而是感到被人抛弃，被人轻蔑，以及自尊心被毁灭的悲伤，而这种悲伤比失恋的悲伤那是不知超过几千万倍!

星月西沉，磷火明灭，山顶的白云结成滚滚的波涛，像一个无边无际被煮沸了的海洋，翻翻滚滚。这是黑夜将尽，曙光即现之前的景象。山风吹来，拂面清爽，金世遗低头一看，发现自己无意之间已走到悬崖的边沿，那悬崖孤峰凸出，伸入云海之中，岩上刻有“舍身崖”三个大字，这正是峨嵋山上最高最险的危崖，常有人从这里跳下去自杀。金世遗心中一凛，竟不知自己怎么会走到此处？试一俯视，但见峭壁千丈，幽谷无底，若然心智迷糊，稍一不慎，跌下去便是粉身碎骨之祸。

金世遗俯视幽谷，冷冷一笑，陡然间，他脑海中泛起冰川天女的影子，那番劝他立志做人的说话，那带有怜惜的眼光，像一股暖流流过心田，他低叹一声，却又心中笑道：“就是你不说这番说话，我也不会从这里跳下！”飞身一跃，翻了一个筋斗，站起来时，已在山头空旷之地，远远离开了险境，生命也从死亡的边缘拉了回来。

只是狂激的心情还未趋于平静，他发声长啸，声振林木，可是这声音能传到冰川天女的耳边吗？他独立峰巅，凝望云海，滚滚的云浪幻成各种各样的形象，云海中冰川天女好像仍是带着那一股高贵尊严、不可接触的神气，用高高在上的、怜悯的眼光看着他。“我不要人怜悯！”他心中叫道，再一凝视，冰川天女的形象亦已模糊，在云海中隐隐淡去，白云冉冉，冰川天女的幻影也越飞越高，远远地离开了他，好像要飞到另一个世界。他拾起铁拐，又到山涧旁边临流照影，水中现出他变形之后的丑陋面貌，他如疯似傻，叫道：“不错，她是云端的天鹅，我是涧底的蛤蟆。”狂笑一会，又痛哭一会，但觉世界之大，竟无一人理解自己，悲从中来，不可断绝！他以自暴自弃的心情，索性用污泥涂在自己的身上、面上，把自己弄得更像个泥首污面的疯丐！心中叫道：“世人都憎厌我，轻贱我，好吧，我就要让你们更多三倍的讨厌！”

他正在自轻自贱，自怨自艾之际，忽听得身后“噗嗤”一笑，笑得非常柔媚，却又非常顽皮，一个女子的声音说道：“哈，这癞蛤蟆真好玩！”金世遗一腔愤激之气，正自无从发泄，闻言大怒，一个转身，拾起一团污泥便向发声之处摔去，只听得那女子的声音又道：“真是个大傻瓜，你这样自轻自贱，又有谁人怜惜你？”金世遗身法何等快捷，这一瞬间，他已抛出污泥，飞身前扑。他的独门暗器手法又狠又准，虽是一团污泥，被他使劲抛出，也像一块石头。只听得“喀喇”一声，一枝树枝，已给泥团折断，但那人影却也不见了。泥团尚自打不着，他这一扑，自然也是扑了个空，额头几乎碰到树上。

金世遗这一惊非同小可，他自离开蛇岛以来，闯荡江湖，败在他手下的成名人物，不计其数，能与他打成平手的，亦不过是唐经天、冰川天女、赤神子等有限几人而已！想不到而今却突然间遇到了劲敌，而且，听这声音，这劲敌还竟然是个年青的女子，别的功夫虽未知道，只凭这份轻功，就已远远在他之上！

世间竟然有这样的女子！真是不可思议、难以相信的神奇之事！金世遗本就好胜，这时更撩起了较技争雄之念，他追入林中，眼光四下搜索，忽又听得那女子的声音在背后格格一笑，清脆的声音宛若银铃，笑道：“来而不往非礼也，你也接我这个暗器！”金世遗大叫一声，倏地回头，伸手便抓。声音就在背后，金世遗心想这一抓断无落空之理，他的内功已练到收发自如的境界，就在这回身抓敌的刹那间，同时封闭了全身的大穴，教任何暗器都难伤害。

但听得笑声摇曳，只见一个白衣少女的背影腾空飞起，在空中一个回旋，已斜掠出数丈之外。金世遗飞身扑去，眼睛忽然一花，但见五色缤纷，手足头面都已给敌人的“暗器”打中。这暗器不知是什么东西，粘在面上，一片冰凉。金世遗急忙停步，伸手一抹，原来竟是无数花瓣，花瓣上露珠未干，所以粘在面上湿漉漉的一片冰凉，这一抹把他头面手足的污秽，都抹得干干净净，就如给那少女强迫洗了一个脸！

金世遗一生欢喜戏弄人家，想不到而今为人戏弄，他又是气恼，又是好笑，那女子已经不见，金世遗知道再找也找不见，索性就在林中睡一个大觉。这时他的注意力已被那神龙见首不见尾的女子所吸引，心思一分，冰川天女给他的刺激自然减了几分，这一觉倒睡得香甜，直到第二日日上三竿才醒，这已是冒川生开山结缘的前一天了。

金世遗这一日几乎翻遍了峨嵋山，找不到那少女的半点踪影，他料想冰川天女已进入金光寺，本想闯入金光寺去闹一场，但在山顶遥见唐经天入寺，心头不觉又涌起冰川天女对他那冷淡的神态，与骂他“无赖”的声音。妒恨、羞惭、自伤、自贱等等心情，交并纠结，盘亘胸臆，这一晚他就在金光寺附近，存心对入山的高手挑衅，第一次戏弄了雷震子，吓走了赤神子，心中甚是得意。第二次戏弄谢云真，想不到那少女又突然出现，就在他用石子分打谢云真的麻穴、痕痒穴、笑腰穴之时，所发出的石子全被那少女的飞针暗器射落。

这一场遭遇，谢云真曾详详细细地讲给唐经天知道，令到唐经天惊讶不已。金世遗是身受之人，当时的惊讶那就更不用提了。

唐经天在听谢云真讲述之时，误以为这女子一定是冰川天女，但金世遗当然知道不是，所以他当时立刻抛开了谢云真，急追这神秘的女子。高山密林，那女子倏地跃入林中，身法却不似昨晚之快，似乎是故意引金世遗去追，但金世遗仍然是追她不上。只见那女子竟似飞鸟一般，从一棵大树飞到另一棵大树，树叶遮着视线，何况又是在黑夜之中，虽有月光磷火，亦是看不清楚，只隐隐见她的背影，忽起忽落，裙裾飘飘，体态轻盈之极！金世遗也给弄得迷惑起来，心中暗道：世间哪会有轻功如此高明的女子？莫非她竟是这山中的仙女？

金世遗从峨嵋的最高峰——金顶，一直追到了猴子坡，那女子已不见了。金世遗知道她若不是故意现身，实是无法寻觅，不觉大为气馁，心中想道：“仙女那是绝不会有的，如此看来，我自以为是天下无敌，哪知却端的是天外有天，人外有人。唐经天冰川天女与我年纪相若，武功亦自相等；这女子不知是什么人，但看她体态，绝不会是老太婆，武功竟比我高明了不知多少倍！”

金世遗自思自想，忽听得猴子的叫声，抬头一看，只见有好几只猴子从峭壁上爬下，金世遗正自百无聊赖，一时兴起，纵身一跃，已把一头猴子抓着。那猴子吱吱怪叫，其余的猴子都吓跑了！

金世遗笑道：“你跑得快也逃不出我的掌心！”放开手中的猴子，飞身一抓，又抓到了第二只猴子，他童心大起，竟要和山中的群猴开开玩笑，逐一戏弄。忽听得山岩上又飘下那熟悉的“格格”的笑声。金世遗忙抬头一看，月亮正在中天，山岩上毫无遮蔽，这回可是看得清清楚楚，只见岩石上坐着一个少女，紫衣玄裳，发上束着两个金环，长眉如画，笑得如花枝乱颤，看样子最多不过十七八岁，一脸稚气未消，伸出一只手指托腮，侧目斜睨，瞅着金世遗笑个不停。

金世遗怎样也料想不到这少女竟是如此年轻，简直就像个瞒着父母偷跑出来戏耍的大孩子！饶是他见多识广，也不觉呆住。只听得那少女说道："猴子又不会武功，你捉弄它做什么?"听她说话，竟似知道他以往的行径。

金世遗又是一怔，这是第二个不怕麻风的少女，而且比冰川天女随便得多，笑声中带着嘲讽也好似斥责，但却像顽童数说她的同伴一样，熟络之极，无拘无束。金世遗呆呆地望着她，一时间竟不知怎样和这女孩子说话。只听得那女孩子又道："你用强最多捉到一个猴子，它们也不服你，这有什么意思，你看我的!"一边说，一边嘻嘻地笑。

金世遗道："好，我看你怎么捉猴子?"心道："你轻功纵比我好，难道就能一下子捉到许多猴子?"那少女嘻嘻地笑，唱道："猴儿叫，猴儿跳，顽皮的猴儿没烦恼。来，来，来！我有果子给你吃，咱们交个好朋友!"不过一会，便有几只猴子从树林中钻出，接着越来越多，在女郎面前跳跃欢叫，那少女拿出一包栗子分给猴子食，猴多栗少，分不胜分，那些猴子真像和女郎交上了朋友似的，没有栗子，也依恋不去。

这并不是女郎有什么妙术，原来峨嵋山上猴子坡的猴子，从不怕人，它们和寺庙里的和尚厮混熟了，群猴常扶老携幼到寺庙来，和尚也经常备有一些粗粮，以招待这些"不速之客"。它们也会在游客面前嬉戏，博取食物。除非你故意吓它，否则不会逃跑。

金世遗呆呆出神，只听得那女郎笑道："你对它好，它就对你好，你要欺侮它，它当然不和你做朋友。你怎么连这点道理都不懂呵!"金世遗心中一动，这话说的是猴子，但却何尝不是说人？金世遗看得有趣，扑上山岩，也想和群猴戏耍，群猴认得他是适才欺侮同伴的"恶人"，不待他扑到跟前，便一哄而散。女郎怒道："刚玩得好好的，你怎么又把我的猴儿吓跑了?"

金世遗看她佯嗔薄怒，拦着去路，似是毫无防备，突然倒持铁拐，脚尖在岩石上轻轻一点，使个“一鹤冲天”之势，凭空窜起三丈来高，他本在女郎下面，这样一来，反而居高临下，在空中一扑，立刻用拐柄倒勾，他顾虑用空手捉不着她，改用铁拐，不啻将手臂续长了八尺。那女子叫道：“好呵，你真会欺负人！”也不见她作势，身子突然腾空飞起，脚尖在他拐上一点，顺势又飞高数丈，在空中一个转身，斜飞出去，落下山坡，那姿势疾似空中飞鸟，端的美妙绝伦。金世遗在她脚点拐杖之时，左手一带，没有将她带着，只是手指轻轻碰着她的指尖，不知怎的，心神一分，那女郎又已躲入森林去了。

金世遗猛然省起，这女子的轻功，自己似乎是在哪儿见过一般，再一想，原来这在空中转身的飞扑之势，酷似猫鹰。“蛇岛”附近有个“猫鹰岛”，上有怪鸟，其形似猫，常常飞临蛇岛，和群蛇恶战，正是毒蛇的克星，金世遗在蛇岛十年，已见过不少次了。听师父毒龙尊者说，以前在猫鹰岛上，有一对双生兄弟，名叫萨天刺、萨天都，擅长猫鹰扑击之技，只是两人早已死掉，听师父说他们又没留下传人，却怎的这女郎也会猫鹰扑击之技？金世遗不觉大奇，再一想，还有更奇怪、更令人莫名其妙的事。

金世遗心中想道：“这女子的猫鹰扑击之技，确是世间罕见的轻功，但她适才在铁拐上的那一踏，力道却也不见得怎样强劲，掌力也似乎还比不上我，这是什么缘故？”须知内功强弱，一触即知，半点也掩饰不得，这女子在两晚之间，曾三次出现，第一次用飞花作为暗器，金世遗给打中了还不知道是什么。第二次用梅花针碰落金世遗的石子，功力之深，更是不可思议。但到第三次出现，却忽然比前两次弱了许多。金世遗大惑不解，心道：“难道她是故意做作？难道她已做到劲力大小，发放随心的地步？但以我现在的造诣，她若是隐力不发，我也该觉察出来。又难道前两次出现的并不是她？”细细一想，心中笑道：“不会呀，不会！世界虽大，有一个武功如此高明的少女，已是出奇，哪可能还有一个？而且她前两次出现，我虽然只见背影，未睹真容，但那身材体态，前后却是一样，轻功的路数，也完全相同，明明是一个人，断无看错的道理。”他越想越觉奇怪，这一晚他也像唐经天一样，满腹疑云，在山林中搜索了一夜。

饶是金世遗如何鬼怪精灵，武功超卓，却是猜想不到：先后出现的竟是两个人，这两个人乃是母女。用飞花戏弄金世遗的是冯琳，引他到树林中的那个少女却是冯琳的女儿李沁梅。

冯琳年过四旬，但她驻颜有术，远远望去，还似一个少女。更妙的是，她的脾气，至老不改，不但形貌似少女，性情也似少女，而且是不经世故的顽皮少女。她因为一再捉弄冰川天女，在慕士塔格山造成了一场误会，将冰川天女气走。事后她姐姐冯瑛埋怨她，冯琳看出了唐经天对冰川天女的情愫，当即在姐姐跟前许诺，一定要撮合他二人的姻缘。冯瑛知道妹妹的脾气，并不怎样当真。岂知冯琳这次却是说了就做，竟然暗暗跟着唐经天来到了峨嵋山。她本来是不想带女儿的，但她的女儿比她还要顽皮，一定要跟她母亲去瞧热闹。冯琳被她缠不过，只好携她同行。唐经天、冰川天女与金世遗一路所闹之事，她全都看在眼里，金世遗的自怨自艾，她也全听在耳中。冯琳幼年的遭遇，虽然不似金世遗的凄惨，却也有相同之处，她周岁之时，父亲惨死，她被猫鹰岛的双魔萨天剌、萨天都捉去，藏在四王子胤禛府中，虽然学到了许多异派武功（猫鹰扑击之技便是其中之一），也受了许多劫难。所以她窥伺了金世遗多日，不但不觉得他讨厌，反而大有性情相投之感。

此刻她们母女正在密林之中细语，冯琳笑道："我上次离开天山之后，便听得武林同道说，说中原出现了一个毒手疯丐，十恶不赦，原来却就是他！喂，你说待我把他戏弄够了，再将他杀掉，好是不好?"

李沁梅叫道："为什么？我瞧他怪可怜的。"冯琳道："你看他比表哥如何?"李沁梅道："武功倒是不相上下，年纪也差不多。只是表哥太像一个大人，没他那样有趣。"冯琳忽地噗嗤一笑，道："好呀，那我就不杀他，留他给你做伴儿。"李沁梅未解男女之情，却也知道母亲是开她玩笑，扑到母亲身上，两母女闹作一团。冯琳道："别闹，别闹，我教你一个戏要他的法子。"李沁梅被母亲一哄，静了下来。冯琳道："你的轻功比他高明，其他功夫，却是有所不

大雄宝殿 一九八五年十二月画梁羽生先生之冰川天女传于羊城岭南卢延光
大雄宝殿

晓日透出云海，峨嵋山金光寺响起了一百零八响钟声，大雄宝殿打扫得干干净净，……

及。我教你一个法子，叫他永远也打不赢你，那么就只有你戏要他，他不能戏要你了。”李沁梅不相信，道：“你还当我是小孩子吗？武功哪有这样快便可以练成的道理？”冯琳道：“我教你这种武功，就只能打赢他，对别的人却没用处的，你信不信？”李沁梅见母亲说得甚是认真，半信半疑，随母亲到密林中去练武功。两母女一样性情，凡事一开了头，就不能罢休，她本来是想在冒川生开山结缘之日，去瞧热闹的，如今一时兴起，母女俩练功练得入迷，把冒川生开山结缘的大事也抛之脑后了。

这一晚，唐经天与金世遗都是彻夜无眠，不知不觉，便到了第二日清晨，是冒川生开山结缘的正日了。

晓日透出云海，峨嵋山金光寺响起了一百零八响钟声，大雄宝殿打扫得干干净净，开始接待从各地而来要向冒川生领益的武林好手。这次来的人特别多，因为冒川生是武当派辈分最高的人，所以武当派的弟子自动地担任了招待之职，靠近讲坛的地方也都给他们占据。唐经天混杂在宾客之中，见这情形，不禁暗叹武当派南支的人才零落，不说武功，在气度上，武当派的第二代弟子，就没有一个人足以继承前贤。

正在举座肃静，静待冒川生升坛的时候，忽听得殿堂外嘻嘻哈哈的怪笑之声，闹成一片。雷震子大吃一惊，急忙抢出去看，只见十几个同门，手舞足蹈，跳上跳下，不用说又是那疯丐弄的把戏了。武当弟子大感面上无光，手足无措，只听得宾客中有人笑道：“这是什么仪礼呀？”唐经天急忙越众而出，向着那十几个如中疯邪的武当弟子，左打一拳，右打一拳，众人哗然大呼，随雷震子一同出来的四大弟子便想上前动手，雷震子面色铁青，沉声喝道：“别人出手相救，你们也瞧不出来吗？”果然在片刻之间，那十几个武当弟子都复了原状。原来唐经天因为来不及替他们一个个“解穴”，迫得用“神拳解穴”的本领，以内家真力，在刹那之间，冲开各人的穴道。各派高手个个惊奇，正在喧闹之时，里面钟声当当，冒川生就将升坛了。

冒川生是中原公认的武林第一高手，每十年开山一次，他春秋已高，这次开山之后，只怕未必再有下一次了。是以各派高手，一听钟声，立即肃静无声，依次入座。唐经天也因此免了被人查问，当下亦混在众人之中。唐经天暗暗留神，只见坐在前面几排的，十九都是邪里邪气，与虔诚听道的人，一眼就可以分别出来。唐经天心中叹道：“树大招风，高名招妒。这说话倒真是不错。”

钟声接连响了十八下，金光寺的老方丈将冒川生引出讲坛，唐经天一看，只见冒川生相貌清癯，须眉皆白，满面慈祥之气，登上讲坛，双目一扫，神光奕奕，连坐在最远的人都觉得冒川生看见我了。只听得冒川生缓缓说道：“武学之道，有如大海，浩淼无涯，老朽虽痴长几年，其实亦不过略窥藩篱，不足言道。今次开山结缘，非敢好为人师，不过互相切磋而已。”冒川生的开山结缘，起源是由于本派弟子请他定期讲授武功，后来各派闻风而来，这才扩大了成为了每十年一次的盛会，那是各派承认他足为师范的。如今听他说了这一番话，真是谦冲自牧，不愧有道之言。连存心来挑衅的也自心中暗暗佩服。

那大雄宝殿长宽各十余丈，冒川生说话声音不大，但殿中每一个人听来，声音一样大小，一般清楚。唐经天大为心折，心中想道：“冒老前辈果然是名下无虚，虽在暮年，中气的充沛，却也不在我爹爹之下。”要知内功有造诣的人，固然可以传声及远，但像冒川生这样的在大殿的讲坛上说话，近身的人必有震耳如雷之感，坐在中间的人又必然遭受回声的干扰，坐在后排的人则一定有刺耳之感。但冒川生却如家常闲话，不疾不徐，远近各人，都像是感到他就坐在对面和自己谈天一样，丝毫没有运用内功以气传声的感觉。这正是内功已练到化境，才能达到的境界。

冒川生接着讲了一段《易筋经》的精义，内功有了造诣的人，固然领悟得多，初学之士，也从中悟到许多武学的原理，亦是获益不浅。冒川生讲完那一段《易筋经》后，按照以往的规矩，开始每日的“结缘”。由请益的人将他本身最擅长的武功演练出来，请冒川生指点。这次仍依往例，由武当派后一辈的首席弟子先行请教。雷震子是今次赴会的武当派第二代大弟子，遂出来练了一套武当派的“九宫八卦掌”。只见他步似猿猴，拳如虎豹，打来甚有威势。但赴会的一流高手，却是暗暗诧异，大家都看出了雷震子内劲不足的缺点。雷震子在中原武林中也算得是一流高手，熟悉他武功的人以及上一届看过他演武的人，都觉得他这十年来不但没有进境，反而退步许多，按理来说，练武之人，拳不离手，即算进步不大，亦断无退步之理。

众人不明其中道理，唐经天却是心中嗟叹，想道："他昨晚受了赤神子的一拳，又被金世遗连点三处穴道，虽然得我救治，元气却是损耗不少。"

雷震子将一套"九宫八卦掌"练完之后，垂手恭立坛下，请祖师指点。冒川生双眼一张，目光闪电般的在他身上扫过，微笑说又道："掌法也还纯熟，但武当派这套掌法，其中却是夹有点穴法的，要掌指并用，你的点穴法那还差得很远。"此言一出，座中高手甚是诧异，雷震子亦是不大服气，他夹在掌中的点穴法实是毫无破绽，而且轻巧灵活，确已完全得了武当心法。座中高手不约而同地想道："冒川生难道是老糊涂了？雷震子的缺点，明明是内劲不足，他却指摘他的点穴法，这不等于考官评卷，将好的说坏，坏处却反而看不出来吗？

雷震子虽然不大服气，还是恭恭敬敬地说道："请祖师指点。"冒川生道："你走近了来，瞧清楚了！"他仍然端坐讲坛，突然伸手一点，就点着了雷震子手腕上的三焦穴，雷震子突然一震，跳了起来，冒川生反手一点，又点着了他背脊的天柱穴，冒川生出手或缓或疾，身不离席，脚不沾地，点一下，雷震子跳一下，任他跳荡不休，冒川生每出一指，都必然点中他一处穴道，劲力又用得妙极，绝不令雷震子受伤。众高手大开眼界，都在暗道："点穴法竟然有这样神妙的！"但心中却是不能无疑："冒川生的点穴法，那是数十年功力之所聚，雷震子要学也学不来，像雷震子适才所演的点穴法，实在也不应说他差得太远了。"武学之道，应该根据他那一级的程度来评论，比如童生的文章，只要能够通顺，便可"贴堂"，岂能拿去与状元的文章相比？所以一众高手，虽然对冒川生的点穴法，佩服得五体投地，但对他的评论，却仍是有所非议。

唐经天却是心中一动，但觉冒川生的眼光似乎是在有意无意之间，瞧了自己两眼，仔细看时，冒川生点雷震子的麻穴、痕痒穴、笑腰穴三处，用的全是反手指法，逆点穴道，唐经天的内功造诣以及点穴功夫，自然远非雷震子可及，这一看立即领悟，看来冒川生的点穴法，正恰巧就是破金世遗那种独门点穴法的功夫，再看他点其他穴道，无一不是克制金世遗的点穴法的，唐经天不觉大奇，心道："难道冒老前辈见过金世遗了？难道他是有心传授我么？"唐经天与金世遗功力悉敌，各有所长，唐经天顾忌金世遗的歹毒暗器和毒龙点穴法，金世遗也顾忌他的天山神芒和须弥剑法。而今唐经天在点穴法上领悟了克制金世遗之道，其他武功虽然与金世遗不是半斤八两，但点穴的功夫稍胜，自忖下次相遇，便有了取胜的可能，不觉大为兴奋。于是一面暗记冒川生的手法，一面揣摸他劲力大小的巧妙地方。一直看完冒川生点完了雷震子的三十六道大穴，连眼睛也不眨一下。

唐经天自以为已领悟了冒川生点穴的神妙之处，但还有一样妙处，却连唐经天也不知道。这个妙处是只有雷震子才知道的。

雷震子先前不大服气，被冒川生一点之后，全身震动，只觉一股热气，自所点穴道之处，直传到心田，只点了几下，阳矫脉立刻畅通，再几下，阴维脉的跳动也由弱而强。昨晚他受了赤神子一掌，热气攻心，尤以阴矫脉和阴维脉受损最甚，虽得唐经天的天山雪莲解救，这两处经脉仍是阻滞不通，如今被冒川生一点，看似点穴，实却是替他解穴，非但如此，而且替他加强各处经脉的运行，令雷震子本身所具有的内家真气迅即凝固，这一下等于助长了他三年的功力，得益之大，不言可喻！

片刻之后，冒川生点完了雷震子的三十六道大穴，不但阳矫脉阴维脉由弱而强，其他各处经脉，如任脉、带脉、冲脉、督脉、足少阳肾经脉、手少阳三焦经脉等等，无不畅通，只觉无限舒服。旁观高手但见雷震子跳荡不休，呼吸气息极重，口中不断喷出热气，还以为他不胜指力，哪知他却是得了冒川生之助，将赤神子的掌毒与留在身中的邪气全都驱出了。

冒川生一笑敛手，气定神闲，一派若无其事的样子，仍然端坐讲坛的蒲团之上，微笑问道："领悟了么？"雷震子恭身说道："领悟了！"冒川生徐徐说道："怕未必呢，不过你领悟几分，也不错了。”唐经天正自出神，在心中复习冒川生的点穴手法，听这数言，直刺耳鼓，抬起眼睛，忽觉冒川生的目光又似停留在自己的面上，不觉心中一动，想道：“这话大约是说给我听的。雷震子哪能领悟？”殊不知他和雷震子都只是领悟了一半，冒川生这次出手点穴，实是一举三用，一者是向赴会存心挑衅的群邪示威，让他们大开眼界；二者是暗授唐经天克制金世遗的点穴法；三者是借此替雷震子恢复元气。能完全领悟冒川生的妙用者，座中并无一人。

雷震子正想归座，第二排中跳出一个人，朗声报道：“末学后辈南海离火岛郝中浩求大宗师指点。”冒川生道：“原来是赤城岛主的高足，好说好说！你家的离火坎水掌法，老朽也佩服得很。”郝中浩道：“冒老前辈如此说法，那岂不是教后辈如入宝山空手回吗？”冒川生的“开山结缘”，照例不能拒绝后辈的请教，于是说道：“各家有各家的独到武功，贵派的掌法我不敢妄言指点，但你也不妨试演出来，待我看看，是否还有其他地方，咱们可以切磋。”郝中浩施了一礼，说道：“我有不情之请，求与贵派的大弟子雷师兄对掌，对掌中有何破绽，求老前辈一一指出，这样获益更大。”赴会诸人听了，心头都是一震！

照往届冒川生开山结缘的规矩，求冒川生指教的后辈，本来就有两种办法，一种是自己将本身最得意的武功练出来，一种是两人合手，请冒川生指点，每届求冒川生指点的人都很多，后一种办法，因为同时可以指点二人，节省时间，所以也常常采用。但若是两人合手者，多数是同门师兄弟，或者是好友世交，胜败不伤和气。而今郝中浩要与雷震子合手，两人绝无渊源，那当然是郝中浩有心向武当的大弟子挑衅了。

故此赴会诸人都是心头一震，即连唐经天也暗暗替雷震子担心，想道：“郝中浩这岂不是存心捡便宜吗？离火岛赤城岛主的掌法独创一家，雷震子昨晚若未受伤，怕还未必能打成平手，如今他元气未复，如何能是郝中浩之敌？”

只见冒川生仍是神色如常，毫无愠态，微笑点头说道：“那也好。雷震子，你就用九宫连环掌法，向郝师兄领教领教吧。”

雷震子站了出来，大殿中间空出数丈方圆之地，两人在当中一站，雷震子立好门户，道：“请郝师兄赐招。”郝中浩一点也不客气，雷震子刚刚说完，他右掌一起，呼的一声，立刻劈面打下。

赤城岛主所创的离火坎水掌法，一阳一阴，右掌极刚，如火之烈，左掌极柔，如水之性，刚柔相济，阴阳相配，妙用无穷，郝中浩是赤城岛主的大弟子，尽得乃师所传。赤城岛主僻处海外，郝中浩却常在中原走动，这次立心来向冒川生挑衅的群邪，先去游说赤城岛主相助，赤城岛主素闻冒川生之名，不欲多事，郝中浩却被说动，来到峨嵋。前一夕群邪计议，只要激得冒川生出手，那就是已坍了他的台。故第一仗就派郝中浩出来挑战雷震子。

郝中浩自然也看出了雷震子内功不足的弱点，所以第一手就用离火阳掌，呼的一声，刚劲之极，雷震子双掌一分，右掌从左掌掌背擦过，当中一划，啪的一响，郝中浩掌背起了五道红印，退后三步，雷震子的掌心也皮肉破损，现出血丝，上身摇晃不定。但却并未给对方的掌力震退，这一下双方都是以硬碰硬，各自受伤，但比对之下，却显然是雷震子占了上风！郝中浩大吃一惊，会中诸人，连唐经天在内也均惊诧不已！大家都是莫名其妙，怎么雷震子的功力会突然增进了这许多?

他们怎知雷震子的功力本来与郝中浩在伯仲之间，但经过冒川生的暗助，这就比郝中浩强了三分。雷震子得理不饶人，立即跨步穿掌，呼，呼，呼，连劈三掌，郝中浩连连后退，突然左掌一迎，雷震子忽觉对方全不受力，郝中浩左掌一搭，搭上了雷震子的掌背，右掌立刻反手斫下，武当弟子有的被吓得叫出声来，眼看大师兄的手腕就要被敌人斫断！

忽见雷震子指尖一翘，正正指着郝中浩的虎口穴道，郝中浩一凛，左掌松开，一招“金生丽水”，解开雷震子追击的掌势。雷震子第一次遇到坎火离水掌法，本来还未懂得这掌法的奥妙之处，但他刚才听得祖师说他的点穴法不行，领悟了九宫八卦掌中必须以点穴的指法，配合掌力，出奇制胜，所以一遇危急，立刻便用点穴法解救，郝中浩不敢拼个两败俱伤，果然奏了奇效。

冒川生微微一笑，道：“郝中浩刚才那一掌应该横斫肘尖，左掌应立即变招抓敌脉门，这样就不至于给对方窥隙点穴了！”众高手都暗暗点头。郝中浩心道："呀，这话你何不早说!"怔了一怔，雷震子双掌齐到，郝中浩正待右掌迎敌，用"力劈三山"的招数硬挡，下一手就用左掌的"顺水推舟"的阴柔掌力反击，忽听得冒川生道："不成，不成！该先用坎水掌法的微步凌波消敌来势!"郝中浩无暇思索，不自觉的立刻照着冒川生的指点应敌，果然将雷震子带过一边，这才心中一震，想道："幸亏他说得早，要不然以硬碰硬，雷震子的功力高我三成，这手腕岂不是给他折断了。"

两人一分即合，又再交锋，冒川生依着"开山结缘"的规矩，随时指点，而且对郝中浩的指点，比对雷震子的指点还多，叫赴会的高手听了，都佩服冒川生确有大宗师的气度，非但一点也不偏袒本门弟子，而且还暗暗相助对方，即是郝中浩本人，亦是大为心折。

岂知冒川生别有妙用，他知道九宫八卦掌以正制奇，绝对能应付得了郝中浩的邪门掌法，而雷震子本身的功力又高于对方，那已是立于不败之地，所可虑者是雷震子初遇这种掌法，未曾深悉其中奥妙，可能被对方阴阳掌法所迷，所以他不怕去指点郝中浩，在指点郝中浩之时，亦即是令雷震子更领悟对方掌法的奥妙所在，好知所预防。而指点雷震子之处，都是关键所在，雷震子的掌法本就纯熟之极，一经指点，那就更加变化无方了！

两人各展平生所学，拆了将近百招，郝中浩虽然得冒川生指点较多，而且每一次指点都非常中肯，毫无虚假，但还是处在下风，不觉心中叹了口气，托地跳出圈子，拱手说道："雷师兄的掌法非我所能敌，多谢大宗师指点，我回岛去一定再依大师的指点苦练。"郝中浩口服心服，从此永不敢再与武当派为敌，而他自己也确实因此得益不少。

两人刚刚归座，坐在第三排的一班人忽然鱼贯而出，这班人一律黑色衣冠，手持长剑，腰悬暗器囊，共有九人之多，走出来也各按着八卦方位，满透着怪气。正是：

名山处处妖邪到，接二接三起事端。

欲知后事如何？请听下回分解。

第二十四回　羽士魔头　群邪朝法会
冰弹玉剑　天女上峨嵋

那为首的黑衣人抚剑一揖，朗声说道："素仰武当派的九宫八卦掌奇妙无方，咱们有个小小的阵法，也是按着九宫八卦的奇正循环之理所布，正好与贵派印证印证。求大宗师多多指点。"这九人步出来时已是按着九宫八卦方位，将坛前的一众武当弟子都暗暗围着，为首的话一说完，一声呼啸，竟然不待冒川生允准，九柄剑刷的就一齐出鞘，将十多名在坛前侍奉的武当派弟子，连同雷震子在内，都一齐圈在当中，为首那人剑诀一领，迎面就给了雷震子一剑！

座上各派英豪，无不失色，这九人实是无礼之极，武当派弟子更是大怒，双方更不交代客套的说话，立即掌来剑往，噼噼啪啪地乱打起来。被围在阵中的武当弟子虽有十多人，在数量上占了优势，但那九名黑衣人同进同退，首尾相连，此呼彼应，时而一字散开，时而四围合击，九人作战，俨如一体，武当派的弟子被围在中，左冲右突，竟然冲不出三丈方圆之地。而且互相拥挤，人自为战，渐渐连手脚也施展不开。

唐经天看得暗暗心惊，想道："这九宫八卦阵果然甚是奇妙。今日武当弟子只恐要吃大亏。"正自踌躇不决要不要出手相救，忽听得冒川生微笑道："韩重山与叶横波留下的阵法果是高明，只是这阵法要配以暗器之力，门户才能紧封，威力方能大显，你们为何不用全力，只施展了一半?"唐经天闻言不觉心头一震。原来冒川生所说的那韩、叶二人乃是夫妇，武功极高，暗器功夫尤其出神入化，与四川唐家齐名。他们是灵山派的长老，论起辈分，和冒川生是同辈。三十年前，当雍正帝胤禛还是四皇子之时，他们曾受胤禛之聘，助胤禛夺得帝位。事隔三十年，换了两个皇帝（从雍正至乾隆）。灵山派的人从不在江湖露面，叶横波与天叶散人也早已死了。大家都已淡忘，哪知灵山派还留下韩重山的阵法，今日竟然搬到峨嵋山来。

冒川生此言一出，那九个灵山派弟子和唐经天都是心中暗惊，灵山派弟子惊的是：祖师的阵法，三十年来从未用过，不知冒川生何以能窥破其中奥妙？唐经天惊的是：这九宫八卦阵不用暗器已是厉害非常，若用暗器，只恐武当弟子，个个都难逃劫运！

这时九宫八卦阵已越收越紧，九个黑衣人九口长剑交叉穿插，将武当弟子迫在一隅，毫无反攻之力。为首的黑衣人是灵山派掌山门弟子叶天任，心中想道："此来为的是把武当打个全军皆墨，好给灵山派重新扬威立万，看这情势，不出一时三刻，我方便可大获全胜，何必再用暗器杀伤，若然杀死了武当的弟子，激得冒川生出手，他虽然失了身份，咱们也是弄巧反拙。"于是答道："大宗师指点得是，这阵势碰着了极强的对手，自然该用暗器加强威力，一般的敌手，不用暗器他们也逃不出阵去。"这话说得极其自满，简直不把雷震子这一班武当门下放在眼内，雷震子大怒，长剑平胸，"刷"的就是"怒涛卷空"，直刺叶天任的"风府穴"，叶天任迈前一步，并不反击，自有两旁的师弟，架开了雷震子的剑招，将他更迫进垓心。叶天任大为得意，道："先师九宫八卦阵不知还有何破绽，请冒老前辈指点。"

冒川生微微一笑，道："你的阵势威力，只用了一半，自然还是有破绽。嘿，雷震子，你走乾方，奔巽位，凌一瓢，你走离方，奔坎位，避近攻远，那就走出来了。"雷震子等人依着指点，不理近身之敌，各抢方位，左掌右剑，攻击外围堵截的敌人，九宫八卦阵按着阵势转动，一给敌人欺身掠过，其势就不能回身反击。雷震子等人方位抢得恰到好处，舍近攻远，果然不过片刻，十多名武当弟子全都脱出包围。

叶天任又羞又怒，因他有言在先，请冒川生指点，又声明不用暗器，亦可困敌，所以冒川生三言两语，指引门下脱出包围，他亦

冰川天女传

但见屏风后面，转出来一个女子，……

是难以发作。只听得冒川生又微笑道：“你这阵法，即算施用了暗器，也不一定困得住敌人，内中的破绽其实还多着哩！”灵山派九个弟子相顾失色，人人动怒，个个气愤。

叶天任寒了面孔，冷冷说道：“那就请雷震子各位师兄再入阵中指教，有甚破绽，冒老前辈随时指正。”座中各派高手虽然觉得灵山派这九个黑衣人太过无礼，被冒川生毫不留情地指摘，人人称快，但亦觉得冒川生此言可能令雷震子等反招败辱，唐经天亦是如此想法，心中暗道：“冒老前辈理该见好便收，这阵法纵有破绽，但灵山派的暗器非同小可，若雷震子等再入阵中，纵有指点，受伤恐是免不了的。”

冒川生端坐坛上，看了叶天任一眼，道：“何须适才那么多人，要破你这阵法，只须一人便够！”

叶天任面孔铁青，一揖到地，道：“冒老前辈要亲自指教，那真是我们三生有幸，敢不拜谢！”不但叶天任以为是冒川生想亲自下场，座上群英也都是人同此心，心同此理，想道：“若要以一人之力，破灵山派这九宫八卦阵，那确是非冒川生莫办，但那不是太失身份了吗？”

只见冒川生又是微微一笑，缓缓说道：“老朽哪还有这个兴致，我叫我武当派的一个后辈与他们印证一下，看我的话说得对是不对？”此言一出，又是合座皆惊，大家都知道武当派的后辈人物之中，最强的便是雷震子，以雷震子本身的功力，以一敌一，恐怕还不是叶天任的对手，如何能破得了这九宫八卦阵？

唐经天亦是极为惊诧，想道：“若然是我陷在这九宫八卦阵中，他们不用暗器，我可以破。若然使出暗器，从八个方位齐向中央打来，那我仗着宝剑之力，大约仅能自保，更不要说破他的阵了。武当派的后辈中谁有那么大的本领？”正自疑惑不已，忽听得冒川生轻轻拍了一下手掌，殿堂后面环佩叮当，人还未到，幽香先散，一股醉人的香味，直冲鼻观，众人目不转睛，但见屏风后面，转出来一个女子，身穿湖水色的衣裳，脸如新月，浅画双眉，小口如桃，眼珠微碧，只是这么轻轻一盼，满场鸦雀无声，唐经天又惊又喜，心头卜卜乱跳！

这少女不是别人，正是冰川天女！唐经天虽然料到她一定会来，却想不到她在这等场面之下出现。只见她向冒川生施了一礼，道：“伯伯，你要我破的就是这九宫八卦阵吗？我可不愿伤人。”冒川生道：“你放心好了，我自然会给他们医治。”冰川天女道：“可是，恐怕也得小病个把月呢。”冰川天女绝世容颜，灵山派的九名弟子乍见她时，个个神迷心醉，几乎没人想起她就是来破阵的敌人。待听得她和冒川生一问一答，竟然好似破阵那是必然之事，所顾虑的只是他们受伤或生病而已。这一下，顿时令得灵山派的九名弟子都起了同仇敌忾之心，叶天任长剑一挥，布好阵势，愤然说道：“我们就是粉身碎骨，也只怨自己学艺不精，但刀剑无情，姑娘，你也得小心则个，若然一个失手，划伤了你的颜容，这罪我们可担待不起。”

九柄长剑，闪闪发光，叶天任这番话虽是愤激之言，却也正是众人心中所思，冰川天女吹弹得破的粉脸，只要被剑尖轻轻划了一下，那就是大煞风景之事。可是在冒川生的跟前，有言在先，谁又敢出声劝阻？

只见冰川天女傲然一笑，眼光一瞥，自然显出一种高贵尊严的气派，对叶天任的话竟似不屑置答，轻移莲步，一下就进入阵中！按阵势应该是叶天任先出剑御敌，叶天任一阵踌躇，见冰川天女双手空空，他的剑举了起来，想刺又不敢刺下。

冰川天女冷冷说道：“你胆怯么？我是让你们先运气护身，要不然我一动手，你们就不止病个把月了。”灵山派的弟子一齐大怒，阵势一转，叶天任旁边的两个师弟绕了上来，愤然嚷道：“师兄，和她客气作甚？”双剑齐出，各按方位，左边的黑衣人挽剑平削，使的招数是“雁落平沙”，右边的挥剑斜刺，用的招数是“玄鸟划沙”，合成了一个极厉害的剑圈，封着了冰川天女左右两方的退路。武当派的弟子，除了雷震子见过冰川天女的本领之外，余人都是暗暗心惊，只恐这双剑一划，冰川天女的粉脸便得留下疤痕。

只见冰川天女娇声一笑，身形微晃，灵山派的九名弟子连看也未看得清楚，双剑已刺了个空。陡然间，但听得铮的一声，冰川天女拔剑出鞘，寒光疾射，冷气森森，叶天任连打三个寒噤，那两个刺冰川天女的黑衣人功力较低，更是冷得牙关打战，如堕冰谷。

叶天任叫道："变阵散开，用暗青子招呼这个妖女！"九宫八卦阵本来是向里收紧，这时骤地向外扩开，外围旁观的人纷纷走避，距离稍远，冰魄寒光剑射出的冷气，勉强可以抵受，叶天任一声呼哨，八个方位，暗器齐飞，都向着中心站立的冰川天女疾射。冰川天女道了声"好!"双指频弹，冰魄神弹似冰雹般的乱飞出去，那些较为细小的暗器，如梅花针、铁莲子、飞蝗石、袖箭、透骨钉之类，被冰弹一碰，立刻堕地，冰魄神弹一散，一颗颗好似珍珠大小，亮晶晶的从空中洒下，破裂之后，那寒光冷气，更是弥漫扩张，宛似从空中罩下一张无形的冰网。冰魄神弹是念青唐古拉山上冰谷之中的万载寒冰所炼，那奇寒之气，刺体侵肤，比冰魄寒光剑还厉害得多，旁观者功力稍低的都不禁颤抖，挤到外边，灵山派的弟子首当其冲，更是禁受不起，有几个已冷得浑身无力，瘫在地上。

较大的暗器冰魄神弹碰它不落，冰川天女使用冰剑拨开，其中一件暗器，形如曲尺，带着呜呜的怪啸之声，冰川天女觉得奇怪，用冰剑一拨，那暗器忽然跳了起来，一个回旋，直刺冰川天女酥胸，这一下怪异的来势，冰川天女也不禁吓了一跳，人丛中忽听到有人叫道："金刚指。"冰川天女熟习各派武器，对金刚指亦曾练过，急忙双指一钳，将暗器钳住，兀是跃动不休。冰川天女回头一瞥，只见唐经天正站在人丛之中向她微笑。再一看，只见叶天任双眼通红，双手各扣着一件奇形暗器，正待发放。原来这暗器名为"回环钩"，乃是韩重山当年赖以成名的暗器，可以斜飞转折，碰物回翔，恶毒无比。幸而叶天任功力与冰川天女相差甚远，要不然用金刚指也钳它不住。

就在这一照面之间，叶天任双手齐扬，两柄回环钩都带着怪啸之声盘旋飞出，冰川天女一手持剑，单凭左手的金刚指力，不能钳住两柄回环钩，那两柄回环钩来势极急，左右盘旋，合成了一个圆弧，不论向哪方躲闪，都难免被钩上的利刃所刺，在座高手，怵目惊心，都在想道：灵山派的武功倒不见得有什么了不起之处，但这暗器的古怪，却是厉害非常，端的不在唐家之下。

正在大家屏息而观之际，那两柄回环钩看看就要碰着冰川天女，忽见青衣闪动，裙带飞扬，霎眼之间，大殿之中，忽然不见了冰川天女的影子，众人正在错愕，那两柄回环钩无人拦挡，竟然带着呜呜的啸声，直向人丛之中飞来。众人登时骚动，有的闪避，有的便想出手硬接，乱糟糟之际，忽见两道乌金光华腾空飞起，叮叮两声，那两柄回环钩忽然掉头飞回，去势如电，比刚才叶天任发出之时还要快速得多！

众人又是大骇，这回环钩盘旋飞出，力道极强，竟然给人用暗器打回，这份功力比雷震子叶天任等辈，高出何止十倍！那两柄回环钩掉头之后，直飞如矢，竟然飞到了冒川生的讲坛，座中许多高手本待寻觅那发暗器的人，但在这样紧张的关头，哪能分出心神旁观。

但见冒川生微微一笑，挥袖一拂，那两柄回环钩又激射而出，飞得甚高，霎眼之间，便从众人头顶越过，射到大殿之外。几乎就在同一瞬间，忽听得叶天任惨叫一声，跌倒地上，手颤脚抖，在地上滚转，如中疯魔。众人眼睛骤然一亮，冰川天女身形又倏地重现，站在坛前。原来她适才跃至梁上，只因身法太快，众人连看也看不清楚。她恨那叶天任太过歹毒，避过回环钩后，随手弹出一颗冰魄神弹，打中了叶天任的太阳穴，那奇寒之气随着穴道直钻心头，叶天任如何抵受得住？

冒川生合十说道："善哉，善哉！众弟子赶快救人！"雷震子等一众武当弟子早已伺候在旁，这时灵山派九个黑衣人个个都受冰魄神弹之伤，尤以叶天任伤得最重，雷震子急忙指挥同门，将他们扛入后院禅房。殿中秩序刚刚恢复，忽听得磔磔的怪笑之声，又从殿外传来。

笑声摇曳，震得大殿嗡嗡作响，众人抬头一看，只见头上似骤然飞起一片红云，自殿外一掠而入，从众人头上越过，落在坛前。原来是一个穿着红衣的瘦长汉子，两颊深陷，双睛如火，头发蓬乱，狰狞怕人。座中有一两个较为年长的，喊出来道："赤神子！"

赤神子磔磔怪笑，对着冒川生只是微微地点了点头，傲岸之极，突然伸出蒲扇般的大手，向下一摔，道："你们在这里比试武功，怎么暗器飞到我的头上来了。"当当两声，摔下的就是那两柄回环钩，跌在地上，裂成八片。众人均吃了一惊，赤神子的指力之强，确已到了捏石如粉的地步。

冒川生道："赤神道友，他们后辈的暗器，怎么伤得了你，何必动气?"赤神子"哼"了一声，道："你把那发暗器的后辈叫出来。"冒川生笑道："他们此刻正在冷热交作，待他们病好之后，你再到灵鹫山找云灵子夫妇去吧。"云灵子夫妇是灵山派的长老，亦是赤神子的好友。赤神子一听，皱皱眉头，朝地上一瞧，认出那是灵山派的独门暗器回环钩，他本来存心挑衅，一计不售，接着又冷笑一声，左手一伸，双指之间钳着两支袖箭般长短的芒刺，道："这可不是灵山派的暗器了。"

唐经天一跃离座，叫道："这是我发的天山神芒，你待怎样?"原来唐经天刚才用天山神芒打飞叶天任的回环钩，天山神芒嵌入钩中，这时也到了赤神子手上，天山神芒坚逾金铁，他捏之不断。赤神子瞪了唐经天一眼，向冒川生稽首说道："你开山结缘，盛会难逢，我也求你指点指点。"赤神子本意是想借此与唐经天动手，但慑于冒川生的德尊望重，到底不敢过于放肆，所以姑且照"结缘"的规矩，话明在先，然后好与唐经天比试。不意冒川生微微一笑，说道："难得道友也来，'指点'那是不敢当的，我叫我的侄女向你领教吧。冰娥，你就使一趟达摩剑法，向这位前辈请益吧。"

赤神子与冒川生同一辈分，冒川生此言，表面似是谦虚，实即仍是把他当作来"结缘"的一般后辈看待，赤神子勃然大怒，正待发作，只听得冰川天女笑道："这位前辈我已领教过多次了，我看他再苦练十年，下次再来，求你老人家结缘，也还未晚。"这说话即是说以赤神子现在的本领，连她也打不过。冒川生摇摇头道："你真是初出茅庐，不知沧海之大。"此语似责似赞，赤神子气得七窍生烟，伸出蒲扇般的大手，朝着冰川天女，呼的一掌拍下，喝道："小妖女，看是谁要苦练十年?"唐经天手抚游龙剑柄，踌躇未退，冒川生向他挥一挥手，笑道："你也要来结缘吗?这次未曾轮到你，你且下去歇歇。"

唐经天退回原座，赤神子与冰川天女已在坛前交手，赤神子伸出蒲扇般的大手，扬空一抓，一抓不中，立即变招，双掌牵引，划了半个圆弧，徐徐推出，只听得“哎哟”一声，有一个人已晕倒地上。座中高手，均是大吃一惊。

这赤神子的功夫怪异之极，双掌通红如血，原来他手掌上的皮肤都已剥去，连骨头都露了出来，这还不足骇人，更骇人的是，他掌挟劲风，热呼呼的，竟似鼓风炉中喷出的一股热风，围在前面观战的人，功力稍低的都立感呼吸不舒，闷热难受，有一个人竟因此晕倒。众人被热浪迫得不由自已地后退，冰川天女笑道：“黔驴之技，不过尔尔。”冰魄寒光剑陡地一挥，顿时寒光耀眼，冷风四射，那闷热之气，全被驱散。冷热相消，众人都觉精神一爽，又围上前来，看他们交手。

只见赤神子狂呼疾搏，俨如一头发了狂的野兽。他掌势飘忽，出招如电，冰川天女身法虽是轻灵之极，仍然给他如影随形，掌锋总是不离要害。但他的掌势虽是飘忽不定，却也碰不着冰川天女的衣裳。众人都不禁啧啧称异。看来冰川天女似是暂处下风，但她剑随身转，每一招每一式都刺削得恰到好处，双方斗了一百来招，赤神子竟没占到丝毫便宜。

冒川生面露笑容，一面看一面点首，忽而笑道：“两人攻守均正。只是赤神道友的掌力还未发挥尽致；冰娥，你的战法轻灵已是恰到好处，稳健也足防御，只是剑学有如兵法，要讲究出奇制胜，你的偏锋变化，尚未尽达摩剑法的所长。”他随即就两人的掌法剑法，指点了几招，讲的都是最上乘的武功奥义，除了唐经天等有限几人，余人都是莫名其妙。

赤神子却是又惊又怒，他和冒川生本是平辈，而今听他的指点，竟是深通自己武功的窍要，而且两边指点，亦并无偏袒之处。因此赤神子虽恨冒川生当众贬低他的身份，将他当作后辈来“结缘”的人一样看待，却也做声不得。冰川天女一经指点，出招越发精妙，真的是意在剑先，赤神子的后着也常被她料及，预先防御。赤神子这一派的武功是越战威力越强，掌力越来越重。赤神子曾与冰川天女交手数次，深知她的功力比自己尚逊一筹，这时已斗到了将近两百招，赤神子的掌力已发挥尽处，一举手一投足都带着一股劲风，围观诸人，又渐渐觉得热风盖过了冷气，不约而同地又向后挪动。赤神子斗到分际，忽地一声狞笑，周身骨骼格格作响，突然一跃而起，两只蒲扇般的大手交叉斩下，周围的数丈方圆之地，全在他的掌力笼罩之下。

唐经天也几乎叫出声来，忽见冰川天女柳腰一折，剑光霍地散开，顿觉寒潮匝地，冷气弥空，冰川天女全身竟似被包围在一层轻绡薄雾之中，旁观者心迷目眩，只有唐经天等有限几人看得清楚。只见赤神子那股凶猛如挟风雷的掌势，在冰魄寒光的阻隔之下，停了一停，不敢即行下扑，说时迟，那时快，就在赤神子的掌力将发未发之际，冰川天女一个踉跄倒退，突然反手一剑，寒光骤起，竟然从赤神子绝对意想不到的方位刺了入来，赤神子吃了一惊，回掌护胸，只听得刷的一剑，赤神子头上的乱发已被削去了一大片。

唐经天又惊又喜，他深知赤神子功力高于冰川天女，一直为冰川天女担心，想不到她在临危之际，先后使出两招达摩剑法的怪招，一招“海上明霞”、一招“一苇渡江”，攻守联成一气，奇正相生，竟然把赤神子杀得连连后退，连唐经天也料不到她的剑法突然间精进如斯！原来冰川天女到了金光寺后，得冒川生的指点，更悟了达摩剑法的精髓，加以她不畏赤神子的掌心热力，达摩剑法的奇招一出，恰恰成了赤神子的克星。

赤神子哪甘败在后辈手中，狂吼一声，又聚了全身功力，连环运掌，势如排山倒海。冰川天女踏着九宫八卦方位，不住后退，但每一剑都沉稳异常，暗消赤神子的攻势，赤神子连发了二九一十八掌，虽然把冰川天女的剑光压得只能防身，却是未能取胜。赤神子心中烦躁，把内力全运到掌上，一招“排山运掌”，把冰川天女的护身剑光迫得摇晃不定，连宝剑也给震得离身，这掌力刚劲非常，眼看冰川天女就要毁在他双掌之下！

众人看得惊心动魄，禁不住哗然大呼，却忽地听得赤神子一声厉呼，扑倒地上，接着闷雷般的一声巨响，尘土飞扬，殿柱摇动，原来是赤神子骤然跌倒，掌力击在地上，地面竟然裂成了两道小坑。只听得冒川生微微笑道：“冰娥，你还不向老前辈赔罪吗?”赤神子一跃而起，面色铁青，一言不发，疾向殿外奔去，冰川天女还未出声，他已经走得不见了。

原来以冰川天女的功力，本挡不住赤神子那一招毕生功力之所聚的“排山运掌”，但她曾得冒川生指点，深悉应付之方，趁着赤神子全力前扑之际，却用达摩招式中的怪异身法，在间不容发的空隙，绕到赤神子身后，将七枚冰魄神弹，一齐打入赤神子的穴道，赤神子的全身功力都运在掌上，身上其他部分，全无防御，即算是普通壮汉的一击，他亦已禁受不起，何况是七枚冰魄神弹。

这一战令得全场慑伏，有些想来挑衅的异派妖邪，见冰川天女的玉剑冰弹，如此神异，自问武功远及不上赤神子，都悄悄地缩在一角，不敢出头。

秩序刚刚恢复，忽见大殿门口人影一闪，一个黄袍道士，抢了入来，也不见他奔跑作势，却是倏地就到了坛前，端的是迅捷无伦，冒川生本来盘膝端坐，这时也站了起来，显见是不敢将来人当作后辈看待。众人俱都惊讶，只见这道士相貌清癯，执着一支拂尘，飘飘然颇有仙风道骨之概，在座高手，面面相觑，无一人知道他的来历，不解冒川生何以对他如此谦逊。那道士拂尘一扬，哈哈笑道：“冒老头子，咱们也来结缘结缘!”拂尘一起，那千百根尘尾，根根竖立，有如钢刺，冰川天女剑未归鞘，那黄袍道士拂尘正待拂下，冰川天女身形一起，一剑就挡在中间，冒川生道：“冰娥退下!”只听得铿铿锵锵的一阵繁音密响，有如碎金戛玉，冰川天女的玉剑被他一拂，陡地反弹起来，那黄袍道士冷笑道：“好个漂亮的小妞妞，毁了你岂不可惜？你不是我的对手，冒老头子，你还装腔作势的在坛上作什么?”

人丛中唐经天飞身跃起，这一跃姿势美妙之极，恰恰落在黄袍道士与冰川天女的中间，黄袍道士道：“上次饶你不死，你还敢来么?”唐经天喝道：“黄石道人，休得无礼！冒老前辈岂能与你这厮动手，来，来，我和你结缘!”游龙剑倏地出鞘，一道白光，俨如长虹掠过空际，黄石道人见识过这把游龙剑的厉害，倒也不敢怠慢，拂尘一拂，唐经天的剑势被他轻描淡写地化开，黄石道人招数快极，一拂之后，更不换招，拂尘一侧，将尘杆当作五行剑用，往上一迎，“当”的一声，唐经天的游龙剑也弹了起来，退后两步。黄石道人一个盘龙绕步，拂尘又起，千丝万缕，当头罩下，唐经天早已使出大须弥剑式，剑光四下展开，护了全身，拂尘一扫，尘尾碰在剑上，叮叮当当，有如奏乐。黄石道人这一招用的乃是柔功，尘尾毫不受力，游龙宝剑虽利，却无一根削断。唐经天吃了一惊，黄石道人旋风般地从他身旁掠过，拂尘一起，竟要奔上讲坛，径取中原公认的武林第一高手冒川生！

本来以唐经天的武功，虽非黄石道人之敌，也可以挡得三五十招，只是黄石道人一生苦练，立下宏愿要为崆峒派重振声威，他哪肯耗费精力与唐经天过招？所以开首三招，便用威力绝大的杀手，迫得唐经天全取守势，这样自然顾不及拦阻他。

唐经天吃了一惊，出剑拦阻，已来不及。他虽然明知黄石道人绝不能伤害得了冒川生，但只要他迫得冒川生动手，能在十招之内不败的话，中原武林的面子便将丢尽，这“开山结缘”的盛会，也将被破坏无遗了。

只见寒光一闪，冰川天女已抢到坛前，一招“飞瀑流泉”，剑光飞洒，宛如黑夜繁星，千点万点直洒下来，这正是她父母合创的冰川剑法中最厉害的一招，黄石道人也不由得打了个寒噤，拂尘竟被挡住。黄石道人大怒，喝道：“你这女娃儿也找死么？”拂尘一缩，冰川天女收势不及，冰魄寒光剑堪堪刺到黄石道人的胸前，忽觉手中一紧，一股大力直往外拉。原来黄石道人的拂尘能柔能刚，故意让冰川天女的玉剑攻入内围，招数用老，力道已成强弩之末之际，拂尘一绕，用柔劲缠着冰川天女的玉剑，再用阳刚之力紧迫，一柔一刚，两股力道牵引，冰川天女禁受不住，冰魄寒光剑几乎就要脱手飞去！

忽听得铮然一声，冰川天女骤感轻松，原来是唐经天已然赶上，游龙宝剑直刺黄石道人的背心，黄石道人的内功虽然已练到一流境界，寻常刀剑伤害不了，但游龙剑是天山派的镇山之宝，黄石道人可不敢硬接一剑，迫得将对冰川天女的杀手撤了回来，以尘杆架开唐经天的宝剑。冰川天女身法何等快捷，剑锋一指，连抖三下，一招三式，连刺黄石道人的三处穴道，黄石道人武功确是奥妙无比，只见他身形一矮，长袖一拂，滴溜溜的一个转身，把冰川天女的一招三式，或挡或避，全都化解开去，而且在转身之际，反手一拂，还把唐经天也迫得倒退两步！

前来挑衅的各异派妖邪大声喝彩，各正派的高手也禁不住悚然震惊。哪知黄石道人却是有苦说不出来，表面看来，他似轻描淡写，毫不费力的一举便将冰川天女与唐经天的攻势全都化解，其实那一下却是危险非常。只因冰川天女与唐经天联手对敌的次数未多，尚未曾配合得妙到毫巅，要不然他纵能解开冰川天女的突袭，也避不了唐经天的杀手。

三人在坛前恶战，霎忽之间就斗了三五十招，冰川天女与唐经天渐渐心意相通，或此攻彼守，或双剑联攻，无不收发自如，有如流水行云，毫无阻滞。冰川天女的剑法以轻灵奇诡见长，唐经天的剑法则走沉稳凝练的路子，两人都是最上乘的剑法，正好相辅相成。黄石道人功力虽比他们高得多，并以数十年潜心苦练的怪异功夫应敌，仍然占不了半点便宜，而且渐渐有被迫处下风之势。旁人虽然还未看得出来，黄石道人却是自己知道，不禁倒吸了一口凉气。

唐经天与冰川天女联剑合攻，渐渐将黄石道人的凶焰压住，唐经天定了心神，偷看冰川天女，只见她似喜如嗔，如怨如怒，唐经天心魄一荡，想道："这场盛会之后，但愿她肯听我细诉心曲。"高手比拼，哪容分神，黄石道人一抖拂尘，趁着唐经天稍为松懈之际，立刻连下杀手，冰川天女急忙出剑消解，但已被黄石道人反抢先手，再斗到三十招之后，两方才扳成平局。

唐经天知道此战关系重大，再也不敢分神大意，展开大须弥剑式，把游龙宝剑化成一座光幢，将冰川天女一并护住，大须弥剑式是天山剑法中最奥妙的剑式，只守不攻，威力强了一倍，端的是风雨不透，饶是黄石道人的拂尘逢隙即入，也自攻不进去。冰川天女有唐经天防护，可以全力进攻，剑法越发凌厉。这一场恶战，双方都以最上乘的武功剑法比拼，在场高手见所未见，闻所未闻，个个都看得定了神，连眼睛也不敢眨一下。拂尘柔韧，碰击无声，大殿之中，但听得剑风飒然，人影来往，静得连喘息之声，都可以听得见，若非身在殿中，真不知此间有如此激战。

正在四座凝神之际，门外忽然一阵骚动，但听得嘻嘻哈哈的怪笑之声，此起彼落，不断传来。唐经天心中一惊，知道定是金世遗前来捣蛋，可是大敌当前，哪容得他分心旁骛。

座中一众高手，却被这突如其来的怪事转移了目光，不约而同地个个回头，但见十多名武当道士，一跳一跳地涌入殿中，个个裂开嘴巴，怪笑不已。雷震子勃然大怒，在坛前稽首禀告冒川生道："昨晚那疯丐又来捣乱了，结缘盛会，岂容他来侮辱，求祖师示下。"雷震子恨极金世遗，急怒当头，却也不想一想以冒川生的身份，怎能与金世遗一般见识，与他动手。

霎眼之间，那些武当道士一跳一跳地都涌入殿中，后面一个面目俊秀的少年，穿着一身华丽的衣裳，却故意撕裂了几处，这少年手持铁拐，左边一拦，右边一摆，原来这群道士竟是被金世遗好像赶鸭子一样赶进来的。座中高手都耳闻"毒手疯丐"之名，骤然见他如此这般的出现，都不禁骇然。金世遗哈哈笑道："好热闹呀好热闹！"正想说道："我也来结缘结缘。"忽见冒川生面色一沉，一摇头，将一串念珠甩出，念珠在空中飞散，突然间怪笑之声顿止，殿中静得可怕，忽地听得有人怪叫道："好热闹呀，我也来结缘结缘！"铮铮数声响过，一条人影飞扑上坛，竟然向冒川生偷袭，冰川天女急忙舍了黄石道人，上前拦挡。

只听得"叮当"一声，寒光四散，冰川天女的玉剑几乎把持不住，手臂一阵酸麻，牵动得肋骨都隐隐作痛。这人来得太快，冰川天女初时还以为是金世遗前来胡闹，甚为恼怒，但这一剑仍然未用全力，一照面后，只见这人披头散发，竟是个干瘦得像一根枯竹的汉子，形貌比金世遗扮麻风时还要难看。冰川天女大吃一惊，这怪人的功力不但比金世遗高得多，即连黄石道人也似乎比他不上。

座中的谢云真也是大吃一惊，这怪人正是她前晚所见割了许多武当道士舌头的那个怪人。只听得冒川生缓缓说道："洞冥道友，四十年前旧事，你还未忘怀吗？"此言一出，座中上五十岁的人都吃了一惊，原来四十年前，昆仑山枯竹洞有一个修士名叫洞冥子，练成一身邪异的功夫，专与正派中人为难，那时冒川生方在壮年，火气未敛，听同道中人说起此事，立即上昆仑山去找他比试，激斗半日，将他打败，当下迫他立誓，永不许他在江湖行走，这才将他释放。四十年来，他毫无消息，江湖上都以为他已经死了，想不到他却在冒川生第三届开山结缘的首日突然出现，不问可知，乃是前来挑衅。在座高手都不禁心头震悚，论起年龄，这洞冥子该与冒川生不相上下，而今看来，不过还似四十多岁的样子，武林中只有最上乘内功的人，有意修持，才能驻颜不老，众高手不约而同地心中想道："这洞冥子修练了四十年复出江湖，若非他有制胜的把握，焉敢出来？只恐他的武功比冒川生还要练得高了。"

洞冥子磔磔怪笑，道："冒川生，你而今已成一代宗师，我还是个囚徒，这岂非太不公道？我要向你求情，你到底还许不许我在江湖行走？"冒川生道："四十年间，星移物换，沧海尚有变为桑田，人事更多变化。你的誓言，守是不守，那自然是随你心意了。"冒川生这番说话的意思，即是说约束可以随着人事的变更，你若自问已经改邪归正，那自然不必再守誓言，洞冥子一时间悟不出他的话意，又冷笑道："当时你以武力迫我自囚，而今我二次出山，自己也不知配不配在江湖行走，少不得还要向你领教一番。"冒川生微笑道："江湖之上岂是只凭武功？"洞冥子嘿嘿冷笑，叫道："我当日在掌上输了给你，今日只知道要在掌上讨回来！"飞身一跃，再行扑击，冰川天女早已扣好七枚冰弹，洞冥子身形一起，她的七枚冰弹亦已同时射出，洞冥子叫道："米粒之珠，也放光华？"十指齐弹，那些冰魄神弹，都给他弹破，寒光冷气，化为雾网，洞冥子连乞嗤也不打一个，伸开手指，向冰川天女就是一抓。正是：

四十年来怀宿怨，要将铁掌斗宗师。

欲知后事如何？请听下回分解。

第二十五回　妄动无明　玄功消一旦
安排有道　衣钵得真传

七枚冰魄神弹同时出手，洞冥子竟然若无其事，冰川天女也不禁吃了一惊。说时迟，那时快，只见洞冥子一跃而起，五指如钩，朝着冰川天女的面门，便是一抓。洞冥子一身黑色衣裳，身形起处，如一缕黑烟，倏忽滚至，他十指都长着极长的指甲，这一爪抓下，莫说给他抓破面门，只要在冰川天女吹弹得破的粉脸上着了一下，这后果便是不堪想象。

金世遗满腔愤气，本想到会上胡闹一场，他用碎石将十多个在外面轮值的武当道士打了笑穴和麻痒穴，像赶鸭子一样赶入会场，正在洋洋得意，不料冒川生将一串念珠甩了出来，只是一举手之间，就破了金世遗的打穴法，使那十多个武当道士立时恢复常态。毒龙尊者的点穴法独创一家，金世遗曾以此打败不少强敌，自以为天下无人能破，哪知与唐经天几次交手之后，这碎石打穴的功夫已被唐经天识破，虽然尚未能克制他，但已知道了解法，昨日唐经天替雷震子等人解穴，金世遗后来知道，心中已是一震，而今见冒川生不费吹灰之力，弹指之间同时解了十多个人的穴道，这武功更是深不可测！听那念珠破穴之声，金世遗自忖，若然打到自己身上，自己也不能抵挡，幸而冒川生只是替门下弟子解穴，并不与他为难，金世遗不由得心头气馁，骄气大敛。但转眼一瞥，见唐经天与冰川天女联剑对付黄石道人，金世遗心头又如打破了五味瓶子，又酸又苦，极不舒服，正待悄然退出，忽见洞冥子突然飞入，人在半空，就弹开了冒川生的几粒念珠，接着竟然对冰川天女连施杀手。这时洞冥子的长爪看看就要抓到冰川天女脸上，金世遗即算对唐经天有多大恨意，这时亦焉能不救？

但见在这电光石火的刹那，冰川天女霍地一个凤点头，反剑一削，洞冥子这一爪抓她不住，大出意料之外，身形一晃，左手一伸，连环又抓，金世遗大喝一声，旋风般地杀了进来，铁拐当头砸下，洞冥子伸手一抓，恰恰抓着杖头，这一交手，两人都以上乘的内功相拼，金世遗身不由已地被他拖了两步。冰川天女见势不妙，刷的一剑，刺洞冥子颈椎的“天柱穴”，这一招正是攻敌之所必救，哪知洞冥子武功已臻化境，竟不回头，随手一抖，将金世遗的铁拐抖了起来，当的一声，弹开了冰川天女的玉剑，右掌接着伸出，在铁杖上一按，狞笑叫道：“狂妄小子，叫你知道厉害！”洞冥子单掌之力，金世遗已感不支，这时被他左掌一送，右掌一拍，铁拐竟然内弯，金世遗虎口流血，冰川天女大惊，运剑如风，刷，刷，刷，一连三剑！

洞冥子哈哈大笑，右掌仍然按在拐上，左手抓着金世遗的杖头自左至右转了一个圆圈，冰川天女的剑刺得快，他的拐也转得快，金世遗双手抓牢铁拐，被他拖得打圈疾转，座上诸人都看得眼花缭乱，但见铁拐盘旋，人影飞舞，洞冥子与金世遗各在铁拐一端，渐渐连哪个是洞冥子哪个是金世遗也分辨不出来。冰川天女一连三剑都砍在铁拐中间，眼见人影越转越疾，诚恐误伤了金世遗，第四剑不敢刺出。忽听得金世遗怪笑一声，身形腾空飞起，冰川天女吃了一惊，只见洞冥子仍然持着铁拐一端，金世遗却骑在铁拐上，忽地“呸”一声，吐出一口唾涎，隐隐杂着嗤嗤的飞针破空之声，冰川天女赶忙移形换位，反身一剑，一招“倒挂天虹”，疾刺洞冥子背心的“天枢穴”！

金世遗本来已被洞冥子完全制住，这一下变化，却是大出洞冥子意料之外，但他练有上乘的闭穴功夫，却也并不惧怕金世遗的暗器。冰川天女的剑招来得快，洞冥子无暇发放金世遗，转身一拂袖先解开冰川天女的剑势，三人出手都是迅逾飘风，就在这电光石火的刹那之间，冰川天女被他一拂，立即引剑便退，洞冥子未及转身，只觉颈项滑腻腻的，似是被金世遗的唾涎沾上，心中大怒，反手一挥，铁拐飞起，金世遗在半空一个筋斗，头下脚上，双手一按，握紧铁拐，大声叫道："刺他风府穴、璇玑穴、潜精穴！他中了我的暗器，毒气就要发作了！"

洞冥子的内功已练到一流境界，虽然还未练成金刚不坏之躯，但自信已是百邪不侵，更兼他闭了全身穴道，毒气更难潜入，所以对金世遗的话，初时还不以为意，不料挡了冰川天女敬招之后，忽觉风府穴、璇玑穴、潜精穴三处隐隐发麻，果然是毒气循着血管内攻心肺的征兆！不由得又惊又怒。

原来金世遗适才所用的暗器乃是天下至毒的暗器。蛇岛上有一种怪蛇，名为"金角神蛇"，蛇头微凸若角，毒性最大，金世遗的飞针便是这种"金角神蛇"的口涎所炼过的。金世遗在炼这种暗器之时，先服下特制的解药，让这种蛇咬过几次，因而身体自然产生了一种抗毒素，他把飞针含在口中，亦是无害。但别人若给打中穴道，除非确已练到金刚不坏之躯，否则毒针见血，毒气即侵，闭了穴道，仍是无法防御。这种毒针亦分几种，以前唐经天唐赛花所中的是毒性较轻，慢慢发作的。而今洞冥子所中的三支毒针，却是毒性最强，立即便要发作的毒针。

洞冥子忽觉风府穴、璇玑穴、潜精穴三处隐隐发麻，又惊又怒。说时迟，那时快，只见金世遗双手按着铁拐，在半空中一个转身，又已落到地上。哈哈笑道："米粒之珠，也放光华，你要向冒老前辈请教，呸，你配么？还是我和你结缘结缘吧！""米粒之珠，也放光华！"乃是洞冥子适才讥笑冰川天女的话语，而今金世遗也用来嘲笑他，一来是讨好冰川天女，替她出一口气；二来是有意激动洞冥子的怒火，令毒气发作得更快。

洞冥子当然知道他的用意，吸了口气，默运玄功，一声不响地又挡开了冰川天女的连环三剑，金世遗冷笑道："我这暗器，天下无人能解，你给我磕三个响头，叫我爷爷，我看在新收的灰孙子的脸上，或许能饶你性命。"洞冥子怪眼一翻，喝道："不知死活的小辈，教你知道我的厉害。"长袖一拂，把冰川天女拂开，忽地呼呼两掌，向金世遗疾劈，掌势有如排山倒海。金世遗笑道："你动了真力，死得更快!”却也不敢怠慢，横拐一挡，拐杖又给他拿着。金世遗适才冒了性命之险，用“天魔解体”的怪招才能脱身，这时不敢被他抛转，杖一被他拿着，立即用千斤坠的功夫定住身形，同时运劲外夺，冰川天女一抖玉剑，走偏锋疾上，连环出剑，又刺他那三处中了毒针的道穴，只听得“嚓”的一声，铁拐忽然分开，金世遗手中拿着一把铁剑，原来他这把铁剑乃是藏在拐中的。洞冥子拿着铁拐的外壳，架开冰川天女的宝剑，金世遗的铁剑也是一件宝物，横斫直刺，招数怪异无伦，挥动之际，隐隐有股毒蛇的腥味，洞冥子将铁拐一掷，忽然向地上一倒，盘膝坐在地上。展开双掌，力挡冰川天女与金世遗的围攻。

这时，金世遗左手持拐，右手持剑，攻势越发凌厉，洞冥子端坐地上，身子动也不动，只凭双掌的伸缩擒拿之势，力敌三般兵器，看来是只有招架之功，毫无还手之力，金世遗又不断地出言讥笑，要激他怒火攻心。洞冥子拆了二三十招，黑气已渐渐透出华盖。冰川天女心地仁慈，念他终是前辈，有些不忍，见金世遗不断地施展杀手，叫道：“让他走吧!”洞冥子怪眼一翻，喝道：“谁要你让，你要走也不能呢!”金世遗笑道：“你瞧，他自己要向阎罗王报到，谁阻得来?”抡起铁拐，又重重地当头敲下。冰川天女转眼一瞥，只见唐经天在另一边战黄石道人，黄石道人转守为攻，那柄拂尘宛如玉龙夭矫，在剑光笼罩之下，不住地觅隙强攻，唐经天仗着大须弥剑式，仅能自保，就在冰川天女一瞥之间，他已接连遇了几次险招。

冰川天女见唐经天迭遇险招，不由得大为着急，心中想道：“洞冥子已受重伤，料金世遗对付得了。”反身一跃，收剑跳出圈子，忽觉洞冥子双掌似有一股牵引之力，几乎摆脱不开，但适值其时，金世遗又是一拐打下，冰川天女用力向外一跳，长剑撤了出来，心中惊疑不定。但见唐经天正被黄石道人攻得手忙脚乱，无暇思索，玉剑一挺，飞身一掠，立即上去刺黄石道人的背心，解了唐经天之困。

两人再度联剑，不过三十招，又抢了上风，把黄石道人迫得转攻为守。双剑纵横，正在杀得痛快，唐经天忽然眉头一皱，低声说道："冰娥姐姐，你快去助那疯丐，不必理我。"

原来这时金世遗已碰到了性命的危险。冰川天女和他联手对付洞冥子之时，还不觉什么，冰川天女一去，但觉洞冥子的掌力越来越强，金世遗拐剑兼施，看似攻势极为凌厉，但已被他的掌力胶着，三十招过后，竟是渐渐施展不开。抡拐转剑之时，都要非常用力。金世遗又惊又急，用力外夺，洞冥子忽然改守为攻，双掌翻飞，虽然坐在地上，掌力所及，周围丈余方圆之地，都已被他封住，金世遗的铁拐铁剑就似陷入了泥沼之中，只能勉强挥动，想拔出来脱身而走，已是不能。金世遗也曾连喷两次毒针，但这时洞冥子早有防备，焉能再给他毒针射中？他毒针一出，就被掌风震成粉屑，非但不能解困，反而因为分了分心，更被洞冥子的掌力所吸，看看就要被他牵进内圈。金世遗心中明白，洞冥子是在消耗他的内家真力，如此下去，再过三十招，自己便要气衰力竭，那时纵然不死，也要变成废人。可是对方的掌力越来越强，又迫得自己非要使用内家真力相拒不可。正在苦苦撑持之际，洞冥子忽地厉声叫道："狂妄小辈，如今知道了我的厉害么？"双掌一翻一覆打了一个圈圈，金世遗的铁拐铁剑都已被他抓着。这时忽听得冰川天女叫道："不，咱们先收拾了这个妖道再去助他。"原来冰川天女还未看出金世遗的危险，一心想打败黄石道人再合力去助金世遗。她这话是答复唐经天的。金世遗听了，却如利箭穿心，气愤悲酸，心中想道："我一心助你，你却只顾那个小子。"心中悲痛，斗志消失，被洞冥子内力所吸，更是抵挡不住，看看就要仆倒。忽又听得唐经天叫道："不，先救他！"只见赤色光华疾闪，铿锵两声，两枝天山神芒被洞冥子抖起铁拐打飞，但如此一来，金世遗所受的压力减了几分，身形重新恢复稳定。金世遗心中大愧，但斗意又增，拼了全力再和洞冥子相持。但唐经天的天山神芒虽然厉害，对洞冥子却只有威胁之功，不能致他死命。金世遗的铁拐铁剑被对方抓住，欲攻不能，要放手也不行，内力被迫得消耗更甚。

唐经天见势不妙，突然转守为攻，从大须弥剑式一变而为追风剑法，俨如雷霆疾发，怒潮奔腾，黄石道人迫得退后两步，暂避锋芒，唐经天反身一跃，游龙剑凌空下刺，有如鹰隼穿林，向洞冥子颈项挥去。他以退为进，攻势一发即走，在一招之内，摆脱了黄石道人的羁绊，便立即转取洞冥子，端的是迅捷之极，美妙非常。几乎同在这一瞬间，冰川天女也飞身掠起，手中玉剑化成了一道寒光，也刺向了洞冥子的背心。原来她已看出了金世遗的危险，与唐经天抱着一样的心思，同来援救。

洞冥子本事再大，也难挡唐经天等三个人的同时攻击，只见在剑光人影之中，洞冥子骤然站起，将金世遗一推，铁拐铁剑一齐反弹，与冰川天女的玉剑碰个正着，铮铮声响，一齐荡开，先化解了冰川天女攻他后心要穴的剑招。唐经天的追风剑法何等迅疾，趁着他推拐挡剑的空隙，刷的一剑，改抹为削，直欺到身前。洞冥子双掌方出，撤掌已来不及，饶是他闪避得快，肩头上也已着了一剑。但唐经天被他反掌一带，亦是身不由已地向前扑了几步。这一招，双方几乎是同时发动，唐经天的宝剑先到，洞冥子的掌力未得发挥，唐经天这才不致于给他震倒；但唐经天因避他掌力，这一招攻势也未使足，要不然洞冥子的琵琶骨只怕也要被游龙剑刺穿。

洞冥子先中暗器，后遭剑伤，强运玄功，闭住了全身穴道，不但止住了毒气内侵，也止住了鲜血外流。他这派的内功虽非正宗的内功可比，却另有其神妙之处，正宗的内功，在受了重伤之后，讲究的是运气自保，忌戒用力，他这派的内功却是以全身精力贯注在受伤之处，等于筑堤防御洪水一样。在洪水未攻破堤防之前，一无异状，俨如常人，一样可以扑击攻敌。但正宗的内功，自己疗伤之后，并不影响本身元气，等如治水中的“疏导”之法，将毒气宣泄，便可无碍。他这派的内功，等如治水中的“堵塞”之法，只能治标，不能治本，时间一久，精力涣散，便等如给洪水攻破堤防，不死亦成废人，就算即时可以取胜，因全身精血被耗，将来最少也要减十年功力。

金世遗与冰川天女不知洞冥子的内功另有怪异之处，见他受伤之后，居然一跃即起，又施扑击，真是见所未见，闻所未闻，大是惊异。洞冥子恨极金世遗，他知道此际在敌方三人之中，金世遗因适才消耗真力过多，已是最弱的一环，所以一跃而起，乘着唐经天身形未定，未及回援之际，呼的一掌，就想把金世遗毙于掌下！

这一掌势挟千钧，金世遗左拐迎击，右剑护胸，情知抵挡不了，只不过稍尽人事，希望少受损伤而已；就在这间不容发之际，只见寒光疾闪，冰川天女拦在金世遗的面前，一招“雪拥蓝关”，剑势自左向右，划了半个圆弧。这一剑半守半攻，本是极其精妙的招数，但洞冥子这一掌是毕生功力之所聚，冰川天女被他的掌力一冲，但听得呼的一声，身形已飞了起来，在空中连翻了两个筋斗，这还是她闪避得快，以绝顶的轻功一沾掌力即飞身而起，要不然，若给洞冥子的掌力打实，冰川天女也免不了剑折身亡。

洞冥子被她一挡，衣袖给割去了半截，掌势自是稍受延阻，金世遗铁拐一招“驾乘六龙”拦腰横扫，洞冥子左掌一劈，碰个正着，但听得轰的一声，金世遗的铁拐脱手飞出，弯成了个弓形，洞冥子的左掌腕骨亦碎了两根，吊了下来。说时迟，那时快，洞冥子反掌穿胸直进，手指一弹，将金世遗的铁剑弹开，掌风飒然，看看就要“印”到金世遗胸口要穴。

洞冥子正待施展杀手，猛听得背后金刃劈风之声，原来是唐经天的游龙剑已然刺到，洞冥子迫得转身发掌，但他还是不肯错过机会，虽然为了应付唐经天，不能对金世遗施展杀手，但转身之际，仍用阴毒的手法，伸长了指甲，中食二指已在金世遗的胸口一划而过！

正如螳螂捕蝉，黄雀在后，唐经天进击洞冥子，黄石道人亦已如影附形，跟踪追到，冰川天女人未落地，立即发声叫道：“留心后面！”跟着柳腰一折，也抢着向黄石道人的后心出剑。

这几下子的动作快如电光石火，但见黄石道人拂尘一起，唐经天脚步一个踉跄，斜扑出去，洞冥子飞身疾掠，左手一招“手挥五弦”，五根长指甲都在唐经天的背心划过，发出轻微的铿铿之声，唐经天的衣服已给他撕开了几条破片！

只听得“刷”的一声，唐经天脚跟未定，反手便是一剑。洞冥子心中一凛，以他和黄石道人夹攻之力，居然给唐经天闪了开去，已是大出意外，他那五指一划，乃是最阴狠毒辣的“神魔抓法”，明知已划破了唐经大的衣裳，按说应该把他的背心皮肉抓破，令他穴道的经脉碎断，但唐经天竟然面色如常，半点血珠也没有溅出！

洞冥子左手腕骨断了两根，急切之间不能用力，只能用右掌之力，一连化解了唐经天的三招攻势。这时，只见冰川天女也已与黄石道人战在一起。

冰川天女剑法虽然精妙，气力却是远远不如黄石道人，七招一过，香汗淋漓，唐经天独战洞冥子，更是吃力。激战中唐经天回头一看，只见黄石道人将拂尘散开，有如一张渔网，罩着冰川天女的冰魄寒光，紧紧向内收束。唐经天深知他的拂尘厉害，冰川天女仗宝剑护全身，拂尘千丝万缕，只要被一根尘丝透过剑光，那便是刺穴攻心之祸，这时冰川天女的剑光已被他愈压愈缩，仅仅能护着头面与心胸各处要害了。唐经天心内吃惊，急忙叫道："咱们快联在一起。"一分心，几乎吃了洞冥子一掌。唐经天连展追风剑法，奋力强攻，仍然被他掌力胶着，冲出两步，反被迫退三步。冰川天女全身在"尘网"威胁之下，更是脱不了身。

金世遗喘息未定，拾起铁拐，那支铁拐被洞冥子拗弯，已似一张铁弓，金世遗奋力一扯，又将它扯直，飞身一起，铁拐点打黄石道人背心的"天柱穴"。黄石道人反手一拂，金世遗这一招却是虚招，铁拐向旁一戳，在地上一点，身形在半空一转，"呸"的一口浓痰，又向洞冥子吐出，洞冥子大怒，却亦怕他的痰内藏有暗器，扬袖一拂，荡起劲风，将他的痰涎吹开。

高手比斗，所争的只是瞬息的时机，金世遗连施奇袭，迫得黄石道人与洞冥子都要分神对付，冰川天女与唐经天已趁着这瞬息之间的空隙，剑光骤长，突出包围，会在一起。

冰川天女居中，唐经天与金世遗各在一边，形成了三人联手对付两派的宗师，形势稍稳。金世遗接了黄石道人两招，百忙中偷看冰川天女，只见冰川天女脸泛红潮，也正在看着唐经天，那眼光中充满关怀感激与爱怜，眼光停在唐经天被洞冥子抓破衣裳的所在，低声问道："没碍事么?"唐经天道："你放心吧，我没受伤。"说话之间，连挡开了洞冥子的三招攻势。激战之中，他二人竟是蜜意柔情，互相关注。冰川天女除了留神敌人的攻势，眼睛就没有离开过唐经天，她一点也不知道金世遗也正在激战之中，偷眼看她。

金世遗心内一酸，想道："真是各人有各人的缘分!"又想道：

"唐经天中了洞冥子一抓，居然毫未受伤，呀，我凭什么与他争强赌胜?"自卑之感，油然而生。他却不知唐经天身上穿有傅青主当年送给他母亲的护身宝甲。金世遗被洞冥子抓伤之处，全仗他用真气护着，这时思潮纷乱，伤处隐隐麻痛，金世遗暗叫："不好"，赶忙再定神运气时，洞冥子已看出破绽，忽地一掌向他胸口扫去!

金世遗的铁剑正被黄石道人的拂尘拂过一边，门户大开，洞冥子那一掌当胸劈入，实是无可抵御。掌风人影之中，忽见唐经天抢快一步，"砰"的一掌击中金世遗腰胯，金世遗身躯腾空飞起，这一下不但大出众人意外，就连金世遗也莫知用意，还以为是唐经天乘机偷下毒手，心中还未骂出，忽觉身子被一股力道所推，如水激射，竟然暗合着自己平素所用的轻功飞掠之势。这一瞬间，金世遗顿然醒悟，原来是唐经天用最上乘的借力送力的功夫救了自己！唐经天这一掌的力道真是恰到好处，表面看来，打得甚为凶猛，其实对金世遗却是毫无伤害，而且令金世遗飞掠之势更其迅疾自然。本来唐经天还未用得如此精妙，只因他与金世遗曾交手数次，熟识他的轻功路数，而借力送力又正是天山派的内功绝技，故此冒险一试，立见奇效。

洞冥子是前辈高手，唐经天一掌拍出，他可是立即便看出了唐经天的手法，洞冥子端的狠毒之极，左手一摆，五根长指甲忽然脱肉飞出，密射唐经天的面上双睛。冰川天女急忙横剑挡开，洞冥子一声怪啸，身子腾空，紧蹑金世遗背后。他这一下怪异的手法，耗损了不少精血，用意就在声东击西，将唐经天与冰川天女阻止，而他却就在这瞬息之间，追到金世遗的背后!

金世遗去势极速，从殿中众人头上飞过，众人纷纷闪避，只见他一个筋斗翻了下来，已到了大殿的阶下。洞冥子的轻功也确是高明之极，如箭离弦，金世遗刚刚落地，他也飞到了金世遗的头顶，人在半空，就似巨鹰扑下，双掌齐发，猝击金世遗的顶心。他恨极了金世遗用暗器伤他，心想日后自己反正要成废人，这一下竟是将全身所有的精力都运在掌心，凌空下击，比前两次更为凶猛。座中除了冒川生之外，即算唐经天与冰川天女合力抵挡，也挡不住，更不要说已是筋疲力竭，受伤之后的金世遗了。

就在金世遗的性命悬于俄顷，千钧一发之时，忽听得一个极清脆的声音笑道：“道友干嘛生这样大的气呀！”洞冥子身躯一震，双掌下击，竟然打歪，众人眼前一花，只见一个中年美妇，不知什么时候已到了两人身边，长袖轻轻一拂，洞冥子忽地一声厉叫，仆到地上，又立刻翻起，盘膝趺坐。金世遗飞奔出殿，那中年美妇“噫”了一声，似是想追出去，眼光一转，看见洞冥子端坐地上，他那满头蓬乱的头发，本来是乌黑得光可鉴人，这一瞬间，却忽地变得根根灰白，面上现出无数皱纹。洞冥子的外貌本来似个中年壮汉，只在眨眼之间，就变成了一个极其衰弱、奄奄一息的老人。那中年美妇也似颇感意外，又“噫”了一声，缓缓走到洞冥子身边，看了一眼，随即合十说道：“罪过，罪过！道友，你好好走吧！”

洞冥子嘴角肌肉抽搐，隐约现出一种诡异的笑容，眼睛微张，吁气说道：“折在你的手上，总算值得了。”眼皮一合，垂首胸臆，看情形竟是死了。

这一下当真是全场震骇，以洞冥子那拼了全身精力的临死一击，即算冒川生亲自出手，也不过仅能化解，而这妇人衣袖一拂，却就能致他于死，神奇之处，确是令人难以思议！这时，唐经天刚刚追到，他本来是来救金世遗的，哪知在这瞬息之间，已发生了许多变化：美妇人来到，金世遗逃走，洞冥子身死。这几件事全都出人意外！唐经天也不禁按剑茫然，他初时还以为是姨母冯琳，而今一看，只见这妇人端庄淑秀，眉宇之间，隐隐有股尊严的神气，但面目慈和，却又令人感到亲切，和他姨母的那股孩子气，截然两样。唐经天心中一震，想道：莫非她就是我父母最尊敬的当今第一位前辈女侠？

只见冒川生双手合十，走下讲坛，恭恭敬敬地迎上前来，口宣佛号，说道：“善哉，善哉！洞冥子妄起无明，终归极乐。女侠适逢其会，了此因果。何须耿耿于心？”美妇人还了一礼，道：“东平一会，匆匆又已三十余年，冒老师功行精进，善果可期。我接奉大札，特来送行，无意间竟开杀戒，洞冥子虽非全然因我而死，我也感歉然呢！”停了一停，又道：“三十多年，沧桑几换，想不到后辈中又多了如许能人，真是长江后浪推前浪，令人欢喜赞叹。”眼光一

冰川天女传一九八五年十二月画于羊城野味斋

随即合十说道：“罪过，罪过！道友，你好好走吧！”

转，对唐经天道："晓澜是你何人？"唐经天只露出一手轻功，那美妇人已瞧出他的师门宗派，唐经天不由得心中凛然，料想她定然就是那位前辈女侠，跪在地上，行了大礼，说道："正是家父。老前辈可是邛山的吕四娘么？"那中年妇人衣带轻飘，唐经天被一股力道托了起来，吕四娘只受了他半礼，含笑说道："晓澜冯瑛有此佳儿，可喜可贺！呀，川生兄，想不到白驹过隙，转眼之间，咱们在世上的老朋友，也就只剩下这有限几人了！"

在座的各派高手，听得这位中年美妇就是天下知名的吕四娘，无不惊异。一个个都肃立致敬。要知这吕四娘乃是江南七侠中硕果仅存的一人，她杀死叛徒师兄了因，刺死雍正等事，几十年来脍炙人口，武林中人久不闻她的讯息，都以为她已死了，哪知她还是如此年青。论辈分她和冒川生、唐晓澜是同辈，论年龄她比冒川生小，比唐晓澜大，论声望她比唐晓澜、冒川生还高，世上无人可与并肩。来参加结缘盛会之人，得见冒川生已自觉缘分不浅，而今得见当世第一位前辈女侠吕四娘，更是喜出望外。

吕四娘道："各位不必拘礼，都请坐下来吧。"向四座点了点头，与冒川生并肩同上大殿。

且说金世遗、唐经天一走，黄石道人独战冰川天女，正占上风，忽听得吕四娘来到，黄石道人心头一震，拂尘举起，刚刚架开冰川天女的剑招，停在半空踌躇不敢落下，吕四娘走过他们身旁，微笑说道："道友苦心虔修，又恢复了崆峒久已失传的武功，真是可喜可贺呀。"吕四娘说话之时，黄石道人的拂尘好似被微风吹拂，缕缕散开，手腕亦微感酸麻，拂尘不由自己地落下。黄石道人大为吃惊，吕四娘所露的这手"传音挫敌"的功夫，他也只是仅曾耳闻，未尝目睹，想不到神妙如斯！不由得心中气馁，急忙施礼道："贫道黄石参见吕大侠。"吕四娘道："你我师门素无渊源，只能以平辈叙礼，参见那是万不敢当。"停了一停，又道："各派武功，各有擅场，原不必逞强斗胜，定要分个高下。"这话正说中黄石道人的心病，黄石道人不禁面红耳赤，垂首说道："敬聆教导，敢不凛依。"吕四娘续道："比如洞冥子道友，以外家的上乘功夫练到内家的境界，这也算得在武学中另辟蹊径了。只因妄起无明，反而令自己几十年的苦功付诸流水，连传人也没有留下来，这岂不是大为可惜？”黄石道人惊愧交作，不敢答话，只听得吕四娘又道：“洞冥子乃昆仑派长老，遗体理应归葬昆仑。道友与他乃是知交，这事就拜托你了。对昆仑门下，还望你善为解释呢。”黄石道人道：“谢女侠慈悲，你准洞冥道友遗体归山，昆仑门下，已是感恩不浅。”按江湖的规矩，洞冥子上门挑衅，身死亦是自取其咎，准他归丧本土，确乎是个恩典。

黄石道人走到洞冥子身边，只见洞冥子仍是盘膝趺坐，姿势未改。黄石道人轻触他的身体，洞冥子应手跌下，满头白发，簌簌掉落，身躯也似缩小了许多，道袍亦显得宽大松弛。在这片刻之时，他死后竟变成了个干枯的小老头儿，见此情形，阖座惊异！

原来内功练得最高境界，确有一种驻颜之术，但有道之人，不在乎外貌的衰老与俊朗，大多数不愿分神练这种驻颜术，像冒川生就是。吕四娘是在年青的时候，就得易兰珠授以“潜精内现”之法，其后内功精进，不须着意，便得永葆青春。洞冥子却是走入魔道，用邪派的由外而内的玄功保持不老，所以一到精力涣散，立刻便露出他本来寿数的衰老之貌，而且气血耗尽，身体也便干枯，在深通武学之士看来，这现象是毫不足异。但洞冥子之猝然而死，即连吕四娘亦尚有所未明。

黄石道人脱下道袍，将洞冥子的遗体裹好，向金光寺主持金光长老稽首说道：“还要借贵寺的法坛一用。”金光长老合十说道：“老衲也该替洞冥道友送行。”法坛与大殿毗连，内中设有火葬的场所，原来黄石道人以带着尸体上路不便，故此拟将洞冥子火化，将他的骨灰带回昆仑山安葬。吕四娘冒川生金光长老带了唐经天冰川天女雷震子诸人都去观礼。

火光中洞冥子的遗体渐渐焚化，金光长老合十主礼，道：“咄，妄念贪嗔一火烧，四大皆空相！”冒川生道：“四娘，我本来想迟几天才走，你既然提早来了，我也该提早去了。”吕四娘道：“迟去早去，都是一样。你的衣钵传人已觅好了么？”冰川天女心中一凛，正在琢磨伯伯与吕四娘说的话是什么意思，只见吕四娘如有所悟，已是笑道：“她的达摩剑法已尽得武当真传，还添了不少新的变化，你几时收的女弟子，怎么我一点也不知道。”冒川生道：“冰娥，你来见过吕大侠，以后多听她指点。”笑对吕四娘道：“冰娥是我的侄女，舍弟浪游异国，飘泊终生，有了此女，死也可以瞑目了。”冰川天女再施礼参见了吕四娘，吕四娘摸她的头顶道：“有此佳儿，你也可以去得安心了。”雷震子听得大为奇怪，心道：“师祖在金光寺住得好好的，他一大把年纪，正宜在此享乐天年，他还要到哪里去?”

说话之时，洞冥子的遗体已焚化净尽，火光中升起袅袅的黑烟，隐隐有股腥味。吕四娘面有异容，忽道：“原来是这样，这倒出乎我的意料呢。”冒川生道：“四娘看出什么来了?”吕四娘回首问唐经天道：“适才与洞冥子交手的那小伙子是谁?”唐经天道：“他名叫金世遗，江湖上人称毒手疯丐，行事可有点邪气。”吕四娘道：“是邪？非邪？非邪？是邪？现在也还难说呢。他的师父是我至交，当年就是由邪归正的。”唐经天直到现在还未知道金世遗的来历，急忙问道：“他的师父是谁?”吕四娘道：“我见了他身法已自起疑，而今见了他在洞冥子体内的毒针化成的黑气，他的师父必定是毒龙尊者了。”唐经天和雷震子都不禁惊诧失声。他们熟知武林掌故，当然知道毒龙尊者是前辈高手中的第一个怪人。

吕四娘缓缓说道：“我正奇怪洞冥道友何以挡不住我轻轻一拂，原来他是中毒已深，把全身精力都凝于一处，拚死一击，被我的真力拂散，毒气反攻心脏，所以一下子便死了。”雷震子诸人听了，都是吃一大惊，金世遗的暗器奇毒无比，那已是骇人听闻；吕四娘轻轻一拂，就能将洞冥子毕生功力之所聚的掌力一举击散，那更是闻所未闻的绝顶武功!

吕四娘双指一弹，秀眉一蹙，忽地叹口气道：“可惜，可惜!”又看了唐经天一眼道：“金世遗也是后辈中有数的人物，你与他交情如何?”唐经天实是对金世遗毫无好感，坦直答道：“我对他只有怜才之念，对他的行径可不敢恭维。”吕四娘道：“那就行了。世人皆曰杀，吾意独怜才。何况金世遗还没有到可杀的地步。当年我救他师父毒龙尊者之时，连我的师兄甘凤池都不同意，后来大家还是认为我做得对了。”唐经天心头一动，道：“是不是金世遗有甚灾难，弟子可有能尽力之处么?”吕四娘微笑道：“待咱们办了冒老师的大事，我再与你细说。”唐经天心中暗暗纳闷，想道：“金世遗虽然中了洞冥子一抓，但所伤非重，以他的内功，尽可自疗，吕四娘的口气何以说得如此严重?”

转眼之间洞冥子的遗体已焚化净尽，黄石道人将他的骨灰装进一个玉坛，自向昆仑山去。冒川生将他送出寺门，再回大殿。

大殿中各派弟子恭立迎候，静待冒川生再主持“结缘盛会”。冒川生登坛将未讲完的易筋经奥义讲了一遍，端坐坛上，缓缓说道：“老朽德薄能鲜，承各派同道不弃，推我主持盛会，三度结缘，实在是惭愧之极。三度结缘之中，我眼见新人辈出，武学昌明，一代胜于一代，我在大惭愧中也有大喜悦。今次结缘盛会，就到此为止了。”依往次之会，冒川生的结缘盛会最少也有半月之久，而今只不过一日，冒川生便说结束。合座都是大为惊奇，有人正待发问，冒川生双手一按，又缓缓说道：“各派武功都有擅场，各位也都是一时俊彦，武学之道，一理通百理融，我今次所讲的易筋经奥义，乃是内功修持的基本功夫，各位以本派功夫参融此理，回去向本门长老请益，也就不必老朽再哓舌了。今次多谢诸位前来，老朽倒是有点私事，要请诸位作个见证。”顿了一顿，道：“冰娥，你过来!”

冰川天女走近坛前，冒川生道：“我忝为武当派的长老，这几十年来，却只做了个‘自了汉’，对本门弟子，疏于教导，以至弄得人才凋落，我甚是愧对列代祖师。我看你心地纯良，武功也尽得本门心法，所以我也不避忌至亲，今日我将衣钵传你，以后领导同门之责，就得由你负起了。”冰川天女吃了一惊，她正是讨厌尘世的繁嚣，一心想回冰宫，哪肯做什么掌门?冒川生似是知悉她的心意，道：“你且别忙，听我一一交代。”又唤道：“雷震子，你过来!”雷震子走到坛前施礼，冒川生道：“武学之道，有如大海，你今日可知道不足了么?”雷震子满面羞惭，垂首禀道：“弟子知道了!”

冒川生微笑道：“知道了就好了。你掌门师兄日前上书给我，说是年老力衰，难任艰巨，请我另立掌门，我瞧你这一年多来，修养颇有进益，掌门的担子，就由你挑起来吧。”雷震子做梦也料不到师祖指定他做掌门，惊喜羞惭交并，讷讷说道："这担子弟子可挑不起。"眼睛看着冰川天女。冒川生道："能知不足，便挑得起。做掌门的最要紧的是行事公允，赏罚分明，约束同门，不离侠义之道，那便对了，武功倒在其次。冰娥是我衣钵传人，以后若有关本派兴衰的大事，你决断不下的，可以去禀告她。"

座中各高手听了，都是心中一凛。原来照武林的规矩，每派一个掌门人，掌门人若还有长辈存在，长辈就是本派的长老，掌门人碰到大事要取决于长老，长老中的至尊的一位实际亦即等于太上掌门，不过他不理繁杂的琐事罢了。以目前的武当派而论，冒川生三兄弟都是长老，但石广生前几年已死，现在又知桂华生亦早已去世，那即是只有冒川生一人是太上掌门。掌门可以更换，长老却不能更换，除非长老都死了，或者是由同门公推，或者是由前任长老提定，才可以从同辈中选出一人作为本派的长老，但这人必须武功德望都为武林各派钦佩的才行，所以若然长老都死了，也可以不必再推定或指定"长老"的。在这样的情形下，掌门人亦就是本派的至尊了。现在冒川生指定冰川天女是他的衣钵传人，又要雷震子有大事须取决于她，那即是说冰川天女从今日起便是武当派的"长老"，亦即"太上掌门"，但依武林规矩，冒川生未死，这"太上掌门"岂能擅立？而且冰川天女又是这样年青！因此众人都觉惊诧。

冰川天女对这些规矩全然不懂，一听伯伯原来并不是要她做掌门，只是要她"管"雷震子，她心中暗笑道："我早就替你管过雷震子了，这倒不必推辞。"于是欣然点首，道："听伯伯吩咐，但侄女可不欢喜到武当山去，将来还要回转冰宫的。"冒川生笑道："你如今就是本派至尊，你欢喜到哪里去就到哪里去，谁人还来管你?"

冰川天女怔了一怔，心道："我怎么变成了本派的至尊了。"忽见冒川生端坐坛上，闭目垂首，面上带着慈祥的笑容，大殿内数百人等，一齐肃立，鸦雀无声，吕四娘合十赞道："带发修持数十年，先生妙道悟人天，勘破色空无世相，更欣衣钵有真传！"金光大师也赞道："了无牵挂西归去，居士居然菩萨行！"雷震子率领同门，一齐跪下，冰川天女惊道："我伯伯死了么?"吕四娘庄严说道："你伯伯福寿全归，安然坐化，这是尘世间罕见的大喜事，你哭什么?”

冰川天女也曾钻研过佛家的道理，知道这样的安然坐化，确是佛门弟子认为最难求得的事情，非有道之士莫办。但想起从今以后，自己在世上再无一个亲人，心中却也不免有点难过。当下急忙随众礼赞。雷震子禀道：“吕大侠，我师祖的后事还要你老主持。”吕四娘笑道：“我此来就是特为送你们的祖师西归的，他的后事，我当然义不容辞。但我先要和唐经天说几句话。”

吕四娘和唐经天走过一边，吕四娘低声说道：“经天，你不必参加丧礼了。”唐经天道：“冒老前辈是家父的知交，我不送他下土，岂非不近情?”吕四娘道：“我辈何须拘执俗礼?救人一命，胜造七级浮屠，冒老前辈知道你去救人，也不会怪你的。”唐经天惊道：“救谁?”吕四娘道：“救金世遗。”唐经天道：“洞冥子那一抓似乎也不足致金世遗于死呀。”吕四娘道：“不是洞冥子致他于死，是他自己的武功致他于死。”唐经天如坠五里雾中，道：“这弟子倒不明白了。”吕四娘道：“毒龙尊者的武功是他自己在荒岛中悟出来的，荒岛中除了毒蛇，别无生人，加上他愤世嫉俗，修练内功之时，胸中充满了乖戾之气，所以他的内功虽然自成一家，奥妙神奇不在你我两派之下，却非正道。功夫越深，内魔越厉害，据我猜测，毒龙尊者必然是走火入魔死的，这种微妙的内功反克之理，只怕他要在临死之前方能明白。金世遗道行尚浅，那自然更不明白了。”这种内魔外魔之说，乃是武学中的术语，听来似是神秘，其实亦并非不可解释，那就是功夫的运用不依正道所招致来的隐患而已。以鸦片作比喻，鸦片本可治病，可以用作振奋精神，但不间断地吸服，反令人精神衰靡，无异慢性自杀!“邪派的内功”即等于鸦片，练之越久则中毒越深，同一道理。

吕四娘又道：“金世遗的内功还远未到达他师父的境界，本不会走火入魔，但若他不自知防范，终有一日像他师父那样而死。”唐经天插口道：“那何必这样着急，就要赶去救他?”吕四娘道：“本来他不会这样早便走火入魔，但他中了洞冥子的阴毒掌力，触发内魔，等于一个吸毒已久的人，忽遇大病，隐毒发作，那自然抵挡不了。我刚才曾见过他与洞冥子交手，以他的功力，大约在三十六日之内，尚无性命之忧，你赶紧去找他，先给他服三颗用天山雪莲所制炼的碧灵丹，可以延他性命至七十二天。”唐经天大骇道：“天山雪莲亦只不过延长三十六日吗?”吕四娘笑道：“由上乘内功而来的邪魔内毒，世间无药可医，而天山雪莲能延长性命，已经是非常难得的了。”唐经天大为失望道：“这样只能治标，不能治本，苟延性命又有何用?岂不是始终不能救他吗?”吕四娘道：“不，就你能够救他!”

唐经天道：“何以只是弟子能救他?”吕四娘道：“天山派的内功自晦明禅师一脉相传，博采众家之长，去芜存菁，最为纯正深厚，助人解除因内功修炼不得其当而生的毛病，非你们这派不行。”唐经天道：“弟子还是不懂。”吕四娘笑道：“你功力未到，自然还未懂得。但只要你找到金世遗之后，带他回天山去求你的父母相救，则金世遗不但性命可保，而且内功由邪归正，对他大有裨益，将来的成就不在你下。”唐经天沉吟不语，吕四娘道：“但你至迟要在三十六天之内找到他，在七十二天之内要与他同到天山。”唐经天内心交战，此时心意已决，毅然说道：“好，那么弟子马上动身。”

只是他费尽心力，千辛万苦，才能重会冰川天女，而今又要匆匆分手，心中自是难免不舍。一抬头，只见冰川天女也正凝望着他，目光一接，又转头过去和幽萍说话了。吕四娘眼光何等锐利?见此情景，已瞧料了几分，道：“冰娥，你送他一程。”冰川天女见吕四娘有命，缓缓行来，外表矜持，心中却是有一股说不出的幽怨和懊恼，却又不敢先问唐经天因何匆匆而来，匆匆而去。

吕四娘道：“我看金世遗此人冷傲之极，若然知道你是去救他，怕未必肯受你的恩惠。你得随机应变，想个法子，骗他和你同上天山。”唐经天道：“弟子知道。”冰川天女从两人的对话中，才知道唐经天是去救金世遗，心中大是感动。

吕四娘走开，自去和雷震子商量冒川生的后事。冰川天女送唐经天走出寺门，两人都默不作声，行了一段路，到了下山的路口，唐经天叹口气道：“冰娥姐姐，你还恨我么?”冰川天女道：“你我有什么牵涉，我好端端恨你作什么?”唐经天道：“如此说来，你还是恨我了。不管你怎么恨我也好，我总是想念着你。”冰川天女忽地幽幽说道：“只怕见了妹妹，又忘了姐姐了。”唐经天才知道她是怀疑自己和邹绛霞的事情，笑道：“她还是一个孩子呢。那时我在她家里养伤——”委婉地解释了一遍，乘机表白自己的心曲，说得极是温柔诚挚，冰川天女道：“原来都是金世遗捣的鬼。”唐经天诧道：“怎么？”冰川天女将金世遗送画引她去看等等事情说了，唐经天又好气又好笑，道：“真是岂有此理！”冰川天女道：“你还救他么？”唐经天道：“为什么不？”冰川天女盈盈一笑，道：“我就是喜欢——”唐经天道：“喜欢什么？”冰川天女本想说道：“我就是喜欢你这样的胸襟。”见唐经天追问，忽感忸怩，又是盈盈一笑，两人之间的误会，全都消解在这盈盈一笑中。正是：

无端情海波澜起，却喜云消雾散时。

欲知唐经天是否找得着金世遗？请听下回分解。

第二十六回　知己难逢　怜才惜疯丐
深情谁遣　忆旧念佳人

可是唐经天并没有找着金世遗。他几乎搜遍了峨嵋山，都没有发现金世遗的踪迹，只是在金光顶附近的峰坳，就是在盛会前夕，他听到一个少女的笑声，接到那少女掷给他的花环，便即突然消失的那个地方，发现了几块破布，似是从衣裳上撕下来的，破布的花纹和色泽，都似金世遗那日穿的衣裳，破布上还有点点血痕，附近有凌乱的足印，可是再追踪下去，又什么都没有发现了。

金世遗到哪里去了呢？

金世遗那日奔出寺门，心中百感如潮，情思混乱，冰川天女那含情脉脉的眼光，尚在他脑海中留下鲜明的印象，那花朵一般的笑容，竟似是有生命的东西，就要从记忆中跳出来似的。可惜这含情脉脉的眼光不是对他的，而是对唐经天的，是在性命相扑、力抗强敌之时，她这样看唐经天的。冰川天女那花朵一般的笑容，变成了有刺的玫瑰，刺痛了他的心。金世遗狂叫道：“呀，只要世上有这么一个女子，用这样的眼光对我一瞥，我就即时死了，也是心甘！”这一瞬间，他又想起了幽萍对他的讽刺：“癞蛤蟆想吃天鹅肉！”想起了冰川天女对他的劝勉：“以你的聪明才智，若然归入正途，可以成为一代侠士；再不就是潜心武学，也可以成一代宗师。怎么你却故意将自己变得这般无赖？”冰川天女说这话时，也曾注视过他，但那是期待的、怜惜的、责备的眼光，和她对唐经天的眼光，绝不相类。金世遗这时神思混乱，他没有理智反省自己，没有去想冰川天女那番说话中对他深厚的好意，只觉心情激荡，难以自休，喃喃自语道："我是癞蛤蟆吗？我真的就是这样一个不成材的东西吗？"他又想起唐经天适才在殿中拼死救他的事情，心中叫道："他才是个侠士，我呢，我只是冰川天女心目中的无赖！"忽又冷笑道："哼，哼，焉知他不是故意做给冰川天女看的？我自出生以来，就从来没有见过一个侠士，我自出生以来，从来就只是受到世人的轻贱。世间真有侠士这种'东西'吗？哈，哈，侠士又值多少钱一斤？"要知金世遗本就属于性情偏激这一类人，受了洞冥子阴毒的掌力后，神智迷糊，越发魔长道消，尤其是拿自己和唐经天相比之下，自卑自贱的心情更为浓重，神智即算偶一清明，也迅即被魔障所蔽。但觉四海茫茫，天地之大，竟似没有一处地方可以容身，没有一个人可以让自己向她细诉心曲。

金世遗就在这样半疯的状态中，茫无目的地在峨嵋山上乱跑，不知不觉经过金光顶附近的峰坳，就是他初遇李沁梅的那个地方。金世遗心头一触，停下脚步，忽听得一个少女"嗤"的一笑，从林子里跑出来，这时金世遗神智未清，但觉这少女似曾相识，一时间却未想起她就是曾戏弄过自己的李沁梅。

李沁梅走出来时，有几只猴子也跟着她蹿出来，一见金世遗的怪相，吱吱乱叫，都跑开了。李沁梅"噗嗤"一笑，道："你看，你专门欢喜欺负人，连猴子也欺负。怪不得连畜生都不愿意和你交朋友。"金世遗忽地记起这个少女曾在此处和他交过手，这句话又大大的刺痛了他，一时神智迷糊，大叫道："好呀，你们宁愿与畜生要好，也不愿与我要好，我就欺负你啦，你怎么样？"不由分说，举起铁拐，便是拦腰一扫，李沁梅笑道："你也未必欺负得了我！"金世遗一拐扫去，打了个空，心中一凛：怎么这少女的武功如此高强？越发激起好胜之心，铁拐一个盘旋，呼呼风响，但见杖影如山，霎忽之间，就把李沁梅的前后左右的退路，全都封住。金世遗迷了理智，拐法更是凌厉，李沁梅好生奇怪，心道："江湖上称他毒手疯丐，但依我母亲所说，他并不是真疯，上次他虽无缘无故与我动手，却也看得出他只是试招，想逞强好胜而已，为何今次竟似意图拼命，状若真疯？幸好我母亲教会了我应付他的方法，要不然给他铁拐碰着，那岂不是筋断骨折之祸？”

金世遗连扫十几拐，没有沾着李沁梅的衣裳，哇哇大叫，拐法杂乱无章，只是狂呼乱扫，李沁梅笑道：“留神，我要点你的笑腰穴啦！”在杖风人影之中，欺身疾进，骈指如戟，果然来点金世遗的“笑腰穴”，金世遗武功本要比李沁梅高强，但李沁梅这一手点穴，手法身法都怪异之极，铁拐竟然拦挡不住，武功高强之士，临危之际，常会无意中便出绝招，金世遗神智虽然昏迷，本能还在，铁拐支地，忽地一个筋斗，在地上打了一个盘旋，李沁梅吃了一惊，耳边听得母亲说道：“走巽位，点他风府穴！”金世遗一拐打去，李沁梅已到了他的侧边，金世遗又一个筋斗翻开，两人使的都是怪招，李沁梅心中暗叫“惭愧”，想道：“母亲和我拆了三天，我还是几乎应付不了。”金世遗更是奇怪，心道：“这女子的点穴法怎么如此怪异？我倒要用本门的点穴法给她一个厉害。”但李沁梅迫得极紧，金世遗竟缓不出手来，心中又想道：“那出声的女子又是何人？怎么我看不见她呢？”他怎知道那是冯琳在林子里用的“传音入密”的功夫。金世遗大翻筋斗，躲避李沁梅的点穴，渐觉气喘，李沁梅柔声笑道：“我说你欺负不了我，你还不相信吗？你累啦，也该歇歇啦。”忽听得金世遗“呸”的一声，冯琳叫道：“梅儿，快退！”李沁梅刚一闪身，眼睛一花，脚跟一软，忽地倒地。

这刹那间，金世遗神智忽地清醒，想起了李沁梅是这世界上第二个将他当作朋友的人（第一个是冰川天女），心中大悔，他出道以来，虽是游戏风尘，专向成名人物挑衅，却从未杀害无辜，想不到今天却杀了个将他当作朋友的少女。他自悔自恨，头脑昏乱，迷茫中不自觉地跪在地上合十忏悔。

要知金世遗所喷的毒龙针剧毒无比，连洞冥子那么高的功力也禁受不起，何况是李沁梅这样一个稚气未消的少女？故此金世遗神智一清便悔恨交并，跪在地上，合十忏悔，不敢抬起头来，生怕看到李沁梅挣扎的痛苦眼光。却不料正在他自悔自责，心中迷乱已极之际，忽听得李沁梅娇声笑道：“你怎么啦？我又不是你的娘老子，你干嘛要跪我？”

金世遗这一惊端的非同小可，一跳起来，只见李沁梅笑语盈盈，就站在自己的面前，这真是不可思议之事，金世遗简直不敢相信自己的眼睛！忽见李沁梅纵身一跃，嘻嘻笑道：“我还要领教你的点穴法！”骈指一点，金世遗本能地出指反点，以点穴制点穴，却不料李沁梅的点穴手法怪异之极，金世遗的指头尚未沾到她的衣裳，却已被她在腰间戳了一下，金世遗登时手舞足蹈，大声狂笑起来。

李沁梅开心之极，在旁边顿足拍手，好像小孩子在看耍把戏，哈哈笑道：“这叫做以其人之道还治其人之身，看你以后还敢胡乱捉弄人么？”又扬声叫道：“妈，你快出来看，你教的点穴法真行，他现在已变成我手心中的猴儿啦，真好玩呀真好玩！”原来冯琳在林子里和女儿练了三天，所练的就是克制金世遗的点穴法，也正是冒川生间接教给唐经天的点穴法，不过冒川生一见了金世遗的武功之后，用不到半晚的功夫，就想出了克制之道，而冯琳却要想了两天，两人所研究的结果，所创的点穴法不谋而合，也可见到上乘的武功多是殊途同归。

李沁梅拍掌跳跃，忽见金世遗神色不对，眼露凶光，与一般人被点了“笑腰穴”应有的现象不大相同，不自觉地止了笑声。冯琳走出林子，只瞥了一眼，就尖声叫道：“不好，这是即将走火入魔之象！”急忙将金世遗拉过来，解开他的穴道，金世遗用力一跳，冯琳早已防及，左手按着他的太阳少阴经脉交会之处，金世遗只觉一股凉气好像慢慢地钻入体中，心头有说不出的舒服，眼皮闭合，又觉得好似孩提时候，母亲在用手拍他哄他睡觉一样，不久就睡着了。

冯琳所学的功夫甚杂，这次她是用西藏红教的“潜心魔而归真”的功夫，大耗本身的功力，费了一支香的时刻才把金世遗体内逆行混乱的真气收束，使它重归平静。这时冯琳已知道金世遗的内功路子不对，但还未知其所以然，到撕开了金世遗的胸衣一看，察看了洞冥子给他的抓伤，知道了所以然，却不知用何法可以根治，对女儿叹气道：“这人所修练的内功，与任何一派都不相同，进境最速，但潜伏的隐患亦最大，我用潜心魔而归真的功夫也只能保他七十二天，无法救得他的性命。”

李沁梅道："这怎么是好?"冯琳想了一想，道："咱们将他带回天山去，你的姨父姨母是天下内家的正宗，也许他们有法子治。何况他的师门来历，咱们又知道了，说来他的师父和你的姨父姨母大有渊源呢。"李沁梅正想问母亲何以忽然知道了金世遗的师门来历，只见金世遗已缓缓张开了眼睛。

金世遗好似从一个美妙的梦中醒来，张眼一看，只见除了李沁梅之外，还有一个中年妇人低着头看他。这妇人面貌与李沁梅相似，头上打着两个蝴蝶结，笑嘻嘻地显得十分淘气。金世遗睁大眼睛，对着李沁梅叫道："这是怎么回事?你中了我的毒针，怎么还能活着?她又是谁?"

冯琳微微笑道："你是毒龙尊者的徒弟吗?"金世遗翻身坐起，诧道："这世上无人知道我的来历，你怎生晓得我恩师的名字?"冯琳笑道："你不必问我是谁，凭你所用的毒针，除了毒龙尊者之外，无人有此暗器。你这种毒龙针，只有用猫鹰的口涎泡制成的丸药才可以解，是也不是?"金世遗道："是呀，但也必须立时吞服，而且亦不能消得如是之快；再说这解药天下无人藏有，连我自己也没有了，你又从何取得?"原来金世遗所藏的解药，在他初入峨嵋山之夜，因为他受了幽萍说话的刺激，在山上打滚，又自己撕破衣裳，跳下山涧洗澡，迷茫之中，解药被瀑布冲去，醒来之后，悔已无及。

冯琳嘻嘻笑道："我的解药比你的还强呢!"取出一个红色的药球，迎风一晃，一股药味，冲进金世遗的鼻观，金世遗跳起来道："你怎么有这个宝贝?唉，难道你是我恩师的好友?你是吕四娘吗?"冯琳只是嘻嘻地笑，道："你怎么只知道一个吕四娘?"原来她这个药球乃是她的姐姐冯瑛交给她的，冯瑛得自猫鹰岛的主人萨天刺，比毒龙尊者的解药更为有效。

冯琳道："你的师父呢?"金世遗道："死了。"冯琳道："呀，可惜，可惜!"金世遗听她惋惜自己的师父之死，心中大是感激，想道："她即算不是吕四娘也必然是我师父的好友。"对冯琳的好感油然而生。冯琳道："你再静坐运气看看如何?"金世遗盘膝一坐，刚一吐纳，便觉浊气上升，冯琳将手掌轻抚他的背心，道："你现在可知道你有性命之忧了么?"金世遗只觉一股凉气直透心头，就像适才的感觉一般，昏昏思睡。冯琳在他额角弹了两弹，手掌移开，金世遗又清醒了。

金世遗一练内功，便生异象，这乃是从所未有之事，他武功已有相当造诣，自然知道这是心魔反克之兆，冯琳所说，绝非恫吓之辞，心中一酸，反而哈哈笑道："蝼蚁难保朝夕，蟪蛄不知春秋，我苟活人间二十年，比起来也不算短寿了。反正世上人人都讨厌我，我早死了也可令他们眼中干净！"

冯琳笑道："怎见得人人都讨厌你？若然是我，我能够活多一天便要活多一天。这世界花花绿绿，多么好玩！"手掌在金世遗的背心轻轻滚转，金世遗只觉心中烦躁顿消，呼吸顺畅，知道冯琳正以上乘内功，助自己收敛体内逆行的真气，心中大是感激，想道："她与我无亲无故，却肯耗费功力助我，果然并不是人人都讨厌我的。"冯琳又道："怎么样？你还愿意死吗？"金世遗道："咦，你为什么定要救我？"冯琳道："我欢喜人人都很快乐，若见到你忧生愁死，我心里就不舒服了。所以我救你，实在是为了我自己的快乐。喂，你跟我走吧，我纵不能保你长命百岁，也可令你寿过花甲。这世界好玩的事情多着呢，你就是不懂得玩！"

金世遗一生游戏人间，嬉笑怒骂，无处不是玩世不恭，而今听得冯琳说他不懂得玩，怔了一怔，道："你这人倒很有趣，好呀，我现在不愿死了，就跟你去玩玩。你要带我到哪儿去？"冯琳道："说给你听，就不好玩了。"金世遗与她母女大是投缘，拍手笑道："好，那么咱们就走。"

三人即日离开了峨嵋山，取道川北，穿过大雪山、宁静山，到达前藏，准备从西藏至回疆。这三人性情相近，谈谈笑笑，嘻嘻哈哈，倒不寂寞。只是冯琳总不肯透露自己的身份，也不肯说明要带他到什么地方。金世遗得她以西藏红教的"潜心魔"内功相助，神智清明，痴癫之气减了不少，透露出少年人的活泼天真，与李沁梅尤其相得。

他们三人都是绝顶的轻功，从峨嵋山走到西藏，只不过花了二十多天的时间，这一日他们走出唐古拉山山口，只见下面山谷，有一队人蜿蜒经过，行列前面是八头白象，象队中有金幢宝盖，甚是庄严。李沁梅童心大起，道："妈，你看，这是藩王出巡吗?"冯琳看了一会，道："藩王没有这么大的气派。好像是哪一派喇嘛的教主。哈，这倒好玩得很，待我去打听打听。"冯琳身形一晃，立刻掠出了十余丈地，在半山坡处传声说道："你们千万不要走开。若真有什么好玩的事儿，我再回来同你们去瞧热闹。"话声说完，人影倏然不见，金世遗大是佩服。他却不知道冯琳这一离开大有深意，冯琳喜欢热闹，固然是一个原因；另一个原因，却是借此机会让金世遗多和她的女儿亲近。

金世遗目送冯琳的背影冉冉而没，叹口气道："你有这样有趣的母亲，真好福气!"李沁梅道："你的母亲呢?"金世遗道："我是无父无母的孤儿。"李沁梅道："呀，真可怜!"金世遗面色一变，愠道："我不要人可怜!"李沁梅赔笑道："我说错了，你别见怪。你是个独来独往的奇男子。"李沁梅本来也极任性，但碰到像金世遗这样比她更任性的男子，不知怎的，她反而样样迁就金世遗了。

金世遗听她一赞，转怒为喜，笑道："我也没有见过像你们母女这样奇怪的人。你的母亲真好，又有本事，又好玩。"李沁梅"噗嗤"一笑，道："是吗? 傻哥哥，其实你也可以当她是你的母亲，她疼你比疼我更甚呢。"金世遗第一次听到有人这样亲昵地叫他做"傻哥哥"，心中甜丝丝的极为舒服。

金世遗眨眨眼睛，心中忽然一跳，问道："你妈妈为什么对我这样好?"李沁梅道："她说你没人照顾，到处流浪，正和她的身世相同。"金世遗道："你妈也是自小没了爹娘的吗?"李沁梅道："嗯，听说她周岁之时，家中便遭横祸，我的外祖父当场身死，过了差不多二十年，外祖母才碰见我的母亲。"金世遗道："那么你的母亲不是吕四娘了。"他的师父毒龙尊者最佩服吕四娘，曾对他说过吕四娘的身世，吕四娘的祖父吕留良是一代大儒，父亲吕葆中虽然也是遭受清廷杀戮，却是她二十多岁的时候了。

李沁梅道："谁说我的母亲是吕四娘呢，你怎么老是以为我的母亲是吕四娘?"金世遗道："她这么好的武功，怎不令人疑心她是吕四娘?"李沁梅笑道："你真是井底之蛙，嗯，我又骂你了，你别生气。"金世遗道："你这一骂，我倒很服帖。现在我才知道，世上原来有这么多能人。”李沁梅道：“说实在的，我母亲的本领大约还不及吕四娘，不过她们当年倒是并驾齐名的江湖三女侠。”金世遗大感兴趣，道：“哪三位女侠？”李沁梅道：“还有一位是我的姨母，她的本事比我的母亲还强，我的姨父虽说是天山派的掌门，但入门却在我姨母之后，我的姨母是当年天山七剑之一的易兰珠女侠的衣钵传人！”李沁梅小孩心性，夸耀姨母，心中甚感骄傲。金世遗面色一沉，问道：“呵，原来你的姨父是天山派的掌门，那么你的姨父是唐晓澜了？”李沁梅还没有留意他的面色，冲口答道：“不错。原来你也知道我姨父的名字。我母亲就是想带你上天山，请我姨父姨母救你呢！”

这一瞬间，金世遗的心头又酸又苦，面色涨红，他久已横亘胸中的疑问也一一解开了。他现在已知道了自己的内功路子不对，那么当年自己的师父之死，自是由于走火入魔无疑；而师父的遗言，劝他去找天山派的人，原来就是想天山派的人救他，以免他重蹈自己的覆辙！

金世遗性情偏激，极度地自卑，也极度的自尊，他又一向以为本派武功天下第一，要他向任何人低头，都是难以忍受的事。何况是向唐经天的父亲？向自己曾较量过几次的唐经天的父亲。李沁梅这时已发觉他的面色不对，强笑问道：“傻哥哥，你又想什么了？”金世遗忍气问道：“这么说来，唐经天是你的表兄了？”李沁梅喜道：“不错，原来你们是早就认识的吗？”金世遗冷笑道：“不止认识，还是好朋友呢！”心中却在自思：“原来她的母亲就是唐经天的姨母，我道她有这样好心，原来是想借此机会，叫唐经天的父亲向我市惠，叫我从此在唐经天的面前永抬不起头来！”他把冯琳的好意全往坏处想，霎时间热血上涌，只觉得自己孤苦伶仃，到处受人戏侮，真不如任由命运支配，真个死了倒也干净！

李沁梅哪里知道这一瞬间，金世遗的思想就有了这么大的变化，拍手笑道：“哈，原来你们还是好朋友，那真是妙极啦！”金世遗道：“不错，是妙极啦，你们安排得真妙！你过来。”李沁梅道：“嗯，你不舒服么？让我看看是不是发烧？”她见金世遗面色涨红，还以为他热气上升，走近两步，金世遗忽地哈哈一笑，道：“多谢你俩母女的安排，真妙极啦！”突然伸指一戳，这一下当真是大出李沁梅的意料之外，欲避无从，咕咚一声，仆倒地上。

只听得金世遗的怪笑之声在山谷中回旋震荡，李沁梅被他点了软麻穴，站不起来，幸而她得母亲所教，熟悉金世遗点穴法的奥妙，自己运气冲关解穴，不到半个时辰，四肢已能转动。金世遗的影子早已不见了。但闻群峰回响，余音未绝，金世遗的怪笑之声尤自摇曳在山巅水涯。李沁梅但觉一片茫然。喃喃自语道：“好端端的，怎么突然间又发疯了？”她还当真怕金世遗发疯，疾忙追下山去！

在山谷下面，忽见一队喇嘛迎面而来。前面八头白象，当中一头白象，坐着一个身材高大的喇嘛，覆以黄幢宝盖，中间十六名喇嘛骑马相随。在象队的两旁，则各有一列少女，个个白衣如雪，长裙摇曳。中间一个少女，明艳照人，神气却冷傲之极，坐在马背，动也不动，宛如一尊大理石像。

李沁梅旋风般地跑来，突然碰着这队白衣喇嘛，脚步还未来得及收住，便听得有人娇声斥道：“谁人敢闯法王法驾？”一个戴着面纱的女人跳下马来，不由分说就伸手来抓李沁梅。李沁梅本能地闪身一格，那妇人这一抓快捷之极，不料抓了个空，反而给李沁梅推开几步，噫了一声，跟踪急追。这女人正是白教喇嘛中的“圣母”。李沁梅哪里知道，她在无意之中竟闯了白教法王的法驾。白教法王的地位和达赖班禅同一班辈，都是活佛的身份，这一闯驾，在喇嘛弟子眼中，乃是非同小可的冒犯活佛之事！

李沁梅见十六个白衣喇嘛，排成一个圆圈，不声不响地个个注视着她，一步一步地迫近，不觉有些心慌，叫道：“喂，你们要干什么？”两个护法喇嘛道：“你这妖女，胆敢闯活佛法驾，还不快向活佛求饶？”李沁梅道：“咦，哪位是活佛？你指给我瞧瞧。”说话的口气，就像小孩子要去见识一件稀奇的事物似的。那两个护法喇嘛大怒，一出左掌，一出右掌，合成一个圆弧，双掌齐抓，白教喇嘛的武功自成一派，这一手两人合用的“金刚捉妖”手法，比中原武林的大擒拿手还要厉害，却不料李沁梅自幼得母亲所授，最精于小巧腾挪的功夫，两个喇嘛双掌一合，只听得李沁梅嘻嘻一笑，竟像游鱼一般的滑出了他们的手心。两个喇嘛吃了一惊，急忙归回原位，幸喜李沁梅还未闯出圆圈之外。

李沁梅叫道："喂，这条大路又不是你们的。既然号称活佛，就该有慈悲之心，怎么占了大路，不许人行走？走路也有罪么？"那十六个白衣喇嘛不理不睬，圆圈慢慢围拢，李沁梅双掌一推，十六个喇嘛合力挡住，俨似铜墙铁壁，哪推得动？钻又钻不出去，心中大急，骂道："喂，十六个大男人，欺负我一个女子，还要脸么？"情急之下，一低头便硬冲过去。忽听得当前两个喇嘛"咭咭"地笑了两声，笑得甚怪，脸上一派正经神色，好像突然给人抓着痒处，不由自己地笑了出来似的。这两个喇嘛一笑之下，身形歪过一边，李沁梅从缝隙中一钻而出，心中大是奇怪，想道："哈，是了，他们定然是给我骂得不好意思，所以故意放我走了。"回头做了一个鬼脸，拔脚便跑。

刚跑得两步，两头白象已拦在面前，象背上两个喇嘛各伸一根九环锡杖，拦住去路。李沁梅道："喂，真要动手么？"拔出短剑一削，叮当两声，短剑给反弹起来，那两根禅杖却纹丝不动。原来这两个喇嘛正是白教法王最得力的弟子，前年春初派去抢金本巴瓶的就是这两个人。

李沁梅给拦住去路，毫无办法，背后那十六个喇嘛又围上来，李沁梅正想撒野乱骂，忽见骑在中间那头白象上的那个脸色红润发光的高大喇嘛道："孩子无知，由她去吧。"在象背上挥起拂尘一拂，李沁梅陡觉一股劲风吹来，借势一个筋斗，翻了出去。后面那十六个喇嘛果然散开，无人阻挡。那白象背上的喇嘛又道："这孩子说得不错，活佛理该慈悲，唵哈哞咪喇哄……"叽哩咕噜地说了一句藏话，似是给她祝福。李沁梅想道："这个喇嘛一定是什么活佛了。"回过头去看，却见那些喇嘛个个神情肃穆，李沁梅有点胆怯，不敢多看，急急奔逃。

霎时间走出了二三里路，忽见山坡上有人招手道："沁儿，你好大胆，快过来!"抬头一看，正是她的母亲。

李沁梅大喜，急忙跑去，投入母亲怀中。冯琳笑道："连我也不敢去招惹他们，你却胡闹。要不是我，你这次苦头有得吃呢!"李沁梅道："哈，我知道，那圆圈中的两个喇嘛是你用暗器打着他们笑穴的，我还以为他们是给我骂怕了呢！”冯琳的飞花摘叶，可以伤人立死，也可以打人穴道。但由于李沁梅功力未到，尚未能学。她猜中是母亲暗中助她，笑道：“我还以为活佛是个好人，原来是他怕了你，才放我的。”

冯琳面色一端，道：“那白教法王豁达大度，我也对他起敬，你怎好胡乱说他？你知道他们是做什么来的吗？”李沁梅道：“不知道。”冯琳道：“适才我去打听，原来前面就是萨迦城。白教法王与黄教喇嘛讲和，班禅许他回西藏传教。萨迦起了一个很大很大的白教喇嘛寺庙，白教法王是率领他的弟子来主持开光大典的。”李沁梅道：“这一回子功夫，你竟然到了萨迦城吗？”冯琳笑道：“还说一会子，好半天了呢！你们谈得还不够吗？嗯，金世遗呢？他这回倒很正经了，嘎？没有跟你来胡闹？”李沁梅心头一酸，说道：“他又发疯了呢，跑得无影无踪了。”

冯琳道：“胡说，我连日用‘潜心魔’的内功，助他制住内魔，最少在七十二天内可以无事，好端端的怎么会发疯？你和他说了什么来？”李沁梅道：“我哪有说什么，我只是说你要将他带上天山，请姨父救他。”冯琳叹了口气，道：“呀，你真是不懂事。我就是怕他心高气傲，不愿受人恩惠，所以故意瞒着他的。你却偏偏给我拆穿了。你不知道，他和唐经天还有心病呢。”李沁梅好奇心又起，问道：“什么心病？”冯琳叹口气道：“咳，你这痴丫头比我当年还傻，比我还更欢喜理闲事。不说啦，谁叫我是你的母亲，只得又费心机给你找他啦。呀，女儿大了，真是麻烦。”李沁梅面上一红，赌气说道：“谁要你去找他？稀罕么？”冯琳笑道：“好，不稀罕，不稀罕！天下男子有的是。可就没一个对你心思，是么？”李沁梅道：“不错。”冯琳扮了个鬼脸道：“是，不错了吧？既然没一个对你心思，那就只好找他了。去，去，咱们到萨迦瞧热闹去，金世遗也是个爱热闹的人，他一定不会走得远的。”

萨迦是藏南的一个山城，平日寂静得有如世外桃源，这回白教法王来到，乃是旷古未有的大事，顿时热闹起来了，许多远地的香客都闻风赶来，萨迦的土司和清廷派驻萨迦的宣慰使陈定基更是忙得不可开交，连日打点，替白教法王安排行宫，筹备供奉。只有一个人这时却闲得无聊，独自在宣尉府的后花园中徘徊叹息。这人就是陈定基的儿子陈天宇。

陈天宇自从随他的父亲重回萨迦之后，土司旧事重提，又要迫他和自己的女儿成婚，陈天宇用个“拖”字诀，拖得一天算一天。陈定基念念不忘故乡，他亦不愿儿子做土司的女婿，可又不能不敷衍他，陈定基本有打算，他听儿子的话，派了江南携函入京，求一位做御史的亲戚，请他转奏皇帝，求皇帝念他迎接金瓶的功劳，赦他回去。可是从西藏到北京路途遥远，江南去了半年，兀无音讯。两父子真是度日如年，土司又常常招请他们去赴宴，硬叫女儿出来纠缠陈天宇，令陈天宇苦恼非常。

幸喜这几天土司忙着迎接白教法王，陈天宇倒乐得耳根清静。这一日法王来到，陈定基和土司都去陪伴法王，衙门里的人也上街去瞧热闹，陈天宇百无聊赖，什么事都无心绪，一个人躲在衙门里面。只听得打了三更，城中还是处处飘起烟花，喧闹之声未减。父亲又未回来，与外面热闹的气氛相比，衙中更是寂静得可怕。陈天宇独自一人到后花园去散步，月凉如水，寒气袭人，陈天宇幽幽叹了口气，道：“月华如练，长是人千里！一样的春夜，一样的月光，可是我的芝娜却在何方？”

一个藏族少女的倩影在他心底慢慢浮起，冷艳的颜容，神秘的微笑，曾在多少个梦中困惑过他？陈天宇与芝娜虽然是会少离多，但那几次短短的聚会，都是他一生中永难忘怀的事件，他想起了在土司家中飞刀劈果救她的事，想起了在荒山月夜，第一次知道了她的身世之谜；而更难忘怀的是在冰宫的那几个晚上，在那神话般的仙境里，听芝娜细诉衷曲。可是谁也料不到世变之奇，冰峰倒塌之后，自己又重回到这令人烦恼的萨迦而芝娜却从此杳无音讯。

“芝娜是不是在那场天灾巨劫之中死去了呢？”陈天宇真不敢这样想，可是却又不能不如此想。蓦然间他又想起幽萍，想道：“幽萍也逃得出来，芝娜未必遇险。”自宽自解，心中却仍是抑郁难消。若将芝娜去比土司的女儿，那真无异于把灵芝仙草去比残花败柳。怪不得土司越是迫婚，他就越发思念芝娜了。

夜更深，外面喧声渐渐平静，陈天宇兀自在花丛中痴痴地想，

聖女芝娜

只见一个披着白纱的少女，分花拂叶，轻轻地走了出来，……

忽听得花丛中似有细微的脚步声，陈天宇怔了一怔，只见一个披着白纱的少女，分花拂叶，轻轻地走了出来，一双明如秋水的眼睛深情地注视着他，脸上有一朵笑容，淡淡的笑容更衬出她神情的忧郁。陈天宇叫道："这是做梦吗？你是芝娜！"那少女道："不是做梦，但和做梦也差不多。你把它当作一场春梦好了。"笑容未敛，眼角却滴下两颗亮莹的泪珠。正是：

如此良宵如此月，尚恐相逢是梦中。

欲知后事如何？请听下回分解。

第二十七回　云破月来　空劳魂梦绕
钟声梵呗　惊见剑光寒

陈天宇将中指送进口中一咬，疼得跳了起来，大喜叫道："芝娜，这不是梦，这不是梦！咱们是真的相聚了，咱们从此永不分开了！"芝娜笑道："好，咱们永不分开。"陈天宇紧紧将她搂住，好像生怕她突然飞走似的，但见她眼角泪珠莹莹，脸上的笑容也带着一股凄凉的况味，更显得神色十分忧郁。陈天宇吸了一口凉气，担忧说道："芝娜，你在想些什么，你真的答应了么？咱们从此永不分开了？"芝娜道："我什么时候都在你的身边，你没有在梦中梦见我么？"陈天宇道："是呵，我每一个梦中都梦见你。有时你向我拈花微笑；有时又见你在月夜的悬岩边，偷偷地哭泣。然而这都是梦境，这些都过去了。以后咱们没有哭泣，只有欢笑。"芝娜道："我也时时梦见你。这可见得，咱们本来就没有离开过。"陈天宇叫道："不，我要的不是梦境，我要的是永恒的相聚。"芝娜幽幽说道："什么是真？什么是梦？什么叫做一瞬？什么叫做永恒？"

这几个问题，是千古以来，多少哲人所苦思未解的问题，陈天宇突然觉得被她的忧郁情绪所传染，一时间茫然不知所对。园门外钟声梵呗，隐隐传来，跑江湖的贩马人唱起《流浪之歌》："你可曾见过荒漠开花？你可曾见过冰川融化。你没有见过？你没有见过！呀！那么流浪的旅人哪，他也永不会停下！"这贩马人的流浪之歌也已唱到尾声了。

芝娜接着轻声唱道：

"永恒的爱情短促而明亮，

像黑夜的天空蓦地电光一闪！
虽旋即又归于漠漠的长空，
但已照见了情人最美的形象！”

这是从尼泊尔传来，在西藏流行的一首民歌，是欢愉的情歌，也是悲凉的情歌。陈天宇心头似铅一般沉重，讷讷说道：“什么是一瞬？什么是永恒？不，我要的是欢乐的永恒！”

芝娜微笑道：“那么咱们就不要尽在相聚与分离上纠缠，咱们现在到底是见着了，虽然‘像黑夜的天空蓦地电光一闪’，咱们在电光一闪的瞬息之间，难道就不能尽情欢乐？天宇，你说些欢乐的话头吧，你说什么，我听什么。”

陈天宇叫道：“什么？咱们的相会只能像黑夜的天空蓦地电光一闪？为什么你不能留下来？”芝娜道：“只是这瞬息的时间我已不知冒了多大的危险，天宇，说吧，说些我欢喜听的话。我不能再逗留啦，我就要走啦！呀，我就要走啦！”

芝娜沉郁的面上现出一派决然毅然的神气，陈天宇心中一动，突然起了不祥之感：“芝娜是来向我诀别的么？”这念头瞬息之间在他心中转了无数次，他不忍说出来，呆呆地望着芝娜。芝娜反而微笑道：“天宇，说些欢乐的话儿吧。”她声音抖颤，虽然勉强露出笑容，那笑声比哭泣还更凄酸。

陈天宇道：“离开了你，还有什么欢乐。嗯，芝娜，咱们这次都在冰峰浩劫之中逃出性命，咱们难道还要再受第二次更大的劫难？”芝娜道：“我一出生，劫难便随之而来了，要避也避不开，呀，你不晓得。”陈天宇叫道：“不，我都晓得。我知道你要报仇。芝娜呀，咱们生则同生，死则同死。我和你一道去报仇。若然侥幸不死呢，我就和你立即逃回南边去，逃回我的家乡去。”芝娜凄然笑道：“傻想头。血海深仇岂能请人代报？再说，我能令你为我的私事而引起西藏的风云么？我的报仇事小，你一插手进去，那纠纷可就大啦！”

陈天宇一想，自己父亲是清廷派驻萨迦的“宣慰使”，芝娜的仇人则是萨迦的土司，清廷为了怕西藏各土司反叛，所以除了派福康安镇守拉萨之外，还派有各地的“宣慰使”，宣慰使的任务之一就是要笼络土司。若然自己真的助芝娜刺杀土司，父亲必被处死无疑；而且说不定会引起更大的纠纷，弄出西藏的边疆动乱。

芝娜抬着泪眼凝望天际浮云，陈天宇心情激动之极，道："你若死了，我也不活。"芝娜道："不，还是活着好。多少事情还要你做呢。再说，我也未必准死。"陈天宇道："那么，我就等着你，不管你是死是活，我都等着你。"芝娜叹了口气，道："多谢你啦。你知道我现在是什么人，我这一生不管是死是活，永不能和男子相爱相亲。我此次来已经是犯了戒律啦。天宇，还是请你把这次相聚当作一场春梦的好！"陈天宇一看，只见她白衣如雪，脸上忽然泛出一层圣洁的光洁，她刚才说过冒了绝大危险，才能来此作一瞬间的聚会。陈天宇惊疑交并，道："为什么，我知道你是沁布藩王的女儿。是不是你们的习俗，藩王的女儿不能下嫁汉人？"西藏的藩王确乎有这个规矩，但陈天宇却猜得错了，芝娜并不是为了这个。

陈天宇又叫道："若然如此，那我就终身不娶。"芝娜轻轻举袖，拭了眼角的泪珠，忽然微笑道："你是我此生的第一个知己。你的快乐就是我的快乐，我愿意见到你终生快乐，你知道么？"陈天宇心情动荡，芝娜收了眼泪，他的眼泪却不自禁地夺眶而出，哽咽说道："嗯，我知道！"芝娜道："那么，你就听我再说。"

陈天宇目不转睛地注视芝娜，只见芝娜眼睛骤然明亮，射出一种令人心醉的光辉，低声说道："冰川天女待我很好，她是我这一生的第二个知己，我把她当成姐姐一般。"陈天宇道："嗯，我知道，我也曾得过她许多好处，很感激她。"芝娜道："她比我福气得多，唐经天对她一片痴情，嗯，就像你，你……"她本想说："就像你对我一样。"脸上一红，说不下去了。陈天宇接口笑说："我的本事比不上唐经天，但自问对人的真诚，却与他并无二致。"他不须多说，已猜到了芝娜所要说的话。

芝娜微微一笑，这一笑像初绽的蓓蕾，扫除了脸上的忧郁，那是真正出于内心欢愉的微笑，只听得她又往下说道："我这一生的第三个知己则是冰川天女的侍女幽萍，她快乐无愁，惹人喜爱，谁若和她相处，必然得到快乐。"陈天宇心头一震，"芝娜说这番话是什么意思?”他不愿意细心推敲，激动说道：“我只愿与你永远相聚。世上再没有任何快乐，可以与你给我的相比!”

芝娜又抬起眼睛仰望，月亮快要落下去了。芝娜叹口气道：“我真的要走啦!”陈天宇叫道：“不，你不要走!”芝娜道：“迟早都要分手，你看开一些，心中就不会愁闷了。”陈天宇紧紧牵着她的衣袖，忽听得当当的钟声，随着晚风吹来，断断续续，芝娜数道：“一、二、三、……十二、十三、……十六、十七、十八。”陈天宇奇道：“你数这钟声做什么?这是法王行宫的钟声。”芝娜道：“就要做早课了。”陈天宇诧道：“什么早课?”芝娜避开了陈天宇的眼光，忽道：“法王来了，萨迦可真热闹。过两天就是喇嘛寺的开光大典啦。”陈天宇道：“什么热闹都难令我动心。若然不是和你一起，我也不想去看什么开光大典。”芝娜凄然一笑，道：“不去看也好。那么咱们就此分别啦!”抽出一柄匕首，突然一划，将陈天宇拉着她的那段衣袖切下。

陈天宇正在用力，忽然失了重心，几乎跌倒，只见芝娜已跳上墙头，翻过去了。回头一瞥，那眼光充满无限悲苦，无限眷恋，而又是突然诀别的神气。陈天宇本来可以追上她，但追上了也难以挽回这诀别的命运，陈天宇但感一片茫然，不知此身何处！芝娜的歌声犹似在耳边缭绕：“永恒的爱情短促而明亮，像黑夜的天空蓦地电光一闪，虽旋即又归于漠漠的长空，但已照见了情人最美的形象。”芝娜的半截袖子尚在手中，衣袖上一片润湿，也不知是芝娜的泪还是自己的泪。

陈天宇独立园中，不觉已是天明，家人们在城中过了一个狂欢之夜，都回来了。他们并不知道少爷一夜未睡，纷纷在那里谈讲迎接法王的热闹情景。有一个人道：“可惜那群圣女都披着面纱!”

陈天宇心中一动，忙走出来，问道：“什么圣女?”去看了热闹的家人七口八舌地说道：“就是活佛带来的圣女呀！哈，这个白喇嘛教可与黄教不同，收了许多漂亮的少女做喇嘛哩。”“听说这些圣女个个能歌善舞，到喇嘛寺开光之时，她们都要出来演给我们看呢!”“就可惜罩着面纱。”“她们的装束真漂亮，曳着白色的长裙，纤腰一搦，飘着两条绸带，行起路来袅袅娜娜，真似嫦娥下界，仙子临凡!”“你别心邪啦，听说圣女是白喇嘛教中最圣洁不可冒犯的人，若然不是她们来赴盛会，偷看她们一眼也是有罪的。”“她们能不能嫁人?”“和教外的男人说话都不可以，还说嫁人呢?”“呀，呀，真可惜!”

陈天宇平素与家人无甚拘束，所以家人们也在他面前谈笑无忌。陈天宇一言不发，静听他们描绘白教圣女的装束，竟然就是芝娜昨夜的装束。“莫非芝娜做了圣女?”“芝娜为什么要做圣女?”陈天宇情思昏昏，有如乱丝，愈想愈乱。

父亲大约是忙于接待白教法王，昨晚在土司家中过夜，直至中午还未回来。陈天宇独自坐在书房，不断地在想芝娜这种神秘的行动，不知不觉地提起笔在纸上乱画，画了许多芝娜的像，又在纸上写了无数个芝娜的名字，忽听外面家人呼唤，陈天宇如梦初醒，看着满纸“芝娜”，似欲在画中跳出，心里一酸，却又不禁哑然失笑!

家人道：“公子，外面有人找你。”陈天宇道：“什么人?”皱皱眉头，挥手说道：“今天我不想见客，你想个法子给我回了吧。”家人应了一声“是”，却迟迟疑疑，站在书房门口。陈天宇道：“怎么?”家人道：“这人说，他和公子是好朋友。非见你不可。管家的已请他进来了。”陈天宇奇道：“什么人?”心中颇怪那个管家未曾禀报，就擅作主张。家人道：“那人是个少年书生，他说他姓唐。管家的悄悄告诉我，说是这个人曾帮过老爷的大忙。”陈天宇“呵呀”一声，来不及换衣服，急忙跑出去迎接。

只见来的客人果然是唐经天。原来那老管家当年曾随侍陈定基去迎接金瓶，所以认得唐经天。两人一见，欢喜无限，陈天宇紧紧握着唐经天双手，叫道：“唐兄，什么风把你吹到这儿来?真是想死小弟啦。”唐经天笑道：“路过此地，特来拜候。哈，你们这儿可热闹哩。”陈天宇道：“唐兄也是来看喇嘛寺开光大典的吗?”唐经天笑道：“可以说是，也可以说不是。”陈天宇见他也似有满怀心事的样子，道：“咱们进去谈谈。”携手进入书房，让唐经天坐下，正在请茶，忽听得唐经天低声呼道：“咦，芝娜，芝娜!”

陈天宇跳了起来，手中端着的茶杯，“当啷”一声，跌落地上，碎成片片，急忙问道："唐兄，你认得芝娜吗?"唐经天何等聪明，一瞧陈天宇的神情，便笑道："原来你以前说过的那位藏族少女，便是芝娜。"陈天宇道："你在什么地方见过她了?"唐经天道："我曾在青海的白教法王宫中，见过她一面。可惜我那时候不知道她就是你的意中人，要不然我一定替你劝她，叫她不要做什么劳什子的圣女了。"将当日在法王宫中所见，及后来夜探圣女宫，碰见冰川天女主仆与芝娜同在一处等等情事，仔细说了一遍。陈天宇茫然若失，喃喃说道："原来她是自己甘心做圣女的，这、这、这是为了什么呢?"

两人仔细参详，猜不透芝娜的用意。黄昏时分，陈天宇的父亲回来，听说唐经天来访，甚是高兴，虽然精神疲倦，仍然接见了他。陈天宇随侍在侧。陈定基和唐经天寒暄之后，自然而然地谈到了白教法王来到萨迦的事。说到了那班圣女，陈定基道："土司本想在他的堡垒中围起一处地方，招待这班圣女住的。土司还想叫他的女奴去跟随这班圣女学拜神的舞蹈呢。法王起初并不拒绝，后来听说圣母不允，宁可在法王行宫的花园中另外间开一处地方，让这班圣女进去住。土司甚为扫兴，可亦无可如何。"陈天宇听了，心中一动，没说什么。不久，他的父亲因为精神太过疲倦，向唐经天告了个罪，进内歇了。

陈天宇与唐经天回到书房，说道："今晚我想去探望芝娜。"唐经天吃了一惊，道："法王的行宫，岂是可以随便去的?我去年去探圣女宫，也几乎脱不了身呢。"陈天宇道："就是水里火里，粉骨碎身，我也要再见她一面。呀，就是不能和她说话，偷偷地瞧她一眼，也是好的。"眼光中充满渴望与凄怨，这是苦恋中的情人的眼光。唐经天懂得这个眼光，他自己也曾有过与陈天宇相似的心情，不由得叹了口气，低声吟道："人间亦有痴如我，岂独伤心是小青。好吧，今日我就陪你去走一趟。"唐经天是顾虑到陈天宇可能被陷宫中，所以愿陪他同去。陈天宇欢喜无限，紧握着唐经天的手，好久好久说不出话来。

唐经天道："好啦，你好好的睡一觉，养足精神吧。"陈天宇道："我睡不着，唐兄，我心急着呢。"唐经天笑道："再心急也要等到三更。”陈天宇道：“那么咱们就闲聊打发时光。”唐经天道：“我也想向你打听一个人。”陈天宇道：“什么人?”唐经天道：“一个疯疯癫癫，到处惹事的乞丐。”陈天宇道：“前几天我听家人说起，有一个傻里傻气的少年，在街上走过，一边走一边把糖果饼食和铜钱抛给跟在他身边的小孩子，可是这少年衣服光鲜，却不是什么乞丐。”

唐经天急忙问道：“这个人呢?”陈天宇道：“后来就不知消息了。这几天大家都忙着接待法王的事，也没有什么人再去留意他。我也只是当作一件有趣的事情，听过就算了。”唐经天默默凝思，心道：“如此说来，金世遗已到了萨迦，他喜欢热闹，放着这个喇嘛寺的开光大典，他一定不肯错过。”陈天宇问道：“唐兄打听这个人做什么?看你也似心中有事，可以说来听听吗?”唐经天叹口气道：“我的事没你那样伤心，可也麻烦得很。我要去救一个我所不喜欢的人，这事说来话长，咳，将来我再和你说吧。”

陈天宇在唐经天苦劝下，静坐了一会。唐经天用本身的内功助他宁神吐纳，不知不觉就到了三更。两人换上了夜行衣，便到法王的行宫去。

法王的行宫倚山建筑，那本来是一个涅巴（西藏官衔，土司之下的大管事）的府邸，为了招待法王，三个月之前，土司就要那个涅巴全家搬了出来，重加修建，里里外外，布置得十分堂皇富丽，远远望去，可望见行宫尖顶铜塔的琉璃灯光。陈天宇心急非常，施展轻功，几乎脚不沾地，唐经天跟他飞跑，也觉得有点儿吃力，心中大是惊诧，想不到年多不见，陈天宇的轻功竟然精进如斯！唐经天有所不知，陈天宇是在冰宫中机缘巧合，吃了一个六十年才结果一次、每次只结果一枚的异果，要不是他火候未够，本身功力未能配合，他的轻功已经可以独步天下。

用不了半个时辰，两人来到了法王的行宫，飞进花园，但见园中佳木葱茏，奇花烂漫，清流曲折，山石峥嵘，有一列红楼，隐在山坳树杪之间，景色在幽雅之中亦显得华丽。唐经天心道：“短短三个月中，布置出如此一座神仙洞府，真不知费尽多少人力物力。”陈天宇正想绕过假山，跳上红楼，唐经天忽然将他一拉，两人同隐在一座假山背后。

只听得飒然风过，三条人影飞进园中，看那身法也是上上的轻功，落下来时，只有一个人似乎是踩着碎石，发出轻微的声响。其他二人，都如一叶飘堕，落处无声。这三个人一跳入来，四面一望，便即和他们一样，隐藏在一座假山后面。

陈天宇和唐经天躲在假山石的缝隙中，隐约可见到他们的背影。其中一人，也就是适才落下来时发出声响，轻功显然稍逊一筹的那个。他由于身躯肥胖，躲在假山背后，给同伴挤得透不过气来，把身体略略向外挪动，侧转身形，露出面部的轮廓。陈天宇一见，吃了一惊，原来这个人竟然是土司手下最得宠信的俄马登，也就是两年前在月夜荒山上追踪过芝娜的那个俄马登！

陈天宇伏在假山后面，只听一个极细微的话语传了过来，若非陈天宇曾苦练过“听风辨器”之术，还几乎以为那是草虫唧唧。那声音说道：“你真的瞧清楚了？果然是沁布藩王的江玛古修？”随即另一个人低声道：“她虽然罩了面纱，总瞒不过我的眼睛。”正是俄马登的声音。陈天宇心中一凛，想道：“俄马登为什么这样注意芝娜？他来这里窥探，想也是为了芝娜了。”陈天宇想起了芝娜初到萨迦那次，落在土司手中，俄马登曾请过自己的父亲去援救，但其后却又一直追踪芝娜，直至冰峰。俄马登对芝娜是好意还是坏意？至今仍是一个难解之谜。

先头那个声音又道：“那么你打算告诉土司吗？”俄马登道：“告诉土司有好处也有坏处，最好是能够见见芝娜。可是，可是……”话声忽地戛然而止。陈天宇抬头上望，但见红楼一角，开了一扇门户，一个披着白纱的少女，轻盈走出楼来，手中抱着一件乐器，倚着栏杆，琤琤琮琮地弹了起来，低声唱道：

> “圣峰的冰川像天河倒挂，
> 你听那浮冰流动轻轻的响——
> 像是姑娘的巧手弹起了东不拉。
> 她在问那流浪的旅人：
> 你还要攀越几座冰山？经历几许风沙？
> ……”

那是赶马人的《流浪之歌》，歌声沉郁凄迷，无限酸苦，陈天宇想起初见芝娜的情景，不觉痴了。红楼的玻璃窗格，映照出灯火流辉，里面另一个圣女的声音低声唤道："夜已深啦，芝娜姐姐，你还不睡吗？不要胡想心事啦！"芝娜道："我睡不着。我摘一枝雪梅回来给你。"索性抱着东不拉走下红楼，又低声唱道：

"天上兀鹰盘旋，
地下群兽乱走；
呵，我但愿能变作天上的兀鹰，
我但愿能变作复仇的匕首，
兀鹰一爪抓死那残暴的狮王，
匕首一刺刺入仇人的心口！"

这是草原上粗犷的《复仇之歌》，从一个淡雅如仙的"圣女"口中唱出来，更令人心灵颤栗。芝娜抱着东不拉正在一步一步地往陈天宇藏身这边走来，在陈天宇与芝娜之间，斜侧的一座假山，俄马登正在扭曲他那肥胖的身躯探头窥视。在寒冷的月光之下，陈天宇一眼瞥去，只见俄马登的面上现出一种令人毛骨悚然的奸猾笑容。这笑容，陈天宇曾见过一次，就是那晚在荒山月夜之下，俄马登见了芝娜之后，从冰岩上悬绳而下时所发出的笑容。陈天宇不禁打了一个寒噤，不知道俄马登心头打的是什么主意。

芝娜走了几步，又轻轻地弹起东不拉，唱道：

"腾格里的大湖深千丈，
我对你的忆念啊，比湖水还要深；
阿尔泰山的金子光闪闪，
我对你的情意呵，赛过了黄金。

*　　　　*　　　　*

冰谷的曼陀罗花
等待仙子下凡将它采；

（按：西藏传说，曼陀罗花是天上掉下来的花种，要等待仙子下凡将它带回天上。）

飘泊的少女啊，
等待情郎你来将她爱。

曼陀罗花要天上的琼浆来灌溉，
少女爱情的鲜花呵，
要情郎的心血把它栽！”

歌声摇曳，蜜意柔情，即算盖世英雄也禁不住回肠荡气。陈天宇更是如醉如痴，只听得芝娜反复弹道：“曼陀罗花要天上的琼浆来灌溉，少女爱情的鲜花呵，要情郎的心血把它栽。”忽然叹了口气，低声唤道：“天宇呵天宇，我辜负了你的心血了。”

这刹那间，陈天宇的心湖波涛澎湃，简直不知道人间何世，此身何在，哪里还记得这是法王的行宫？不由自己地纵身跳出，叫道：“芝娜，芝娜！”

五弦一划，歌声骤止，芝娜惊叫一声，园子里顿时人声鼎沸。这刹那间，陈天宇忽然被人夹着领子一抽，腾云驾雾般被那人带着飞出围墙，一道暗赤色的光华带着啸声掠过园子，耳边只听得唐经天叫道：“快走，快走！”陈天宇身不由己地向前疾跑，转瞬之间上了山峰，俯头下望，只见园子里黑影幢幢，乱成一片。唐经天道：“法王已赶来了。活该俄马登那厮倒霉。”原来是唐经天见情势危险，不待同意就立即将陈天宇带出，同时射了一枝天山神芒到俄马登那边，令俄马登那边三个人都被惊得跳了出来。这样便立即转移了白教喇嘛的目标，都去包围俄马登那一伙人。唐经天与陈天宇轻功卓绝，趁着这混乱的刹那间脱身，那些白教喇嘛瞧也瞧不清楚。

俄马登那一伙人轻功比不上唐陈二人，待惊觉时，未及跳出围墙，已被人围住。首先来到的是白教的“圣母”和在园中巡逻的四个护法大弟子，与俄马登同来的那两个人是印度喀林邦数一数二的高手，一个叫做德鲁奇，一个叫做基里星。白教“圣母”用的是尺来长的两股银钗，首先来到，迎着德鲁奇一刺，德鲁奇一闪闪开。

德鲁奇一扭臂膊，那双股银钗明明已刺到他的身上，却忽地往旁一滑，德鲁奇乘机一带，白教圣母收势不住，和一个护法弟子撞个正着，羞得满面通红，急忙挣开，德鲁奇一溜烟地溜过去了。原来德鲁奇擅长印度瑜伽之术，身体各部都练得随心所欲，柔若无骨，四大喇嘛，不敢在行宫之中将人打死，却是擒他不住。基里星没有这种瑜伽功夫，但他本身的武功却在德鲁奇之上，他和法王的首座弟子对了一掌，居然将法王的首座弟子推开数步。白教圣母乘着基里星也被反力震得摇摇晃晃之际，双股银钗一翘，疾刺他小腹的“中平”“居藏”两处要穴，这位白教圣母的武功仅在四大喇嘛之下，而银针刺穴的功夫更是独步康藏，这一下来势如电，本来不易躲闪，但基里星的天竺婆罗门武功诡异之极，忽然一个筋斗倒竖起来，银钗“波”的一声，刺穿了他的裤裆，却丝毫没有沾着他的穴道。基里星乘势连翻两个筋斗，一个“鲤鱼打挺”跃了起来，飞过假山走了。

“圣母”勃然大怒，以她在教中地位之尊，几曾受过如此无礼？她认定这两个印度武士存心侮辱，动了真气，发下号令，园中的四大弟子和一众喇嘛都去围截德鲁奇和基里星。这可便宜了俄马登，别看他身躯肥胖，逃起命来，可是机灵之极，他和德鲁奇采取相反的方向，不向外逃，反而借物障形，悄悄地奔上红楼，在楼中暗角藏匿。只待那些喇嘛追出园外，他就可以乘机逃走。

却不料白教法王忽然从行宫里面走了出来，见俄马登的影子窜上“圣女”所居的红楼，这还了得？白教法王随手折了一条树枝，双指一弹，其疾如箭，俄马登正在举步，突觉臂上一痛，有如被利针穿肉，登时一个倒栽葱跌了下来，抬头一见法王，吓得魂飞魄散。法王认得他是土司手下的大涅巴，怔了一怔，将举起的手掌缓缓放下，叫小喇嘛过来，将他缚了。

这时德鲁奇和基里星已逃到墙边，基里星解开缠腰的软索舞成一个圆圈，一丈之内，风雨不透，四大弟子武功虽高，一时之间，却也近不了他。法王一怒，飞身追去，德鲁奇正窜上墙头，被法王一抓，抓着他的脚跟，忽觉手中软绵绵的，德鲁奇的脚跟似乎突然缩小了一寸，把握不住。法王内功精深，正拟用“弹指神通”的功夫，弹碎他的脚筋，基里星救友心切，软索朝着法王一扫，法王大怒，反手一削，有如刀斧，那根软索，登时断了。但一心不能二用，法王使出了上乘的内功，对付基里星的急袭，“弹指神通”的功夫不能同时使将出来，竟给德鲁奇挣脱，越墙走了。法王一指点倒了基里星，吩咐小喇嘛将他一并缚了。

这一场变生意外，虽然先后还不到一枝香的时刻，法王行宫已是闹得天翻地覆。芝娜抱着东不拉，仍然站在原地，呆若木鸡。她目睹陈天宇的影子随着唐经天一闪即逝，耳边还响着陈天宇的“芝娜，芝娜”的呼唤，——多深情的呼唤！园中闹得乱糟糟的，她竟似视而不见，听而不闻，直到法王将俄马登、基里星二人押解过来，法王沉声呼唤她时，她才如梦初觉。

一抬头，正碰着俄马登闪烁不定的眼光，芝娜惊叫一声：“嗯，俄马登！”

法王道：“你认得他吗？”芝娜道：“认得，他是土司手下的大涅巴。”俄马登忙抢着道：“她是我的至亲表妹。”圣母奇道：“芝娜，咱们一路来到萨迦，为何总未听你提过？”芝娜眼光飘过，只见俄马登充满着焦急与期待的神情看着她，芝娜想起了俄马登曾请过陈定基救她的事情，想起了俄马登在日喀则山区的月夜，曾向她说过土司乃是他们共同的仇人，他愿意为芝娜的复仇助一臂之力，虽然陈天宇曾屡次说过俄马登此人不可靠，但却也没有他怎么不可靠的证据。芝娜心道：“不管他是好人坏人，他总是曾经想救过我。”由于她如此想法，她对俄马登的谎话，非但没有当面拆穿，反而替他圆谎，当下淡淡说道：“我已奉身活佛，永为圣女，自当一尘不染，四大皆空。即算我父母尚生，而今在此，我也不当牵挂，何况表哥？”圣母点点头道：“好，不愧是个德行圣洁、全心奉献的圣女！”

法王怒气稍敛，斥俄马登道：“你身为涅巴，擅闯行官，可知罪么？”俄马登道：“知罪。但求活佛饶恕。”法王道：“你擅闯行宫，就为的是见芝娜一面吗？”俄马登道：“我知道圣女不能私见外人，我又不敢求活佛通融，所以冒昧独来，求活佛恕我鲁莽无知之罪。”俄马登一口咬定想见芝娜，这就连他闯上红楼的大不敬之罪也掩饰了。法王一皱眉头，道：“你是独自来的么？他们不是你的同伴么？你们擅闯行宫也还罢了，怎么居然敢和我动手？”俄马登道：“请活佛容我详禀，我本是想见一见芝娜，来到之后，正好见着这两个歹徒也偷进来，我就发石示警。要是我和他们一伙，我岂敢惊动众人，将他们擒捉？”

俄马登睁着眼睛说谎话，将唐经天发神芒示警揽到自己的身上，当成是自己投掷的石子。法王将信将疑，道："你怎么知道他们是歹徒?"俄马登道："他们是印度的浪人，曾到过萨迦捣乱，奸淫良家妇女。我替土司管理地方，有权将他擒捉，只可恨我们这里没有能人，以至过去两次都被他兔脱!"俄马登一片胡言，污蔑德鲁奇和基里星。基里星气炸心肺，可是他被法王点了穴道，气在心中，却说不出话。

法王打了个哈哈道："是这样吗?"俄马登忽地迈上一步，反手一掌，朝着基里星的天灵盖重重地拍了一掌，法王喝道："你干什么?"一挥手，将俄马登摔了一个筋斗，但基里星已给他用重手法打碎了天灵盖，当场身死，一对眼珠凸了出来，显见临死之时，十分气愤。俄马登爬了起来，也装着十分气愤的神气说道："此人屡次到萨迦捣乱，今番居然来闯行宫，还敢和活佛动手，我实在气他不过，未曾请准活佛，便失手将他打死，求活佛恕罪。"法王虽是怀疑，心中却想道："这厮好坏也是土司手下的大涅巴，我若将他处罪，太过不给土司面子。何况他又是芝娜的表兄。"想了一想，挥手说道："好，你回去吧，今晚之事，我派人告诉土司，你做得对是不对，该赏该罚，由你的土司处置。"

俄马登杀人灭口，捏了一大把汗，忽听得法王交由土司处置，真是喜出望外，慌忙跪下去叩了三个响头，道："多谢活佛恩典。我还想和芝娜说一句话。"法王道："好，你就在这里说吧，要不要我们避开?"露出威严肃煞的眼光，扫了俄马登和芝娜一眼。俄马登急忙道："一点点小事儿，活佛准我和圣女说话，我已是感激不尽。嗯，芝娜，你知道我练过几年红教的外功，骨头一向很硬朗，近来呀不知怎的，后脑下面三寸之处，时时发痛，我记得你以前家中有千载的沉香木，听说用这种沉香木煎水三服，可以治愈脑痛，不知你有没有带在身边，可以给我一点么?"芝娜听得莫名其妙，心道："我几时知道你练过红教的外功?我哪有什么千载的沉香木?俄马登这厮今晚怎么老是一派鬼话?"只见俄马登翘起大拇指，指着自己后脑那凹下之处，说："就是这儿，就是这儿!"法王突的伸手一捏，道："是这儿么?"俄马登"哎哟"大叫呻吟道："是这儿。"法王道："好，好，我给你治。"在他脑后揉了两揉，俄马登痛楚若失，又连连道谢。法王也不理他，由得他自己走出园子。

俄马登走后，法王沉着面色，冷冷说道："我真不知道，土司怎么用这样鬼鬼祟祟的人做大涅巴，一派鬼话。"芝娜吃了一惊，圣母问道："活佛瞧出什么来了?"法王道："他练过几年红教的外功，那是真的；练功不当，脑后会发痛，那也是真的；不过我试出他这痛是装出来的，若然真是练功不当所生疼痛，刚才我那一捏，他立刻要吐出瘀黑的毒血。"圣母奇道："他为什么要胡言乱语?"法王道："是呀，我也不知道。芝娜，你是不是有千载的沉香木?用沉香木煎水三服，可治脑痛，这倒也是真的。"芝娜道："我这表哥自小患有脑病，有点疯癫，不过不常发作，有时一两年发一次，今晚说不定刚是他发了失心疯了。"

芝娜又道："千载沉香木我家中以前倒是有的。后来我父亲故世，沉香木就放在棺中殉葬，我表兄却不知道。"千载沉香木放在棺中，可令尸体历久而不腐烂，西藏的富贵人家也确乎有这个风俗，法王相信芝娜，竟然不再追究，哪知道芝娜说的也是一派鬼话。

这晚芝娜一夜无眠，心中不住地想，俄马登说这番"鬼话"是什么用意?芝娜是个聪明伶俐的女子，想了许久，忽然恍然大悟，心道："是了，他翘起大拇指，一定是暗示土司，土司不是这里的首屈一指的人物么?也许土司也练有红教的外功，也许土司穿有护身甲，周身刀枪不入，就是脑下三寸之处是他的命门。"越想越有道理，暗暗感激俄马登对自己的"指点"。又想道："陈天宇老是说他奸狡，想不到他倒是真心实意地想助我复仇。"想起了陈天宇，又不由得一阵心酸，心知今晚惊鸿一瞥，以后便是生离死别，相见无由了。胡思乱想，不觉天明，圣母进来道："芝娜，你还不快去打扮，正午时分，咱们便该到圣庙去举行开光大典了。"芝娜柔肠寸断，一边打扮，一边仍在痴痴地想道："天宇他不知会不会来?呀，我是多么渴望最后再见他一面；却又多么为他担忧害怕，但愿他不要到这是非之场。"心中百般矛盾，难以自解，终于向着室中的佛像，跪了下去，喃喃祈祷道："天宇呀，但愿我佛慈悲，给你保

冰川天女傳一九八五年十二月畫于羊城

金鳌画栋，红墙白石，倚山踞岭，气概磅礴，在十余里外，远远就可望见。

佑，令你心中安静，今日千万不要到喇嘛寺来。”

这时候，陈天宇也正是肝肠寸断。唐经天昨晚陪他回去之后，就一直劝他今日不要到喇嘛寺去看开光大典。这时两人还在辩论。陈天宇道：“你去不去?”唐经天道：“我去，你留在家中。”陈天宇道：“为什么你可以去，我不能去?”唐经天道：“我去是想去碰一个人。你呀，你明明知道芝娜已做了圣女，你还去做什么?”陈天宇道：“就因为我知道芝娜已做了圣女，我才想去再见她一面。要不然我才没有心情去看这什么开光大典呢。”唐经天道：“昨晚要不是咱们跑得快，已然闹出大事。今日的开光大典，非同小可，达赖班禅的使者，萨迦的土司，僧俗官员全都要到场观礼，你心绪不宁，若然这一去闹出事情，试问你将如何收拾?”陈天宇道：“我混在人堆之中，只是远远地看她一面，怎会闹出事来?”唐经天摇摇头笑道：“这个我可不敢担保，昨晚要不是你发声叫喊，也不会惊动法王。”陈天宇赌气道：“我发誓不说一句话，要不然你索性点了我的哑穴，这总可以了吧?”唐经天笑道：“你既如此固执，说不得我只好再陪你一次了。咱们换过一套普通的衣裳去吧。”

萨迦的白教喇嘛寺庙仿照拉萨黄教的布达拉宫形式，修建在噶尔那山上，布达拉宫有十三层，它比不上布达拉宫，但也有七层，高廿余丈，金鳌画栋，红墙白石，倚山踞岭，气概磅礴，在十余里外，远远就可望见。唐经天与陈天宇二人，换上了萨迦居民的一般服饰，混在后面进香礼拜的一群善男信女之中，随着人流，缓缓进入山谷，将近中午时分，才挤到了喇喇宫下面的山径，但见在蓝天白云之下，喇嘛宫上十几只圆锥形的金顶闪耀着绚烂的色彩，宫殿里回荡着悠悠的钟鼓声。有两队披着绛色袈裟的喇嘛背负经匣，作为前导，沿着大青石铺成的人行路，缓缓登上宫殿。十二座大门都已开放，缕缕檀香从里面飘出来，这气氛有说不出的庄严肃穆。前来进香礼拜的善男信女千千万万，并无半点嘈声杂响。

唐陈二人随着人流穿过林立的廊柱，两廊都饰有壁画，其中有一幅《八思巴朝觐忽必烈去蒙古》的壁画尤其画得精彩绝伦，这画写八思巴去朝见忽必烈，左面画一群士兵官员簇拥八思巴的轿子，前面有蒙古官员来迎接，更前面有一个硕大无朋的蒙古帐幕，帐幕后有人烧火等候八思巴的到来。画上还有成群的骆驼、骡马、犁牛之类在草地上吃草，草地上还有一个穿着尼泊尔贵族妇女服饰的少女，这少女美艳绝伦，面貌竟然有几分相似冰川天女。因为人流行进极慢，唐经天百无聊赖，自然而然地浏览两旁的壁画，初时不过抱着消磨时间的心情，看到这幅壁画，不禁吃了一惊，心道："西藏边鄙之地，哪里来的这等画家高手？画中只有这一个少女，又是什么意思？为什么那样肖似冰川天女？"看陈天宇时，陈天宇却是目不斜视，踮着脚跟，只是凝望前面，好像他的芝娜就会忽然在前面出现，怕走了眼似的。其实前面是拥挤的人群，什么也看不见。唐经天暗叹陈天宇的痴心，但转念一想，自己也何尝不是如此？不禁哑然失笑。

好容易挤到了大殿的前面，唐、陈二人挤到前面的石阶站立，只见这座大殿有四个大飞檐，上缀人面鸟身的金像，塔下系铃铎，雕镂得极其精细，大殿内有两座金制的"喇嘛灵塔"，塔上遍缀珠宝璎珞，镶着各色玉石、珍珠、玛瑙、翡翠雕成的花朵，端的是富丽庄严，唐经天心中叹道："只这座喇嘛宫就不知浪费了多少人力物力。"陈天宇却在石阶上定了神，忽听得钟鼓齐鸣，一队白教喇嘛披着白色的法衣鱼贯而出，走在最前面的就是那个白教法王，左右两旁是四大弟子，转瞬就走到两座"灵塔"之间站定。

接着出来的是达赖班禅的使者，各率领四个大僧侣，和白教法王并肩各站在一个灵塔的旁边，他们是白教法王最尊贵的宾客。再后出来的是萨迦土司，带着四大涅巴，俄马登也在其中，面上挂着狡狯的笑容，却又作出一副诚惶诚恐的神气，垂首立在土司身后。看这样子，要就是法王还没有将昨晚之事告诉土司，要就是土司曲予优容，根本没有责罚。

陈天宇一心盼望芝娜，圣女却迟迟未出；唐经天则四面注目，心中不住地在想："金世遗会不会来呢？"但前后左右，人头密密麻麻，即算金世遗混在其中，唐经天也认他不出。

只见法王缓缓挥手，开声说道："本教离开西藏，屈指过了百年，今日仗佛祖慈悲，得以重回故土，又得达赖班禅两位活佛，大力支持，赐以萨迦，宏宣佛法，但愿以后干戈永息，同蒙我佛荫庇，永享太平。”要知白教自从在明代崇祯十六年间被黄教逐出西藏之后，百余年来，曾有过不少的纠纷，兵戎相见者亦有十数次之多，而今两教和睦，西藏人虽然已是很少白教教徒，亦是衷心喜悦，听得法王此番说话，欢声雷动。唐经天心中想道：“若然真能从此永息争端，费了这么多的人力建这座喇嘛庙也还值得。”

殿上钟鼓敲了三遍，两队小喇嘛绕行大殿一周，喃喃诵经，遍洒法水，钟声梵呗之中，一队白衣少女鱼贯走出。这刹那间，大殿上下一片静寂，大家都知道开光大典即将举行，千万对眼睛都目不转睛地注意这队“圣女”，陈天宇更是焦躁不安，屏住了气向前观望，但见三十六名圣女个个披着面纱，捧着净瓶，忽地在佛像之前，盈盈起舞，陈天宇竭力想辨认谁是芝娜，一时之间，却是认不出来。

圣女遍洒杨枝甘露，跳的是“驱邪舞”，三十六名圣女曳着白色的长裙，穿梭来往，舞姿翩跹，鱼龙曼衍，看得人眼花缭绕。只听得那些“圣女”用藏语且舞且歌道：

“一洒杨枝甘露，
消尽人间邪气。
我佛佛力无边，
保佑太平盛世。”

舞态轻盈，歌声曼妙，转而歌道：

“再洒杨枝甘露，
礼赞诸天佛祖。
佛祖善缘广结，
众生同登乐土。”

歌声本极和谐，唱到第二节尾后一音，忽地有一声高亢，微微颤抖，陈天宇、唐经天精于音律，听了出来。

只见其中一个圣女，长裙曳地，无风自飘，想是因为肢体颤动所致，陈天宇猛的心头一震，想道：“原来芝娜也瞧见我了。”眼睛紧紧跟着那位圣女，全神贯注，任它舞影翩跹，人影缭绕，陈天宇的心目中却只有这个圣女。这圣女虽然也披着面纱，但陈天宇却似透过面纱，看到她那对神秘的眼睛，在向自己盈盈眉语。那刚健婀娜的背影，那披肩光润的柔发，再加上那刚才旁人所未经意而陈天宇却已发觉的“失态”，这一切都告诉了陈天宇，这圣女一定便是芝娜。

陈天宇眼睛紧紧随着芝娜，芝娜跳了两个圆舞步，杂在三十六名圣女当中，再无异态，舞步也非常娴熟，想是心中已恢复了平静。陈天宇心头酸痛，默默想道：“道是无情却有情，呀，芝娜，难道你这一辈子就真的甘心做一个永伴青灯古佛旁的圣女?”陈天宇哪里知道，芝娜的心中悲苦比他更甚百倍，芝娜是用了整个生命的力量，把心中的悲苦强压下去的。陈天宇哪里知道，芝娜正在准备把她的生命作孤注一掷，生怕露出半点痕迹呵！

那队圣女跳了一个圈圈，接着歌道：

“三洒杨枝甘露，
洗净心头尘污。
人天同证真如，
勘破色空妙悟。”

舞步由疾而徐，歌声一收，三十六名圣女，已在佛像之前排成一列，慢慢揭开遮在佛像外面的黄绫锦幔。佛像共是一十八尊，当中的一座释迦牟尼像高二丈四尺，指头粗如儿臂，圣女将杨枝甘露遍洒佛像之前，缓缓退立两旁，开光大典便告揭幕。

白教法王恭恭敬敬地向正中佛像献了“哈达”（丝绢。献哈达是西藏一种表示敬意的礼节）。接着是达赖班禅两位活佛的代表来献哈达，这时合殿上下人众，都合十低首，在心中默诵佛号，只有陈天宇一人，虽然也随着众人低下了头，眼角却仍然偷瞟芝娜。

跟在班禅使者后面献给哈达的是萨迦的土司，土司挪动着肥胖的身躯，匍伏在释迦牟尼佛像的脚下，双手呈上哈达。执法的喇嘛正待接过哈达，披在如来佛像的臂上，忽听得土司大叫一声，只见银光一闪，一柄飞刀已插入了土司的后脑。白教法王尖声叫道：“是你？芝娜！”俄马登大叫：“有刺客呀！”圣母吓得魂不附体，咕咚一声，晕倒坛前，登时一片混乱。

芝娜蓄志报仇已久，这飞刀之技已不知练了几千百遍，她还怕一掷不中，在法王与俄马登的呼喝声中，第二柄第三柄飞刀又疾飞而出。法王离佛像数丈，举袖一拂，第二柄飞刀倒飞回去，嚓的一声，直刺入芝娜的肩头。陈天宇吓得几乎就要喊出声来，嘴巴却被唐经天掩住。正是：

曼舞轻歌情未已，飞刀惊见女荆轲。

欲知后事如何？请听下回分解。

第二十八回　舞影翩跹　飞刀杀仇敌
风云动荡　侠士护危城

芝娜低呼了一声，身躯如花枝乱颤，那第三柄飞刀失了准头，插不正后脑下面的命门要害，却刺着了土司的背心，“铮”的一声，飞刀激起，最靠近土司的人是班禅活佛的代表，他不懂武功，猛然间见飞刀射到，慌不迭地低头一闪，不料那飞刀之势是斜飞而下，他这一闪，凑个正着，“喀嚓”一声，飞刀插入了他的背脊，半截刀刃连着刀柄露在外面，颤动不休。

法王扬袖一拂，立即一跃而前，以他武功之高，一伸手就能将芝娜拿着，但因忽见班禅的代表受了飞刀误伤，这一来，饶他是“活佛”身份，也吓得呆了，急忙先上去救护班禅的代表。芝娜一跳跳上神座，倏地撕开面纱，叫道：“我是沁布藩王的女儿，刺土司是报父仇，与旁人无涉!”说时迟，那时快，白教的四大护法弟子一涌而前，为首的大弟子手指已触及了芝娜白色的长裙，芝娜一说完话，伸手一拔拔出插在她肩上的那柄飞刀，倏地回刀向咽喉一刺，登时鲜血泉涌，软绵绵地倚在佛像的身上，眼睛勉强睁开向堂下一望，又徐徐合上，脸上带着满意的也是痛苦的微笑。她临死之前，在人丛中瞧见了陈天宇，陈天宇的眼光始终没有离开她。

开光大典，何等神圣庄严，却忽然发生了血溅法坛之事，大殿上下人众都惊得呆了，忽又见芝娜自杀，空气死寂，猛然间不知是谁失声骇叫，登时大家都惊叫起来，向外乱涌。这刹那间，陈天宇要哭却哭不出来，眼见芝娜的尸体慢慢倒下，只觉胸中热血上涌，突然间叫出声来：“芝娜，芝娜!”不向后退，反想挤上前去，他是练过内功的人，被唐经天禁止他说话，胸中郁积已久，这一下拼命大呼，在诸声嘈杂之中，更显得分外突出。唐经天急忙在他耳边说道：“暂忍悲痛，休惹风波！”扯着他疾向外走。陈天宇这时已失了知觉，混混沌沌地被唐经天拉着，任他摆布。

殿上殿下，乱成一片。只听得有人叫道：“土司已被刺死啦！”那是土司的随身武士检查了土司的伤势之后说的，土司披着护身甲，他本身又练有红教的外功，若不是飞刀刚刚插中他脑下三寸的命门要害，无论如何也不会毙命。

众人虽都料到土司必死，但听得众武士都齐声呐喊，仍是惊心动魄，往外拥挤之势更甚了。大殿外面的善男信女不知发生了什么事情，跟着骚动乱跑，就如一群被敌人追逐的败兵一般，潮水般地往外涌。只听得大殿上的俄马登又高声叫道：“快去捉刺客的同党呀！”唐经天正挤出了外面的月牙门，一个护法喇嘛突然将他截住！

唐经天脚不停步，横肘一撞，那护法喇嘛大叫一声，跌倒地上，后面人如潮涌，有几个人在他身上踏过，待他爬起来时，唐经天与陈天宇早已钻入人群之中，没了踪迹。

白教法王虽在惊惶恐乱之中，仍是眼观四面，耳听八方，陈天宇那两声大叫，早已被他留意上了，但殿下人头簇拥，陈天宇、唐经天二人穿的又是一般萨迦居民的服饰，急切间瞧不清他们的面目。这时见护法喇嘛被人打倒，法王急忙追了出来，指着月牙门大叫道：“闲人快快闪过两边，刺客的同党是当中这两小子！大家不准乱跑，原地站住！”

法王一叫，果然把挤向月牙门的人流遏住，唐经天吃了一惊，心道：“这法王当真厉害！”正在盘算脱身之计，忽听得有一个极熟悉的哈哈怪笑声，有人叫道：“闲人闪开呀闪开，待我来瞻仰活佛！”正是金世遗的怪声，唐经天来看开光大典，本来是为着撞金世遗，但这时却无论如何不能停下与他相见了，趁着混乱再起，唐经天拉着陈天宇挤过了月牙洞门，百忙中回头一瞥，只见法王已与金世遗斗在一起。唐经天莫名其妙，金世遗虽是玩世不恭，但竟敢在此时此地，向法王闹事，那却是连唐经天也绝对料想不到的事，不明他是为了何来？

冰川天女传
一九八五年十二月画于羊城

……倏地回刀向咽喉一刺，登时鲜血泉涌，软绵绵地倚在佛像的身上，……

挤到外间，地方宽阔，唐经天拉着陈天宇迅速逃走，片刻就跑出寺门，沿着山后小径奔逃，过了一支香的时刻，他们已逃到了噶尔那山的山背，人群都被隔在山前，连一点人声都听不到了。唐经天心中稍宽，在陈天宇的背心轻轻一拍，道："陈兄醒来！"陈天宇两眼呆呆地望着他，茫然无神，喃喃说道："呀，芝娜，芝娜，而今我明白你为什么去做圣女了。"唐经天道："人死不能复生，我看这次乱子，只怕要生出极大的风波。你我还是赶快回衙，商量善后为好。"陈天宇仍是昏昏迷迷，似听懂又似未曾听懂，睁着眼睛说道："我又不能将她的尸体领回埋葬，怎么替她办后事呀？"唐经天急道："不是这个后事。"情知一时之间，说不明白，只得拖着陈天宇又跑。

忽听得有人用藏语冷冷说道："你们闹出了大事，就想一走了之么？"唐经天抬头一看，只见山树后面，转出两个人来，一个是印度僧人，右手握着一根碧绿色的竹杖，左手托着一个金盂钵，此人非他，正是以前来抢过金本巴瓶、被冰川天女打败的那个苦行僧。另一个则是昨夜私探法王行宫的那个印度武士德鲁奇，唐经天心中正在奇怪，他们怎么这样快就知道了？那苦行僧不由分说，就是一杖扫来，左手将金盂钵一翻，又向陈天宇迎头罩下。

唐经天见那金盂罩下，来势极猛，怕陈天宇抵挡不住，横肘一撞，施用绝妙的巧劲，在间不容发之际将陈天宇撞得身形飞起，迅即左拳上击，右掌横削。左拳用的是大力金刚手的功夫，只听得当的一声响，有如铁锤击钟，那苦行僧盂钵一翻，钵口朝外，一下子罩着了唐经天的拳头，盂钵飞一般地旋转，唐经天只觉得钵中隐隐有一股吸力，自己的拳头竟然抽不出来，吃了一惊。但他究竟是天山派嫡传弟子，丝毫也不慌乱，右掌一削，用的是至刚至猛的"五丁开山"巨灵掌力，那苦行僧一杖扫来，被掌力一震，杖头忽地翘起，乘势戳唐经天胸口的"璇玑穴"，唐经天早已料到有此一着，化掌为拿，忽地从至猛至刚的"五丁开山"掌法变为刚柔并济的大擒拿手，缩掌一抓，立刻将苦行僧的竹杖抓住。苦行僧也吃了一惊，急运内力往外夺杖，却也夺不出来。这一来变成了苦行僧的竹杖被唐经天右掌所制，而唐经天左手的拳头却被苦行僧的金盂所制，两人都是一等一的高手，急切之间，谁都不能解脱，变成了僵持之局。

德鲁奇是这个苦行僧的师侄，知道师叔的脾气，动手绝不要别人相助，但此时见唐经天武功太强，师叔头顶上直冒出热腾腾的白气，把心一横，拼着事后被师叔责骂，解下缠在腰间的钢索，呼地一抖，钢索有如长蛇出洞，流星闪电般地扫到唐经天面门。

若在平时，唐经天哪会把德鲁奇放在心上，但此时他与苦行僧苦苦相持，谁都不能脱身，眼见钢索飞来，竟是无法闪避。陈天宇却呆呆地站在道旁，一副失魂落魄的样子。唐经天一急，猛地大喝一声，这一喝有如半空里突然打下一个焦雷，德鲁奇窒了一窒，钢索垂了下来，差三寸没有打到唐经天，陈天宇被这一喝喝醒，飞身一跃，挥剑直取德鲁奇。

德鲁奇见陈天宇疾如飞鸟，已自吓了一跳，陈天宇凌空下击，一招“倒挽银河”，将德鲁奇的钢索荡开，再一招“大鹏展翅”，将德鲁奇迫得手忙脚乱，待到身形落地，第三招“冰川飞瀑”又到，这三招一气呵成，正是冰川剑法中的精妙杀着，德鲁奇哪里抵挡得住，只听得刷的一声，德鲁奇头上的六角毗卢帽被陈天宇利剑削为两半。

唐经天大喜，心道：“陈天宇被困冰宫数月，反而因祸得福，当真是得益不浅。”心想德鲁奇不是陈天宇的对手，自己胜券在操，当下精神大振，右掌一牵一引，把那苦行僧身形牵动，在原地转了一个圈圈。

唐经天眼见那苦行僧被自己的内力所迫，渐有支持不住之势，正拟再运玄功，挣脱他的金盂吸力。忽听得德鲁奇叽哩咕噜的用藏语说道：“你对意中人尚无力保护，还逞什么强替朋友助拳？”眼中发出冷冷的光芒，直盯着陈天宇的眼睛，陈天宇神智本来还未清醒，被他说话一刺，宛如利针刺到了心上，忽然掩面狂叫，跳过一边，倚在树上，叫道：“不错，我连意中人都无法保护，何以为人？呀，芝娜呀芝娜，我对不起你了！”

德鲁奇道：“对呵，你好好哭一场吧！”忽地磔磔怪笑，钢索一抖，又朝唐经天扫来，钢索头上的两颗钢珠叮当作响，眼见这一下非把唐经天打瞎不可，却忽见唐经天与苦行僧两人的身子都旋转不休，越转越疾，德鲁奇竟分不出谁是师叔，谁是敌人，钢索打到了两人的头上，又硬生生地收回，怕打错了人。就在这刹那间，忽听得唐经天一声长啸，不知怎的，两人的身形倏地分开，唐经天手上已多了一柄精芒四射的长剑。德鲁奇的钢索正在两人头上盘旋，一认出了唐经天的身形，立刻扫下，那苦行僧大叫道："小心!"德鲁奇收索不及，当的一声，钢索被唐经天的游龙宝剑削去了一截，索端的两颗钢珠也被削掉了。

原来唐经天与那苦行僧相持了一个时辰，已悟出了苦行僧那个金盂钵之所以能吸住自己的拳头，并不是因为这金盂钵是什么"法宝"，而是因为盂钵急速旋转所生的引力，这道理与急流激湍中的漩涡能够吞没巨舟的道理相同。唐经天的天山派内功是最上乘的正宗内功，比那苦行僧本就稍稍高出一筹，一悟出敌人制胜的妙理，知道拳头不能向外拉，越向外拉就越要被它吸进，于是被盂钵套着的拳头也跟着旋转，不过旋转的方向却与外面盂钵旋转的方向相反，这样转了两转果然脱了出来。而那苦行僧也趁着唐经天全力施为之际，将竹杖夺出，脱离了唐经天的掌握。

唐经天知道这两人一定还不肯干休，一脱困便立刻拔出游龙宝剑，果然那苦行僧又扑了上来，左手竹杖，右手金盂，连走怪招。他吃了亏，再不顾平日单打独斗的规矩，索性指点德鲁奇助他袭击。这时两人都不敢似适才的以内力相持（苦行僧因为知道唐经天胜于自己，而唐经天则顾忌德鲁奇在旁），唐经天施展天山剑法中的追风剑式，连取攻势，苦行僧则以竹杖点戳，分敌心神，而以金钵接唐经天的剑招。黄金的硬度胜于铜铁，盂钵又厚，即算被游龙剑刺着，也不虞损坏，在兵器上苦行僧并不吃亏。

这苦行僧曾是冰川天女手下的败将，按说也不是唐经天的敌手。不过，情形却又有点不同，冰川天女的兵器——冰魄寒光剑和暗器——冰魄神弹正是这苦行僧的克星，而唐经天论起武功虽不输于冰川天女，游龙剑却制这苦行僧不住。

德鲁奇是那苦行僧的师侄，德鲁奇的功力虽然远远不如唐经天，也曾苦练过瑜伽的功夫，移形换步，巧妙敏捷。唐经天的剑招被苦行僧的金盂一一接去，腾不出宝剑来削德鲁奇的钢索，德鲁奇便忽然从侧面进攻，忽然又跑到唐经天背后袭击，弄得唐经天不得不分神对付，常常要闪避德鲁奇的偷袭。

三人走马灯似的旋转，各展奇招妙着，转瞬之间，斗了一百来招，唐经天的攻势受到牵制，渐渐处于下风。偷眼看陈天宇时，陈天宇仍是呆呆地倚在树上，凝望着悠悠的白云。唐经天既为自己着急，也为陈天宇可怜，心道："他是性情中人，乍逢惨变，伤痛未过，怪不得如此了。"不忍催他相助。陈天宇在伤痛之中，即算催他，也未必能将他唤醒。

唐经天迫处下风，苦行僧与德鲁奇攻势骤盛，只听得"当当"两声，唐经天刺德鲁奇的两招，剑尖都刺到苦行僧的金盂钵上。德鲁奇的钢索抖得笔直，竟然当作长枪使用，刺唐经天的咽喉。唐经天霍地一个"凤点头"，钢索从他的头顶掠过，忽地又变作软鞭使用，呼的一声圈了回来；那苦行僧用金盂钵压住唐经天的游龙剑，左手的绿竹杖也点到了唐经天小腹的"愈气穴"。这两招配合得精妙无伦，唐经天不论向哪方逃避都难以避过，唐经天吸一口气，脚尖点地，凭空拔起，背心后撞，他身上穿有金丝宝甲，准备硬接德鲁奇的一鞭，同时也准备以闭穴的功夫，接苦行僧的竹杖点穴杀手。但这样做实是危险之极，德鲁奇的功力不高，那一鞭也许无甚伤害，苦行僧那一戳，却是天竺的天魔杖法中最厉害的杀手，专破内家气功，唐经天的闭穴功夫是否能挺住，那就在未可知之数了。

正在钢索竹杖夹击而来，堪堪就要触到唐经天身体之际，那苦行僧忽地一声怪叫，竹杖不向前点，反而向后一个后翻，似乎给一股大力推了出去，站立不稳，急用竹杖支地，接连打了几个大翻，滚下山坡。那德鲁奇被唐经天背心一撞，身形也飞了起来，幸而他的瑜伽功夫也练到了第三段的境界，在空中一个转身，学他的师叔样子接连打了几个筋斗，消去了唐经天反击的内力，跟着师叔滚下山坡走了。

这几下子动作快如电光石火，唐经天忽而脱险，自己也弄得莫名其妙。

德鲁奇是给唐经天撞跌的，但那苦行僧的竹杖并未触及唐经天的身体，却何以突然收杖不戳，而且好似被一股无形的潜力推倒一般，难道是那苦行僧忽发慈悲，还是暗中有人相助？唐经天目送这两人滚下山坡，倏忽不见，心中一片茫然，十分不解。

忽闻得一声极其清脆的笑声，从林子里发出，这笑声十分熟悉，唐经天不假思索，身形急起，正待穿林而入，寻觅这发笑之人，忽地眼前彩色缤纷，一个花环从林中飞出，触手沁凉，花环上还带有露珠，好像刚刚编就。

唐经天接了花环一看，上面用花枝结成四个小字："速离萨迦"！唐经天怔了一怔，这笑声，这花环，这掷花环的手法，与自己上次在峨嵋山上寻觅冰川天女之时，所碰到的一模一样，上次唐经天以为那掷花环的人是冰川天女，但后来仔细思量，冰川天女又似乎没有这种功力。今次唐经天知道冰川天女一定还未能赶到，掷花环的人断乎不会是冰川天女了，那么不是冰川天女又是谁呢？

笑声摇曳，从清脆响亮变为幽微，渐高渐远，宛若游丝袅空，若断若续，但仍是音细而清。唐经天吃了一惊，只这刹那之间，笑声由近而远，这人已经是在数里之外了，有这等本事的人世上寥寥可数，唐经天心头一动，叫道："姨妈，姨妈！"这时他才想到冯琳头上。冯琳善会摘叶飞花的功夫，又天生一副淘气的性情，最喜欢和小辈开玩笑，这两次向自己掷花环的人，除了她绝无别人，只可笑自己以前只是记挂冰川天女，这样容易料到的人竟没有想到。

唐经天叫了两声"姨妈"，笑声去得更远，听不见了。唐经天知道姨妈的脾气，追也没用。回头看那花环，心道："姨妈怎么也会来到此间，她为什么叫我离开萨迦呢？"想不出个所以然来，只当是姨妈开他玩笑。岂知冯琳自他二次离开天山，南下峨嵋之时开始，就跟着他了，而这一次也并非只是开玩笑的。

唐经天回过头来，寻觅陈天宇，只见陈天宇蹲在树下，正用树枝在地上乱划，地上歪歪斜斜的满是"芝娜"二字。唐经天暗暗叹了口气，将他拉起，道："走呵。"陈天宇茫然说道："走到哪儿？哪儿找得着芝娜？"唐经天沉声说道："芝娜是死了，她死后必然引起事情，你不替她料理，她死不瞑目。"陈天宇瞿然一惊，醒了几分，道："怎么料理？"唐经天道："先要保重身子，回去我和你说。"两人飞步奔回宣慰使的衙门，到内室坐定，唐经天替他把脉，见他六脉不调，肝脉尤其郁结，知他是因伤痛过甚所至，若不善为调治，只怕他练成的那点内功根基，都要付之流水。

唐经天道："你现在什么也不要想，好好静坐一会。"陈天宇试一静坐，半晌又睁开眼睛说道："怎能够不想呵？"唐经天略一沉吟，毅然说道："我教你如何不想。"传了他一遍天山派修练内功的心法，学武之人，忽闻内功妙理，心中纵有何等大事，注意力也给移转了。陈天宇试按唐经天所传授的心法修练，但觉奥妙无穷，不知不觉地沉浸其中，哪消半个时辰，便觉心地空明，果然百念不生，唐经天知道他这样一坐，可以坐十二个时辰，便让他在房中静坐，自己悄悄走到外面打听。

这时府衙内已知道了喇嘛寺所发生的大事，人心浮动，唐经天将总管唤来，命他吩咐衙内人众，不许外出，并小心巡视，不得松懈。直到傍晚时分，宣慰使陈定基才回到衙门。

陈定基满面忧虑的神色，愁眉不展，管家的吃了一惊，心道："老爷生平经过多少风浪，也未曾见过似今日的惊忧。"陈定基叫管家的关上大门，加派二十名精壮兵丁在外面守卫，安排妥当之后，邀唐经天进内室密谈。

陈定基第一句话就问道："宇儿呢？"唐经天将经过说了一遍，陈定基奇道："宇儿的意中人就是沁布藩王的女儿吗？我还以为是那个名字叫做幽萍的冰宫仙子呢。"幽萍曾在陈天宇家中住过许多天，与陈天宇形迹亲密，故此陈定基有此疑心。

陈定基又叹口气道："如此，事情就更不好了。"唐经天道："怎么？"陈定基道："看来俄马登就要掀起一场内乱。我把你们逃走之后喇嘛寺中所发生的事情告诉你吧，请你替我参详参详。"

唐经天道："你也瞧见我们了吗？"陈定基点了点头，道："宇儿虽换了藏人的服饰，岂能瞒过我的眼睛？当你们还未逃出那月牙门的时候，法王追赶上去，我吓得一颗心都几乎跳了出来。忽然有一个古古怪怪的青年出来了，长得很俊，相貌看来，还有两三分像宇儿呢。呀，这人真不知是吃了狮子的心还是豹子的胆？他居然敢和活佛动手！"唐经天知道陈定基口中这个"古怪的青年"必是金世遗，急忙问道："这个人后来怎么样了？"

陈定基道："这个人似大鸟一样从屋檐上扑下来，活佛站在地上，冲着他就是一拳，说也奇怪，拳头还差着老远，只是那么凌空一击，少年就似给人推了一把的，又折回屋檐上，接着又扑下来，法王冲着他又是一拳，他又折回原处，如是者三次之多，这时法王的四大弟子都已跳上屋檐，对他采取了包围之势。"

唐经天道："那法王呢？"陈定基道："四大弟子跳上屋顶，显出十分慎重的样子，如临大敌，从四方慢慢合围，法王还站在屋檐底下，向着那少年的身影，接连猛击数拳，少年不敢跳下来，只见法王每击一拳，那少年身子就摇晃一下，眼见那四大弟子就要捉着他了，法王突然也晃了一下，一拳将发未发，忽地叹了口气，挥挥手道：'让他走吧！'那少年一声长笑，在四大弟子包围之中，身子凌空飞起，一霎眼就到了另一间屋面，端的是疾如鹰隼，倏忽跳过几重瓦面，看不见了。大殿上僧俗官员议论纷纷，有的说这是活佛大显神通，有的说那少年是刹支利魔的化身下世，故意来试白教法王的法力的。（喇嘛教的神话，刹支利魔是与佛祖对敌的一个恶魔，被佛祖幽禁在恒河河底。）白教法王拿不住他，可见法力也是有限。说这些话的多半是黄教喇嘛的僧官。"

唐经天心中好生惊诧，想道："这白教法王用的是隔山打牛的百步神拳，自足以震世骇俗。金世遗的武功顶多只能与法王打个平手，他怎么能在法王神拳猛击之下，四大弟子包围之中，安然脱身而去？难道另有什么人暗中相助他么？听陈定基所说的情形，法王似是被什么高人暗中警告了。这不出面的高人又是谁呢？"唐经天怎么也猜想不到，这个暗助金世遗的人又是他的姨母冯琳。

陈定基续道："再说大殿上的事情。沁布藩王的女儿……"唐经天接口说道："她名叫芝娜。"陈定基点点头道："芝娜刺死了土司，立刻拔刀自刎，这桩事你们已见到了。芝娜自刎之后，俄马登就过来将她的面纱完全撕开，忽然叫道：'你们过来看，这个沁布藩王的女儿，原来就是以前偷进土司家中偷马纵火的女贼。'土司带来的人都拥上去看，有一大半认得，纷纷议论。俄马登又冲着我笑道：'陈大人，这也就是你以前极力恳求土司，保释她的那个女贼呢！'俄马登的笑令人毛骨悚然，我正想回说：'那是你请我保释的。’法王率领四大弟子已从下面走上来，俄马登和土司的人忽然抢了土司与芝娜的尸体，又说动了达赖活佛的代表，将受伤的班禅活佛的代表也一并带走了。俄马登临走时大声疾呼，说要替土司报仇，叫土司的人跟着他急速回府，白教法王也不便阻拦，眼见他洋洋得意地与达赖班禅的两位代表走出寺门，真不知他要闹出何等乱子?”

唐经天大吃一惊，道：“俄马登的来历我不知道，但看这情形，他是存心要在西藏搞起一场暴乱。陈大人，你应该赶快修书报告福康安。”陈定基也觉得只能如此做了，正在修书，忽听得门外已是闹声大作。

管家的进来报道：“俄马登率领一大队藏兵，已将衙门团团围住了。”陈定基苦笑道：“这俄马登与我何仇何恨？来得这般快，难道还怕我这朝廷命官逃走不成?”与唐经天走上女墙的城楼一看，只见俄马登陪着土司的夫人在墙下大骂，四大涅巴分列左右，那印度苦行僧和德鲁奇也在军中。俄马登把手一挥，众藏兵高声叫道：“把汉官斩尽杀绝，把汉人都赶出去。他们没有一个是好东西，都是到西藏来捣乱的。”

陈定基在城墙上向土司的夫人施礼，道：“贵土司被刺，真是不幸之事。本宣慰使谨致悼念之意。但贵土司被刺，与我何干？敢问夫人领兵前来，所为何事？这事情又怎么能迁怒所有的汉人?”土司夫人戟指哭骂道：“陈定基你休得假撇清，这女贼若不是你们唆使的，当年你为什么替她保释，你儿子又怎肯舍命救她?”俄马登接口骂道：“我们西藏的事情自己会理，要你们汉人来做什么?你们这次唆使一个女贼出来行刺，教她冒认是沁布藩王的女儿，分明是想挑起西藏的内乱，好让你们汉人渔翁得利，实行分而治之之计，不把你们赶走，咱们西藏休想平安。”

陈定基这一气非同小可，分明是俄马登借端生事，想挑起西藏的叛变，却反而诬赖了他。正待正言斥责，俄马登拉开五石大弓，喝道：“你们父子就是杀土司的主使人，还辩什么？看箭!”嗖的一箭射来，唐经天身形一晃，拦在陈定基的面前，双指一钳，把那支利箭钳住，喝道：“无耻奸徒，你也看箭!”双指一弹，那支利箭飞了回去，比用弓弦射出还更厉害。俄马登急忙缩头，用大弓一挡，噼啪一响，那张大弓竟被射断！俄马登慌得在地上打了个滚，避进人丛之中，仍自大声喝道："放箭!"顷时千箭齐发，藏兵勇猛进攻。

唐经天舞剑挡箭，保护陈定基走下女墙，然后亲自指挥，衙门内的兵丁只有一百多人，而围攻的藏兵起码也有一千，几乎是以一当十，幸而这一百多人都曾经过陈天宇的训练，而宣慰使衙门重修之后，建筑也很巩固，藏兵虽多，急切之间，却是难以攻下。藏兵们几次用云梯强攻，都被唐经天折断梯子，但唐经天也不愿杀伤藏兵，只是尽力把他们的攻势遏止。

如是者围攻了一日一夜，双方都筋疲力竭，唐经天在这一日一夜之中，没有睡过片刻，亦感难以支持，到第三日早上，藏兵忽然撤退了一半，唐经天奇道："我正怕他增兵再攻，怎么他反而减兵了？莫非俄马登又有什么诡计么?"看那些藏兵只是列阵围住，却并无进攻的迹象。俄马登和德鲁奇亦已不在军中，唐经天正在思疑，忽见一条人影从东面空隙之地疾奔而来。

这时正是拂晓时分，人影还未能看得真切，那些藏兵也不知是友是敌，一时间倒不敢攻击，那人影来得极快，倏忽间已越过两队藏兵，这时才看清楚来的是个四十多岁书生装束的人，守着墙头的兵丁也已有一大半认得出来，高声叫道："是萧老师!"萧青峰以前在衙门教书时，形貌衰老，活像个手无搓鸡之力、科场失意的老儒生，众兵丁见他如此矫捷，都不禁啧啧称异。

藏兵这时也看清楚了，纷纷拦截。萧青峰拂尘起处，碰着的藏兵立即倒地，藏兵不知道这是"拂穴"的功夫，以为是妖法，不敢再追。那苦行僧急忙奔出，萧青峰跑得快，他跑得更快，三伏三起，如箭离弦，倏忽间追到了萧青峰的背后。唐经天知道萧青峰不是苦行僧的对手，把手一扬，急忙发出两支天山神芒，苦行僧用金盂钵一挡，只听得"当当"两声，金星飞溅，苦行僧一看，只见两支天山神芒都射入了盂钵之中，深入数寸，不禁大吃一惊：天下竟有这样厉害的暗器，能够穿过黄金！饶他的瑜伽工夫已练到将近最高境界，也自生了怯意。

苦行僧被天山神芒一阻，萧青峰已跃上墙头。唐经天候他喘息过后，问道："萧老师，你几时来的？"萧青峰说道："我在峨嵋山金光寺送冒大侠下土之后，立即赶来，算来你比我早走一天半。"唐经天忙道："冰川天女呢？"萧青峰道："她为武当派门户之事，尚须料理，所以与吕四娘一道，要迟我两天才能动身。"唐经天沉吟想道："冰川天女的轻功远胜于萧青峰，即使迟两天动身，这时也该赶到了。难道又有什么意外么？"问道："你到了萨迦多久了？"萧青峰道："昨天到的。你不是说叫我找天宇打听我娘子的下落么？我一到萨迦，当日便想来此，包围得紧，直到现在才觅得机会进来。天宇呢？"唐经天道："说来话长，他正在里面静养，你先说说，外面怎么样了？"萧青峰道："外面乱得很呢！听说俄马登唆使达赖班禅的代表，说白教法王的圣女竟然连班禅的使者也敢用飞刀刺伤，这乃是对黄教喇嘛大大的侮辱，他们要叫达赖班禅派兵来驱逐白教，只怕又要卷起一场宗教战争。"

唐经天吃了一惊，他初时以为俄马登只是想驱逐汉人，如今看来，竟是到处乱点火头，想把西藏弄成糜烂之局，真不知其心何居？萧青峰道："喇嘛庙也有藏兵监视了。但他们忌惮法王，还不敢胡闹。只是听说俄马登还想到印度的喀林邦和尼泊尔这两个地方去，请外兵来帮忙他统一西藏。"唐经天道："这如何是好？须得赶快派人送信给福康安，派救兵来。"可是派谁送信？却无适当人选，正在踌躇，忽见外面藏兵两边分开，俄马登陪着两个白教喇嘛乘着一匹白象走来。正是：

藏边忽见风波恶，大祸弥天孰与平？

欲知后事如何？请听下回分解。

第二十九回　塞外兴波　奸徒困侠士
宫中对掌　侠丐斗神僧

唐经天一眼瞥去，认得这两个白教喇嘛正是法王座下的护法大弟子，也就是那年来抢夺金本巴瓶的人，心中奇道：“俄马登其实在暗中也和法王作对，法王却派这两个大弟子来做什么？”忽见土司的队伍两边分开，一个藏族少女，穿着一身青色的猎装，骑着一匹骢花马，泼喇喇地飞奔而来，藏军中的官员大至“涅巴”，小至“戈什”（相当于伍长）都在道旁肃立致敬。萧青峰道：“这是土司的女儿！”土司的女儿纵马飞奔，场边叫道：“俄马登，俄马登！”俄马登回头说道：“桑壁伊江玛古修，你来做什么？回去，回去！”桑壁伊是土司女儿的名字，江玛古修是尊称（相当于汉语中的“高贵的小姐”）。桑壁伊柳眉一竖，喝道：“俄马登，你在和谁说话，我叫你回去！”俄马登哈哈笑道：“我是奉了法王之命，又得你母亲的允可来的，你的父亲被女贼所刺，死不瞑目，正在泉下等待他的仇人，我就是来替你父亲抓仇人的呵！”桑壁伊头发蓬乱，香汗淋漓，显见心中焦急之极，但被俄马登这么一说，急切间竟无言以对，俄马登已跟着那两个白教喇嘛到宣慰使衙门外面喊话了。

那两个白教喇嘛在白象上竖起九环锡杖，锡杖上挂着一个八角形的用珍珠镶成的轮子，这是代表法王的法物，用藏语高声叫道：“活佛使者来见大清本布（本布即大人之意）。”萧青峰道：“开不开门？”陈定基略一迟疑，道：“开门！”

陈定基开门接纳，引那两个白教喇嘛与俄马登、桑壁伊四人到客厅坐定，唐经天充作陈定基的随员，戎装佩剑，陪坐一旁。陈定基向那两个白教喇嘛奉献哈达、请过香茶之后，恭问来意，为首的那个白教喇嘛道："活佛不忍兵连祸结，愿作调停，现在土司的部下都说令郎陈天宇是女贼的同党，是刺杀土司的同谋，请本布将令郎交与活佛，再作调处。"

陈定基大吃一惊，料不到俄马登竟请得活佛出头，向他提出这个要求，他年过半百，只有这一个儿子，如何肯送出去？正待说话，土司的女儿却抢着说道："我父亲是沁布藩王的女儿刺死的，刺客已自杀死了，不该牵连到陈天宇。若说天宇以前曾救过那个刺客，那么要他到我家中，为我父亲守灵七日也就够了。"土司的女儿是陈天宇名义上的未婚妻，知道陈天宇若落在俄马登手中，那就凶多吉少了，因此不惜瞒着母亲，飞骑来救。

陈定基大喜说道："到底是桑壁伊江玛古修明白道理。就这么办吧，你们退兵之后，我叫小儿替土司守灵去。"

俄马登冷笑道："萨迦宗的事情，有你母亲和我主持，还未轮到你管呢。我再说一遍，我是奉了法王和你母亲之命来的，你还未听清楚么？"若在土司生前，俄马登对他的女儿自不敢有半点违拗，但如今土司已死，大权都已落到俄马登手中，他一旦反颜相向，桑壁伊气得说不出话来，而且俄马登口口声声说是为她父亲报仇，又奉有活佛和她母亲的意旨，桑壁伊更没有反驳的余地。

俄马登不再理睬桑壁伊，转过一副面孔，堆着奸猾的笑容对陈定基道："本布，请你以大局为重，还是叫令郎跟我们走吧。"陈定基道："这，这……"俄马登道："你们汉人说得好，一人做事一人当，你儿子当年有胆在土司家中飞刀劈果，救走那个女贼，如今就没有胆量跟我们走吗？"

忽听得一阵清脆的笑声从后堂传出，一个青年缓缓走出，陈定基失声叫道："宇儿，你……"话未说完，忽然张口结舌，像碰到什么怪异之事似的，但听得这少年哈哈笑道："俄马登，你说得对，好汉做事一身当，我正想去见法王，请他评评理，好吧，咱们现在就走！"

陈定基惊惶迷惑，这刹那间，几乎呆若木鸡，目不转睛地盯着这个少年，这少年穿的正是陈天宇的服饰，连面貌也有几分相似，只是说话的神态与声音，轻佻之极，却和陈天宇的稳重沉厚大不相同。

陈定基张口结舌，说不出话来，斜眼一瞥，只见唐经天面上也露出怪异的神情，忽然向他打了一个眼色，冲着那少年叫道："天宇兄，你的病还没好呵，怎么去得?"那少年冷笑道："我的病可不要你担心，再说，就是我没有病，这位俄马登大涅巴也不能让我活呵，大涅巴，我拼着一身剐出来了，你怎么还不走呵!"陈定基奇怪万分，听他们的对答，这少年似乎与唐经天相识，而且有心来救他的儿子的，可是不但他从来没有见过这个人，也从来未听儿子说过有这样的朋友。

陈定基迷惑不解，唐经天比他还要惊奇。这少年不是旁人，正是他所要寻访的金世遗！金世遗轻功超卓，又善于易容变貌，他偷进府衙，换上陈天宇的衣裳，假扮成陈天宇的样子，这些都不是难事，但他为什么要如此做呢?唐经天又想道："照吕四娘所说，他不能活过三十六天，现在屈指一算，已过了三十三天，但何以看他面色，却又一如常人，并无内魔扰体之象?"唐经天可没有料想得到，金世遗早得过他的姨母冯琳用密宗的内功相助，将他的危险期又延长了三十六天。

桑壁伊见"陈天宇"出来，初时也吓了一跳，听听他的说话，登时面上也现出奇异的光辉。

白教喇嘛缓缓起立，对陈定基合十谢道："有扰了。"面上露出歉然之色，想把假扮陈天宇的金世遗带走。原来白教法王与座下四大弟子对陈定基都颇有好感，而对俄马登却有说不出的憎恶，只因俄马登挟持达赖班禅的两位代表，以驱逐白教作为威胁，白教法王为了想在西藏重立根基，这才不得不应俄马登之请。其实白教法王倒并不存心与陈定基父子为难。

俄马登像桑壁伊一样，也是目不转睛地盯着金世遗，忽地跨上一步，冷冷说道："你是谁?"金世遗双眼一翻，道："你是谁?"俄马登道："我是萨迦的大涅巴俄马登，谁不知道?"金世遗道："我是你萨迦土司的女婿陈天宇，谁不知道?而今土司已死，我是你的半个主人，你敢对我无礼?"俄马登喝道："你这混账小子，敢来冒充，你找死么?”金世遗哈哈大笑道：“我是冒充的，天下之间，哪有当面冒充是别人丈夫的道理?”白教喇嘛看着桑壁伊，桑壁伊颤声说道：“天宇呀，俄马登不怀好意，你不去也罢。”她这话一说，无疑承认了此人便是陈天宇了。原来桑壁伊也早看出了这人是假冒陈天宇，但她实不愿真的陈天宇去送死，所以只好含羞带愧，承认金世遗是她的未婚夫。

这两个白教喇嘛一想，天下间确是没有冒认丈夫之理，而且这一去明是送死，天下又哪有这样的傻人，肯冒充别人去送死？便道：“我看他是真的，涅巴不必多疑。”俄马登冷笑说道：“陈天宇我见过不知多少次，咄，你真的是陈天宇，陈天宇的武功可很不错呵!”蓦然伸手一抓，金世遗笑道：“多承夸奖。”肩头轻轻一撞，俄马登跌个四脚朝天，周身骨骼都隐隐作痛，爬了好一会子才爬起来。唐经天笑道：“陈天宇的武功本来不错，大涅巴这回你相信了吧?”俄马登自恃一身武功，他心中以为金世遗必定是陈定基买来冒充儿子的，这样被买来替死的人能有多少本领，所以想令金世遗当场出丑，哪知金世遗的武功比陈天宇高出何止一倍，幸而他这一撞未用全力，要不然俄马登全身骨骼都要碎裂。

金世遗瞪眼说道：“还敢说我冒充吗?”俄马登给他震住，不敢开口。那两个白教喇嘛笑道：“大涅巴不必横生枝节了，法王有待，咱们快带了这个陈天宇走吧。”唐经天急忙上前说道：“天宇兄，你这一去多多保重，这是你的药丸，你带走吧。”掏出一个小小银瓶，瓶中有三颗碧绿色的药丸，那正是天山雪莲所炮制的碧灵丹。依吕四娘所说，金世遗若服下这碧灵丹可延长他三十六天的寿。本来一颗就够，唐经天这时对金世遗颇有好感，索性将仅存的三颗都送了给他。

用冰山雪莲所炮制的碧灵丹，功能解毒疗伤，固本培原，珍贵无比。当年崔云子与萧青峰恶斗，崔云子受了重伤，半身瘫痪，只服一颗，立刻复原，而今萧青峰见唐经天将银瓶中所有的碧灵丹，全都送给了金世遗，不觉骇然，心中想道：“看这金世遗并不像有病的样子，武林中人视碧灵丹为至宝灵丹，得一粒已是罕世奇遇，唐经天将所有的灵丹都送了给他，这真是最厚重的礼物，纵有什么仇歉，也该化解了。”

忽见金世遗衣袖一拂，哈哈笑道：“唐经天，我不领你的情！”唐经天骤出不意，银瓶给他拂得脱手飞起，惶然说道：“这是我领你的情。”将银瓶接下，正想再说，金世遗冷笑道：“你不过想在冰川天女的面前博得个侠义的美名，我偏不让你称心如意，我死生有命，何须求你！”神色冷傲之极，竟不容唐经天再说，径自随那两个白教喇嘛走了。

唐经天送出门口，金世遗瞧也不瞧他一眼。唐经天回到客厅，摇头说道：“真是个怪物！”陈定基问道：“此人是谁？”唐经天道：“此人是江湖上人称毒手疯丐的金世遗。”萧青峰道：“他此次舍命来救宇儿，倒是一番侠义的行为呢，他与宇儿素不相识，何故如斯？”大家谈论，百思莫解。却不知金世遗为的不是陈天宇，而是为唐经天。金世遗此人孤僻狂傲，游戏风尘，所想所为，与流俗迥异。他知道了自己必须天山派的内功相助才能救命之后，想起自己一向与唐经天作对，怎肯向他低首下心，心中一横，反而把生死置之度外，要在临死之前，做一件有恩于唐经天的事情，让他永远欠自己的情分。他偷进宣慰使衙门，知道了唐经天与陈天宇的交情，又知道了唐经天正为陈天宇之事，伤神之极，毫无办法，他找不到一件对唐经天直接有恩的事情，想道：“救他的朋友也是一样，总之要让他永远欠我的情分。”这其实还是出于好强争胜，要压倒唐经天的意思。唐经天哪能猜到金世遗这番曲曲折折的心意。唐经天想起金世遗还有六天性命，愀然不乐。但他冷傲如此，却又实是无法可以救他。

一盏茶后，外面守卫的人进来报道，土司的兵已走了十之七八，连那印度僧人也已退了，但在衙门外面，还是五步一岗，十步一哨，看情形尚未放松监视，大家都猜不透俄马登的用意，唐经天派萧青峰出外打听，黄昏时分，回来说道：“原来俄马登是要应付另外一场战事。你们听过洛珠的名字吗？”陈定基道：“他是沁布藩王的妻舅，听说是沁布辖下几宗（萨迦宗是其中之一）首屈一指的武士。”

萧青峰道：“洛珠听说他的甥女死了，尸骸又给俄马登抢去，便率兵前来替姐夫和甥女报仇。在俄马登包围咱们之时，他也正赶来包围了土司的城堡，所以俄马登要撤兵回去。俄马登以为宣慰使衙门只有宇儿是最有本事的人，去了宇儿，就无人能抵抗他了，所以他又千方百计请法王出面，要把宇儿拿去。现下外边的情况混乱之极，俄马登已派人去求印度的喀林邦大公和尼泊尔的国王出兵，图谋尽逐汉人，统一西藏，这风声也已传出来了，萨迦城中的汉人，都关起大门，不敢出街呢。看来西藏的混战之局已成，若再引外兵进来，这局面不堪设想。洛珠的兵少，只怕在几天之内，就要给俄马登扫平，那时，料想俄马登还会再来与咱们为难。”陈定基道：“我这个官做不做殊无所谓，但眼看西藏叛乱扩大，无法收拾，我何以上对朝廷，下对百姓?”

唐经天沉吟半晌，道：“还是依咱们今早的商议，火速派人报与福康安知道。求他赶快出兵。”陈定基道：“派谁呢?”萧青峰道：“我愿效犬马之劳。”唐经天看他一眼，却不言语，心中想道：“以萧青峰的武功，要突围远赴拉萨，只怕未必能够。”他自己本来想去，但想起留守的责任更重，故此踌躇莫决。萧青峰道：“唐大侠意下如何?”唐经天不便说他的本领不行，眼珠一转，忽地想起一人，道：“你不是心急着要见天宇吗？现在可以先见见他了。”

陈天宇得唐经天传授正宗的内功心法，已静坐了一日一夜，这时正做完功课，但觉神朗气清，心中郁结之气，也自然而然的散了。听得父亲呼唤，立刻出来，见着自己开蒙的业师，心中高兴，神色更佳，萧青峰道：“两年不见，听说你的武功大有长进了，可喜可贺呵。”陈天宇道：“那都是靠两位师父和唐大侠的指点。听说师父大婚，师母可有同来么?”萧青峰临老作新郎，反而有些腼腆，道：“她还留在四川。”脸上浮出喜悦的笑容。陈天宇突然触起心中伤痛，面色又沉暗了。

唐经天缓缓说道：“芝娜这次手刃父仇，为萨迦藏民除去一个残暴的土司，可佩之极。”陈天宇本已泪咽心酸，被唐经天一挑，抚胸低泣，叫道：“可是芝娜是永不会回来了。”陈定基从唐经天口中，已知道儿子苦恋沁布藩王女儿之事，见儿子伤痛，自是难过，但他以国事为重，见儿子如此，又不禁怫然不悦，厉声斥道：“宇儿，你读圣贤书所学何事？”陈天宇凛然一惊，道：“请父亲教训。”陈定基道：“如今西藏叛乱已成，你为一个女子颠颠倒倒，不惭愧么？”陈天宇呆了一呆，只听得唐经天又缓缓说道：“只可惜芝娜死不瞑目哪！”

陈天宇心头一震，颤声问道：“怎么死不瞑目？”唐经天道：“芝娜生前深心盼望汉藏一家，这心意你定然知道。”陈天宇道：“她以藩王女儿的身份，却绝不因我是汉人而有半点歧视，深情蜜意，我永世难忘。”唐经天道：“如今却因她之死，俄马登借口煽动叛乱，挑拨藏人仇视汉人，她岂能瞑目？她尸骸被俄马登抢去，迄今未能安葬，岂能瞑目？她所欢喜的人，如今眼见她生前所不愿见的叛乱发生，却袖手旁观，她岂能瞑目？”一连三个“岂能瞑目”，好像三个焦雷打在陈天宇的心上，陈天宇呆如木鸡，良久良久，抬起眼睛，喃喃说道：“你叫我怎么办？”唐经天自言自语道：“我们想派人去向福康安请救兵，呀，可惜又请不到人去。”陈天宇急忙叫道：“你何不早说，为了父亲，为了芝娜，这送信的差事我义不容辞。”唐经天道：“这信关系重大，你可要胆大心细呵！”陈天宇道：“即使赴汤蹈火，这封信我也定然送到。”唐经天大喜，须知陈天宇的武功现在已胜于师父，虽然还比不上俄马登请来的印度苦行僧等人，但轻功却胜过了一流高手，纵打不过，也可逃脱。由他送信当然比萧青峰好得多。陈定基立刻写了呈文，交给儿子，这时已是黄昏时分，陈天宇草草吃过晚饭，立刻动身，他换上了一身黑衣，身形所至，有如一溜黑烟，霎忽即过，连闯俄马登布下的十几个哨岗，竟然无人发现。

白教法王这回满心高兴，到萨迦主持开光大典，满心以为从此可以在西藏重立根基，不料却闹出了这等意外之事，自己手下的“圣女”，竟杀了土司，又误伤了班禅的代表，弄得不妥，只恐达赖班禅又要将白教再驱出西藏。而自己以“法王”的身份，亦因此而受到俄马登的威胁，要助他将陈天宇捉来，尤其使得法王闷闷不乐。

这时他正在喇嘛寺的大藏宫中负手徘徊，心情烦躁，想起经文所说“你应该舍己为人，大发宏愿，普救众生”，更觉不安，想道：“俄马登这厮奸猾异常，陈定基却是一个好官，我为什么要替俄马登陷害好人？我这样做哪还能做一教之主?”但随即又想到白教面临驱逐的危险，权衡利害，明知俄马登包藏祸心，威胁自己，却又不能不顺他之请。呀，在利害的关头上，除了大圣大贤，又有谁不为自己打算？以白教法王这样有道的喇嘛高僧，如今也彷徨无计，一忽儿想不顾利害，将俄马登严惩，拼着和黄教决裂的危险，最多再退回青海；一忽儿又想顾全大局，牺牲陈定基的儿子；正在人天交战，思潮混乱之际，忽报护法弟子已将陈天宇拿来，法王下命叫他们进宫，遣俄马登先回去。那两个白教喇嘛将金世遗押进大藏宫，法王一见，不禁吃了一惊！

金世遗虽然变容易貌，又换上了陈天宇的衣裳，但本来面目到底还不能完全改变，法王眼光何等锐利，一见便觉得似曾相识，再一思索，猛然省起这便是开光大典之日，到来胡闹的疯狂少年。

法王沉声问道：“你是谁?”金世遗冷笑道：“你派护法弟子前来请我，怎么还不知道我是谁?”那两个护法弟子大吃一惊，禀道：“土司的女儿认他是未婚的丈夫，陈定基也认他是儿子，想来不会有错。”心中却在想道：“俄马登说他不是陈天宇，真个是假冒的不成?”

法王狐疑更甚，心道：“若然是清廷宣慰使陈定基的儿子，断无与我作对的道理。”挥手叫两个弟子退下，掩上宫门，厉声斥道：“枉你一身武功，为什么要冒充别人?”金世遗道：“枉你是一教之主，为什么要听俄马登的摆布，陷害好人?”说话针锋相对，法王心中有愧，对答不上，金世遗怪笑道：“想不到活佛也有为难之处！哈哈，你管我是不是陈天宇，你但能拿得出一个人来交差，这不就完了！”

像金世遗这样的在法王面前放肆，那是从所未有之事，这刹那间，法王心中转了好几个念头，想把他放走，想把他惩戒一番，想把他交给俄马登，但又想起他武功如此高强，只怕他到了土司堡中，又闯出弥天大祸。金世遗嘻嘻冷笑，旁若无人，法王面色一端，忽地沉声说道：“你真个自愿到土司堡中，代人受罪么?”金世遗道：“那是我的事情，你不用管。”法王道：“好，那我给你祝福送行。”手掌一翻，突然向金世遗顶心拍下，金世遗出掌相抵，嘻嘻笑道："我一不信神，二不信佛，谁要你的祝福？"忽觉法王掌力如山，迫得人几乎透不过气来，心中一凛，急忙全神运气，拼力抵挡，只听得法王说道："似你这样轻狂胡闹，便该处罪。你既自恃武功，我而今就把你的武功废掉！"金世遗本想反唇相讥，但法王的掌力越迫越紧，竟然令他不能分心说话。

但金世遗已尽得毒龙尊者所传，毒龙尊者的内功自创一家，虽非正宗，刚劲之处，却是武林独步，世上无双，金世遗虽然只有十多年的功力，但在半个时辰之内，亦能与法王相持不下，法王暗暗称异，心道："可惜，可惜，这样的良材美质，却偏偏不走正路，胡作非为。"

又过了一支香的时刻，金世遗忽觉有一股热力，从法王的掌心传了过来，有如置身烈日之下，全身发滚，金世遗渐渐支持不住，情知这样下去，自己必将累得力竭神疲，变成废人，但又不能不拼力抵挡，以免被他的掌力伤了五脏六腑。

又过片刻，金世遗但觉唇枯舌燥，有内火焚身之象，法王也觉得周身骨骼隐隐作痛，那是内力消耗过甚之象。但比将起来，法王以数十年的功力，自是较胜一筹，而金世遗却显已支持不住。法王吸一口气，掌心一压，心中忽地想道："他年纪轻轻，练到这般本领，我若废了他的武功，岂不可惜？"但随即又想："我若不将他废了，如何敢放心交给俄马登？"就在这掌力将发未发之际，忽见金世遗目露凶光，口角微微抽缩。法王本是个有道高僧，很难为外物所扰，见了他这等怪异的神情，也不禁心中暗惊。

原来金世遗自知难敌法王掌力，这时心中正起了杀机！他口中含有天下最毒的暗器——七煞夺命神针，那是用蛇岛最毒的毒蛇口涎所铢的，当年唐经天中了一针，虽有天山雪莲，也病了一个多月，法王的内功与唐经天不相上下，但他没有天山雪莲，若中了毒针，那是必将毙命的了。金世遗口角微微抽搐，心中忽地想道："我与他无冤无仇，将他杀了，于心何安？"随即又想道："若不杀他，我的武功便要废了，没有武功，更受世人欺侮，活着又有什么意思？"正要张口将毒针杂在口涎之中吐出，忽又想道："他到底是一教之主，惨死我手，岂不可惜？反正我也活不久长的了，不如让他一次。”但觉法王的掌力咄咄迫人，忽地又起了一个念头，想道：“我自离开蛇岛以来，走遍江湖，打尽天下高手，从未败得如此之惨，我若给他废了武功，不知者岂不以为我真个敌不过他？有谁能想到反而是我让他，不忍取他性命？”金世遗一生好胜，此时想的是“宁教身死，不教名辱”。心思一变再变，毒针也已吐到唇边，就在将发未发之间。

可怜外面的四大护法弟子都正在宫门静候，他们等了个多时辰，里面还是沉寂无声，心中都是诧异之极，哪里知道，里面的两大高手，都已到了性命俄顷，危机一瞬之时！

陈天宇带了书信，闯过了土司军队的哨岗，连夜动身，奔往拉萨。往拉萨的路，要从土司城堡下面经过，城堡建在山上，路则从山谷穿过，陈天宇经过山谷时，只见山上密密麻麻满是军队，城堡上黑影幢幢，也似站满了人，陈天宇知道这是洛珠的军队前来围攻城堡，正与俄马登相持。陈天宇紧记着唐经天的话：不可中途耽搁，遇着军队便要绕道避开。陈天宇借物障形，仗着一身超卓的轻功，穿过山谷，幸喜山坡上的军队都没有发现，看看就要出了两军阵地，已到了山的北面，那是土司的防地边沿，只有几个哨兵在巡逻了。陈天宇提一口气，掠过最前面的哨岗，忽地一条黑影窜了出来，窄路相逢，正是俄马登这边武功最高的印度苦行僧。

月光之下，印度苦行僧依稀认得这夜行人正是他们欲得而甘心的陈天宇，哈哈笑道：“原来是你！”竹杖一挥，用了个“绊”字诀，竹杖挥了半个圆弧，滴溜溜地两边旋转，待一举便将陈天宇绊倒。陈天宇飞身一掠，一招“倒挂银河”，长剑一削，这招正是冰川剑法的精华所在，满拟将竹杖削为两段，哪知剑尖刚刚与竹杖相触，那竹杖竟然如影附形，随着陈天宇的剑势旋转，竹杖有如毫不受力的纸条一样，附在剑上。陈天宇大吃一惊，剑柄一沉，往下一堕，身形站稳，便待逃走，忽听得印度苦行僧“噫”了一声，用藏语高声叫道：“俄马登，你过来，看清楚这人是不是陈天宇？”

陈天宇固然吃惊，那印度苦行僧也是惊疑不定。他曾见过陈天宇的功夫，在抢夺金本巴瓶之时，陈天宇不过仅仅能与他的徒弟打个平手，哪知他如今不但没有被竹杖绊倒，反而能卸开自己竹杖的沾黏之劲，看来内功的造诣竟与自己也差不了多少！他还以为是看错了人，急忙唤俄马登过来相认。

那印度苦行僧第二杖第三杖相继劈来，一杖用柔，一杖用刚，陈天宇抵敌不住，避免再与竹杖相触，虚晃一招，忽如巨鸟穿林地突然从苦行僧身边窜出。苦行僧伸手一抓没有抓着，眨一眨眼，但见陈天宇的身形已掠出数十丈外！

山坳处一条黑影奔来，嘿嘿笑道："好小子，还想走么？"陈天宇一瞥，认得是俄马登，正是仇人相见，分外眼红，这刹那间，陈天宇想起俄马登诱骗陷害芝娜，又抢走她尸体的事，忍不住血脉偾张，把唐经天的嘱咐抛之脑后，手起一剑，立刻刺出，俄马登举刀一格，这一剑来得迅捷之极，一格格空，心知不妙，急忙闪身，只听得"刷"的一声，陈天宇的剑已刺穿了俄马登身内的软甲，剑尖在他肩头划了一道长长的口子。

但这样阻了一阻，那印度苦行僧已然赶到，陈天宇若要逃走，还来得及，但他恨极了俄马登，抽剑再刺，俄马登亦非弱者，这时不求攻敌，但求自保，竟然接连挡开了陈天宇的三招，待陈天宇第四招出手之时，忽觉背后微风飒然，剑尖一震，印度苦行僧的竹杖已搭着了他的长剑。

这回印度苦行僧小心翼翼，不让陈天宇再有脱身的机会，陈天宇虽然得了唐经天传授的天山派内功心法，到底时日尚浅，未能发挥妙用；那苦行僧乖巧之极，总是顺着陈天宇的剑势，陈天宇进则他退，陈天宇退则他进，两人盘旋进退，有如孩子嬉戏，其实却是各以上乘内功相拼。陈天宇的火候远逊对方，未到半个时辰，已感支持不住，心中暗暗叫苦。

忽听得树林里一声娇笑，那笑声竟是熟悉之极！陈天宇怔了一怔，突感寒气袭人，面前几点寒星骤然袭到！

陈天宇打了一个寒噤，忽地感到压力一松，身不由己地退后几步，用脚尖支地，转了两个圈圈，才稳住身形。抬头一看，只见那苦行僧长袖荡风，将一片灰蒙蒙的光网，吹得四散飘浮，场中突然多了一人，正是冰宫侍女幽萍，她所放的暗器，不消说便是冰魄神弹了。她的功力尚浅，伤不了苦行僧，但也令那苦行僧不得不分出心神应付。

苦行僧大怒，舍了陈天宇，便扑幽萍，幽萍身法轻灵，连避三招，陈天宇回身来救，忽听幽萍笑道：“丹达山前，我主人已放了你一次，你还不知道厉害吗?”苦行僧吃了一惊，猛地省起：这女子和冰川天女常在一起，她既然在此出现，冰川天女只怕也在附近。他心中进退难决，手底仍是毫不放松，反手一杖，荡开陈天宇的长剑，左手一伸一缩，霎眼之间，又进了三招，幽萍的裙带几乎给他抓着。

幽萍忽地一声长啸，只听得一个极清脆的声音紧接着叫道：“幽萍，你在和谁动手？我就来啦!”声音来自山巅，好像和幽萍闲话家常一般，音细而清，听得极为清楚，苦行僧一惊非同小可，这声音不是冰川天女还有谁人？苦行僧自到西藏以来，就只在冰川天女手下吃过一次大亏，对冰川天女忌惮已极，急忙飞身逃走。冰川天女来得快极，那声音尚在山谷回旋，回声未寂，便已在山坡上现出身来，白衣长裙，飘飘而下，真如姑射仙子，乘虚蹑风而行。苦行僧奔到半山，回头一瞥，只见冰川天女已随后追来，吓得连跑带滚，滚下山坡。

俄马登身躯肥胖，武功比起苦行僧更是相差太远，但他比苦行僧乖巧，幽萍一到，他即起步奔逃。不过由于他轻功较弱，却还逃得未远。陈天宇道：“这厮是个大坏蛋!”挺剑要追，幽萍笑道：“何须这样费力!”双指一弹，冰魄神弹破空飞出，幽萍的冰弹虽然伤不了苦行僧，对付俄马登却是绰绰有余，俄马登正在没命奔逃，忽地感到颈后的“天柱穴”一片沁凉，一股冷气直侵入体内，半边身子登时麻木，冷得连体内的血液都几乎凝结，咕咚一声，立刻倒地，气力消失，爬也爬不起来。

幽萍道：“等下咱们再对付他。天宇，三更半夜，你冒险到这来做什么?”陈天宇道：“芝娜，芝娜，她，她……”声酸泪下，说话断断续续，良久良久，还未说得清楚。幽萍叹了口气，道：“芝娜姐姐不幸身死，这事情我已知道啦。但她得报大仇，亦可瞑目了。”

冰川天女平素喜怒哀乐不形于色，这时却为芝娜之死，动了真情，喟然叹道："芝娜以前曾求我指点你的武功，那时你还没有拜铁拐仙为师，她很可惜你具有上佳的资质，却没有第一流的师父。所以求我看在她的情分上，传你自修上乘武功的心法。当时我没有答应。想不到后来冰峰倒塌，机缘偶合，你无意之中服了我宫中的朱果，不须修习，已得了我派上乘的轻功，又偷学了我本门的剑法，这是天意，我不怪你。但人虽学了我本门的剑法，却还未得到我的剑诀。现在芝娜不幸而死，我应助她完成心愿，将剑诀传授给你。只是你我年纪相若，我不能做你的师父。好在幽萍随我多年，虽然未得学全我的剑法，却懂得我的剑诀，我准许幽萍将剑诀代传给你。"陈天宇一向因为未得冰川天女同意，而偷学她的剑法，耿耿于心，而今非但得到冰川天女谅解，而且答允连剑诀也可令幽萍代传给他，心中一喜，当即拜谢。

冰川天女略侧半身，受了陈天宇的半拜之礼，接着问道："唐经天是否在你的家中？"陈天宇道："正是。我就是听唐大侠的差遣，想到拉萨去请救兵的。"冰川天女微微一笑，道："福康安那儿我已去过啦，你不用再去了。"陈天宇十分惊诧，正想发问，冰川天女又道："金世遗呢？嗯，你还没有见过金世遗，不过唐经天向你说过这人没有？"陈天宇道："金世遗到我的家中，我虽然没见着他，他却暗中救了我的一命。"冰川天女诧道："金世遗与你素不相识，他会救你性命？这是怎么回事？"

陈天宇将事情经过说了，冰川天女吃了一惊，说道："如此说来，金世遗乃是去见法王了。"陈天宇道："恐怕早见着了。"冰川天女道："他是什么时候去的？"陈天宇道："大约是中午时分，随着那两个白教喇嘛，从我家中动身的。若然法王不将他立即交给俄马登，现在应当还在喇嘛寺中。"

冰川天女略一沉吟，道："幽萍，我早说过，金世遗此人虽然惹人讨厌，内心还有良善之性。他肯救人，难道我就不能救他，你和天宇先回去告诉唐经天，我现在去见法王一遭。"话一说完，立刻便走。幽谷之中，遂只剩下了幽萍与陈天宇两人相对。陈天宇突然想起了芝娜临死之前所说的话，对着幽萍，默默无言。

幽萍幽幽地叹了口气，道："芝娜与我情同姐妹，我何尝不伤心呢？但人死不能复生，因她而死所起的风波，我们若不为她设法消弭，她在九泉之下，岂能安心？"轻轻握着陈天宇的手，温言相慰。幽萍所说的话，意思与唐经天一样，陈天宇听进耳中，却是更为感动，点点头道："不错，我之要去拉萨，就为的是消弭这场风波。嗯，是了，冰川天女刚才说已见过福康安，这是怎么一回事？"

幽萍道："喇嘛寺举行开光大典的那一天，我们也到萨迦。当日之事，我们都知道了。不过，你们没见着我们罢了。我们的公主早已料到有这风波，所以来不及去找他们，就先去见福康安。她曾经为福康安出过大力，保护金瓶，福康安很相信她的话，一说之下，便答允出兵，看来在印度兵未踏入藏境之前，就可将他们截住。"陈天宇这才知道，原来冰川天女之所以迟迟未见到来，乃是去了拉萨。唐经天空自担了一场心事。

两人正在娓娓而谈，忽然听得俄马登的呻吟，陈天宇恨恨说道："都是俄马登这厮捣的鬼！"幽萍道："好，咱们现在去对付他。"俄马登中了冰魄神弹，冷入骨髓，牙关打战，已是不能说话，幽萍叫陈天宇按着他背心的两道大穴，替他推血过宫，暂时减弱他体中的冷气，俄马登颤抖说道："陈公子，你不看僧面看佛面，看在芝娜的份上，你应该饶我一命。"陈天宇怒道："不说芝娜还可，说起芝娜我更要取你的狗命。"俄马登道："我对芝娜，可是一片好心，以前她第一次被土司逮着之时，我曾托翁尊求情，今次她行刺土司，我也有暗中相助。这些都是事实，公子，你岂有不知？"幽萍冷笑道："你当我们还不知道你的底细吗？你是印度喀林邦土王的奸细，你唯恐西藏不乱，意图勾结外人，统一西藏，自立为西藏王。这奸谋瞒得过土司，可瞒不过我们的公主。你暗助芝娜姐姐刺杀土司，不过是借刀杀人之计罢了。"

幽萍此语一出，俄马登固然是大为吃惊，身躯更是颤抖，即陈天宇亦颇觉意外，正想探问幽萍，冰川天女何以会知道俄马登的奸谋，忽见对面山坡火光晃动，人影簇簇，在前行的几个人中，认得出其中一个是印度苦行僧，陈天宇道："想是苦行僧回去求救，邀

冰川天女傳
一九八五年十二月画梁羽生先生之武俠小說
于羊城荔灣湖畔野味齋 西玉芹記

两人绕了一圈，见东北角上一间精雅的房间，内有红灯掩映，窗纱上映出两个女人的影子，……

集了堡中所有的好手，来与咱们为难。”幽萍道：“咱们赶快绕路避开，回你的家中等候公主。”陈天宇忽道：“苦行僧调集好手前来，堡中必然空虚。咱们正好乘机偷袭他们的老巢！”幽萍道：“何须如此冒险？”陈天宇道：“我怎忍见芝娜的遗体，一直被摆在她敌人的城堡中？”提起剑便想杀俄马登，幽萍道：“留下活口，还有用处。”伸手把俄马登的嘴巴一捏。

俄马登被她用力一捏，嘴巴张开，幽萍双指一弹，将两粒冰魄神弹弹入他的口中，硬生生地迫他咽了下去。冰魄神弹含有幽谷玄冰的亘古奇寒之气，打中外面的皮肤已是不得了，何况咽入肚中？俄马登双眼翻白，周身皮肤都冷起疙瘩，登时不省人事。幽萍笑道：“除了公主和我，世上无人再能将他救醒。好，咱们可以放心去了。”

两人展开绝顶轻功，偷偷从山背面爬上，两军在前面对峙，后山只有巡逻步哨；地暗天昏，竟是神不知鬼不觉地给他们偷偷溜入了土司的城堡。

两人绕了一圈，见东北角上一间精雅的房间，内有红灯掩映，窗纱上映出两个女人的影子，幽萍悄声说道：“咱们过去看看。”陈天宇犹疑说道：“何必去惹她？”幽萍道：“好，她是谁呵？”陈天宇道：“她是土司的女儿——桑壁伊。”幽萍噗嗤一笑，道：“你怕她么？别怕，别怕，有我保驾。”将陈天宇一拉，拉到了碧纱窗下。

房中果然是桑壁伊母女二人，只听得桑壁伊的母亲幽幽叹了口气，说道：“真料不到事情闹得这么大，我只怕你父亲的基业会断送在俄马登的手中！”桑壁伊道：“我一向讨厌俄马登，你偏听他的话。”她母亲道：“我怎知道他竟敢如此包藏祸心？他口口声声说要替你父亲报仇，我怎拦阻得了。”桑壁伊道：“好在天宇没有被他拿去。”她母亲道：“儿呵，你还在想念天宇吗？”陈天宇卜卜心跳。桑壁伊轻轻一笑，却没有说话。她母亲又叹了口气道：“事情闹到这般地步，咱们还好意思和陈家认亲么？”

桑壁伊忽道：“把俄马登缚了起来，送到宣慰使衙门去请罪如何？”母亲急忙一手掩住了女儿的嘴巴，道：“儿呵，这话千万不能乱说。现在兵权都操在俄马登手中，他若要害我们寡妇孤儿，那是易如反掌!”桑壁伊“哼”了一声道:“我看他不止是要篡夺咱们的权位,还想做藏王呢。”她母亲道:“正是呀。我现在才知道,你父亲出事之前,他已派人偷偷去印度与尼泊尔请兵了。”桑壁伊道:“怕他终不是办法,咱们得想个法子对付他。妈,你为何不与达赖班禅那两位活佛的代表说去?”母亲道:“这两位代表只怕自身也难保全,我,我怎敢和他们说去?”

桑壁伊大吃一惊,道:“什么,难道俄马登还敢伤害他们吗?”做母亲的好半晌没有说话,女儿道:“妈,你在想什么?”桑壁伊的母亲突然站了起来,推开窗子一望,幽萍与陈天宇早躲在山石后面,她没有看到人迹,吁了口气,这才开声说道:“儿呀,我方寸已乱,正要和你商量。”正是:

大权旁落如何处?愁煞宫中桑壁伊。

欲知后事如何?请听下回分解。

第三十回　块垒难平　伤心话故国
狂歌当哭　失意走天涯

桑壁伊道："妈，你说。"土司夫人道："俄马登真的想杀班禅活佛的代表！"桑壁伊大为震惊，颤声说道："妈，你怎么知道？"

土司夫人道："班禅活佛的代表那日被女贼误伤，背上中了一把飞刀，幸亏没有致命。可是这事情非同小可，俄马登便借此想利用活佛的代表，请他们转呈达赖班禅两位活佛，把事情牵涉到白教法王身上，请达赖班禅出面，将白教喇嘛再逐出西藏。"

桑壁伊道："这事情我也听到一点风声。"土司夫人续道："幸亏那两位活佛的代表，做事慎重，只将当日的经过依实禀报上去，却没有请达赖班禅驱逐白教法王。俄马登日日挑拨煽动，班禅活佛的代表要求先见白教法王谈谈，意思是想查明事实的真相。俄马登哪肯让他们见法王？暗中指使替他主治的医师下药，令得班禅活佛的代表的刀伤非但不能治愈，而且日见严重。俄马登就推说他病重，不宜见客，将两位活佛的代表与外间隔绝了。在这期间他仍是日日催促班禅活佛的代表写信禀报活佛，班禅活佛的代表更是起疑，坚决不肯照他的意思写信。俄马登没法，索性一不做二不休，叫那个医师下毒，限令在今晚三更之前结束班禅活佛代表的性命。人人都知道班禅活佛的代表是给女贼刺伤的，如此一来，自然以为他是因伤而死，断无人疑到俄马登身上。俄马登以为如此一来，便可刺激班禅活佛，达到目的。"

桑壁伊惊道："班禅活佛的代表若然在咱们这儿死去，只怕整个萨迦的僧俗官都要受活佛降罪。"土司的夫人道："可不是吗？因此医师不敢下手，可是他又害怕俄马登杀他，故此偷偷来告诉我，求我替他做主，可是我又有什么办法？咱们的性命都捏在俄马登手上。”桑壁伊道：“咱们和他拼了！”她母亲苦笑道：“拼得过么？这是以卵击石！”

桑壁伊怒道：“莫不成眼睁睁地让他惹来大祸？”两母女愁容相对，毫无办法，忽地窗门“呀”的一声给人从外面推开，桑壁伊拔出佩刀，正待喝问，只听一个极熟悉的声音叫道：“是我！”桑壁伊几乎疑是梦中，跳进来的人竟然是陈天宇，桑壁伊想跳上去抱他，眼波一转，只见陈天宇后面还跟着一位少女，桑壁伊退后两步，呆呆地望着他们。

陈天宇道：“桑壁伊，你信不信我？”桑壁伊从未听过陈天宇用如此的口气向她说话，喜不自胜地点了点头。陈天宇道：“俄马登已给我们制住了。你们一点也不用害怕。”桑壁伊母女有如绝处逢生的人，狂喜得说不出话。陈天宇道：“不过你们不必阻挠那个医师，让他去谋杀班禅活佛的代表。”桑壁伊惊叫道：“为什么？”陈天宇道：“时间迫速，事后再说给你知。现在请你马上告诉我，班禅活佛的代表住在什么地方？”

桑壁伊的母亲到底是经过大风大浪的土司夫人，一怔之下，立刻明白了他们的用意，说道：“好，事不宜迟，你们快去。班禅活佛的代表在西面那个尖塔上的第二层。”陈天宇拉着幽萍立刻便走，桑壁伊心思不定，想追出去，又停在门边，喃喃说道：“妈，他们是做什么？”她母亲道：“他们是想当着活佛代表的面揭破俄马登的阴谋。吹忠（巫师。常兼作医师，就是土司夫人所说的替活佛代表主治的那位医师。）只怕还要来见我，你回房去吧。”桑壁伊道：“我不是问这个。”她母亲道：“那你问什么？”桑壁伊眼圈一红，忽然低低地叹了口气，自个儿走出门外去了。

陈天宇与幽萍适才已探明了土司堡中的路道，很快便寻到西面那个尖塔，尖塔一共三层，西藏王公贵族，家中一般都造有这种式样的“神塔”，静悠悠的，若非他们得到土司夫人指点，真不知这里面供的竟然是一尊“活佛”的替身。陈天宇一纵数丈，飞鸟般地上了第二层，幽萍轻功较逊，跳不得那么高，手按飞檐，借一借力，才翻上去，就只是这一点点声息，在上面瞭望的人已探出头来，幽萍机警之极，不待他们出声，就用两枚冰魄神弹打中了他们的哑穴。黑夜之中认穴如此之准，陈天宇也暗叹不如，心道："果然不愧是冰宫侍女中首屈一指的人物。"

房中有盏油灯，班禅活佛的代表正躺在榻上辗转反侧，发出低低的呻吟声，一见他们进来，吓了一跳，一骨碌地坐起来。幽萍道："我是奉活佛之命来探望你的。"走近前去，露出胸前所佩的一道灵符。原来冰川天女与幽萍到拉萨之时，冰川天女以佛门之女护法的身份，的确去拜访过达赖活佛，幽萍那道灵符，就是达赖所赐。班禅活佛的代表将信将疑，心中想道："达赖活佛怎会知我在此罹难?"达赖班禅分居前藏后藏，距离颇远，以日程推算，班禅纵已接到他使者的禀报，也不能即时通知达赖。但班禅的代表见幽萍佩有达赖的灵符，虽有疑心，却也不敢张扬叫喊。

幽萍就正是要他不叫不喊，剔亮油灯，张眼一看，只见一片红肿，溃烂不堪，心中暗恨俄马登的狠毒，立刻取出一枚丹药，用茶水化了，涂在伤口上，合十说道："倚仗佛力，速愈此伤。"冰宫中的灵丹妙药，非同凡品，何况这只是外表的刀伤，一敷上去，伤者立感沁凉，精神一振，痛楚若失。

班禅的代表这时再也没有疑心，合十诵佛，然后低声问道："你们是谁？来时没有惊动人吗?"幽萍道："我们就是为了救你来的。俄马登已给我们制住了，他的手下还没知道。等会有人拿药给你吃，你不要吃!"一说完话，立刻与陈天宇隐身在屋中的佛像之后，班禅的代表莫名其妙，不住地低声念佛。

过了一会，有脚步声从外面走进来，班禅的代表问道："吹忠怎么不来?"来的人是吹忠的助手，原来那个担任主治医师的吹忠，心中害怕，不敢亲自毒杀"活佛"的替身。故此配了毒药之后，却叫助手端来，助手也不知道碗中盛的乃是毒药。

助手端着药碗恭恭敬敬地说道："吹忠有事，叫我来侍候活佛。"话声未完，幽萍忽地跳了出来，伸手一捏，助手"呵呀"一声叫了出来，幽萍趁势夺过药碗，往他口中一倒，转瞬之间，他面色由红转白，又由白变为瘀黑，可怜这个助手，糊里糊涂地就送了一条性命。

班禅的代表大吃一惊，叫道："好狠毒的俄马登!"不由得心中凛惧，对幽萍道："我明白啦，可是这么一来，咱们与他们也撕破面了，怎生出得城堡?"陈天宇道："不用惧怕，我们保你出去。"这话刚刚说完，外面人声纷至。陈天宇拔出长剑，开门一看，只见外面影影绰绰的大约有四五个人，当先的竟是那个印度苦行僧，最后面的是他的师侄德鲁奇，抱着僵硬冰冷的俄马登，还有两个人是俄马登的亲信武士。他们本来是集在一起，想去围攻冰川天女的，想不到没见着冰川天女，却寻着了俄马登。这一下，他们自然立即猜到堡中有事，是以赶了回来。

那印度苦行僧见冰川天女不在其内，放下了心，喝道："好呀，你们是吃了豹子的心狮子的胆?竟敢劫持活佛来了!"陈天宇道："你还敢说，快叫俄马登前来领罪!"俄马登的亲信武士大怒，喝道："你们用的什么妖法害死了大涅巴?若不立即将他救醒，要你这双妖男妖女的性命。"抡刀动斧，立刻砍进房中。陈天宇道："萍妹，你保护活佛代表。"展开长剑，叮当两声，将两个刀斧手挡了回去。

那印度苦行僧，左手举竹杖，右手举盂钵，嘿嘿冷笑，只等陈天宇一冲出来，就要当头罩下。陈天宇不惧堡中的武士，却不能不惧这个印度苦行僧，心中自知以自己与幽萍联手之力，只怕也未必能够与这苦行僧相抗，何况另外还有那么多敌人。看来今晚那是万难逃脱的了!那印度苦行僧见陈天宇不敢冲出，越发得意，嘿嘿冷笑，索性一步一步地走进房来，盂钵一翻，倏地将陈天宇的长剑罩住!

金世遗与白教法王在静室对掌，白教法王把金世遗迫得精疲力竭，正拟做最后的一击，金世遗也把毒针吐到了口边，要与白教法王同归于尽。就在这千钧一发之际，忽听得一声娇呼，金世遗的毒针刚刚吐出，吓了一跳，失了准头，被白教法王展袖拂落，而白教法王分了分神，这一掌推出也减了五成力量，金世遗虽然被他一掌推倒，内脏却没有受伤，在地上打了个滚，又跳起来。

金世遗与法王对掌，乃是他出道以来，第一次与强敌以全力相拚，心神贯注，连冰川天女进来都不知道。这时翻了一个筋斗，跳起来时，突然见到他所倾慕过又怨恨过的冰川天女笑盈盈地站在面前，不禁“呵呀”一声，叫了出来。嘴巴一张，忽觉一股奇寒之气，直透入体内，原来是冰川天女玉指一弹，将两枚神弹送入了他的口中！

金世遗适才被法王的掌力相迫，体热如焚，焦渴之极，突然得到冰魄神弹送入口中，真如在沙漠上的旅人，得到从天而降的甘露。只觉遍体沁凉，心头那股火热之气也立时消散了。金世遗是个武学的大行家，心头一震，立刻明白了是冰川天女用“以毒攻毒”的方法救了自己，要不然自己虽然侥幸能够脱身，不至于毙在法王掌下，但内火烧身，重者全身瘫痪，轻者也得大病一场！

这刹那间，金世遗神思昏昏，心中混乱之极，他此来本是为了与唐经天赌一口气，却想不到几乎送命，惨败的情形偏偏又给冰川天女见到，而且还是她救了自己的性命；性命不足惜，自尊心的受挫，却令金世遗大感难过。

金世遗这与众不同的奇怪心思，冰川天女哪能猜到，见他透过气来，缓缓走近，微笑问道：“怎么样？没受伤吧？嗯，你见到唐经天没有，我和你一同走吧，问他讨几颗碧灵丹去。吕四娘说你的内功练得不当，只有天山雪莲制炼的碧灵丹方能给你暂保真元。”冰川天女的声音温柔之极，金世遗从来没有听过这样“体贴”的话儿，若在往时，他听到冰川天女这样温柔的话语，不知该有多么高兴，而今听来，却如万箭钻心，温柔变成了讥刺，体贴变成了挖苦。金世遗突然大叫一声，飞身便走，冰川天女追出门外，只见他已上了屋顶，投掷下来的是一片冰冷的怨愤的眼光。法王在内，于理于情，冰川天女都不能丢开法王去追踪金世遗。冰川天女只得叹了口气，回转身来，摇摇头道：“真是无可理喻！”

“真是无可理喻！”法王也摇了摇头，随即向冰川天女合十问好，笑道：“适才这位年轻人是女护法的相识吗？”冰川天女道：“是一位见过几次面的朋友，他如此冒犯活佛，我心中也实是不安。”法王微笑道：“如此年纪，如此武功，也确算得是人间少有。幸亏女护法前来，要不然只怕我要与他同归于尽。”冰川天女随着法王的眼光看去，只见金世遗喷出的那口毒针，插在大理石的地砖上，周围也黑了一片。不觉骇然！

在青海之时，冰川天女曾经做过白教法王的上宾，这回相见，倍觉欢欣，法王请她坐下，命弟子奉上香茶，忽见冰川天女的眼光，却注视着走廊内一幅壁画。

白教法王微笑道："女护法喜欢这幅壁画么?"冰川天女"嗯"了一声，缓缓走出，站在壁画之下，定睛凝视，面上流露出奇异的光辉，白教法王道："这幅画名叫《八思巴进觐忽必烈去蒙古》。画中仕女人物，骆驼牛羊，都栩栩如生，草原风光，漠北情调，几乎要浮出画面。确是一幅美妙的壁画。"法王正在口讲指划，替冰川天女解释这幅壁画，眼光忽地停在画中一个少女的面上，也不禁"咦"了一声，奇怪起来。法王事忙，以前对宫中的壁画没有仔细留意，这时才看出了画中那个穿着尼泊尔贵族妇女服饰的少女，面貌竟然有几分相似冰川天女。冰川天女道："画这幅画的画工还在这里吗?"白教法王道："画工是以前的土司从拉萨请来的，这座喇嘛宫还有若干壁画尚未画好，画工未曾遣散，我叫人替你查查。"立刻将一个护法弟子唤来，叫他去查明是哪一个画工所画。

白教法王陪冰川天女说话，冰川天女将她赶往拉萨调停的经过说与法王知道。法王闻得她与达赖活佛以及清廷的驻藏大臣福康安都见过面，福康安并已答应出兵去截印度喀林邦的军队，而达赖活佛也知道了俄马登的阴谋，同意白教法王在萨迦地区有最高无上的教权，萨迦的事情，便由他全权处理。法王大喜，向冰川天女谢道："多亏女护法以绝大神通，消弭了这场弥天大祸。"冰川天女道："那是仰仗几位活佛悲天悯人的慈悲，大家都不愿挑起战乱，这才得以和平解决。我不过稍尽奔走之劳，有何功德可以称道？目下俄马登的亲兵尚在和洛珠的军队对峙，事不宜迟，咱们且先平定了这场乱事吧。"法王道："俄马登这厮，我早就想将他拿来法办了，以前只因碍于黄教的面子，我远来是客，不便喧宾夺主，现既承达赖活佛委以全权，俄马登有多大能为，也逃不脱我的掌心。"立刻下令准备法驾仪仗，要连夜到土司堡中去平定这场乱事。

护法弟子分头行事，不到一刻，去访查画工的大弟子回来报道：“那幅壁画是一个尼泊尔的画工画的。”冰川天女忙问道：“他叫什么名字？”护法弟子道：“他说他要见到女护法才说。”冰川天女奇道：“他怎么知道我在此间？是你向他说我要查问这幅画的吗？”护法弟子道：“我没有说。这画工一听我问，便道：‘除非是冰娥小公主来了，否则无人会来问我。呀，我到西藏来作这幅画就是为了等她。’”冰川天女忙道：“快请他进来！”护法弟子道：“他就在外边。”将门打开，只见一个白发萧萧的老画工走了进来，目不转睛地打量着冰川天女，忽然用尼泊尔话喃喃说道：“长得和当年的华玉公主真是一模一样。”

冰川天女道：“你是谁？你怎知道我母亲的名字？”那老画工道：“奴仆名叫额都，三十年前，曾伺候过驸马、公主。”冰川天女“呵呀”一声叫了起来，说道：“原来是额都公公，想不到有这个缘分见你，失敬了！”盈盈起立，裣衽一拜，护法弟子看得呆了。哪想得到活佛的贵宾，佩有贝叶灵符的女护法，竟然对这样一个穷愁潦倒的老画工恭敬施礼。

法王也大出意外，耸然动容，忙叫弟子给老画工设座，笑道：“原来你们是旧相识，当真意料不到。”冰川天女道：“不，我如今才是第一次和额都公公见面。”法王一诧，只听得冰川天女续道：“额都公公是教我母亲画画的师傅，母亲生前，时时和我谈他的画。他是尼泊尔的第一画师，我的冰宫中还藏有许多幅他画的画。”法王合十说道：“异国相逢，两代相见，真是缘法。”

冰川天女浮起一片怜悯之情，问道：“额都公公不在皇宫安享晚年清福，却跋涉关山，远适异国，这是为何？”额都捋捋斑白的胡子，缓缓说道：“就为的等你到这儿来召见我。我本来以为不知要等到什么年月，谁知现在就给我等着了。多谢我佛慈悲，尼泊尔有救了。”

冰川天女道：“你慢慢说吧，这是怎么一回事情？”额都道：“尼泊尔前任的国王，是你母亲的堂兄，在国中横征暴敛，大失民心；在国外穷兵黩武，结怨四邻，你知道吗？”冰川天女道：“母亲生前曾和我说起，她曾托人劝过堂兄。也因此我母亲发誓不再回尼泊尔。嗯，你怎称他作前王？”

额都啜了一口清茶，叹气说道：“他死前一年，就是抢夺金本巴瓶的那一年，因为和邻邦开仗，受了箭伤，回到宫中，没有多久就死了。他的儿子继位，比父亲更为暴虐，弄到民怨沸腾。老一辈的都想念起你的母亲华玉公主来，说这王位本来应当是你的母亲的，假若当年你的母亲继承大宝，尼泊尔就不至弄成今日的样子了。人人都盼望华玉公主和驸马能够回来。”冰川天女也叹口气，道：“我的母亲已死了十多年啦。”额都道：“这消息我是知道的，可是国人还未知道，他们焚香祷告，总是盼望你的母亲回来。”

冰川天女咽了眼泪，道：“你怎知道我母亲去世的消息?”额都道：“前王曾派遣国师到西藏来探听华玉公主的消息。听说他曾见过你面。”冰川天女点点头道：“不错，那红衣番僧两上冰宫，被我驱逐下山的。后来他在抢夺金本巴瓶的事件中也丧了命了。”额都道：“他虽死了，可是他对前王所说的话，却种下一个大祸根!”

冰川天女奇道：“他和国王说了些什么话来?”额都道：“他说他见到了人世无双的绝色仙子，那说的就是你了。”冰川天女杏脸泛红，道：“这妖僧可恶，我当时真不该放他活着回去。”额都续道：“他又说你的武功高强之极，连手下的一群侍女，也都是个个了得。若然你们肯诚心协助国王，尼泊尔定可称雄。只是据他看来，你实无意回国，但人事难料，你们对皇室既不忠心，留下来便是祸患，所以他劝国王选拔高手去暗杀你。”冰川天女冷笑道：“我倒不惧。”额都道：“前王听了他的说法，虽然对你甚不放心，但那时刚是他在西藏挫败之后，又和四邻结怨，国家多事，急切之间也选不到高手，听说你无意回来，也就算了。”

冰川天女道：“那还有什么事呢?”额都道：“他面见国王禀报之时，太子侍候在旁，我那时以宫中画师的身份，恰巧也在旁边。太子听到世间有这样绝色的女子，当时就留了心。即位之后，他两年来没立皇后，原来他是虚席以待。”冰川天女“啐”了一口道：“那是癞蛤蟆想吃天鹅肉，痴心妄想。”额都道：“可是他不知道你的心意，一直都是痴心妄想。这两年，他请到不少阿拉伯和欧洲的高手武士，又训练了一个登山兵团。准备到西藏来，迎接你回去。”冰川天女道：“千军可以夺帅，匹夫不可夺志。他就是派十万人来，我也不会为他所动。”额都说道：“他以战争作威胁，他料想福康安和藏王不会为你一人而轻启战端。他亲自带兵来迎接你，你纵不愿，西藏也不敢再留你居停。”冰川天女又气又愤，料不到自己竟惹了这么大的麻烦。

额都续道：“我以前得你母亲厚待，恩义难忘，国人又都想念你们，所以我不惜抛弃了皇宫画师的位置，跋涉关山，来到西藏。我年老力衰，冰峰是上不了的，恰巧白教喇嘛宫要人作画，我便应征来了。你母亲一生礼佛，我料你也许会到喇嘛宫中参拜，所以便画了那幅画，希望你能见到，果然我佛慈悲，竟不须我多费时日久等。”

冰川天女明白了原委，说道：“多谢你不辞劳苦，将信息带给我。”额都道：“我来见你，还带来了我自己的心意和国人的愿望。”冰川天女道：“愿听教言，公公你说。”额都道：“你若有本领杀他，那么你便回去，杀他自立。国人都拥护你。即算你不能杀他，回国之后，振臂一呼，国人也会拥护你推翻暴君，立你为王。这王位本来是你母亲的，由你继承，名正言顺。”冰川天女微笑道：“我哪有心思做国王？若不是冰峰倒塌，连尘世的麻烦我也不愿招惹。我本来就打算今生今世，永隐冰宫的啊！”额都道：“若你不欲为王，那就快远走高飞，因为恐怕国王不日就要带兵来了！”

冰川天女道：“你怎么知道？”额都道：“俄马登早就请他发兵，他乘此时机，正好作一石两鸟之计。”冰川天女心中烦闷，思如潮涌，久久不言。尼泊尔是她母亲的国家，中国是她父亲的国家。她爱这两个国家的心情，就如同爱她自己的父母一般，难分轩轾。她怎忍见自己的表兄带尼泊尔兵来向中国挑衅？她又怎忍见自己的母国在暴君统治之下民不聊生？可是若然自己真的听额都之计，回国去干预政事，那又将惹起多大的风波与麻烦？那又岂是她孤高绝俗的性情所堪忍受？

外面护法弟子进来报道：法王的仪仗已经准备停当了。冰川天女道：“额都公公，多谢你一番好意。你暂时在这儿住下，待尼泊尔太平之后，你再回家。”她并没有说出自己的决定。但在额都听来，好像冰川天女已有使得尼泊尔太平的办法，于是心满意足地施礼退下。冰川天女也就和法王一道赶往土司的城堡去了。

陈天宇与幽萍二人在石塔的静室里受到围攻，正在吃紧。陈天宇展开冰川剑法，拼命抵挡印度苦行僧的竹杖金盂，仍被他迫得步步后退。幽萍仗剑守护班禅活佛的代表，这时也已与苦行僧的师侄德鲁奇交上了手。另外还有两个西藏武士，那是俄马登的手下。幽萍勉强敌得住德鲁奇，再添上两个敌人，立刻险象环生。俄马登的手下目的在于班禅的代表，迫退了幽萍，立刻上去捉人。幽萍大急，扬手飞出两枚冰魄神弹，那两个武士未曾碰过这种奇怪的暗器，给冰弹打中了穴道，登时血液冷凝，手脚麻木，吓得慌忙窜出，赶紧去找烈酒御寒。幽萍大喜，又用冰魄神弹去打德鲁奇，德鲁奇功力较高，把软鞭使得呼呼风响，冰弹不中他的穴道，虽然被寒气侵袭，冷得牙关打战，却也还能够挺住。至于那个苦行僧，却连寒噤也不打一个，冰弹未近身就被他扬袖拂开，他仍然紧紧追击着陈天宇，半点也不放松。

这时幽萍这边反而转危为安，陈天宇却抵挡不住。印度苦行僧喝一声“着!”，金盂钵忽地当头一罩，陈天宇缩手不及，长剑给罩在钵中。苦行僧哈哈大笑，盂钵左旋右转，陈天宇身不由已地跟着他旋转，不论怎样用力，长剑总是拔不出来。

苦行僧得意之极，正待加速那盂钵的旋转之力，忽觉门外静寂如死，气氛有异，心中一凛，回头看时，忽听得嗤的一声，两股奇寒之气从鼻孔中钻入，只见冰川天女面挟寒霜，正在冷冷地盯着自己。再一看，门外的武士个个垂手肃立，那抱着俄马登僵硬身体的武士更是显得非常惶恐，原来白教法王的法驾忽然来到了古塔下面。

印度苦行僧吓得魂不附体，哪里还有丝毫斗志，而且他被冰川天女的冰弹从鼻孔中打入，奇寒之气，直侵到心头，即算尚有斗志，亦已无能为力，幸而他的瑜伽功夫已练到第二段的境界，第一段的最高手可以闭气十二个时辰不死，他虽然没有这个本领，也可以闭气两三个时辰。当下立即闭气屏息呼吸，令体中的那股奇寒之气不能流动，用真气保着心头的一点温暖，立即穿窗飞走，冰川天女也不追他。德鲁奇纵身稍慢，被陈天宇拉住鞭梢，长剑一起，正待削下，冰川天女道：“只要他发誓不再到西藏，让他去吧。”德鲁奇活命要紧，果然发了一个重誓，陈天宇便松开手，让他走了。

白教法王走上塔楼，班禅活佛的代表服了冰宫灵药之后，痛楚若失，行动已如常人，白教法王向他慰问，他也向法王道谢，多谢法王的明智，消弭了这场险恶的风波。

俄马登的几个亲信武士被法王的威严镇住，垂手肃立，动也不敢一动，抱着俄马登僵硬身体的那个武士，更是惶恐不安。法王道："你们愿意立功赎罪么?"这群武士自是没口应承，法王道："俄马登勾结外人妄图叛乱，你们是他的亲信，总不至于不知道吧?"那群武士低头不敢作声。法王道："你们把他的罪证搜来给我，我要公布给萨迦宗全体僧俗人众知道。"命两个护法弟子陪同俄马登的亲信武士去搜查，果然在俄马登的私室里搜出了许多秘密信件，其中竟有印度喀林邦大公和尼泊尔国王亲笔答应的函件，法王请冰川天女将俄马登救醒，罪证确凿，俄马登虽然狡猾如狐，亦已无言可辩。法王将他斥责一顿，用重手法废了他的武功，将他交与班禅活佛的代表看管。待萨迦宗的乱事完全平息之后，再押到拉萨去。

土司堡中的恶斗，由于法王和冰川天女的来到，立时瓦解冰消，但外面山坡，被俄马登所驱使的土司军队，仍然在和芝娜的舅舅洛珠的军队相持，法王处理了俄马登之后，再命护法弟子摆起法驾仪仗，到外面去调停两军的相斗。

冰川天女陪班禅的代表说话，陈天宇和幽萍则趁这个空闲，到后宫去寻觅芝娜的尸体。土司堡中的"吹忠"本来是被俄马登迫令他害班禅活佛的代表的，他不敢下手，却由副手代死，班禅的代表宽大为怀，也饶了他。他自愿带领陈天宇前往土司的灵堂，原来芝娜的遗体被俄马登摆在一个玻璃棺内，就放在土司灵榇的旁边。在俄马登的意思，是让土司的手下都认清这个刺客便是当年偷马纵火的"女贼"，也即是被陈定基父子救走的那个"女贼"，好证明他说的不是假话，好激起土司手下对汉人"宣慰使"的仇恨。因此之故，陈天宇又看到了芝娜的遗容。前尘往事，一一泛上心头，陈天宇不觉潸然泪下。

西藏高原，气候寒冷干燥，芝娜的尸体，放在玻璃棺中，虽然为时已过一旬，颜色还是栩栩如生，陈天宇想起她临死之前，前来道别的情景，那幽怨的神情，诀别的眼光，毕生也不会忘记。灵堂里寂静无声，只有幽萍在幽幽地叹息。陈天宇面对遗容，一片凄迷，眼前忽然泛出芝娜的幻影，好像弹着东不拉向自己行来。耳边忽地听得有人叫道："天宇，天宇！"幻影也变作了真人，陈天宇尖声叫道："芝娜！"张臂向前一抱，眼前的"芝娜"忽然变了，只见她张大眼睛，惊愕得难以形容，陈天宇霎时间清醒过来，看清楚了，原来是自己名义上的未婚妻、土司的女儿桑壁伊。她的母亲也跟着走了进来。

这刹那间，桑壁伊心中的悲痛实不在陈天宇之下，这刹那间，她什么都明白了：陈天宇为什么屡次拒婚？陈天宇为什么老是躲避她？一切疑问都已得到答案：原来人言不假，陈天宇钟情的果然是这个"女贼"，是刺杀自己父亲的仇人。她的母亲也是惊愕得难以形容，愤然问道："嗯，陈公子，你进这灵堂作什么？你是吊祭你的丈人还是吊祭这个女贼？"其实她是明知故问，看了陈天宇手抚玻璃棺材的这份悲痛的神情，任谁人都看得出来，他是吊祭芝娜的。

陈天宇低声说道："她不是女贼，她是沁布藩王的女儿。你们既然看着她不顺眼，就让我把她的棺材搬走了吧！"土司的寡妇登时怒气上冲，厉声叫道："我不管她是谁，我只知道她是刺杀我丈夫的仇人，死了也得要她陪葬！"忽地嚎啕哭道："王爷呵，你死得好惨呵，你死了谁都来欺负我们呵！"她一时气愤，说出这话，忽地想起陈天宇替她除掉俄马登，实是对她有恩，怎能说是欺负？哭声不觉低了一些。

陈天宇手足无措，幽萍忽地也哭道："芝娜姐姐呵，你死得好不值呵，别人杀了你的一家，并吞了你的土地，你只刺杀了一个仇人，却要陪着仇人死去，死得好不值呵！"桑壁伊母女心头一震，土司害死藩王全家之事，她们也并非全无知晓，只是碍于夫妇父女之情，就只记得别人的仇恨，却记不得自己亲人所给予别人的灾祸。幽萍的哭声未歇，土司寡妇的哭声却不自禁地停了下来。哭声中忽见法王陪着一个身材高大的藏族男子走进灵堂，这男子正是芝娜的舅舅洛珠。

洛珠接受了法王的调解，进来寻觅甥女的尸体，一见芝娜的尸体摆在土司灵榇的旁边，怒气冲冲地叫道：“你这个弑上篡位的恶贼，怎配在我甥女的旁边？”动手就要砸土司的桐棺。法王低首合十，口宣佛号，庄严说道：“因果报应，人死仇灭，你们两家也和解了吧！”土司夫人颓然坐在地上，无言以应。陈天宇见已有洛珠出头，心中伤痛，不愿再留，牵着幽萍的手悄悄退出。土司夫人的哭声已止，这时却轮到桑壁伊痛哭起来，她什么都绝望了。

唐经天送走了陈天宇之后，一夜忧心忡忡，第二日一早，听说外面藏兵的步哨已经撤除，正在惊诧，忽报陈天宇和两个女子已回到外面。

唐经天奇道：“怎么这样快就回来了？有受伤么？”进来禀报的戈什笑道：“公子的精神比昨天还要好得多，哪会受伤。”唐经天急忙出去迎接，骤然眼睛一亮，只见冰川天女主仆，手挽着手，和陈天宇一道，并肩走进衙门，三个人都是眉开眼笑，喜气洋洋。唐经天这几天来为了应付围攻，衣不解带，睡不安枕，这时忽然见着冰川天女的笑容，就像在霪雨的季节，骤然见着灿烂的阳光一样，满天的阴霾都扫得干干净净。大喜叫道：“冰娥姐姐，你怎么现在才来呵？天宇，外边是怎么回事？你为何不去拉萨？”他同时向两人发问，眼睛却尽瞟着冰川天女。幽萍笑得弯下了腰，摆脱了冰川天女牵着她的手，推了陈天宇一把，在他耳边悄悄笑道：“傻子，还用得着你答话么？咱们赶快躲开，让他们二人畅叙。”

冰川天女道：“无须到拉萨了。”将事情经过撮要说了一遍，唐经天万万料想不到，事情竟然解决得如此容易，喜不自禁地拉着冰川天女的手道：“冰娥姐姐，你真像天上的神仙，一手拨开云雾，立刻现出晴天来了。”冰川天女面上一红，偷偷推开唐经天的手，道：“你还说呢，我现在正烦得要命。”

唐经天轻轻哼着新疆的民歌：“纵有些心底的愁烦，也只像淡云遮盖着燃烧的太阳。”他还以为冰川天女是故意夸张，凝眸一看，冰川天女双眉深锁，不像撒娇，也不像说笑。唐经天道：“这是怎么回事？弥天的大祸都已消除，还有什么值得愁闷？”

冰川天女道：“阴云还未吹得净散呢，你赶快替我出出主意。”将见到了老画师额都，以及额都告诉她的、尼泊尔国王就将要出兵的事情告诉了唐经天。唐经天想不到有这样突如其来的风波，面色变得沉重起来，沉思半晌，忽地笑道："你熟读佛经，难道不知道佛祖割肉喂鹰，舍身救虎的故事？"冰川天女愠道："你忍心教我下嫁尼泊尔的国王么？"语气之间，爱恨交并，真情流露。唐经天笑道："我岂是教你下嫁暴君？我是劝你不辞艰险，就当你到地狱去走一遭，索性去见那个暴君，一来打消他的妄念，二来也好相机行事，或者感化他导他向善，或者除掉他另立新君，这也是一场大功德呀。"冰川天女道："我母亲与我曾发誓不回母国，再说去了也未必有什么效果。"唐经天道："世事沧桑，人事难料。你以前又何曾想到冰峰会倒，而你也终于下山招惹尘世的麻烦？你这次奔波数地，消弭了西藏的战祸，这样的麻烦你都不怕，还怕什么麻烦？"其实冰川天女本来已有这个意思，得到唐经天一劝，心意立决，微笑说道："那么我要你和我一同去！"唐经天笑道："那是求之不得。咱们稍息两天，先到拉萨去见福康安，然后到边境去'迎接'那位暴君。"

冰川天女在冰宫之时，俨若不食烟火的仙女，全不理会尘世之事，下山之后，渐渐由出世而"入世"，性情和唐经天也渐渐地更为接近了。

两人在宣慰使府衙的花园中徘徊漫步，喁喁细语，说起以前的种种误会，都不禁哑然失笑。这些误会，大半是因为有金世遗穿插其间而引起的。唐经天谈说起来，笑道："此人真是难以猜测，我以前对他讨厌之极，却想不到他今次却帮了我和天宇的一个大忙。俄马登本来是要捕捉天宇，金世遗却莫名其妙地到来，替天宇去见法王，你说怪也不怪？"冰川天女说道："原来如此，他几乎送掉性命呢，我刚才忘记对你说，我到喇嘛宫的时候，他正在和白教法王对掌。"唐经天听了冰川天女细说当时的情形，不禁骇然，叹口气道："呀，他只有三十六天的性命，却又偏偏不肯受人怜悯，拒绝别人相救。真是天下第一个怪人，我非找到他不能安心，他到哪里去了呢？"

金世遗到哪里去了呢？

金世遗那晚逃出了喇嘛宫后，心情混沌，一片迷茫，漫无目的

冰川天女傳

……张口一吸，酒就像喷泉的水柱一般，被他吸到口中。

地出了萨迦城门，在旷野孑然独行，不觉黑夜消逝，红日从东方升起，金世遗被晓风一吹，稍稍清醒，自言自语道：“我该到哪里去呢?”连他自己也不知该到什么地方去。忽觉口中焦渴，甚是难受，原来他被法王掌力所迫，当时运用了全身精力与之相抗，体中水分消耗过多，幸得冰川天女将两枚冰魄神弹送入他的口中，用奇寒之气化解了他体中的奇热，这才不致引起内火焚身，变成残废。但冰弹并非灵药，消融之后，又经过了大半夜的时间，效用已失，而他的体中热气，还未完全消除，是以自然感到焦渴。金世遗沿着驿道奔跑，那是通往拉萨去的大路，走不多久，见着路旁有家酒肆，西藏天气寒冷，路上行人，习惯饮酒御寒，所以大路上每隔十数里就有酒肆，好像江南的茶亭一样。

金世遗走入酒肆，立刻唤酒解渴，酒肆四面通爽，金世遗适才在路上奔跑，反而没有留意郊野景色，这时坐了下来，稍稍平静，向外望去，但见一片新绿，遍野新生的嫩草中还隐约可以见着几朵淡黄色的小花，那是西藏冬季过后，最早开放的报春花。这时是仲春二月的时节，西藏的春天来得迟，有些树木枯黄的树叶还没有落尽。金世遗百感交集，忽地想道：“草原生机蓬勃，而我却像绿草中枯黄的树叶。”悲从中来，击桌狂歌，唱的是他做小乞丐时候从老乞丐学来的江南“莲花落”，这本来是个小调，抒发乞丐胸中的愁郁的，在他口中唱出来，充满了愤激之情，却如狂歌当哭！酒保吓了一跳，叫道：“客官，酒来啦!”盛酒的是一种长颈的酒樽，金世遗看也不看，把酒樽在桌上一敲，敲断瓶颈，张口一吸，酒就像喷泉的水柱一般，被他吸到口中。酒保几曾见过如此喝酒的法子，惊得呆了，忽然间，只见金世遗大叫一声，飞身跳起，好像碰到了什么怪异之事，正是：

狂歌当哭谁能解，忽见故人天外来!

欲知后事如何？请听下回分解。

第三十一回　短梦几时醒　音传海外
幽情谁可诉　人散荒原

你道是什么事情令得金世遗惊诧如斯？原来当他敲碎长颈酒樽，鲸吞狂饮之际，忽听得轻轻一响，突然似有一小粒丸药似的东西，随着他吸起来的酒柱，一下子冲入他的口中，立如珠走玉盘，滑下喉咙。事情来得太出意外，金世遗刚一惊觉，要吐已来不及。试想金世遗是何等武功？他打暗器的手法更是独步天下，连四川的暗器世家唐家也占不了他的便宜，居然会在这小酒肆中遭人暗算，他焉能不惊诧张皇？

一股凉气直冲丹田，焦渴立刻止了。金世遗只觉得有说不出的舒服，晕眩、耳鸣等等现象也立刻消散了。金世遗和法王苦斗半夜，熬了一晚未睡，本来昏昏沉沉，这时，眼睛也似给清晨的露水洗过一般，比前更加明亮，神智也比前清爽，看来那并不是毒药，而竟是一粒灵丹。金世遗猛地心头一动，想起冯琳曾与他谈过天山雪莲的灵效，莫非这竟是天山雪莲所炮制的碧灵丹？

金世遗叫道："哪位高人，赐我恩惠，请求一见。"一抬头，只见酒肆的四面窗户，现出两张面孔，可不正是冯琳母女？金世遗尖叫一声，顿时呆若木鸡。唐经天是李沁梅的表兄，自己拒绝了唐经天的恩惠，将唐经天送给自己的碧灵丹连瓶掷回，却终于还是服了他的碧灵丹，虽说那是唐经天的姨母冯琳送来的东西，强纳入他的口中，但那又有什么分别？还不是天山派的秘制灵丹？还不是等于间接接受了唐经天的"恩惠"？金世遗一直就是要和唐经天赌一口气，只想让他受自己的"恩惠"，自己断断不肯受他恩惠，哪知一斗法王，几乎送命，是冰川天女救了自己；现在又是冯琳送来的碧灵丹，让自己恢复了被法王内力所消耗的元气，而这两个人都是与唐经天关系最密切的人。金世遗但觉自尊心受了损害，转瞬之间，心念百转，窗外李沁梅正在用手指刮脸，还是从前那副娇憨的顽皮的神态，李沁梅正在等待他招呼，可是金世遗却似给人定着似的，口唇颤动，却说不出一个字来！

忽地窗外人影一晃，似乎听得冯琳低声地说了一句什么话，两母女忽然又不见了。金世遗颓然坐下，突然后悔起来，想起李沁梅和他初见面时和他说的话，那时他正在峨嵋山戏弄野猴，李沁梅对他说的话是："你对它好，它就对你好；你要是欺侮它，它当然不和你做朋友，你怎么这点道理也不懂呵！"当时不觉怎么，现在想来却是大有哲理，李沁梅说的是猴子，但何尝不是说人？难道世人之对自己冷淡，竟是自取其咎么？自己偶然做了一次好事，替陈天宇去冒险犯难，他们就这样的关心自己，救护自己，莫非这个世界并非自己所想像的那样"冰冷"？莫非错的竟是自己不成？

酒保从未见过有如此奇怪的饮客，定了神看着金世遗，冯琳母女的踪迹，他根本没有发觉。只见金世遗颓然坐下，将半边面孔转向窗外，葡萄美酒泼了满地，他也丝毫不睬，看样子竟是呆了。酒保心中骇怕，轻声问道："客官，还要酒么？"金世遗呆呆地凭窗遥望，竟似视而不见，听而不闻。酒保心中七上八下，生怕酒钱没有着落，但金世遗神气骇人，酒保给他吓着了，不敢再问。

金世遗此际心中烦乱之极，陡然觉得这个世界似乎与他接近了却又那样陌生，他记起了人世的冷酷也记起了人世的温暖，他的父亲、幼年之时曾偷过番薯给他吃的老乞丐、第一个将他当作朋友看待的冰川天女以及刚刚走掉的顽皮而又娇憨的李沁梅，这些人物的影子一一从他心上飘过，好像他所熟悉的水上的浮萍，随着滚滚波涛东去，永不回头；但他对浮萍无所牵念，而这些人物虽然只在他的生命中占短短的时刻，却令他永不能忘。他又陡然想起自己的生命即将像窗外那枯黄的树叶，这些人都不能再见了。不觉百感交集，悲从中来，难以断绝！他真的想追出去唤李沁梅，但她们的影子早已不见了。

门外有脚步声走来，金世遗如醉如痴，看着窗外的广阔的原野，根本就没有留意。忽听得有一个似曾相识的声音说道：“要一樽马奶酒。”另一个少女的声音撒娇说道：“妈，我不要味道酸的马奶酒，我要甜甜的葡萄酒。”这声音也似在哪儿听过的，金世遗猛地回过头来，与那两个母女打了一个照面，那少女忽地退后三步，睁大眼睛，面色刷一下变得灰白如死！

金世遗最初还以为是冯琳母女回来，谁知不是。这两母女乃是杨柳青和她的女儿邹绛霞，杨柳青渴念唐晓澜，邹绛霞也惦记着唐经天，因此两母女远赴回疆，意欲上天山寻访他们，到了回疆，碰到李治，才知道唐经天正在西藏，而唐晓澜也因为挂念儿子，半个月前动身，也到西藏去了。因此杨柳青也带着女儿转到西藏来，却想不到在这里碰到了金世遗。这时金世遗穿的乃是陈天宇的衣裳，再不是麻风的打扮了。她们刚刚进来的时候还以为是萨迦城中贵介公子，到郊外春游，在小肆喝酒，哪知看清楚了，竟然是曾令她们吃过大亏，又害怕又痛恨的“毒手疯丐”！

金世遗吓得她们魂不附体，岂知她们也吓走了冯琳母女。原来冯琳在年青时候，曾屡次戏弄杨柳青，有一次甚至假冒她的姐姐冯瑛，用飞刀削去了杨柳青的头发。所以冯琳远远见她走来，大感尴尬，不好意思和她相见，便和女儿悄悄躲开。这缘故连她女儿都不知道，金世遗自然更加莫名其妙。他刚才自怨自艾，还以为冯琳母女是认为他无可救药，才离开他呢！

邹绛霞正在向着母亲撒娇，忽然发觉那王孙公子模样饮酒的饮客，竟然是毒手疯丐金世遗，登时吓得面如土色。杨柳青道：“怕什么？记得你是铁掌神弹杨仲英的外孙女儿！不要给人小视了！”杨仲英是几十年前北五省的武林领袖，杨柳青一生以此自豪，名门之后，最怕辱没家风，杨柳青虽明知不是金世遗的对手，但以她的身份，怎能示弱逃亡？而且她也见识过这个“疯丐”的“毒手”，知道若是金世遗存心要与她为难，逃走也逃不脱。还不如决心一拼，静待他的发难。

若然是在几年之前，金世遗听得杨柳青将父亲的名头拿出来夸耀，非把她戏弄个够不可！然而此际，金世遗非但没有这个存心，反而心中感到歉意，想道："呀，这女孩子本来是天真活泼，和沁梅妹妹差不多，一见我却吓成这个样子，这都是我以前种下的孽果。弄得世人都把我当作怪物。"

杨柳青拣了一付座头，牵女儿坐下，高声叫道："拿两樽滴珠葡萄酒来!"将弹弓取出，摆在桌上，她口中虽说不害怕，心里却是害怕得紧，取出弹弓，其实自己壮胆而已，邹绛霞只觉她母亲的手指微微发抖，连声音也有点变了。忽听得金世遗微微一笑，偷眼看时，只见金世遗正在凭栏喝酒，看也不看她们。

两母女忐忑不安，忽见外面又来了一个人，却是个书童的打扮，肩上搭着一个褡裢（当时流行的一种出远门旅行的背包），满面风尘之色，不过十七八岁的年纪，神情虽然显得颇为劳累，面上却是笑嘻嘻的，似乎正办了一件什么得意的事情。

这书童一进店门，便把褡裢往桌上一顿，自顾自地笑道："这可好了，明天就可到萨迦啦。酒保，给我一樽冰冻的葡萄酒。"西藏地方，山岭上长年冰雪不化，但每到午间，平地却酷热不堪，是以酒店人家多贮有冰雪。这时虽未近午，但那书童长途跋涉，热得直喘气，他拖了一张有竹背的靠椅过来，躺下去伸了个懒腰，除下脚上的草鞋，邹绛霞隐约闻到有股臭味，原来那书童脚板上起了无数水泡，他正在把那些水泡一个个地弄破，闭起眼睛，享受那抓痒的滋味。邹绛霞掩着鼻子，有点讨厌，但看那书童滑稽的神情，若不是她心中有事，几乎要发出笑来。

酒保拿了一樽开了樽口的葡萄酒给他，上面有几片浮冰，另外还有一盘碎冰块，是准备给他加用的。那书童喝了一口，大叫道："好舒服，北京的皇帝老儿家厨所酿的御酒也没有这个味道!"眼光一扫，忽然朝杨柳青母女这边笑嘻嘻地走过来。

邹绛霞怔了一下，只见那书童笑嘻嘻地道："你们不懂喝酒，葡萄酒冲水喝还有什么味儿？小姑娘，连葡萄酒你都怕酒味浓么？嗯，我来教你，怕酒味浓加一点冰块进去，喝起来又凉快又舒服。"杨柳青皱皱眉头，心中烦躁之极，但她顾忌着金世遗在旁，不愿多事，只是横了那小书童一眼。那小书童不知进退，见她们不答理，竟从自己的桌子上捧了那盘碎冰过来，笑嘻嘻道："我不骗你，加一点冰试试看。”抓起一块碎冰，就往邹绛霞的酒杯里丢。他跋涉长途，进店后未洗过手，指甲上塞满垢泥，邹绛霞大为恼怒，面色一沉，骂道：“谁要你多管闲事?”手指一弹，将两颗胡桃核弹出去，这一弹正是杨家的神弹妙技，卜卜两响，分别打中了书童两胁的软麻穴，那书童哎哟一声，跳了起来，一盘碎冰都泼翻了，冰水溅了邹绛霞一面，两人都是大为狼狈。书童叫道：“你不欢喜调冰为何不对我早说？真是狗咬吕洞宾，不识好人心。哼，我家公子都没有你这位小姐难伺候!”邹绛霞涨红了脸，斥道：“谁要你伺候?”反手一掌，就想掴那书童，却被她母亲一把拉住。杨柳青心中惊疑不定，两胁的软麻穴是人身三十六道大穴之一，武功多好被打中了也不能动弹，难道这书童竟练有邪门的闭穴功夫?

忽听得金世遗哈哈一笑，站了起来，杨柳青吃了一惊，伸出去的手又缩了回来，抓起桌上的弹弓，只听得金世遗笑道：“小哥儿，你这喝酒的法儿很妙，酒保，给我也拿一盘碎冰来。”书童听得金世遗叫他，转过身去，看了一眼，忽然大叫道：“呀，原来是恩公在此，那天我还没有向你道谢呢！你怎么也到这儿来了？哈，我请你喝酒，无物相谢，一杯薄酒，表表心意，恩公，你可别推辞了!嗯，你看我有多糊涂，你救了我，我还没有请教你的高姓大名呢!”

金世遗笑道：“你是陈天宇那个多嘴的书童江南，对么?”江南道：“一定是萧老师向你说我了，其实我并不多嘴，他们却偏偏讨厌我。”金世遗道：“好极，咱们都是被人讨厌的人，来喝一杯!”杨柳青更是忐忑不安，心中想道，一个金世遗已难对付，又添了这个古灵精怪的书童，看来今天实是凶多吉少。其实江南的真实武功还比不上邹绛霞，只因他曾被黄石道人强收为徒，无意中学了黄石道人独门的颠倒穴道功夫，所以给桃核打着，只当是挨了两颗石子，虽然疼痛，却丝毫没事。

江南当日能逃出石林，摆脱了黄石道人，虽说是靠唐经天之力，但若没有金世遗与冰川天女来助，只唐经天一人也打发不了黄石道人。江南记性极好，当日虽然只是匆匆一面，却已记牢了金世遗的形容，他知恩报德，口口声声称金世遗做“恩公”，连连给他斟酒。

金世遗满腹牢骚，一连喝了十几杯酒，瞪着眼睛叫道："我平生还是第一次听人叫我做恩公，我于你何恩？"江南道："要不是你，我现在还给那老不死的臭道士强迫做徒弟，终年关闭在石林之中，那岂不是讨厌死了？"金世遗道："那臭道士愿将他毕生的绝技都传授给你，你怎么反而讨厌他？"江南道："他对我不好，动不动就要责罚我，我当然讨厌他。嗯，那臭道士没一点人味儿，我从未见过他面上有一丝笑容，还不讨厌？"金世遗道："你知道我是谁？"江南道："正欲请教。"金世遗厉声说道："我就是江湖上人称为毒手疯丐的金世遗！杀人不拣日子，打人不问情由，你知道么？"金世遗自轻自贱，故意把自己说成杀人不眨眼的魔君，杨柳青听了，心头大震。

江南见他面上那副凶恶的样子，竟似突然之间就转换了一个人，也禁不住暗中发抖。但仍是笑嘻嘻地道："我不知道，但你对我有过好处，我总是记得的！"这说话似利针一样在金世遗心头刺了一下，陡然间他又想起了李沁梅的话："你对别人好，别人就对你好，你欺侮别人，又怎怪得别人冷淡你呢！猴子如此，人也一样呵！"忽地叹了口气，将酒杯推开，换了一副神气淡淡说道："我做事只凭自己高兴，最讨厌人卖恩重义，充什么侠士！恩公两字，休要再提！你欢喜叫，向唐经天叫去！"江南一怔，道："唐大侠也是我的恩人，嗯，你和唐大侠不是很要好的朋友吗？唐大侠每次来萨迦，都是到我家公子家中住的。"江南听出金世遗口风有点不对，但那日眼见金世遗与冰川天女相助唐经天打败黄石道人，怎么也猜想不到他和唐经天之间竟有一段心病。

金世遗忽地把喝光了的酒樽向外一摔，哈哈大笑道："唐经天是大侠，我是疯丐，扯不到一块儿。来，咱们还是喝酒！"忽地又停杯问道："多嘴的江南，你不只多嘴，讲大话的本领也很不错，是么？"江南叫起"撞天屈"来，金世遗笑道："你几时喝过皇帝老儿的御酒，胡乱拿来比较。"江南道："我真的喝过，我这次到京城去，给，给……"便停了口。其实这却不是什么秘密之事，他给陈定基带信到京城去，陈定基的妻舅是御史，恰好那是过年的时候，皇帝将大内御酒分赐各京官，每人都得到一两瓶，江南适逢其会，

冰川天女傳 一九八五年十二月画梁羽生先生小说插画

……外面走进了两个人来，江南一见，直打哆嗦，急急忙忙躲在金世遗背后。

也喝了一小杯。

金世遗却会错了意，以为江南是怕酒店人多，有所顾忌，他有了几分酒意，忽地叫道："好，我替你把闲人都打发出去，这店中也再不许别人进来喝酒，小兄弟，你放心说吧。"杨柳青柳眉倒竖，立刻抓起弹弓。

双方正在一触即发之际，外面又走进了两个人来，江南一见，直打哆嗦，急急忙忙躲到金世遗背后。

只见走进来一僧一道，那和尚金世遗并不认得，那道士却是崆峒派的怪杰黄石道人！

黄石道人嘿嘿冷笑，锋利的眼光从江南身上转向金世遗，从金世遗的面上扫过，又转到江南身上。江南吓得魂飞魄散，黄石道人盯着他冷笑道："你找的好师父呵！"金世遗将江南按下，道："你怕什么？好好地喝你的酒去。"迈前一步，迎着黄石道人，也嘿嘿地冷笑道："他有没有找到好师父，你管不着！"当日黄石道人与唐经天七招定胜负，黄石道人七招之内打不倒唐经天，就永不许再干涉江南。江南走了一趟江湖，略知武林规矩，惊魂稍定，叫道："是呀，一派宗师，说过的话可不能不算数！"倒了一杯葡萄酒，仰着脖子直喝，可怜他手颤脚震，一杯葡萄酒倒有大半杯泼泻地上。

黄石道人怪眼一翻，冷笑道："这小子我不理，你欠我的账，我可不能不管！"金世遗当日用毒针射黄石道人，黄石道人几乎遭他暗算，黄石道人要算的账，就是这一针之仇！

金世遗仰天笑道："好极，好极，我喝了两杯，正要找人消遣！"黄石道人一声怒吼，拂尘当头拂下，金世遗一个筋斗翻过桌面，道："不要吓了江南！"反手一指，闪电般地点黄石道人手腕的"关元穴"，金世遗的独门点穴手法厉害非常，黄石道人拂尘一收，尘尾散开，根根倒卷，一柄拂尘，能用内力使得如此神妙，也确是武林罕见的奇技，金世遗若然再伸手点穴，那就是将手腕送上去给他的拂尘缠绕了。

岂知金世遗机灵之极，这一招欺身点穴是虚招，用意正是迫使黄石道人将拂尘反卷回来，黄石道人的拂尘本已封住了他的退路，这一收立刻露出空隙，只见他虚点一点，一个筋斗倒翻出去，抓起了放在墙角的铁拐。

黄石道人跟踪急击，金世遗道："喂，咱们到外面比划去!"黄石道人怕金世遗诡计多端，奔在上首，拦住了门口不放他出去。酒保吓得魂不附体，颤声叫道："小、小店本钱短少，两位爷要打架，请、请、请到外面去，成不成?"黄石道人道袍一抖，"啪"的飞出一锭金子，端端正正地掷在柜台中央，喝道："东西打坏了我赔!"

金世遗怪声叫道："好阔气，喂，我的酒钱也算在这锭金子内了，够么?"酒保忙道："够啦，够啦!"拿了金子，躲到了柜围底下。

金世遗呼呼两拐，将中央的两张桌子打得碎成无数木片，哈哈大笑道："有大爷肯出钱，我只好舍命陪大爷玩玩啦!"他一身华丽衣裳，说的却是乞儿口气，江南想笑却笑不出来。黄石道人顾不得和他斗口，拂尘一起，又凌空击下。

金世遗反手一扬，哗啦啦又打塌了两张桌子，杨柳青母女退到墙角，手里仍然抓紧了弹弓。只见金世遗一根铁拐，纵横飞舞，攻势凌厉之极，但黄石道人的拂尘左右轻拂，若不经意，却将他的攻势一招招都化解开了。

杨柳青大喜，看得出神，竟然忘了逃走。金世遗的铁拐是兵器中的至刚之物，而黄石道人的拂尘却是至柔之物，两人都是一等一的功力，把这两件武林罕见的兵器使得出神入化。但黄石道人挟数十年功力，究竟比金世遗稍胜一筹，二三十招一过，只见那柄拂尘随风飘舞，忽散忽聚，或缠铁拐，或钻隙拂穴，奇招百出，灵活之极。那拂尘全不受力，金世遗虽然拐沉力猛，一碰到拂尘，前面抗拒的力道往往忽然消失，若非金世遗的内力已到了能够控制自如之境，一个收势不及，就得立刻栽倒当场，但若然所用的力道稍弱，黄石道人的拂尘又忽而变得沉重非常，带着一股极大的潜力扯他的铁拐。

杨柳青本身的武功虽然未到一流境界，但她是名家之后，相识的也都是武林中顶尖儿的人物，天山派的掌门，当今武林的大宗师唐晓澜也曾经是她的未婚夫，所以她判断别人的武功强弱，倒是具有"法眼"，旁人尚未看清，她已然瞧出了金世遗的败象，忍不住发声叫道："好，再来一招刚柔交济，尘尾拂白海穴，杆尖刺玄机穴，这小子不死也伤！"黄石道人心念一动，果然随手发出杨柳青指点的招数，忽听得金世遗"哼"了一声，身躯一矮，以拐支地，倏地打了一个盘旋，纵声笑道："不见得！"笑声未止，"呸"的一声，一口痰涎在笑声中飞了出来，黄石道人最惧他的暗器，急忙倒转拂尘，根根撒开，化作尘网，护着身躯。金世遗哈哈大笑，一跃而起，手中已多了一把铁剑。他的铁拐，形式奇特，本来就是两件兵器合成，拐内中空，藏有铁剑，刚才被黄石道人迫得紧，现在才觅得空隙，抽出剑来。

这一来，如虎添翼，金世遗所学的毒龙尊者自创的武功，怪异无比，左拐右剑，有如两条具有灵性的长蛇，再加上那随时可从口中喷出来的毒针，黄石道人武功再高，也不能不有所顾忌。但见两人攻拒进退，辗转之间，又斗了三五十招，连杨柳青那样曾见过无数大阵仗的人，也已分不出谁强谁弱。但见金世遗叱咤风生，怪状百出，还似乎不时斜睨自己。

杨柳青不由得暗叫"不妙"，心中想道："若然这疯丐得胜，我母女难逃性命，不如趁他们胜负未决之际，溜走了吧。他还未曾向我叫阵，这可算不得示弱逃走。"眼睛一转，忽见与黄石道人同来的那个和尚，站在门边，不看斗场，却冷冷地瞧着自己！

这和尚瘦长的个子，面带病容，进来之时，毫不惹人注意，这时一看，但见他两道眼光，如刀似剑，眼神充足，精华内蕴，竟似个具有高深武功的人。杨柳青心中一凛，赔笑说道："大师，请让一让路。"

那和尚双眼一翻，忽地冷笑道："女居士，可还认得俺董太清么？"杨柳青心头一震，原来这一个董太清乃是当年八臂神魔萨天刺的大弟子，三十年之前，杨柳青还是个十六七岁的小姑娘，随她的父亲铁掌神弹杨仲英赴太行山的北五省武林大会，其时董太清和他的师父萨天刺都在四皇子胤禛门下，奉命到太行山要杀尽北五省的英雄豪杰，杨仲英父女在途中旅居，与他相遇，一场激战，杨仲英险险落败，幸得关东四侠中的柳先开和陈玄霸相助，才将他逐走，而在激战之中，董太清也受了杨仲英一记铁掌，回去之后，一条右臂竟因筋骨断折，变成残废。杨仲英平生大小百战，像这样的事情多到不可胜记，事情过后，并没放在心上，董太清因他而致残废的事，杨仲英也不知道。

杨柳青心头大震，面上却丝毫不露恐惧之色，退后两步，微笑说道："三十多年不见，原来大师已皈依我佛，勘破红尘了，可喜可贺呵！"董太清冷笑道："洒家之有今日，全拜令尊所赐，哈哈，我可不是什么得道的高僧，女居士的高帽子我原件奉还。"杨柳青知道此战难免，握紧弹弓，道："大师不肯让路，意欲何为？"董太清仰天长叹一声，道："可惜呵，可惜！"杨柳青道："可惜什么？"董太清道："可惜令尊去世得早，我竟来不及送行，再也无缘领教他的铁掌神弹！"杨柳青柳眉一竖，朗声说道："我爹虽然去世，铁掌神弹技艺还未失传，你要领教，那容易得很！"弹弓一曳，噼噼啪啪连珠疾响，杨柳青在弹弓上下过几十年功夫，神弹一发，劲力准头都恰到好处，只见弹丸如雨，披风呼啸，登时把董太清的前后左右全部罩着，任他避向哪方，都难免挨上一两颗。

忽听得董太清一声长啸，身躯陡地一缩，右手长臂挥舞，杨柳青正自心道："你血肉之躯，纵然练有金钟罩铁布衫的功夫，也难挡我神弹一击。"心念方动，但听得一片铿锵之声，十分悦耳，那些弹子竟似打在金属之上，杨柳青经过无数阵仗，可从未见过如此怪异之事，这一惊非同小可，董太清哈哈笑道："杨家神弹，一代不如一代，可惜呵可惜！"纵身一跃，长臂呼的一声抓到，邹绛霞见母亲危急，拔出佩剑，侧边窜出，朝着他的长臂一刀猛砍下去，只听得又是一声"叮当"大响，那刀明明砍中，董太清却毫无受伤的迹象，反而是邹绛霞的刀锋反卷转来，虎口也震得沁出血珠！

杨柳青弓梢一拨，右掌一挥拍出，她的武功虽然未足与当世高手抗衡，但见多识广，铁掌神弹又是她的家传绝技，倒也不容小视，她料知董太清的长臂必有古怪，这一掌欺身拍他胸胁的"三焦穴"，一掌拍下，化为三式，飘忽无定，弓梢所指，又是敌人的咽喉要害，这两招都是攻敌人所必救，董太清迫得放开了邹绛霞，凝神接了杨柳青的两招，杨柳青叫道："霞儿快走！"她情知自己不是董太清的对手，只得用绕身游斗的方法，挥掌急袭，意欲将他缠住，让女儿得以夺路而逃。她进招之时，本已全神留意他那条古怪的右臂，哪知数招一过，董太清倏地一个转身，那条右臂竟似会转弯似的，突然反掌横扫回来，杨柳青的弓梢正指向他额角的“白虎穴”，被他反臂一捞，“咔嚓”一声，登时折断。邹绛霞刚到门边，一见母亲危险，急忙回身来救。杨柳青大惊失色，半截弓梢脱手掷出，左掌应敌，右掌忽挥，想用一股巧劲将女儿推开，哪知董太清还是比她快了一步，一低头躲过了杨柳青的断弓，右臂呼的一声抓到了邹绛霞的琵琶骨，只要稍一用力，琵琶骨一碎，邹绛霞的武功就要化为乌有。

就在这弹指之间，忽见金世遗一个筋斗翻了过来，快捷无比，身子还未站定，铁拐已指到董太清的胸前，董太清一声怪叫，倒纵出八尺开外，抓着邹绛霞的那条怪臂，自然也放开了。

这一下真是大出杨柳青意料之外，她心目中的大敌本来是金世遗，岂知金世遗反而救了她的女儿，杨柳青惊疑未定，只见金世遗左拐右剑，霎忽之间，已连进数招，将董太清迫到墙角。这本来是绝好的脱身机会，杨柳青却反而呆住了，竟没有想到逃走的念头。

忽听得董太清叫道：“喂，你的师父是谁？”金世遗“呸”的一口唾涎飞去，冷笑道：“你也配问我的师父？”董太清似乎知道他的唾涎中杂有毒针，那条古怪的右臂掌心一翻，只听得叮叮两声，金世遗的飞针暗器竟似射到了铁板上似的，发出悦耳的金属声响，那口唾涎也涂满了董太清的手心。金世遗心中一凛，只听得董太清又叫道：“住手！”金世遗哪肯住手，铁剑反手一挥，荡开了黄石道人从背后扫来的拂尘，左手长拐一个“毒蛇出洞”，急戳董太清的胸口命门要害。原来金世遗的想法与世俗迥异。他以前因为杨柳青是铁掌神弹之后，便故意要挫折她的威风，而今见她对自己如此痛恨，便故意要舍命救她，好让她自己惭愧；同时，他适才见邹绛霞那般害怕自己，想起李沁梅的话，心中也自有点悔意，所以他之所以甘愿在强敌夹击之下，出手救杨柳青母女，心情可说是十分复杂。

黄石道人见金世遗忽然舍了自己，去救杨柳青母女，颇出意外。他自高身份，本不想以两大高手之力，合击金世遗，如今见金世遗对自己邀来的同伴连施杀手，只得从背后偷袭，但他终以偷袭为耻，这一拂并未用尽全力，用意只是解董太清之危。

哪知金世遗却是立心先把董太清毙了再说，听得背后劲风拂来，只是反剑一挥，竟不顾黄石道人有否连续的杀着，脚步并不停留，左手铁拐仍是向前猛戳！

董太清的臂膊虽长，究竟不如金世遗的铁拐长，金世遗的铁拐已迫到他们胸前，看来他绝无反击的可能，即金世遗也以为这一拐非把敌人送命不可，哪料董太清身形未变，长臂一挥，“当”的一声大震，他竟然硬生生地挡了一记。金世遗这一惊非同小可，凭人的血肉之躯，即算武功练到绝顶，也不能与铁拐相碰，真是难以思议之事。但还有更不可思议之事接续出现，董太清格开铁拐，长臂一伸，陡然间又暴长了将近一尺，从绝对料想不到的方位忽然抓到了金世遗的肩头。高手比斗，相差只是毫厘，如今董太清的臂膊突然会长出一尺，确是天下武功所无的“怪招”，饶是金世遗机警非常，趋闪奇快，也被董太清那条古怪的臂膊搭在肩头，所触之处，但觉一片冰冷；同时黄石道人的拂尘又已拂到，尘尾散开，千丝万缕，好像一张罩网，罩到了金世遗的头上。金世遗心中一凛：“不想我命丧此地！”

忽听得一声清脆的笑声，耳边有人笑道：“我算过了，你服下了碧灵丹，还该有三十六天的性命，怕什么？”陡见董太清一跃跃开，黄石道人的拂尘也离开了自己的头顶，金世遗一看，原来是冯琳母女不知什么时候又回到了店中，黄石道人与董太清不知是她用什么超妙的武功，一举手就击退了。

杨柳青大喜如狂，叫道：“瑛妹，晓澜没有和你一同来吗？”冯瑛、冯琳极为相似，除了至亲的丈夫儿子之外，别人实是难以分辨，冯琳听得杨柳青误认自己作姐姐，微微一笑，道：“你还记得晓澜吗？嘻嘻，他没有来。”一转过身，面对着董太清笑道：“你这条臂膊甚是邪门，借来给我看看。”

黄石道人不知冯琳的来历，见她刚才衣袖一拂，就将自己的拂尘荡开，武功竟是好得出奇，心中惊愕不已，本有几分怯意，但听她嬉笑自如，一副毫不把敌人放在眼内的神气，又禁不住心头火起，冷冷说道：“金世遗，你有靠山我也不惧，咱们再决雌雄，你是不是要请人帮手?”拂尘一起，连拂金世遗的“少阳”“太阴”“阳明”三处穴道!

金世遗突见冯琳母女来到，心中一片茫然，不知所措，黄石道人的拂尘拂到，他手中的铁拐还未举起来。

李沁梅突然从旁杀出，娇声叱道：“牛鼻子，臭道士，你敢欺负我的哥哥，看剑!”手腕一翻，剑光飘忽，似左似右，瞻前忽后。要知李沁梅的功力虽然不高，但剑法却是白发魔女这一派的嫡系真传，诡谲百变，举世无双，黄石道人在石林里潜修了几十年，哪曾见过如此奇妙的剑法，登时给迫得退后几步。

金世遗眼光一瞥，只见冯琳已解下了一条彩色的绸带，轻轻飘动，笑嘻嘻地盯着董太清，那情形就像猫捉老鼠一样，要尽情戏弄够了，这才动手，金世遗想笑却笑不出来。董太清背靠墙壁，蓄势待敌，看情形就将出手；杨柳青这时却悠然自得，拉着女儿站在一旁观战，指点笑道：“唐伯母来了，再厉害的魔头也不用害怕了。”她与冯瑛旧时虽有嫌隙，大家结婚之后，早已烟消云散，这时她对女儿夸耀“冯瑛”，心中实有“与有荣焉”之感。她还未知道这不是冯瑛而是冯琳。

金世遗心中一动，想道：“是呵，她们母女来了，我还在这里做什么?”铁拐一点，突然飞身便走，穿过门户之时，几乎撞着了杨柳青，杨柳青目光与他一触，立即避开，敢情是感到尴尬，有些惭愧。

冯琳嚷道：“喂，你吃了我的东西，还未多谢呢?”举步欲追，董太清乘她分心之际，突然大喝一声，长臂一伸，搂头便抓，冯琳笑道：“好，我先把你的爪子切了，再追他也还不迟!”绸带轻轻一卷，缠着了董太清那条古怪的臂膊，两人都是大吃一惊，董太清这条臂膊是他最自持的厉害武器，这一抓力道何止千斤，却被冯琳一条轻飘飘的绸带卷住，不能向前推动。而冯琳的惊异更甚，看董太清的武功，那还在金世遗之下，这条臂膊却如铜浇铁铸一般。要知冯琳的飞花摘叶功夫，已练到了最上乘的境界，即算是赤神子那样的大魔头，以前被冯琳的绸带所卷，要不是唐晓澜给赤神子说情，他那条臂膊也早已不保，但这个董太清居然纹丝不动，好像毫无痛苦的感觉。

冯琳生性顽皮，老而不改，越碰到强手越为高兴，顿时将追金世遗的事搁过一边，嘻嘻笑道："你这条臂膊果真是有点邪门，非借来看看不可。"绸带一松一卷，向上移动三寸，董太清仍然不为所动，冯琳又向上移动三寸，几乎到了臂膊与肩头接触之处，董太清厉声叫道："你既要借，就送给你用！"长臂膊忽地离肩飞起，向冯琳迎面抓来，冯琳还真未曾见过这种"怪招"，急用金刚指力将这条断臂接着，衣袖早已褪下，只见这条臂膊黑漆发光，原来是一条铁臂！

冯琳笑道："怪道我勒它不断。"原来董太清当年被杨仲英一掌打折右臂，虽然还可以驳筋续骨，但到底不如常人，他一发狠，索性把臂膊切下来，换了一条铁臂，他也真有耐心，竟然削发为僧，隐姓埋名，苦练了三十多年，练成了铁臂神功，这才重出江湖，满以为可以称雄道霸，谁知第一次和人交手，就被冯琳把他的铁臂收了。

冯琳笑嘻嘻地把玩这条铁臂，忽而庄重说道："也真难为你练得这般灵活，居然和真的臂膊一般！喂，你是怎么练的？喂，你不如把左边那条臂膊切了下来，同样换上一条铁臂，岂不是武功可以立即增强一倍？"说得甚是认真，竟似"热心"为人打算，董太清给她弄得啼笑皆非，赔笑求道："你就把这条铁臂还给我吧，我而今明白了，世上原来有这等上乘的武功，我就是再练三十年，武功再强十倍，也还不是你的对手，我要两条铁臂也没有用呵！"冯琳小孩脾气，给他一捧，乐不可支，道："好，还算你有自知之明！"起手一挥，意欲把他遣走，忽又说道："你且站住，待我发落。"正打算问他为什么和金世遗打架，忽听得女儿叫道："妈，这牛鼻子不好对付！"冯琳道："有什么不好对付？"把铁臂一转，指着董太清道："你随路打架，不是好人，罚你站在这儿，动也不许一动，你若敢偷走，我就把你左边的这条臂膊也切下来。"董太清年近六十，冯琳却还是个四十未到的中年美妇，说话的神气，却像先生罚小学生一样，邹绛霞不觉"噗嗤"一笑，杨柳青皱皱眉，心道："多年不见，怎么冯瑛连脾气都完全变了？"

冯琳回头一望，只见女儿给黄石道人迫得连连后退。原来李沁梅的剑法虽然诡谲绝伦，但功力到底相差太远，开首十余招过后，黄石道人只守不攻，见李沁梅无法攻入，心中渐渐不害怕了，试运足真力，用重手法荡她的青钢剑，李沁梅果然支持不住，呼呼地喘起气来。

冯琳笑道："你这小丫头就知道要靠妈妈！"李沁梅赌气道："好！就不求你！"说话之间，忽被黄石道人尘尾一拂，几乎把她的青钢剑夺出手去，冯琳道："你干嘛不用我新近教你的点穴手法呵？先来一招'冰河解冻'，再接一招'银汉飞槎'，好，对，反手点他的白海穴！"李沁梅本想赌气不听母亲所教，但结果还是迫得用了她指点的招数。这套点穴法是冯琳在峨嵋山中用了数日心力想出来的，本是教女儿用以对付金世遗的，出手奇特之极，当日空手戏斗，金世遗还几乎吃了亏，而今配上奇诡绝伦的剑法，黄石道人的攻势，果然立即受挫！

冯琳笑道："你看，有什么不好对付？我要你用自己的力量打败他，哈，你知不知道，你终不能靠妈一辈子呵！"黄石道人听她指点女儿，竟然是把自己当做给她女儿练招的用具，气得七窍生烟，几乎给李沁梅点中穴道，心中一凛，急急凝神对付，和李沁梅打成了一个平手。冯琳一面指点，一面留神瞧黄石道人的武功，心中暗叫"不妙！"想道："这牛鼻果然有些本领，打得久了，梅儿非输不可。"但她有话在先，要女儿独力打败敌人，不好意思下场帮手。

斗了一阵，李沁梅忽然叫道："喂，你为什么把世遗哥放走了？"冯琳猛地一醒，叫道："对，我就去追他，金针度线，玉女投梭，大漠孤烟，长河落日，快点他阳白穴！"李沁梅一连四招杀手，杀得黄石道人侧身闪过一边，但他的拂尘如封似闭，守防之中还具有潜伏的反击之力，李沁梅正自想道："如何能点中他的阳白穴？"忽见黄石道人拂尘一举，尘尾忽然飘飘四散，胸前门户大开，李沁梅大喜，一指戳去，黄石道人果然应指而倒，动弹不得。原来是冯琳捣鬼，运气把黄石道人的拂尘吹散，还是暗中助了女儿一臂之力。

冯琳急急出门追去，但见莽莽草原，远山绵亘，哪知金世遗逃向何方。冯琳大怒，道："都是这个秃驴误了我的大事！"其实她应该怪自己，要不是她一时兴起，故意戏弄，三招两式打倒董太清之后，立刻去追，以她的轻功，哪有追之不及之理？

冯琳正在气恼，忽听得背后女儿叫道："秃驴逃啦！"原来董太清以为冯琳一时间不能回来，趁机逃走，冯琳大怒，提一口气，立刻追去，将距十余丈远，呼的一声将铁臂掷去，同时彩带抛出一卷，叫道："好，你胆敢不听我话，把左臂也留下来！"

那铁臂掷在空中，风车般地旋转飞去，本是向哪方躲避也避不开，忽见董太清飞身一跃，在空中接连两个回旋转折，铁臂从他头顶旋过，竟然打他不着。冯琳一呆，叫道："喂，你怎么也识得猫鹰扑击之技？"董太清道："八臂神魔萨天刺是我先师！"冯琳"呵呀"一声，忽然纵起，用的也是猫鹰扑击之技，彩带一伸，将董太清左臂缠着，却不用力，反而嘻嘻笑道："可惜你练得还不高明，快随我回酒店去。"彩带一松，又将董太清放了。

董太清惊惧交并，拾起铁臂，凝眸一望，但见冯琳和颜悦色，面上殊无恶意，心中稍稍放宽，想道："怎么她也懂得这手功夫？难道和先师有什么渊源。但其他武功，怎又一点不像？"可也不敢多问，俯首帖耳地和冯琳回到酒店，冯琳指着黄石道人道："他是和你同来的吗？"董太清道："不错。"冯琳伸指一点，解开了黄石道人的穴道，道："好，你也一同来喝酒！"正是：

游戏风尘一侠女，当场气煞大宗师。

欲知后事如何？请听下回分解。

第三十二回　一片天真　书童戏玉女
十分惶惑　怪客劫囚牢

黄石道人自居一派宗师，哪曾受过如此侮辱，待要溜走，冯琳面孔一板，指道："喂，我叫你坐下喝酒，你怎么不听话?"李沁梅噗嗤笑道："妈，你叫他坐在地上吗?"适才一场大打，店子当中的好几张桌子凳子全都给打得破破烂烂，木头碎块，堆满一地，冯琳道："对，是我糊涂了，你们二人赶快把地方收拾干净，将侧边的凳子桌子搬几张来，沁儿，你给我监工，不许他们偷懒!"指着黄石道人与董太清，命令他们立刻收拾，黄石道人气得七窍生烟，可是又打她不过，若然不依，只怕她想出更特别的花样，更受不了。

片刻之间，收拾妥当，董太清特别卖力，将地上扫得干干净净。冯琳道："不错，还有酒呢?"李沁梅道："要酒可得唤店中的酒保。"冯琳问道："酒保呢?"李沁梅道："躲在柜围底下。"冯琳道："你给我去扯他的耳朵。"那酒保听得外面争斗已止，正钻出头来张望，忽听冯琳说扯他的耳朵，慌忙爬出来，叫道："有酒，有酒!这位道爷给的金子，尽够买十六坛酒。"

冯琳笑道："你倒阔气。"大马金刀地坐下，叫黄石道人和董太清坐在下首，杨柳青母女坐在另外一张枱子，书童江南也被冯琳指着坐在邹绛霞的侧边。邹绛霞大皱眉头，但那是冯琳吩咐的，她可不敢拒绝。

冯琳道："我逐个来问，我问一句，你们答一句。"指着董太清道："你为什么和金世遗打架?"董太清怔了一怔，面有异色，道："谁是金世遗?"冯琳道："你装什么傻?不就是和你打架的那个人?”董太清道：“他是谁的弟子?”冯琳怒道：“是我问你，还是你问我？再多问，把你的左臂也切下来！快说，你为什么和他打架?”董太清道：“是他和我打架。”冯琳道：“他干嘛和你打架?”董太清道：“我和杨女侠试招，本来不关他的事，我也不知道他为何要和我打架!”冯琳侧着脸问杨柳青道：“原来你和金世遗是好朋友，这我可不知道。”她暗暗担心，怕杨柳青也看上金世遗，要招他作女婿。杨柳青愠道：“谁和他是朋友？他曾欺负我母女二人。”冯琳道：“董太清为什么和你打架?”杨柳青道：“卅多年前，我父亲曾打了他一掌。那时正是你周岁之时，晓澜带你逃走，我父女就是住那间客店遇到晓澜的。当日之事，晓澜也曾目击，你回去问他就知道了。说来他也是你的仇人呀，我父亲打他一掌有何不该?”冯琳呆了一呆，想不到这个董太清原来也是自己的仇人之一。冯琳姐妹恰好在周岁之时，家庭便被当时的四皇子胤禛所毁，父亲当场身死，冯琳被无极派大师钟万堂救走，冯瑛则被唐晓澜带走，其后不久，冯琳又被八臂神魔抢到海岛上，将她当作女儿抚养，后来又带她到四皇子府中，两姐妹分离了二十年才见面。

冯琳父亲虽然不是八臂神魔师徒所杀，但他们当年都是四皇子胤禛的门客，北五省英雄死在八臂神魔兄弟之手的指不胜屈，说来这冤仇也不算不深。

三十年来的前尘往事电光石火般地从冯琳脑中闪过，她想起了八臂神魔萨天刺怎样教她武艺，在四皇子府中怎样受到宠爱，受了各种各样邪派的武功，后来才得到无极派的真传。四皇子怎样迫她为妃，迫得她逃出皇宫，而到最后八臂神魔两兄弟都被她的姐姐所诛，而八臂神魔临死之时，还将一件异宝留给冯琳，那就是专解蛇毒的用猫鹰口涎所制炼的药球。这一些恩恩怨怨，纠结不清，冯琳不觉叹了口气。

李沁梅拍手笑道：“妈，原来你也有为难之事，不如请姨父姨母来听审吧，我瞧你是穿上龙袍也不像个太子，坐上公堂也不像个判官，装模作样地审个什么？可惜姨父姨母赶不来呵!”她们母女说笑已惯，冯琳常取笑女儿离不开母亲，而李沁梅也常取笑她母亲要靠冯瑛和唐晓澜出主意。被女儿取笑，冯琳丝毫不以为忤，杨柳青可有点诧异，越瞧她的神气举止越不像“冯瑛”。又因李沁梅说她母亲“听审”，好像把杨柳青也当作“被审”之人，杨柳青当然大不高兴。冯琳笑道：“青姐，你看我的女儿被娇纵得不像话了。”面孔一板，忽地庄重地说道：“阿梅，你说我不会断案，我就断给你听。董太清当年受杨老前辈那一掌乃是活该，从今后不许多事。上一代的人都死啦，三十年过眼云烟，早已又是一番世界。青姐，旧日的冤仇咱们也不必理啦。”杨柳青本不想再和董太清结怨，闻言自是首肯。董太清更是喜出望外，合十道谢，说道：“女居士慈悲，贫僧感激不尽，就此告辞。”

冯琳忽道：“且慢。”董太清一惊，道：“你不是说算了吗？”冯琳道：“我千辛万苦的找人，却给你误了我的事情，让他走了。重罚可免，薄惩还是要的。我罚你在此面壁三天！阿梅，我教你一手点穴法，寻常的点穴，最多十二个时辰，我这个点穴，非三日之后不得自解，你瞧清楚了。”骈起中食二指，便要点董太清的麻哑穴，董太清急忙叫道：“小僧有事，小僧也急着要找人呵！”冯琳道：“好，你要找什么人？”董太清道：“我要找毒龙尊者的徒弟！”冯琳一怔道：“你要找毒龙尊者的徒弟！为什么？”董太清道：“毒龙尊者乃是先师至友，武林前辈人人皆知。”冯琳忽然笑道：“出家之人不打诳语，你胆敢骗我？金世遗便是毒龙尊者的徒弟，你要找他，为什么和他打架？”

董太清其实已料到七八，听冯琳一说，大叫“可惜！”冯琳道：“你本来不认得他的？”董太清道：“要是认得，我也不放他走了。毒龙尊者那根铁拐，三十多年之前，我见过一次。刚才我本已有点疑心，可恨他一味蛮打。”李沁梅道：“呸！要不是你欺负邹伯母，他怎会打你？”其实金世遗自出道以来，到处挑衅，确是一味蛮打，无可理喻，只是这一次倒有些道理。董太清见冯琳母女如此袒护金世遗，料想他们之间必有渊源，于是笑道：“那么说，咱们都不是外人，不如让我帮你一齐找金世遗吧。”

冯琳忽然摇了摇头，自言自语道：“不对。”指着董太清道：“你不说实话，我还是要把你的左臂切下。”董太清吓了一跳，道：“什么不对？”冯琳道：“你说你被铁掌神弹打了右臂之后，就遁迹空门，不理尘世，那么当然没有见过毒龙前辈的了？”董太清道：“不错。”冯琳道：“那你怎会知道毒龙前辈收有关门徒弟？”董太清略一迟疑，道：“我去年回到猫鹰岛，顺便到蛇岛拜访毒龙师伯，却突见他的坟墓，这坟墓料想是他的徒弟所建，我念先师和毒龙前辈的交情，因此想寻觅他的衣钵传人，这又有什么不对？”冯琳哈哈一笑，道：“你不是这种重义气的人，你寻访毒龙尊者的徒弟，必然另有所因，你说不说实话？信不信我不用刀也能把你的左臂切掉？”董太清面色一变，支支吾吾，还未回答，冯琳道：“梅儿，搜他的身，看他在蛇岛偷得了什么宝贝？”

冯琳机灵之极，见他面色有异，手指不自禁地一按僧袍，便知其中定有古怪。董太清被她一吓，不得已说道：“我到了蛇岛，在毒龙前辈故居住了一晚，发现了毒龙前辈手写的一本东西，我想交给他的徒弟。”冯琳道：“拿来给我看看。”心道：“怎的毒龙尊者这样粗心大意。武功秘笈在临死之前却不交给徒弟？”取来一看，原来却并不是什么“拳经”“剑谱”之类的手稿，而是他数十年来断断续续所写的日记，冯琳随便翻了一翻，前面大半部是他记到了蛇岛之后，怎样寂寞无聊，怎样愤恨世人，怎样训练毒蛇，怎样自创武功等等，冯琳不胜感慨，再翻下去，下半部却是他叙述见了吕四娘之后，心情怎样改变，后来又怎样收了金世遗等等事情。最后几页写他已参悟自己所习的内功，走入魔道，若然不得天山正宗的内功解救，必有一日走火入魔，这事情冯琳从金世遗的遭遇，亦已推测到其中道理，看到最后一页，却突然发现一段惊心动魄的文字，冯琳也不禁惊得呆了。

那一页想是他临死之前几日所写，字迹潦草，但尚可辨识，冯琳看完之后，半晌说不出话。原毒龙尊者在蛇岛住了数十年，初来之时，岛上气候寒冷，其后一年比一年炎热，到毒龙尊者临死前几年，岛上又涌出温泉，毒龙尊者几十年来细心考察，查勘全岛，终于发现了地底的秘密。

原来蛇岛底下，有一座海底火山，地壳逐年隆起，火山口就在岛中心一个毒蛇窟下，窟深数百丈，毒龙尊者曾垂绳下去察勘，未到一半，热已难耐，极目望下地心，但见洞窟下面的岩层，已泛出暗赤色的光华，只是岩层太厚，火焰还没有喷出来。那个洞窟毒蛇数以万计，因为耐不住炎热，有些游了出来，有些便盘附在洞口下面数十丈的石壁之上，窟底毒蛇的口涎积成一个小潭，奇毒无比，若然火山一旦爆发，只恐整个蛇岛都要化成飞灰，黄海边沿的陆地，也可能波及，海中的生物，那就更是遭逢浩劫了。照毒龙尊者的推算，火山爆发可能在十余年之后，若及早设法，还可以消灭这个祸胎。毒龙尊者所想的办法是，要有一个人不畏此蛇毒的，在火山爆发之前数月，深下洞窟，凿开一条通路，引来海水，然后在即将爆裂而尚未爆裂的火山口凿一个小孔，让火势宣泄出来，这样在海水包围之中，毒火喷出，也无大害。时间算准要在火山爆发之前数月，那是因为到了那个时候，岩层被地火烧得松化，容易凿开通路，引来海水之故。此岛上可以采集石棉，因石棉可以做防火的衣服，同时为了便于凿穿石壁起见，最好用一柄可以削铁如泥的宝剑。冯琳看到此处，心中一动，想道："这个人除了金世遗之外，恐怕再挑不出第二个来。他熟悉蛇岛地势，又不畏毒蛇，所欠缺的只是一把宝剑而已。"

再看下去，原来毒龙尊者也想到了要金世遗将来积这场"功德"，只是他太过疼爱徒弟，又舍不得叫他冒这场奇险，所以在日记中表现的心情，十分矛盾。冯琳心中暗叹，想道："怪不得金世遗丝毫不知此事。原来毒龙尊者临死之时，在沙滩上留字，叫他'武功大成后，速找天山派'，不但是为了想使他的内功修习，得以踏入正途，而且也是借此要他离开蛇岛。"

李沁梅见母亲翻到最后一页，眼光好像定了似的，久久不肯离开，她心中好奇，凑过头来一看，忽地叫道："哼，你这厮不怀好意！"手指一挥，指头几乎触到董太清鼻上，董太清吓了一跳，站起来道："怎么不怀好意？"黄石道人心中愠怒，想道："以我与董太清的辈分之高，焉能受你这丫头之气。"也站了起来，想出其不意地将李沁梅擒获，作为要挟。冯琳将女儿一拉，摇手说道："不关你们的事。梅儿，你看到什么了？怎么胡乱骂人？"

冯琳正自奇怪，毒龙尊者这一页日记，字迹潦草，写得密密麻麻，她自己看了许久才看得出个所以然来，女儿没有一目十行的本领，怎么一看就知道了？忽见李沁梅抢着指道："你看这儿！"冯琳一看，原来纸张的上端有一行较端正的字体是："明日我决将秘笈付与遗儿，他应继承余之衣钵，终生以救治麻风患者为业。"李沁梅叫道："你瞧，我就不愿世遗哥看到这条，终生与麻风患者为伍，那还有什么乐趣？"冯琳不觉噗嗤一笑，道："他有没有乐趣，又关你什么事？再说，这是他师父的遗命，你也不能怪到和尚道士的身上呵。"心中想道："若给女儿看到火山之事，她更要受惊了。"

董太清道："女侠明见。这本手稿上面写些什么，我一个字也不敢看。只想师父的东西，自应交给徒弟。我寻访毒龙尊者的徒弟，用意不外如斯。"其实他是看了，知道毒龙尊者的武学秘笈已交给了金世遗，他是想用这本日记去骗取金世遗的毒龙秘笈。

冯琳眼珠一转，忽地说道："不用你费心啦，这本东西让我交给他。好，免你的罚，你可以走啦！"董太清甚是不甘，可又不敢问冯琳讨回，呐呐说道："我帮忙你找他好不好？"冯琳道："随你的便，我可不领你的人情。喂，你又为什么和金世遗打架？"这一句却是向着黄石道人问的。

黄石道人满肚闷气，黑着脸孔，没有回答，江南瞧他可怜，抢着答道："这都怪我不好。"冯琳道："咦，你这小厮倒很有义气，怎么怪你呢？"江南道："我不想做这位道长的徒弟，金大侠和唐大侠都帮我，所以这位道长迁怒他们了。"冯琳笑道："这个臭道士木口木面，一看就令人讨厌，你不想做他的徒弟，这没有什么不对。"冯琳哈哈一笑，转向黄石道人道："喂，你强收徒弟，必有灾殃，你知道么？"她这话是有感而发，因为当年双魔也曾想迫她为徒。

黄石道人恨恨说道："我宁愿把这点玩艺埋到土里去，今生也不再收徒弟。"冯琳道："好，你既愿改前非，不强收徒弟，那你也走，嘻，你比这和尚有骨气，刚才得罪了你呵！"黄石道人啼笑皆非，插好拂尘，追上董太清走了。

杨柳青的面孔一板，道："我也可以走了么？"冯琳怔了一怔，道："咦，你这是什么话？哈，你还记得旧时的仇恨么？"杨柳青道："岂敢，岂敢。"拉着女儿便走，江南笑嘻嘻跟在她的后面，叫道："喂，你们不是要找唐大侠么？"杨柳青回头瞪了江南一眼，正欲发作，邹绛霞道："对呵，妈，你为什么不问问唐伯母？"

冯琳追了出来，笑嘻嘻道："你唐伯母在天山，将来你总能见着。"邹绛霞一愣，转过头去埋怨母亲道："妈，你怎么要我称呼她做唐伯母？"甚觉不好意思。冯琳笑道："休怪你的母亲，我的熟人十个有九个都会认错的。"杨柳青早已瞧出她不是冯瑛，想起昔日被她飞刀削发之恨，一肚皮闷气，但如今大家都已是半老徐娘，当然不好再发作了。冯琳笑道："我也有事情要找姐姐帮忙，待我寻到金世遗之后，陪你一道上天山吧。"杨柳青冷冷说道："我自己会走，不用费心啦。"她本来打听到唐晓澜夫妇已到西藏，刚才她错将冯琳当作冯瑛，还在奇怪唐晓澜为什么不与她一道。她本该将唐晓澜夫妇已离开天山之事告诉冯琳，但为了正在气头，却故意不说，弄得后来险些误了冯琳的大事。

杨柳青带了女儿疾走，冯琳笑了笑，也便由她去了。邹绛霞莫名其妙，想问她的母亲，见母亲气鼓鼓的，也不敢问。两母女走了一阵，忽见那书童江南，又追上来，大叫道："喂，你们为什么不问我？"杨柳青道："讨厌！"邹绛霞折了一株树枝，向他一戳，道："问你什么？"江南"哎哟"一声，一个筋斗倒翻出去，笑嘻嘻道："没有点着！"拍一拍手，道："你们不是要问唐大侠么？"邹绛霞道："难道你这小厮也认得唐大侠不成？"江南道："哈，你猜不透，我不止认识他，还挺要好呢，他每次见我，都要和我拉手，谈好半天！他还指点过我的功夫呢！"邹绛霞道："吹牛！"江南道："什么吹牛？唐大侠长得挺英俊的，比我家公子大两三岁，有一柄宝剑，叫做游龙宝剑的，还会打一种奇形怪状的暗器叫做天山神芒的，是也不是？"邹绛霞道："呵，原来你说的是唐经天。"江南道："不错，唐经天就是唐大侠，唐大侠就是唐经天，难道还有第二个人？刚才那个女人说他在天山，那是骗你们的。"邹绛霞笑道："我妈妈问的那个'唐大侠'是唐经天的爸爸。"江南道："他的爸爸我可就不知道了。我江南素不吹牛，知道就说知道，不知道就说不知道。你要找唐经天，我就带你们去，你要找他的爸爸，这个忙我就帮不上啦！"转过身便走，邹绛霞追上去叫道："喂，我正是要找唐经天。"江南嘻嘻笑道："那你何不早说，还要打我？哼，给我赔礼儿!”邹绛霞道:“你自己一大车说话,说来说去,现在才说出唐经天的名字,还怪我呢!”江南笑道:“谁不知我叫做多嘴的江南?”杨柳青道:“霞儿,别听他胡扯。”江南见她们意欲不理,反而急起来道:“一点也不胡扯,你们如要知道唐经天的下落,只有问我!”杨柳青道:“好,那你说吧。”江南道:“他就住在我主人家中。”

杨柳青道:“你主人是谁?”江南道:“我的少主人是萨迦宣慰使陈定基陈老大人的公子陈天宇。”他一口气将主人的“衔头”念出,有如念急口令一般,杨柳青也不禁开颜一笑。邹绛霞道:“不错,我听见过唐经天提过这个名字。”江南得意洋洋地笑道:“是不错了吧?我江南有吹牛没有?”邹绛霞满心高兴,觉得这书童也很有趣,并不讨厌他了。

江南将杨柳青母女带到了宣慰使衙门,陈定基日夕盼望他回来,正自等得心急,立刻召见,见他和两个女人同来,甚是诧异,江南道:“这位邹太太是唐大侠的长辈,我江南好大的面子才请得她来!”陈定基眉头一皱,道:“我这书童不懂礼貌,两位休怪。”命家人唤陈天宇和萧青峰出来。萧青峰熟悉武林掌故,一听是铁掌神弹杨仲英的女儿,肃然起敬,急忙陪她们说话。杨柳青这才知道唐经天果然是在陈家居住,但恰好在前两天动身,与冰川天女同往拉萨去了。

陈天宇也在陪她们说话,忽听得父亲叫道:“宇儿,过来!”只见父亲捧着一纸八行信笺,手指微微颤抖。陈天宇一看,也几乎忍不住狂喜叫喊,原来那是江南带回来的陈定基亲家周御史的信,信中说他已奏明皇上,不日就将有圣旨到来,赦他回京,官复原职了。陈定基十余年来梦想回乡,读了此信,喜极而泣,陈天宇想起不日南归,正好可以摆脱土司女儿的纠缠,亦是喜不自胜。

陈天宇道:“江南,这次多亏了你啦!”江南道:“这算得了什么!”陈定基也笑道:“江南,我一向不放心你,原来你还当真有用!”江南道:“多谢老爷夸奖。我江南虽然有时胡闹,做起事来倒是错不了的!”陈定基平日持家严肃,这时任得江南胡吹,一点也不责怪。陈定基将书信折好,笑道:“江南,从今之后,你可与天宇兄弟相称,不必再作书童啦!”江南道:“那么以后老王也不能再管我啦？是不是？”老王是管家的老仆，平日最欢喜骂江南多嘴，陈定基笑道：“那个当然。不过他年纪比你大，你也不应对他摆主子的身份。”江南道：“我只要他不啰嗦我，我岂会欺负他？老爷，那么我去哪儿也可以任由我意么？”陈定基怔了一怔，道：“从今后你不再是童仆，你愿留便留，不愿留呢，我送你三百两银子，让你自己成家立室。”江南道：“谁愿意讨媳妇儿自惹麻烦。不过我答应过这两位娘儿，帮她们找到唐大侠。君子不能食言，唐大侠既然去了拉萨，我也得陪她们到拉萨。回来后我再服侍公子。”陈定基笑道：“原来如此，好吧，你见唐大侠时，替我问候。”江南回身对邹绛霞道：“我陪你们去，你可不能再叫我小厮啦！”

江南果然陪杨柳青母女到拉萨，住了几天，却不知到哪儿去打听唐经天。

唐经天和冰川天女比她们早到几天，这时正在拉萨碰到一件极其离奇的事。

唐经天和冰川天女是第三次来到拉萨，前两次他们虽然心心相印，外表却还是若即若离。这次两情融合无间，自是大不相同。月夕花朝，晨昏絮语，正是说不尽的旖旎风光，柔情蜜意。不过，他们也为一件事情感到烦恼，那便是龙灵矫的事情。龙灵矫被捕下狱，已是一年有多，生死未知，吉凶难测，他们既不便探监，更不好劫狱。何况龙灵矫是唐家的衣钵传人，唐老太婆唐赛花现还健在，以她的脾气，也不喜欢外人干预她门户之事，所以唐晓澜曾叮嘱过儿子，叫他到川西去知会唐赛花。后来由冰川天女转告。当时唐赛花怒气冲冲，恨不得立即赶到拉萨，却不料后来发生了金世遗大闹唐家之事，唐赛花和金世遗彼此中了对方的毒针，虽然其后互相交换解药，但料想她年老体衰，元气恐怕不易恢复。所以唐赛花究竟到了拉萨没有，唐经天也一无所知，难以预测。

唐经天与冰川天女商量之后，终于还是决定去拜会福康安，设法探听消息。他们曾为福康安保护过金本巴瓶，冰川天女最近又曾因为萨迦叛乱之事，以佛门护法的身份谒见过达赖活佛和福康安，所以他们料想福康安不至于不见他们。

他们到了拉萨的第三天，便到驻藏大臣的衙门拜会福康安，只见衙中戒备森严，大殊往昔，他们早已备办礼物，拜托签押房的门官，请他立即通报，在签押房（相当于现代机关的传达室）坐了一会，果然便有一个官儿带他们到内衙的客房，奉茶之后，门外有人揭帘走入，唐经天站起来一看，来的却是一位师爷。

那师爷说道："福大帅玉体违和，本来不见宾客，听说是二位来，特地叫小可迎接，不识二位有何见教？"唐经天大失所望，但想既然来了，不愿空手而回，便假作不知道龙灵矫被捕下狱之事，向师爷探问道："我们有位朋友，听说在福大帅幕中，想来探听一下，不知他是否尚在此处？"那师爷颇感意外，问道："贵友高姓大名？"唐经天道："姓龙名灵矫。"那师爷面色一变，连连摇手道："没听说有这个人！"唐经天见他如此张皇，心中想道："他能代表福康安接见客人，自应是福康安的亲信心腹了，不至于怕人误会他与叛逆有牵连，难道是龙灵矫有什不妙么？"

那师爷便想端茶送客，唐经天见他捧起茶杯，假装不懂官场的礼节，仍然端坐不动，故意絮絮不休地问福康安是什么病，请什么医生，吃什么药，那师爷支支吾吾，坐立不安，看情形福康安根本没有什么病。唐经天正在好笑，忽听得外面有喧闹之声，有人大声说道："福大帅不见客，别的客人可以不见，我来了那却是非见不成！"

一听之下，十分熟悉，原来竟是云灵子的声音。唐经天心中一凛，要知云灵子乃是清廷大内的"供奉"，职位比侍卫更高一级，当初就是派他来捉拿龙灵矫的。后来福康安将龙灵矫扣押在驻藏大臣的衙门，云灵子又是回京请旨的人。

西藏与内地隔离，情况特殊，俗语有云："山高皇帝远"，何况福康安又是当今皇上最亲信的人，奉命全权处理藏事。衙门中的吏役，恃着福康安的威势，即使是对从北京来的官员，也并不怎样卖账，见云灵子相貌粗鲁，说话又如此嚣张，冷笑说道："王公贝勒到来，也得等候我们的福大人传见，哪有这样乱闯衙门的道理？"唐经天心道："原来他们还不知道他是大内供奉。不过照福康安的权势，大内供奉也算不了什么，论理只该到大帅营的中军处报到，然后请求谒见才是，云灵子之敢闯衙，定是另有所恃。"果然听得云灵子哼了一声，哈哈笑道：“王公贝勒可以不见。若然皇上到来，你们的福大人见是不见？”那吏役似是吃了一惊，道：“你是奉了圣旨的么？”只听得铿的一声，似是金属相触的声响，云灵子道：“怎么样，‘如朕亲临’这几个字你们认不认得？快叫福康安来恭接圣旨！”

唐经天这一间房，三个人都不自觉地停了说话，接待唐经天的那个师爷面色更见沉暗，原来他与龙灵娇乃是昔日同僚，私情不错，也料到云灵子是为龙灵娇而来，只是皇上竟把一面“如朕亲临”的金牌，交给一个侍卫带来，看来皇上是把龙灵娇的事情看得非常重要，而龙灵娇也是凶多吉少的了！

吏役见了金牌，大为震惊，当然不敢再怠慢了，急忙请他到另一间客房，同时去禀福康安。唐经天细听他们脚步声的方向，忽然站起来道：“福大帅既是贵体违和，那么我们也告辞了。福大帅跟前，烦你代我们斥名道候。”那师爷巴不得他们早走，连忙送客。

唐经天轻轻拉了冰川天女的衣袖一下，两人不理那个师爷，径自大踏步地向前行走，那师爷忙道：“请从这边走。”他还以为唐经天不识道路，走错了方向。唐经天头也不回，走到一间房子外边去，忽然停下，“哼”了一声，怪声怪气地叫道：“好大的架子！”他故意变了嗓子，听起来活像一个老师爷在打官腔，十分刺耳。

云灵子正在这间房内，闻声大怒，跳出来喝道：“什么东西？胆敢——”话未说完，陡然见是唐经天与冰川天女，这一惊非同小可！唐经天淡淡说道：“烦借圣旨一观！”说来稀松平常，就像跟老朋友商量一样。冰川天女面向着云灵子，手指微微翘起，指端挟着一枚冰魄神弹，发出刺骨的奇寒之气！

云灵子吓得不敢动弹，唐经天从他身上搜出圣旨，拆开来一看，只见上面写的是：“前朝逆臣年羹尧之子年寿化名龙灵娇，潜入西藏，图谋叛乱，既已擒获，可在当地处决，不必解京。此谕驻藏大臣福康安。”谕旨只写龙灵娇“潜入西藏”，没说他“混入幕府”，已是给了福安康天大的面子，唐经天原料到龙灵娇凶多吉少，却没料到来得如是之快，捧着圣旨，登时呆了。

内堂传来叱喝的声音，是福康安即将出来的信号，代表福康安送客的那位师爷吓得面如土色，唐经天瞿然一惊，急忙将圣旨塞回云灵子怀内，苦笑道：“多谢赐阅。”一转身，立刻与冰川天女奔出甬道。云灵子惊魂未定，见了福康安之时气焰大减，被唐经天偷去圣旨观看的事，那更是不敢提了。

回到旅舍，两人商量了好半天，冰川天女忽然想起龙灵矫还有一个师弟，名唤颜洛，住在布达拉宫内东面的葡萄山下，事情既然如此紧急，理应先通知他。

两人立即出城，赶到颜洛住所，那地方本是龙灵矫旧日的官邸，龙灵矫因为向得福康安宠信，被捕之后，福康安特别宽容，并不查抄家业，仍准颜洛住在该处看守。

颜洛立刻请他们到密室商议，关上房门，颜洛便道：“唐大侠几时到的拉萨？可听到什么关于敝师兄的风声么？”唐经天道：“云灵子已经回来啦，只怕对龙三先生有所不利。”他想先探颜洛的口风，一时之间，还未敢将“圣旨”说出。颜洛忽然恭恭敬敬地向唐经天与冰川天女拜了四拜，唐经天拦阻不来，只好避开，只听颜洛沉声说道：“唐大侠义薄云天，小弟有不情之请，不知该不该说？”唐经天道：“但说无妨！”颜洛道：“小弟想来想去，实无他法可救师兄，唯有劫狱！”唐经天怔了一怔，心中想道：“龙灵矫与我没深交，我对他的为人并不知道清楚，这犹罢了，若然帮他劫狱，这岂不是要在拉萨惹起轩然大波。”继而一想：“龙灵矫虽是年羹尧的后人，但看他做的几桩事情，也还是个有肝胆的男子。交情虽浅，但眼看这样的人才被清廷处决，总是可惜。”继而又想道：“听爹爹在天山所说，龙灵矫心切父仇，看他在福康安幕中，十年来处心积虑，只怕出狱之后，更酿成巨变。”但随即又想到：“龙灵矫也是个明白人，我救他出狱之后，劝他放弃在西藏建基立业的图谋，料他肯听。爹爹既肯让我去知会唐老太婆，那么出手救他，谅爹爹也不会责备。”唐经天自幼受父亲的熏陶，遇到大事，总是考虑得周详之极，然后去做。主意一定，那便是义无反顾的了。

颜洛见唐经天踌躇再四，叹了口气，只道事情绝望。唐经天忽道：“好，今晚二更！”颜洛大喜，还未说得出话来，忽听得门外蹄声疾响！

颜洛道："委屈两位在这斗室暂躲一会。"出外去看，只见福康安的卫士队长罗超带了六个人来，颜洛认得其中四人都是福康安帐下的高手，另外还有一男一女，相貌古怪，一副骄态，这两人乃是云灵子夫妇，颜洛却不认得。

颜洛吃了一惊，抱拳问道："罗队长深夜降临，有何赐教？"罗超哼了一声道："颜洛呵，你好大的胆子！"颜洛道："卑职奉公守法，并无逾矩，罗队长此话是什么意思？"罗超道："明人面前不说假话，你将龙老三劫到哪儿去了？"颜洛一震，失声叫道："什么，我师兄被人劫去了？"罗超喝道："事到如今，你还惺忪作态，这未免太不够朋友了，当真还要我动手么？"颜洛又惊又喜，道："这，这从何说起？"罗超道："若不是你，还有何人劫狱？"颜洛道："小弟足不出户，已有半月，怎能分身前往劫狱？"

罗超望了颜洛一眼，心中想道："他神色如常，并无疲态，我们一到，他又立即出来，衣服也整洁无尘，难道劫狱的另有其人，确实不是他？"颜洛道："请问劫狱情形如何，大牢卫士如云，难道没有一人和飞贼朝相么？"罗超尴尬之极，又"哼"了一声，道："我问你要人，你却反而问起我来了。罗某虽是无能，也不能任你戏耍！"敢情他们连飞贼的影子都没见着，就发现龙灵矫被劫走了。故此罗超被他问着，便一口咬定是他。颜洛道："若然是我劫狱，我岂能在此恭候诸位光临，诸位不信，请尽管搜查。"罗超冷笑道："焉知你用的不是苦肉之计？把龙老三放走了，你自愿顶桩。念在彼此同事一场，你把龙老三藏身之处告诉于我，我也不欲将你难为。"颜洛道："你就是把我插了三刀六洞，我也说不出师兄下落。"

罗超看他神色，颜洛不似假装，心中踌躇难决，云灵子喝道："既然这厮是龙灵矫的师弟，那就只有着落在他的身上，与他啰嗦作甚？"跨前一步，张开蒲扇般的大手，向颜洛肩头一抓抓下。颜洛身子稍侧，避开了他一抓，猛地里呼的一声，一条五色斑斓的彩带，长虹般地疾卷而来，一条彩带，竟使得似软鞭一样。颜洛心中一凛：这两人的本领比罗超厉害得多，百忙中伏地一滚，云灵子一跃而前，预先抢到了颜洛趋闪的方位，一提脚就踩下去！

忽地里只觉得脚跟的涌泉穴透骨奇寒，云灵子身不由己，蹬、蹬、蹬地连退三步，眼前一亮，只见冰川天女与唐经天已并肩走入堂中，桑真娘的那条绸带也被唐经天双指一夹，“剪”断一段。

云灵子这一惊非同小可，他因为听说颜洛武功不错，故此叫了婆娘前来帮手，准备在罗超这一干人面前大显威风，哪料得到唐经天与冰川天女却会在这里出现，云灵子夫妇当年曾合战冰川天女，也占不了便宜，又曾被唐经天的天山神芒打得狼狈而逃，而且他又知道唐经天是当今武林至尊唐晓澜的儿子，天大的胆子，他也不敢与唐经天相抗，急忙跃过一边，像一只斗败公鸡似的暗自运气御寒。

罗超等人都是当年去迎接金本巴瓶的人，见过唐经天与冰川天女，也不禁都愕住了。唐经天微微一笑，向罗超一揖说道：“请问龙三先生被劫，可是今晚之事么?”罗超急忙还礼，说道：“不错，就在一个时辰之前!”心中奇怪唐经天何以知道?莫非劫狱的人是他不成?心中所疑，却不敢向唐经天喝问。唐经天又是微微一笑，说道：“我们来到此处，已有两个时辰，颜先生一直陪着我们说话，除非他有分身之术，否则劫狱的人定然不是他了!”

云灵子道：“喏，那就——”他正想说：“那就是你!”刚说得几个字，心神一分，奇寒之气，又循着穴道上侵，唐经天瞪眼道：“就，就是什么?”云灵子一来要运气御寒，二来怕唐经天说出偷看圣旨之事，他原本就是因为此事，而怀疑是唐经天劫狱的，可是一说出来，自己也大失面子，三来他也怕抓破了脸，唐经天和冰川天女一动手，自己就要先吃大亏。有这三项原因，故此被唐经天一喝，他话到口边又吞了回去。

罗超见风驶帆，赔笑说道：“既是两位义士担保，那就定然不是颜兄了，请恕刚才鲁莽，缉拿劫狱的罪犯要紧，我们告辞了。”颜洛送出门外，见云灵子一跛一拐地走得十分狼狈，心中暗暗好笑。

回到堂上，却见唐经天忧形于色，颜洛笑道：“有人替代咱们劫狱，咱们可省事多了。”唐经天沉吟道：“这劫狱的究是何人?福康安帐下虽然没有一等一的高手，但今晚守狱的人必然比寻常严密百倍，云灵子夫妇只怕也要在牢中看守，这人竟然神不知鬼不觉地将龙灵矫劫去，云灵子这一干人连他的相貌都看不清楚，这人的武功也真是深不可测了!”冰川天女道：“你看，会不会是唐老太婆?”

唐经天道："若是唐老太婆，他们难道连男女都分不出来吗？怎会疑到颜兄身上？"冰川天女忽道："莫非是金世遗？"唐经天道："金世遗虽说行事怪诞，但与龙灵矫素不相识，似乎也不会无端端地跑去劫狱。"唐经天知道龙灵矫在西藏有很大的潜势力，现在不知落在何人手中，不由得又喜又忧。众人谈论多时，都猜不到劫狱究竟是何方神圣？正是：

狱中劫走奇男子，漠外风云又一场。

欲知后事如何？请听下回分解。

第三十三回　缥缈异香　飞鸿天际远
踟蹰女侠　走马雪山遥

众人谈论多时，都猜不到劫狱的究是何方神圣。唐经天一夜没有好睡，思来想去，觉得此事不能一走了之，正想第二日一早再去拜会福康安，哪知福康安的人已先他而到。

福康安派来的两个人正是在保护金本巴瓶之役时，和唐经天会过面的焦春雷和游一鄂，这两人本是大内八大高手的正副头领，护送金本巴瓶到了拉萨之后，被福康安请准圣旨留了下来，襄赞军务，地位比近卫军队长罗超还高得多。

这两人在天刚拂晓的时分就到了颜家，一见唐经天和冰川天女，便恭恭敬敬地说道："两位义士昨日到来，大帅适因小恙缠身，有失迎迓，特叫我们来向两位赔罪。"唐经天何等聪明，料想他们必是有求而来，不动声色，微笑说道："草野匹夫，怎敢惊动大帅？何况大帅日来事务正繁，我们更不便再去打扰了。大帅跟前，请两位代为道谢，说我们心领盛情了。"焦春雷忙道："唐大侠不是见怪我们吧？"唐经天道："岂敢岂敢。"焦春雷道："要是唐大侠不见怪我们，那就求唐大侠赏我们一口饭吃。"唐经天道："焦大人言重了！"焦春雷道："昨晚劫狱之事，唐大侠料是有所知闻的了？"唐经天道："略有所知，云灵子他们昨晚就曾因此事来过。"焦春雷道："我们自愧无能，被飞贼劫了重犯，连来人的相貌都瞧不清楚。唐大侠当然知道，这是圣上要的犯人，若然追不回来，府内官员，只恐个个难逃罪责，还望唐大侠指点迷津，高抬贵手。"

唐经天一听口气，知道自己偷看圣旨之事，云灵子纵不好意思说，那师爷定已禀报与福康安知道。敢情他们还猜疑自己就是飞贼，所以前倨而后恭，笑道："看来我若不能替你们追回钦犯，连我也脱不了关系了？"焦春雷黑面透红，尴尬赔笑道："哪儿的话，我们有一百个头颅也不敢猜疑唐大侠。只因唐大侠交游广阔，若有线索，但求指点一二。"他神色越是惶恐，那就显露他内心越是猜疑。

唐经天意欲打听劫狱的真相，不再置辩，对他们的请求，亦不置可否。焦春雷惶急之极，说道："我与龙老三素无仇冤，我亦不忍置他死地，但求他能回来投案，我将他交给了云灵子，那我便立即辞官不干。嘿，嘿，他到了云灵子手中，那时再有意外，我也不必管啦！"这话的意思是他但求能摆脱干系，只要龙灵矫不是在他看管之下，那么再度被劫，他也绝不多理闲事，亦即是暗示唐经天将龙灵矫送回之后，可以再度劫狱。

唐经天心中好笑，淡淡说道："昨晚劫狱之时，焦大人可在现场么？"

焦春雷黑脸透红，苦笑说道："昨晚正是我与游兄当值。"唐经天道："飞贼纵算轻功绝顶，但牢门深锁，他带犯人出狱，也总该听到声息呵！"焦春雷道："岂止微闻声息，飞贼简直是闹得惊天动地地破狱而出！"唐经天大为诧异，道："既然如此，何以还瞧不清飞贼的面貌？"焦春雷道："昨晚三更时分，我们突听得轰隆一声大震，但见一条黑影挟着龙老三飞出，我们兄弟赶忙追上，忽觉精神恍惚，眼倦腿软，霎忽之间，飞贼就逃得无影无踪。"唐经天道："有这等异事？飞贼是用迷香么？"焦春雷道："并没嗅到什么特别的香味，我们也早提防到有人用迷香劫狱，当值的人都备有解药，就是江湖上最厉害的鸡鸣五鼓返魂香也迷不倒我们。"

唐经天思疑更甚，道："能带我们到狱中看看么？"焦春雷道："那是求之不得！"当下立即动身，到达牢中，但见监牢都是尺许厚的青砖建成，十分坚固，牢门是一道铁门，加以巨锁，唐经天正在寻思：似此囚牢，如何可以破牢而出？转眼间到了龙灵矫的囚房，把眼一看，不觉吃了一惊，但见墙壁上好像斧凿一般凿穿了一个人形缺口，依缺口的形状看来，那人的身材相当粗大，一看就知道是用背撞墙，破壁而入的，这种武功确是骇人听闻。但最使唐经天奇异的还不是这种武功，而是昨晚当值的狱卒，在飞贼破壁而入的这一刹那，个个都觉心神恍惚，对飞贼的体态，人言人殊，有的说肥，有的说瘦，有的说高，有的说矮，竟连飞贼的身材高矮都弄得糊里糊涂！

回头一瞥，忽见冰川天女一派茫然的神态，竟然也似心神恍惚的模样，唐经天大吃一惊，道："冰娥姐姐，你怎么啦?"冰川天女来到囚牢之后，一直没有说话，这时忽似瞿然惊醒，叫道："赶快去挑选两匹最好的骏马，咱们立即往西追去!"唐经天道："你察觉到什么了?"冰川天女道："你试静坐观心，默运玄功，闻一闻看。"唐经天依言运功，天山派的内功心法，最为奇妙，心中纵有千般疑虑，盘膝一坐，立刻便如止水，由虚至明。唐经天静坐一阵，但觉有一缕极淡极淡的幽香，冲入鼻观，教人有说不出的甜畅！这种香味，闻所未闻，而且要不是心无杂念，专心一注，一点也察觉不出，真是诡异绝伦。

焦春雷派人去挑选的两匹骏马，这时业已送到，唐经天一跃而起，叫道："这是什么香味?"焦春雷等莫名其妙，道："哪有什么香味?"冰川天女道："不要多问，赶快西行!"眼光中也是露出一派奇异的神情，唐经天心知有故，急与冰川天女飞马出城，那两匹马是大宛名马，跑得有如风驰电掣，日未当中，已进入了郊外莽莽的草原。

西藏地广人稀，市镇村落，多集中在拉萨以东。拉萨以西，乃是荒原和沙漠地带，往往数十里不见人家，这时虽然已是江南的暮春时节，西藏地方还是积雪遍野，唐经天和冰川天女策马奔驰，但见莽莽荒原，宛如一片琉璃世界。唐经天疑惑更甚，心道："难道劫狱的飞贼是从漠外来的不成，要不然冰川天女为什么带我向这个方向追踪？她又凭什么知道?"

冰川天女一勒马缰，回头笑道："你所料不差，龙灵矫被劫，只恐还要生出许多意想不到的事。"唐经天与她并马同行，问道："你怎么知道?"冰川天女道："你不是闻到了牢狱里那奇怪的香味吗?"唐经天道："是呀，那淡淡的幽香，非兰非菊，真是奇怪透了，我在默运玄功之后，才察觉出来，你怎么一到狱中就闻到了？”冰川天女道：“那是因为我自小居住的冰峰之上，就有这种花香。”唐经天道：“这是什么花香？怎的如此奇特，能令人心神恍惚？”

冰川天女道：“这花叫做阿修罗花。阿修罗是梵语中魔鬼的意思。所以又名魔鬼花！”唐经天笑道：“如此怪花，确是名符其实。”冰川天女道：“这花的花香虽淡，但却能经久不散。在花开之时，人一嗅到这种香气，就像喝醉了一般，但觉心神迷乱，眼倦腿酸，魔鬼花的得名，想是由此而来。这种花只在极高极高的冰峰之上才能生长，听说除了我所居住的念青唐古拉山之外，就只有喜马拉雅山的高峰之上才有。念青唐古拉山除了我们一家人外，并无其他武功特异的人隐居，所以我猜想这劫狱的飞贼，定然是从喜马拉雅山这边来的了。”喜马拉雅山在中国和尼泊尔边境，唐经天失声说道：“难道这飞贼是从国外来的？看他那破壁的功夫，那绝不是中土的武功。”冰川天女道：“我也是如此猜想，呀，若是从尼泊尔来的，只怕与我也有关联。就算不是为了龙灵娇，我也是要查个水落石出的了。”

冰川天女想起尼泊尔暴君意欲向自己迫婚之事，心中闷闷不乐，唐经天一路和她说笑解闷，走了一会，忽见雪地有一点一点的血迹，但却又没有足印，血迹渐来渐密，好似两行珠串。冰川天女叫道：“咦，这血迹是怎么来的？若是人血，那除非他有踏雪无痕的功夫，但若有那样好的功夫，又怎能轻易被人伤了？”

两人急忙跟着那两行血迹追去，走不多久，唐经天叫了一声，只见雪地上有两匹僵毙了的马，马鞍被远远地抛在另一边！看来乃是经过打斗，不是突然冻死的。急忙走上去看，只见那两匹马的四个蹄子都被削去，遍寻不获，想是被积雪所覆盖了！

冰川天女奇怪之极，若然是这两匹马受伤所流的血，雪地上又何以没有马蹄的痕迹？唐经天与冰川天女下马查看，在死马的周围，忽然发觉淡淡的足印，好像并不是一个人的，其中有一对足印特别短小，唐经天叫冰川天女将弓鞋印上去，与那足印的大小也差不多，唐经天道：“这定是女人的足印！”再看一看那倒毙雪地的两匹马，忽地叫道：“这足印是唐老太婆的！”

冰川天女道：“你怎么知道？”唐经天道：“你看这两匹马比咱们的马矮小得多，但骨骼强健，能在这样的荒原奔跑，当然不是寻常的坐骑。这是川西所产的名马！”中国的名马，除了西域大宛所产的之外，就以川西所产最为著名，能耐长途奔跑。冰川天女道：“不错，唐老太婆正是从川西来的，但这儿有两匹马，还有一个人是谁？咦，难道昨晚劫狱的是她？这怎么会呀？”唐经天也有点怀疑劫狱的是唐老太婆了，但再想一想，唐赛花年老体衰，哪有这种破壁而入的功夫？而且狱卒们所说的飞贼体态，虽然人言人殊，但却并无一人说像女子。

冰川天女道：“而且为什么突然到这里才现足印？”唐经天道：“今日之事，怪异极多，我们还是再往前面瞧去。”跟着那些凌乱的足印再走一会，只见在雪地上隆起的一个小阜下面，又有淋洒的血迹，唐经天叫道：“那是一个人！”积雪掩盖在他的身上，只露出半边头面。两人下马急忙将积雪拨开，登时惊得呆了，原来这人正是唐赛花的侄儿唐端。只见他衣裳破裂，肩上有一个血红的掌印，冻得发紫，被指甲掐破的地方，就像刀痕一样。

唐经天道：“心头还有点暖！快拿你那专解奇寒之药的阳和丸来。”唐经天撬开唐端的牙齿，将两粒丸药和酒灌入他的口中，又以本身功力助他推血过宫，但冻僵已久，哪能即时苏醒。

冰川天女移目四看，忽地一声惊呼，叫道：“经天，你看！”只见一块岩石上有一道鲜明的拐印，石屑满地，看得出是有人在此剧斗，那铁拐印是失手打在石上的。唐经天一看之下，也是诧异之极，失声叫道：“那是金世遗的铁拐！”金世遗为何来到这儿？算来他的性命不够一月了，难道是因此而又疯狂？唐端是不是他打伤的？劫狱之事与他有否关联？这种种疑团都是难以解释！只有盼望能够将唐端救活，或者可以稍知端倪。

冰川天女叹口气道：“呀，他不去天山，反而向这边走，那岂不是背道而驰？咱们就是寻着他，也难以解救了。”唐经天黯然不语，用心替唐端推血过宫，过了好久，才听得唐端喉头咯咯作响。

唐经天道：“成啦！”西藏的长途旅客，多备有好酒在路上御寒，唐经天的马背也有一个装满马奶酒的皮袋，唐经天把酒徐徐倒入唐端口中，过了好一会子，唐端精力渐渐恢复，张开眼睛，叫道："咦，原来是你！我不是在做梦吧？"

冰川天女微笑道："暖和了一点吧？你受的只是外伤，可以放心。这位是天山掌门人唐晓澜的儿子唐经天。"唐端一派迷惘的神色，望了他们一眼，有气没力地说道："多谢你们啦。桂姑娘，这是你第二次搭救我们了，真不知该怎样向你道谢才好。"要知唐端对冰川天女一向倾心，在川西之时，冰川天女为了保护唐老太婆，曾在他家住过几天，唐端就一直想法接近冰川天女，只因自惭形秽，始终不敢表露心事。而今见冰川天女和唐经天的亲热神态，心中虽觉惘然，却也暗暗为她欢喜。

冰川天女道："你姑姑呢？"唐端惊道："你没见着她吗？"冰川天女心头一震，道："是不是金世遗又向你们寻衅了？唉，上次金世遗在你家闹事，我也很觉内疚于心。"冰川天女还以为是金世遗将他弄伤，心中惴惴不安。哪知唐端双眼一张，却急不及待地问道："你怎么知道金世遗到过这儿？你碰到他了？"唐家姑侄，以往对金世遗恨之切骨，一提起金世遗，必然是"疯丐""毒丐"的骂个不休，而今却直呼"金世遗"的名字，语气之中，也没有半点仇恨，冰川天女暗暗称奇，指着金世遗在岩石之上留下的拐印，道："你瞧，这不是他使的铁拐？"

唐端惊道："呀，打得这样激烈，但愿他能帮我姑姑打败那个胡僧！"冰川天女叫道："什么，金世遗帮你的姑姑？胡僧又是什么人？"唐端道："不错，要不是金世遗，我早已丧命在胡僧之手了。那胡僧就是劫走我师叔的人！"龙灵矫自幼受唐赛花抚养，视同亲子，但龙灵矫的技艺则是唐赛花的父亲唐二先生所授，他年纪又比唐端大了将近二十年，是以唐端尊称他做师叔。

冰川天女越发惊奇，道："原来劫狱的真是胡僧，你们竟在此地碰到他了，怎么一路上不见马蹄人迹？"

唐端又喝了几口马奶酒，缓缓说道："上次你到川西，多谢你将我师叔的噩耗告知。我姑姑本想马上就去，但她到底是衰老了，中了金世遗的暗器，几乎将养半年，才得恢复如初。我们是去年中秋之后才动身的，到拉萨不过十天。"冰川天女道："原来你们早已到了，最初我还以为是你姑姑劫的狱呢！”唐端道：“不错，我姑姑是想劫狱。她准备了许多天，探清楚了狱中的情况，预先在城门外藏好两匹川马，准备师叔一救出城，就立刻飞马逃走，我们约好了在昨晚二更时候劫狱。”

唐经天一算时间，道：“这不正是胡僧劫狱的时刻?”唐端道：“是呵！我和姑姑二更时分到了牢狱外面，还未跃上高墙，只听得里面人声嘈杂，脚步纷乱。姑姑料到必是发生了什么意外的事情，和我躲在墙脚，不一会就见一个身材高大的胡僧，挟着一个人飞出高墙，姑姑眼利，一眼瞥去，就瞧出那是师叔，急忙叫道：灵矫、灵矫！却不听见师叔回答。姑姑急忙追赶，依照江湖的规矩，和那胡僧打话，说明大家都是来劫狱的人，问他是哪条线上的朋友？不知是那胡僧听不懂我们的话还是有意不理，竟是毫不理睬我们，一股劲地往前疾跑。这胡僧轻功卓绝，我们姑侄空手兀是追他不上。

“好在我们预先在城门外藏好两匹马，出了城门，只见那胡僧也骑上了马，龙师叔给他按在马背上。我们骑马就追，这两匹马虽然矮小，跑起路来，可比胡僧那匹高头大马要快得多，追了将近半个更次，终于在此地追上了！”

冰川天女插口问道：“为什么不见马蹄痕迹?”唐端道：“我们准备劫狱之后上马就逃，正是怕人发现马蹄痕迹，所以用厚厚的绒布包着马蹄，料那胡僧也是如此。”冰川天女这才恍然大悟。

唐端续道：“还差十来步没有追上，那胡僧突然反手一扬，好几柄飞刀一齐飞来，我姑姑是打暗器的能手，收发暗器，百不失一，当下就想施展‘千手观音收万宝’的绝技，将那胡僧的飞刀一古脑儿收去。却不料那胡僧的飞刀手法怪极，竟似知道我姑姑会接暗器似的，初初飞来之时，明是向上斜飞，削人上盘，忽然却变了贴地低飞，削马的四蹄，呀，这两匹川马，竟然就这样地葬送在胡僧之手。这也因为是在黑夜之中，我姑姑年老，目力衰退，要不然飞刀的方向虽然突变，我姑姑也不至于失手。”

唐经天暗暗好笑，心道：“唐家百多年来，都是以‘天下暗器第一家’饮誉江湖，唐赛花这次失手，不知该多难过呢！”果然听得唐端往下说道：“我姑姑勃然大怒，立即用暗器攻那胡僧，铁莲子、毒莲藜、五雷珠、金钱镖、飞星刺，一发就是几十枚，将那胡僧打得手忙脚乱。这时那个胡僧也已跃下马背，把袈裟展开，当作盾牌，龙师叔仍然端坐马上，我们初时还以为是他中了蒙汗药，这时在月光下看清楚了，却见他两只眼睛还是张开，呆呆地望着我们。那胡僧抵挡我姑姑的暗器，已是十分吃力，若然龙师叔在背后攻他，管保可以制他死命。我姑姑便叫道：'灵矫，快拔剑取他背后风府穴！'哪料龙师叔眼睛眨了几下，手脚颤抖，竟是一副丧魂落魄的神气，并不动手。这可把我们急坏了。

"就在这时，忽听得一声怪笑之声，笑声未歇，人影已到跟前！"冰川天女道："这定是金世遗来了！"

唐端道："不错，是金世遗来了。我不知道他后来竟会帮我的姑姑，那时真是骇怕得不得了！敢情我的姑姑也是一般心思，她全靠暗器与那胡僧打了半天，暗器已用得所剩无几，那胡僧本领高强，若然暗器用完，只怕合我姑侄二人之力也斗不过他，何况又来了一个无理可喻的大仇敌金世遗。她又大声催促龙师叔，不知龙师叔是否中了邪，仍然动也不动！那一瞬间，我已打算豁出性命，想先把那胡僧打倒，然后再合抗金世遗，我当然熟知我姑姑打暗器的手法，便立刻拔出腰刀，趁着姑姑的暗器一密一疏的间歇之际，蛇行游走，希望在金世遗未曾动手攻击我们之前，我能够先把那胡僧斫倒！

"金世遗来得真快，刺耳的怪笑声还未曾消失，人已到了面前，我这时距离那胡僧大约有七八步远，只见那胡僧把袈裟一展，把六七宗暗器都激得反射回来，我姑姑正在转身应付金世遗，还真料不到那胡僧会突然反击，怪笑声中，金世遗的铁拐猛然打下，我姑姑若要招架铁拐就挡不住背后的暗器，若要转身接暗器，就挡不住金世遗的铁拐，我目睹这样危险的情形，一颗心都几乎吓得跳了出来。

"忽听得一阵繁音密响，叮叮当当之声有如急雨，那许多暗器，又都激射回去。原来金世遗那一拐扫下，却不是打我的姑姑，反而是给我的姑姑挡回了那些暗器。"

唐经天吁了口气，笑道："金世遗的行径，真是人所难测。"唐端道："那一瞬间，我已全神放在我姑姑的身上，料不到那胡僧真是毒辣非常，袈裟一抖，将暗器荡开，忽然向我当头罩下，我只听见金世遗大喝一声，拐影飞来，而那袈裟也像一片红云压下，我就此不省人事，直到而今。”

唐经天与冰川天女相顾骇然，问道：“那么，谁胜谁败你也不知道了?”唐端道：“我的性命还是全靠你们救回，其他的事，当然是不知道的了。呀，看这情形，他们打得非常激烈，我姑姑年纪老迈，的是令人担心。”

冰川天女安慰他道：“唐老前辈定然无事，要不然那胡僧也不会放过你了。而且，要是他们受伤，这里焉有不留下迹象之理，我看，他们定是联手追那胡僧去了。”

唐经天道：“那么我们只有继续再去追踪。”天色低沉，又落雪了，雪越积越厚，茫茫的雪地，望不到头，纵有足迹也被积雪遮掩了。三人无法，只有向着正西方直走。冰川天女一路闷闷不乐，猜想不透金世遗何以不去天山，却来到这罕见人烟的荒原。

金世遗自从在那小酒店中逃出之后，自觉无颜再见冯琳母女，在莽莽的草原，专拣最荒僻的地方走，茫无目的地走了三天，走进了沙漠地带，迷失了方向，极目望去，杳无人家，干粮吃尽，又饥又渴。

金世遗屈指一算，自己大约还有三十来天性命，心中暗笑：迟早都是一死，埋骨荒原，化为尘砂，那也算不了什么。但转念一想，自己自负绝世武功，却饿死沙漠，如此死法，殊无光彩，心有不甘。金世遗一生好胜，自从知道自己难免一死之后，就日夕思量，要想一个超乎尘俗的死法，不愿平平淡淡地死去，默默无闻。

可是他在沙漠中迷失了方向，想找一滴水都难，何况食物?这日他又饥又渴，来到一个砂丘，砂丘上有几块中空的岩石，沙漠上的岩石比较松软，常有未风化的石钟乳，含有些水分，金世遗吸了一些石乳，略解干渴，但饥火还是难熬，于是便在岩右后面盘膝用功，静坐片刻，气透重关，精神稍振，忽听得驼铃声远远飘来。金世遗大喜，想道：骆驼号称“沙漠之舟”，有了骆驼，不愁走不出这沙漠了。但转念一想：我若抢了这旅人的骆驼，我可以多活三十多天，他岂非要困死沙漠？若在从前，金世遗定会不顾一切，但自从与冰川天女及冯琳母女等相识之后，狂傲的性情虽然未改，但对世人的憎恨已暗暗地改变了，有时他清夜自思，觉察到这种改变了的心情，连自己也莫名其妙。

驼铃自远而近，要不要抢这匹骆驼，金世遗正自踌躇莫决，忽听得驼背上那旅人突然发出哈哈的怪笑之声，十分熟悉。金世遗瞿然一惊，偷偷张望过去，只见一匹大骆驼，还在数里之外，沙漠上无甚遮蔽，看得甚为清楚。驼背上坐的不是一个人，而是两个人，相貌都特别，一眼瞥去，就认得出来，一个是赤神子，另一个则是刚刚在几天之前，在小酒店中和自己大打过一场的那个铁臂和尚董太清。

金世遗大喜，想道："原来是这两个混蛋，抢了他们的骆驼也不算造孽！"伏地一听，他们谈话的声音清晰可闻。只听得董太清问道："赤神道友，我听黄石道兄说，你已受了朝廷之聘，有荣封国师之望，怎的不在京师安享荣华富贵，却到这沙漠的苦寒之地受罪，难道有什么公事要到这等地方来办？"赤神子叹了口气，似哭非哭，似笑非笑，怪声怪气地答道："咳，说来话长，我且问你，你又怎么来到这儿？你说你遁迹空门，埋名隐姓了三十多年，而今刚是二度出世。想你已练了绝世奇功，你又为何不到江湖上重振雄风？"听他们的说话，董太清与黄石道人及赤神子都是旧相识，董太清再度出山之后，第一个碰到的是黄石道人，第二个碰到的旧友就是这个赤神子，而且也是刚刚碰到的。

董太清又叹口气道："还说什么绝世奇功，我一出山就被人打得狼狈不堪了。"赤神子大为奇怪，道："董兄，你一向不肯服人？怎的这次却肯心服口服？是什么人物，能将你打得狼狈不堪？"

董太清道："是唐晓澜的小姨子冯琳。"赤神子哼了一声，道："又是天山派的人物？"董太清道："黄石道人屡受挫折，心灰意冷，已决意再度回到石林苦修，从此不理世事了。我还不肯甘休，我要找寻一个人，希望能取得一本绝世的奇书。"赤神子冷笑道："什么奇书？难道书上所载的武功，还能强得过天山派不成？"董太清道："那也说不定。你知道在三四十年以前，天下武功最强的是什么人物?”赤神子道:“该是易兰珠、吕四娘和毒龙尊者吧?易兰珠是最老的前辈,她先去世,剩下来的就是毒龙尊者和吕四娘了。”董太清道:“我所要找寻的人就是毒龙尊者的关门弟子,那本奇书《毒龙秘笈》便在他的身上。”赤神子冷笑道:“他肯给你?”金世遗听了也是暗暗好笑,心道:“我将它抛入大海也不会给你。”

董太清哈哈笑道:“我自有法子要他给我。”赤神子意似不信,摇了摇头。董太清道:“道兄,你呢,你好似也遇到了什么不如意之事。一人计短,二人计长,何不说出来让小弟替你分忧?”赤神子“哼”了一声,意态甚傲,好像是说:“我都受了挫折,你有什么本事替我分忧?”转念一想,忽然换了一副嘴脸,道:“董道兄,你想别人把师门的秘笈给你,那是痴心妄想。不如和我一道上喜马拉雅山去攀登珠穆朗玛峰吧。”董太清叫道:“珠穆朗玛峰,那岂不是天下第一高峰?”赤神子道:“对呵!就是天下第一高峰!”董太清道:“自古以来,无人能上珠峰,你想得比我更是不切实际,那是存心去送死!哈,你怎么会有这个主意?”

赤神子冷冷说道:“就是送死,也比现在这样不死不活,由人欺负的好!”董太清道:“此话怎说?”赤神子道:“你败在冯琳手中,还算值得,我却败在一个后辈手中。”董太清道:“谁?”赤神子道:“冰川天女!”董太清道:“好古怪的名字,我从来未听说过。”赤神子道:“现在有许多新出道的人物,他们的厉害,你哪能知道?我中了冰川天女的七枚冰魄神弹,现在元气尚未恢复。听说珠穆朗玛峰上仙花异草甚多,其中有一种仙草叫做绛珠仙草,吃了可以当得三十年功力。不瞒你说,我本来是奉命和云灵子夫妇到拉萨去监斩那龙老三的,我而今功力大损,实在无颜再在江湖上混,什么国师的封号我也不稀罕啦。我得先上珠峰去觅那仙草。有你和我同伴,总比一人冒险要好得多。”

金世遗听了暗暗好笑,心道:“原来如此,不是你不稀罕国师封号,而是你怕功力大损之后,连云灵子也比不上,国师的封号又怎会轮到你拿?”又想道:“那龙老三又是什么人?怎的清廷要聘请三个高手前往监斩?”只见那匹大骆驼越来越近,已到了沙丘前面,金世遗忽地一声怪笑,跳了出来,叫道:“你要仙草,我只要你这匹骆驼！”

那头骆驼给金世遗一按，登时不能走动，赤神子大怒喝道：“金世遗你待怎地？”金世遗大笑道：“你耳朵聋了吗？我不是对你说了，我只要这匹骆驼！”

赤神子曾和金世遗数次相斗，彼此都知道对方本领，在以前来说，赤神子的功力较高，金世遗的暗器厉害，几次相斗，都是两难取胜。而今赤神子元气未复，对金世遗本有顾忌，但转念一想：有董太清相助，以二敌一，定然可以把金世遗制服。于是在驼背上一跃而起，凌空击下，金世遗大笑道：“来得好！”铁拐一举，一招“举火燎天”，铁拐直戳赤神子小腹的“藏精穴”，赤神子硬在空中一个转身，避是避开了，可是他那一掌也打歪了，金世遗得势不饶人，接着呼呼两拐，狂风骤雨般地疾卷而来，把赤神子逼得连连后退。

董太清叫道：“大水冲到龙王庙，都是自家人，喂，喂！有话好说！”金世遗冷笑道：“谁和你是自家人？”董太清道：“你是毒龙尊者的关门弟子，我是八臂神魔的衣钵传人，怎么不是自己人？”金世遗怔了一怔，忽地冷笑道：“我师父在三十年前早已与他们分道扬镳，谁卖你这个交情？”董太清叫道：“喂，交情你可以不卖，性命你要不要？”金世遗怒道：“什么？凭你就要得了我的性命？好，你们两个齐上，我也毫不在乎。”打定主意，只要董太清一上，他就要立刻喷出毒针暗器。董太清道：“喂，你听到哪儿去了？不是我要你的性命，是你的师父害了你的性命！”金世遗道：“什么？”董太清道：“你内功的路子练得不对，终有一日要走火入魔，身经百般磨难而死，你还没有发现迹象么？”金世遗心中一凛：他怎么知道？却忽地又怪笑道：“不错，我在世间已活不了多久，你盼我死，我正要找人陪伴！”口中说话，却把铁拐中的长剑也抽了出来，左拐右剑，攻势更见凌厉，竟然是一副拼命的神气，赤神子叫道：“太清道友，和他多说什么？给他夺了骆驼，咱们如何能走出这个沙漠？”赤神子实在抵敌不住，却还要自持身份，不好明言请董太清助拳，转个弯儿，动以利害。

董太清咳了一声，站在一边，却慢条斯理地说道：“《毒龙秘笈》是你师父毕生心血之所聚，但你却不知道，他临死之前，想到了破解走火入魔的奇功妙法，来不及写入秘笈，另记在一个日常的记事本上，这本子就在我的手中。你要不要我把它给你？”董太清这是全然胡说，毒龙尊者那本日记，最重要的是记载他查勘蛇岛的海底火山的情形，其余绝大部分就是写一些琐事，及自己幽居荒岛的心情，哪有什么奇功妙法。董太清这样说其实是自己有所图谋。

金世遗心中一动，想道：“我师父绝世武功，他在晚年之时，既已觉察到自己内功所走的路子不对，或许真想到了破解之法也说不定。”略一分神，赤神子乘势反攻，把掌心的热力发挥出来，呼呼数掌，热风直扑金世遗头面，沙漠枯燥，金世遗这一日滴水未进，被热风一煽，更觉焦渴不堪，勃然大怒，拐剑一阵猛攻，将赤神子的凶焰再压下去，赤神子忙于运功自保，掌风所发出的热力登时大减。金世遗道：“好，我师父的书既在你处，你将书献出，我可以饶你朋友一命。”董太清笑道：“恃强而取，君子不为，你先停手，咱们再好好的说。”金世遗疑心陡起，哈哈大笑道：“我走遍江湖，你敢当我是无知的稚子！我才不上你这个当！要停手也容易，先把书拿出来！”铁拐横敲，长剑直刺，痛下杀手。赤神子气喘吁吁，叫道：“太清道友，这厮不可理喻，你还和他多说作甚？”

董太清一阵踌躇，心中想道：“赤神子如今功力大减，我与他联手，也未必便胜得了金世遗，而且即算能把金世遗打死，取得那本《毒龙秘笈》，没人教我，也是无用。何况他又是冯琳心目中的女婿，我怎么惹得起他？”有这几层原因，董太清迟迟不敢动手，但见赤神子危急之极，心中又有不忍，正在迟疑，忽见金世遗一拐扫下，赤神子已是无力招架，董太清大惊失色，无暇思索，铁臂一迎，当的一声大震，铁臂脱臼飞去，金世遗腾的一脚飞起，先把赤神子踢了一个筋斗，铁剑一挥，把董太清的僧袍割开，里面空空如也，哪里有什么书本？

金世遗冷笑道：“哈，你敢骗我！”董太清牙关打战，讷讷说道：“不，不，真的有你师父的遗书。”金世遗道：“好，那你藏在什么地方，赶快拿来。”董太清退后两步，赔笑说道：“总怪我本事低微，无能为力，这本书叫天山派的掌门唐晓澜缴去啦。”金世遗道："胡说！唐晓澜还用这本书？"董太清道："你有所不知，唐晓澜的功夫固然是已经到了玄通之境，以他武林领袖的身份，当然不屑窃取别人的秘本。但他生平最忌惮的是你的师父，若然你师父的武功流传下来，日后总能胜过他天山门下，须知天山派的武功，百余年来，都被奉为至尊至圣，他既是天山派的掌门，岂肯留下后患，让你这派的武功日后胜过他？所以他定然要占有这本书，那么你虽然有《毒龙秘笈》，但无法破解那走火入魔的灾难，就必然要倚靠他。不但你要倚靠他，将来凡是学你这派武功的人，都要依靠天山派的人解救，这样，你们世世代代就要成为天山派的奴隶啦！"董太清一派胡说，却是言之成理，金世遗是一个最好高要胜的人，正自为了自己要靠天山派的人解救，而心有不甘，至死不肯求人，听了这话，怦然心动，竟自信了几成。

董太清奸笑说道："到了别人手里，还容易讨回，到了唐晓澜手里，只怕天下再也无人能在他手中夺走！"金世遗哼了一声，心头火起，但董太清说的乃是实情，金世遗虽然狂傲，也不敢口出大言，说自己能够对付得了唐晓澜。董太清道："不过，我倒有一个法子。"金世遗道："什么法子？"董太清道："唐晓澜有一个独生爱子名叫唐经天，此人武功虽然极高，但料想你还有法子可以治他，你只要乘他不防备的时候，用七枚毒针刺进他的穴道，那么他纵有天山雪莲也难解救，非要你的解药不成。嘿，嘿！到了那时，就不愁唐晓澜不和你交换了。"

卅年之前，董太清的一臂，虽说是被铁掌神弹杨仲英所折，但追究起来，却是由唐晓澜而起。董太清见金世遗精明之极，不受他骗，便索性移祸东吴，挑拨金世遗与天山派为难。

金世遗眉头一皱，心中想道："这果然是一条毒计。但唐经天与冰川天女，在峨嵋山与金光寺之时，曾联剑救过我，我岂能对他偷下毒手？但除了此计，又有何法可以出这口闷气？"

董太清道："你若有决心，我还有法子可以替你把唐经天骗来。"金世遗"哼"了一声，忽地朗声说道："我岂能借助于你这样的卑鄙小人！"骤发一掌，把董太清打得跌出一丈开外，哈哈笑道："丈夫一死无牵挂，说甚恩来说甚仇！我的事我自会理，谁要你管？

冰川天女傳
一九八三年十二月畫梁羽生先生武俠小說

……骑着骆驼在沙漠上奔跑，得意之极。

哈，哈，我只要这匹骆驼！你先想法救自己的性命去吧！”骑上驼背，一路唱着江南叫花子惯唱的莲花落，径自走了。董太清爬了起来，连叫数声，金世遗头也不回，董太清又慌又急，在这沙漠之中，失了骆驼，真等如失了一半性命，只得跑回去扶起赤神子，替他裹创疗伤，商量如何走出这个沙漠。

骆驼背上，有赤神子和董太清留下的许多干粮，还有两大皮囊的清水，金世遗喝了半袋的水，吃饱干粮，骑着骆驼在沙漠上奔跑，得意之极。沙漠初春，日短夜长，转眼又是黄昏将届，但见寒风陡起，黄砂弥天，连日光也染成了一片淡黄的颜色，沙漠上只见沙飞，但闻风啸，金世遗信口所唱的“莲花落”也从轻松的小调，变成了悲怆之声。只觉得悲从中来，难以断绝！

忽然想道：“赤神子不是说过，珠穆朗玛峰上有一种仙草，可当得寻常修士的三十年功力？若然有这样灵异，只怕能医好我也说不定！只是那珠峰高出云霄，亘古以来，从未听说过有人能上。”再想道：“纵然医不好，纵然我爬不上珠峰便遭横死，但我死在世界的最高峰，也可算得是古今一人，这死法岂不是大为快意！”一个多月来，金世遗所想的就是如何死法，才能超尘脱俗，而今想到要上珠穆朗玛峰上去死，真是妙绝千古，不禁又手舞足蹈起来。

大漠黄昏，金世遗在驼背上狂歌舞蹈，那骆驼受了惊吓，疾跑起来，骆驼号称沙漠之舟，果然如履平地，金世遗也不理它，任它自走，倦了便在驼背上安眠，倒是逍遥自在。如是者走了几天几夜，果然走出了这大沙漠，金世遗把骆驼送给第一个见面的蒙古行商，那人无端受了这份厚礼，非常惊诧，但仍是被金世遗强他收下了。金世遗问他到喜马拉雅山之路，那个蒙古商人几乎疑心他是疯子，但受了他的厚礼，心中感激，也便详细给他说明道路，并告诉他路上的险阻。金世遗问明道路，知道这个地方已是拉萨以西，还要通过一片大草原，才有部落人家，草原上不乏水源，但干粮却不可不带，那蒙古商人投桃报李，送了一大袋肉脯给他。

草原初春，积雪未化，牧人们都还在家里过冬，金世遗独自在草原上孑然独行，心中有说不出的悲凉况味，冰川天女、唐经天、冯琳母女等影子时不时从他脑中浮起，想起这些人时，有时他觉得自己渺小不堪，有时却又觉得自己是个超乎世俗的奇男子，自尊和自卑的心理错综复杂，他非常想找一个人倾吐心曲，不管是什么人，只要肯听便成，可是草原莽莽，连野兽都还躲在洞穴里，要等待春暖雪融才出来觅食，他真是寂寞得要死了。

金世遗在草原上独行，倦了便睡，醒了便走，也不管它日起日落，清晨黄昏。一晚，他行到深夜，草原上朔风陡起，大雪纷飞，金世遗有点倦意，也觉得有些寒冷了，便在两块大岩石后面铺了一张毡子，躺下来休息，心中思潮纷乱，忽想起他一生经历。廿多年来，他都认为世人可憎可恨，但细想起来，除了自己童年那段，竟然是别人对自己的恩多，而自己对别人的情少。若说世人负我，反过来说也何尝不是我负世人？如此一想，金世遗茫然自失！好久好久，都未能入睡。

眼见斗转星移，黑夜又将消逝，忽闻得草原下有叱咤追逐之声，金世遗既是惊奇又是欢喜。惊奇的是这个时分，居然有人在荒原上追逐打斗，欢喜的是居然有生人到这草原来了。金世遗爬上岩石来看，草原白雪皑皑，金世遗目力又好，但见在里许之外的雪地上，一个老太婆正在和一个胡僧拼斗，另外还有一个少年站在旁边。金世遗一瞧那老太婆的暗器打法，就认出了是唐赛花，那少年虽然瞧不清楚，也料到是她的侄儿唐端了。但见那胡僧手舞袈裟，居然施展得风雨不透，挡得住唐赛花飞蝗般的暗器，金世遗也不由得大为惊奇。他是个武学的大行家，看不多久，便知道胡僧的真实武功远在唐赛花之上。距离胡僧十余丈远，有一匹马，马上的骑客似是一个军官，金世遗听得唐端大叫“龙师叔”，唐赛花又大叫“灵矫”，禁不住心头一动！

金世遗想起了那日赤神子所说的，清廷要请三大高手监斩龙老三的事，心道：“莫非这个姓龙的便是龙老三，怎么穿的却是清军军官的服饰，一点也不似个囚徒！唐端既称他为师叔，何以他又袖手旁观？”却原来龙灵矫在福康安幕下多年，素得信任，所以在“圣旨”未来之前，虽处囚牢，却是甚获优待，连服饰也无须更换。

听那暗器嘶风之声，渐渐由密而疏，远远望去，那胡僧的袈裟有如一片红云，翻飞舞动，在雪地之上，更显得威势非凡。金世遗心头一震，看这情形，唐赛花的暗器就要打完，只怕要遭胡僧毒手。忽地想道："这个老太婆虽然讨厌，究竟是当今有数的武学名家，让她折在胡僧之手，中原武林也失面子。"又想到以前戏弄唐赛花之事，自己一直引为快意，不知怎的，现在想来，却是感到内疚不安。

眼见情势越来越急，金世遗不假思索，突然跃出，在千钧一发之际，救了唐端的性命，也解开了唐赛花的袈裟覆顶之危！

金世遗巧救唐赛花姑侄的经过，唐端曾向唐经天叙述，可是后来的那场激战，唐端因为已晕倒雪地上，那就一点也不知道了。

金世遗与胡僧一番恶斗，双方都是暗暗吃惊，金世遗的铁拐沉重非常，每一拐打出，都是力逾千斤，可是那胡僧展开袈裟，赛如一面大铁牌，铁拐碰着，发出"卜卜"的声响，竟似打在硬物之上一样。金世遗固然暗叫惭愧，那胡僧更是惊惶，他仗着这手功夫曾横行天竺以及阿拉伯各国，多沉重的兵器，在十招之内也会被他夺出手去，但碰着金世遗的铁拐，却只是堪堪能够敌住。

金世遗助阵，唐赛花自是大出意外，这个时候，她纵然怎样憎恨金世遗也不能不与他联手对敌。近身混战，暗器施用不着，唐赛花便用手中的一张弹弓，展开唐家世传的"金弓十八打"的招数，别看她年纪老迈，招数倒是极为精奇，弓拐联攻，登时把那胡僧逼得只有招架的份儿。

可是那胡僧狡狯非常，欺负唐赛花年老体弱，他的袈裟对金世遗是只守不攻，对唐赛花这边却是暗暗加重压力，不过半个时辰，唐赛花已气喘吁吁。

金世遗久战不下，心中想道："如此打法，再过半个时辰，只怕这唐老太婆反而要为成累赘。单打独斗我虽不惧，但唐老太婆若然力竭晕倒，岂非还要我来照料？"想发毒针暗器，又因为不明这胡僧的来历，不愿致他于死。只听得唐赛花又叫了两声"灵矫"，那军官仍是漠然地坐在马背上，动也不动。金世遗忽地问道："唐老太婆，那厮是你的师弟吗？"唐赛花道："他是我父亲授业，却由我抚养成人；说是师弟，其实我当他是儿子也不为过。"金世遗冷眼看马背上的龙灵矫，只见他身躯一晃，却仍然端坐在马背上，殊无出手之意。

金世遗道："既然如此，为何他不应你？你看，他不像是被点了穴道，难道这妖僧还真会邪法不成？"唐赛花哪知道他是受了阿修罗花的奇香所惑，兀是莫名其妙，只有再大声叫道："灵娇，灵娇！你听见我的说话吗？还是被什么妖术所制？说不出来？"只见龙灵娇在马背上又晃了一晃，喉头咯咯作响，唐赛花大喜，想冲出去救他，胡僧的袈裟一紧，压力骤增，唐赛花的弓弦也几乎给迫得脱出手去。

金世遗忽道："好，这龙老三忘恩负义，我替你把他抓来狠狠地打一顿。"唐赛花叫道："不好，不好！"金世遗道："有什么不好？你只守不攻，挡得十招，我马上回来！"铁拐一起，一招"潜龙升天"，向袈裟一挑，拐尖一偏，却戳那胡僧胁下的"云门穴"。那胡僧把袈裟风车般地一转，护着要害，反攻过来。哪知金世遗这是以进为退之计，那胡僧袈裟一展，挡住了金世遗侧面的攻击，另一面露出了空隙，金世遗突然一个筋斗翻了出去，飞身一跃，跳上马背，意欲先向龙灵娇查问原委，再作计较。

就在这时忽听得唐老太婆尖叫之声，金世遗心中一凛，难道这老太婆十招也守不住？回头一望，只见那胡僧一手扭着唐赛花的臂膊，反剪背后，一手舞动袈裟，已奔到面前，大声喝道："赶快下马，要不然我就把这老太婆杀了！"打了半夜，才听到这胡僧出声，说的居然是一口流利的北京话。

本来以唐赛花的功力，配上她那唐家世传的"金弓十八打"的精妙招数，虽说已是筋疲力竭，但只守不攻，挡十招廿招，却尚非难事。只因她以为金世遗真是想去抓龙灵娇狠打一顿，心中惊惶，想冲出去拦阻，脚步一移，章法便乱，那胡僧何等厉害，袈裟一卷，立即将她的弓弦卷走。唐赛花无法抵御，竟然被他擒了。

金世遗投鼠忌器，突然哈哈一笑，道："好吧，你把这老太婆放开，我让你上马逃走！"飞身一跃下马，那胡僧手指一松，正欲放人换马，金世遗忽地"呸"的一口浓痰吐了出来，痰中杂有"丝丝"之声，这胡僧也真的厉害，那样微细的音响，他居然听得出是飞针暗器。袈裟一展，浓痰吐在袈裟之上。说时迟，那时快，金世遗一拐劈下，胡僧抖起袈裟，挡了个空，只听得轰的一声大响，铁拐打在旁边的岩石上，石屑纷飞。胡僧正在奇怪金世遗这一拐何以打歪，倏然间，只见黑光一闪，袈裟刚抖，已是“卜勒”一声，被戳穿了一个破口。这正是金世遗的疑兵之计，故意打碎旁边岩石，扰他耳目，分他心神，却以极迅速的手法，抽出拐中铁剑，袈裟一被刺穿，就不能当成盾牌来使了。

金世遗大喝一声：“倒下!”一刺刺破袈裟，第二剑连环疾进，剑尖方向对准胡僧的天柱、玄机、阳白三处大穴，剑锋又倒削胡僧膝盖，真是又狠又准的杀手。哪知他快，胡僧也快，剑招方出，只听得那胡僧叫道：“好吧，你刺!”忽见唐老太婆干瘦的身躯似一株枯树突然迎着金世遗铁剑刺出的方向倒下，要不是金世遗收势得快，怕不在她身上刺几个透明的窟窿!

原来唐赛花被那胡僧将她的手臂反扭，她年老气衰，虽然胡僧放了手，她的血脉一时之间未能流畅，两臂麻痹，正想舒筋活血，闪避不及，却被那胡僧用破裂了的袈裟，绞扭成一条软鞭使用，在她腰间一缠，扯了过来，挡了金世遗那致命的一剑。

这几招交换得迅如电光石火，两边都是奇诡莫测，大出对方意外，但结果还是那胡僧占了便宜，大笑声中，只见他已跑上马背，挟持着龙灵矫飞奔而去。

金世遗气恼之极，一剑削断缠着唐老太婆的那条袈裟软带，唐老太婆忽地伸手向金世遗的“愈气穴”一点，金世遗大骇，还未来得及喝问，但闻一缕极其奇异的幽香，非兰非麝，透入鼻观，金世遗也是一个发暗器的大行家，立刻醒悟，这是胡僧所发的一种迷魂毒香，但觉心头怔忡，有些倦意，幸好被唐老太婆及时闭了他的愈气穴，毒香不能透进他的肺腑，要不然只怕已经晕倒了。金世遗暗叫一声：“惭愧。”心道：“唐家真不愧天下暗器第一家的称号，这老太婆的鼻子比我灵敏得多。”一面又在奇怪这是什么毒香，金世遗见尽天下暗器，各种能发毒香的暗器他都知道，却不曾闻过这种怪香!

金世遗心念方动，突见唐老太婆又突然伸手在他鼻上一抹，金世遗只觉精神一爽，倦意顿消，被闭了的愈气穴也自解了。只见胡僧那匹坐骑已奔出数十丈外，龙灵娇软绵绵的样子伏在胡僧的肩头，胡僧一手反臂将他拦腰抱住，一手握鞭策马飞奔。唐老太婆尖声叫道："快追！灵娇是中了他的迷魂毒香，并非不肯认我。"

胡僧所用的正是阿修罗花所炼制的奇香，最能令人心神恍惚，幸而唐赛花藏有能解各种毒香的龙涎膏，而且她和金世遗都是内功深湛，立即醒悟，便即闭气，这才不至着了道儿。

那胡僧坐骑甚为神骏，金世遗明知追它不上，但见唐老太婆好似失了理性般飞奔追赶，心中一酸，想道："原来这可憎的老太婆对那龙老三竟有这样的骨肉深情，可知不论何人，都不是生来冷酷寡情的。"不忍让她独追，只好随后跟上。

别看唐赛花老迈，她跑得还真快极，在十数里之内，竟是疾如奔马，不过仍是追那胡僧不上。大约追出了十数里外，那胡僧的坐骑已瞧不见了，老太婆忽然一跤摔倒在雪地上。正是：

可怜临老投荒漠，疯丐居然赤子心。

欲知后事如何？请听下回分解。

第三十四回　峭壁现侠踪　疑云阵阵
堡中来怪客　妖气重重

金世遗大吃一惊，只见唐老太婆哇的一口鲜血喷了出来，面如金纸，气喘吁吁地说道："我不成啦，拜托你回去照料我的侄儿。"金世遗替她把脉一听，微笑说道："毫不碍事，这是你气力消耗太甚，一时虚脱，好好养息几天，包保你恢复如初。"唐赛花幽幽地叹了口气，心道："我何尝不明白这仅是一时的虚脱，并非受了内伤。但这几日养息，谁人为我照料？"金世遗好似知悉她的心意，微笑说道："你侄儿年青力壮，虽然受了点伤，料想不至毙命，倒是你要安心调治要紧。你别瞧我只知胡闹，我还顶会服侍人呢。我自小做惯乞儿，善会伺候人，后来在孤岛上服侍我的师父，我师父也夸奖我是个善知人意的好孩子。"

金世遗这几句话是带笑说的，其中自然也含有一种自嘲自讽、自悲身世的成分。但说得又是极为诚挚，对唐老太婆的一份关心，昭然若揭。

唐赛花并非自甘埋骨雪地，只是她自念与金世遗有过那一段过节，怎能出口求他照料。哪知金世遗却诚心的要照料她。唐赛花又是感激，又是惭愧，心道："呀，人人都叫他做毒手疯丐，原来他却也有一片慈心，真是出人意表。只是他的行径，为何如此怪绝人寰？"

金世遗果然悉心照料唐赛花，过了几天，唐赛花精神恢复，能够走动了，两人回去寻觅唐端，唐端被唐经天与冰川天女救起之后，这时早已独自回到拉萨去了，唐赛花自是寻他不着。唐赛花还担心他冷毙雪地，挖开了四围的积雪，并无发现尸体，这才安心。于是继续西行，寻觅那胡僧的踪迹。

龙灵矫在牢中被那胡僧莫名其妙地劫走，一路上胡僧用阿修罗花的奇香将他麻醉，他内功已有火候，虽然知觉未失，胡僧与唐赛花金世遗激斗那一场他也瞧得清清楚楚，但气力消失，身躯麻软，连话也说不出来。一路上百思莫解，不知那胡僧对自己是好意还是坏心？

龙灵矫就这样迷迷糊糊地被那胡僧挟持着在马背上走了几天，穿过了莽莽的草原，到了大山底下，但见岗峦起伏，绵延无际，晶莹的雪峰像一排排白玉雕成的擎天柱，高插云霄。龙灵矫虽然也曾攀登过许多名山，但这座大山山势的雄奇壮丽，仍是令他咋舌不已！胡僧将解药给他闻了，山顶上吹下来的寒风，夹着雪花，令人精神顿时清爽。

那胡僧微笑道："好啦，奔波了这几天，现在可以歇歇啦！"跃下马背，龙灵矫也跟着下马，几天来的闷葫芦，急须打破，龙灵矫正想发话，那胡僧已先自说道："龙三先生，不，年大帅的公子，你如今可以毫无忧虑啦。清廷就是再派十万大军，也不能将你抓回去了！"

龙灵矫怔了一怔，道："你怎么知道我的来历？"那胡僧笑道："若非知道你的来历，我也不会费尽心机，偷入拉萨来救你了。"龙灵矫道："这是什么意思？"那胡僧笑着将马鞭一指，说道："这个么？你瞧——"龙灵矫随着他鞭梢所指，极目远望，但见山谷之中隐隐有刀兵之气，树木覆盖之下，行军的营帐亦依稀可辨，龙灵矫吃了一惊，喝道："呔，你是何人？"

那胡僧笑道："我是尼泊尔国的第一国师泰吉提，奉敝国国王之命，邀请年先生共商大计。"龙灵矫道："什么？"那胡僧道："想令尊年羹尧年大将军，一生戎马，为清廷南征北讨，开疆辟土，功高震主，到头来竟不免惨死。呀，呀，怪不得年先生矢志复仇，屈身幕僚，敝国国王对令尊之死，深表同情；对先生的苦心，更是无限佩服！"龙灵矫道："复仇是我的事，与贵国何干？"那胡僧嘿嘿笑道："年先生虽然结纳了许多土司，但福康安在西藏拥有重兵，即算年先生能够自己逃狱举事，只怕也未必既够成功呵！"

龙灵骄一听这话，立知来意，苦笑说道："原来国师是劝我向贵国借兵，嘿，即算成功，亦为国人所笑。"那胡僧道："借外兵之事，在贵国历史，例子似亦不少。伍子胥为报父仇借吴国之兵，灭掉本国，甚而将本国国王鞭尸三百，后世之人，又有谁笑他？"这胡僧竟然熟读中国历史，倒是大出龙灵骄意外。但听了此话，却不免打了一个寒噤，心道："伍子胥所借的吴兵亦是中国之人，这如何能够比？而且伍子胥后来也终于被继位的吴王赐他自尽，连眼珠也挖出来。这胡僧将伍子胥比我，难道也要我像伍子胥的下场么？呀，我若是只为报父仇，而借兵异国，那就不是伍子胥而是吴三桂了！"

那胡僧又道："非常之人必做非常之事，年先生拘于世俗之见，那就未免太令我失望了。敝国小国寡民，但得西藏一隅之地，于愿已足。断不敢奢望中华土地。年先生却可以自西藏创业，振雄风于漠北，进而策马中原，前途正是无限呵！他日年先生得为一国之君，敝国也要叨蒙庇荫呵！"

龙灵骄继承乃父遗风，其志不小，闻言又不禁怦然心动，但终觉此事不妥，正自踌躇，那胡僧又道："敝国国王已领兵到此，驻屯在山谷之中，只待春暖雪融，便要进军拉萨，年先生请到军中，与敝国国王一见，再定决策如何？"龙灵骄手执马鞭，沉吟不语，那胡僧笑道："大丈夫一言立决，何用踌躇？先生若向西行，那是前途如锦，荣华无限。若然先生执意不去，那么我也不便勉强。但据我所知，清廷已派高手多人，正欲得先生而甘心。先生若欲东归，纵能穿过这莽莽草原，只怕未到拉萨，就要遭不测之险，先生其请三思！"

龙灵骄自知案情重大，这胡僧说的乃是实情，心中想道："既到此地，不如就进去看看，做不做伍子胥，那可是还得由我。"

喜马拉雅山高入云霄，端的是一山之中，气候不齐，山顶白雪皑皑，山腰雪花纷飞，但山脚已是百花绽开，显出初春景色。山谷因有四面高山挡着寒风，地气尤其温暖，因此尼泊尔军在山谷安营扎寨。龙灵矫随那胡僧走入山谷，但见篷帐相连，战马遍野，正中一面王旗，四方共有十二面帅旗。龙灵矫知道尼泊尔军制，每十营设一元帅，每营五百人，照此估计，谷中最少有五六万人之多，以尼泊尔这样的小国，几乎可以说是发了倾国之兵了。但在喜马拉雅山中，却还填不满一个山谷。龙灵矫一路思潮起伏，想起自己父亲当年指挥百万大军的威风，那是不能同日而语了。自己自懂人事以来，总想有一日能像父亲一样手握兵符，而今这梦想看来竟可实现，但却来得这样突然，而且令人感到屈辱。龙灵矫内心交战，听山谷中胡马嘶鸣，几乎疑心是在作一场恶梦。

唐经天和冰川天女继续西行，一路寻觅都不见唐赛花和金世遗的踪迹，冰川天女每过一日便想起金世遗生命的期限又减一天，忧虑之情，现于辞色。唐经天本来对金世遗殊无好感，经过了金世遗义救陈天宇和勇救唐赛花两件事情，对金世遗恶劣的印象才渐渐改变，但每想起金世遗对冰川天女的挑拨，心头总还是未能释然。而今一路与冰川天女同行，见冰川天女对金世遗的关怀，就如同关心一个多年的朋友一样，若在往时，唐经天也许会因此不安，但如今他已熟悉了冰川天女的性情，那纯然是一片悲天悯人的赤子之心，相形之下，唐经天反觉得自己的胸襟狭小了。

两人在草原上并辔奔驰，相知更深，相爱更切，寒风冷雪，都变成了旖旎春光，比起金世遗的彳亍独行，那自然是大异其趣了。

走了数日，穿出草原，喜马拉雅山的雪峰，已是遥遥可见。山脉逶迤而来，再走便进入山区，沿途所见，奇峰怪石，目不暇给。唐经天叹道：“一山还有一山高，此话真是不错。我所居住的天山，绵亘三千里，南北二高峰直插云霄，我一向以为天下的名山，再也不能与之相比了，哪知还有这座喜马拉雅山!”

草原积雪未化，在草原的边缘，山脉起伏中断之处，有一个峭立如壁的孤峰，十分奇特，好像是一个硕大无朋的明镜，又像一支平地涌起的玉簪，与周围的山峰，形态大大不同。冰川天女啧啧称赏，忽听得唐经天“咦”的一声，好像发现了一桩极其奇怪的事情，面色紧张之极，立即跳下马来!

冰川天女一眼瞥去，那孤峰像一块白玉雕成的明镜，在山峰下面的“镜台”上，但见血迹斑斑，极其夺目，冰川天女也不禁奇道：“咦，难道是金世遗与那胡僧又在此地激战过来？是谁流了这么多鲜血？”唐经天道：“什么，鲜血？”冰川天女大为诧异，叫道：“这样当眼，你也看不见么？”忽见唐经天定了神一般，凝眸上望，冰川天女定睛一看，只见那石峰上竟似有几行字迹，这一发现，比那血迹更令人惊奇，像这样平滑如镜的石峰，只怕苍蝇爬上去也会跌下来，居然有人能在上面写字，这字迹又是用什么写的？无怪唐经天一发现这字迹，就无心留意下面的血迹了。

两人走近那座孤峰，只见那几行字迹乃是一首七言绝句，诗道：“几度天山攀桂子，而今双剑上珠峰。名山此处开仙境，忍令胡骑血染红！”每个字都有尺许大小，铁划银钩，入石数分，用斧凿也凿不得如此齐整。冰川天女这一惊更是非同小可，叫道：“天下有谁有这样的功夫？这是用指头书写的！”

只见唐经天满面虔敬的神气，慢慢走到石峰下面，突然回头喊道：“这是我爹爹写的！”冰川天女道：“你爹爹写的？他不是在天山吗？”一咀嚼诗意，除了唐晓澜，确是无人配题这样的诗句。冰川天女道：“照此诗看来，你父母都同来了。他们上喜马拉雅山做什么？”唐经天喃喃自语道：“我爹爹廿年来不动刀剑，怎么在此地破戒伤人？”要知唐晓澜与冯瑛夫妇连手，那是天下无人能敌，这山峰下面的血迹当然是别人的了。

唐经天施展壁虎游墙的功夫，向上慢慢挪动数丈，冰川天女叫道：“小心，那块石头好似有些松动。”唐经天道：“不妨，若是此处不稳当，我爹爹定会留下记号。”有一块尖石斜插出来，石根与山峰的本体相连，唐经天的轻功虽已到了一流境界，但手足毫无可以着力之点，也自觉得疲累不堪，乐得有一块凸出的尖石可以攀援，乘机歇息。冰川天女又叫道：“小心！”话犹未了，只听轰隆一声，那块石头突然中断，飞坠下来，两边石屑纷飞，冰川天女飞身急起，但见唐经天反脚一撑，双臂一振，身如离弦之箭，向下疾射，那块大石飞堕之势猛速之极，幸喜唐经天的去势比石块更速，看来似是人石同坠，终于那块大石在距离唐经天背后心不到一尺之时，唐经天身形侧射，那块石头越过他的头顶，流星闪电般地向下急降了。冰川天女惊魂未定，忽听得又是轰的一声，两匹马凄厉惨叫，冰川天女一看，原来这两匹从拉萨骑来的健马，逃避不及，已是给大石压毙。冰川天女甚是痛心，急忙去看唐经天时，但见唐经天面如白纸，以手撑地，双腿上满是血痕！

冰川天女一把将他搂住，泪珠一颗颗地滚下来，唐经天笑道："傻公主，你哭什么？我的腿没有断，腿若是断了，你哭也没有用。"冰川天女一看，腿上所受的伤还真不轻，被碎裂的石片割伤的皮肉浮伤不算，还给震爆了两条筋脉，幸而没有断了骨头。冰川天女暗暗佩服唐经天应变的机灵，在大石飞堕之时，唐经天那一脚反撑，恰到好处，一方面加速了自己身体的去势，一方面阻减了那石块的飞堕之势，要不然早给那石块追上压毙了。冰川天女心中想道："怪不得武林各派都奉天山派为内家正宗，唐经天比我大不了几岁，内功就比我深厚很多，那块大石重逾千斤，他居然敢硬碰一下，也不过伤了两条筋脉而已，看来若是好好调治，不过三天，便可恢复如初。"

但觉唐经天的气息好似柔和的春风，轻拂云鬓，脸上感到有点热呼呼的，胸膛有一股令人透不过气来的压力，"难受"极了，又"舒服"极了！冰川天女脸上一热，轻轻将唐经天推开，唐经天却像小孩子撒娇一样反靠过来，笑嘻嘻地道："我的腿断啦，今后永远离不开你，要你扶我一生。"

冰川天女给他敷上了金创药，又给他吃了一颗六阳丸，这是冰宫中的妙药，功能固本培元，她一面服侍唐经天，一面笑道："不知怎的，我一急就会流泪，有一次我养的鹦鹉折了翅膀，我也哭了一场。我们尼泊尔有一个神话故事，说有一个公主，她所钟情的王子，给女巫用魔法弄死了，正要下葬，公主赶到，伏在他身上大哭一场，泪水润湿了王子的心头，王子就苏醒了。"唐经天笑道："哈，哈！那么是我说错了，公主的眼泪果然有用，不但腿断了可医，死了也能复活。有你在我身旁，我的福气岂不是比那神话中的王子还好得多！"冰川天女嗔道："你几时学得这样油嘴滑舌？"轻轻地打他一下，心中却是充满蜜爱轻怜！

唐经天忽道："奇怪！"冰川天女道："怎么？"唐经天道："那块石头！"冰川天女心中一动，道："是呵！那块石头怎的会无端端飞堕下来。你且躺一会儿。"到石峰下面一望，但见原先与那块大石相连的石笋，似是给人用刀斧削过，像蜡烛杆一样，冰川天女爬上去一摸，旁边的泥土也是松松软软的，一看就知是给人弄了手脚，但却布置得那么巧妙，要不是石头已经飞堕下，谁也会以为那块坚石，是石峰的一体。冰川天女大为奇怪，这陷阱布得阴毒之极，绝不会是唐晓澜所为，而且定然是唐晓澜离开之后，别人才敢做的。他为什么要如此布置？难道是预料到有人爬上去看唐晓澜的题诗么？

唐经天也是猜想不透。冰川天女扶着他在雪地上慢慢地走，幸喜走没多久，便发现了一座古代遗留下来的"烽火台"，那是一座好像碉堡的建筑。

古代交通不便，用烽火传递军情消息，在边疆地方，更是常见。尤其在西藏与印度、尼泊尔等国接壤的边区，用这种传递军情的办法，一直保留至清代中叶。不过这座烽火台泥土剥落、石基显露，却是久已废弃的了。冰川天女扶唐经天进去歇息，笑道："能够遮蔽风雨便好，你可以在这里调养几天。"

"烽火台"有两层建筑，上尖下宽，上面是"瞭望台"，下面则是兵士的歇宿之所。冰川天女将地方打扫干净，服侍唐经天躺下歇息，又出外去猎了两只雪鸡回来。唐经天心中暗想："怪不得前人诗道：最难消受美人恩。便是多折几年寿命，我也情愿。"但在冰川天女的细心照料之下，加上她的冰宫灵药，唐经天就是想多病几天也不能够，第二天伤口便已合拢，第三天生出新的肌肉，看来再过一天，就可以完全恢复了。

晚上，冰川天女又猎了一只小黄羊回来，烤给唐经天吃。冰川天女自小有人服侍，对烹饪烧烤的技术，简直是一窍不通，但经她的手弄出来的东西，唐经天吃在嘴里，甜在心里，纵是烤焦烧燶，唐经天也觉得那是天下至美之味！

冰川天女与唐经天跳上瞭望台去看月亮，在喜马拉雅山的冰峰反照下，月光也带有冷意，显得极其清亮。冰川天女忽然幽幽地叹了口气，道："在山的那一边，便是我母亲的故国了。可笑我虽承继了我母亲的公主封号，却无缘踏上尼泊尔的国土。"唐经天笑道："你若要去，谁能阻你。"冰川天女道："我母亲当年伤心之极，离乡去国，避世冰峰，曾发誓不履故土。"唐经天微笑道："沧桑变幻，连冰峰也倒塌了，人事又怎能预测。"冰川天女想起目下便有为难之事，愀然不乐。唐经天笑道："若是你的表哥定要娶你，你想不回乡也不成啦。"冰川天女嗔道："什么表哥？"唐经天道："尼泊尔现在的国王不是你的表哥吗？嗯，我看那胡僧逃入喜马拉雅山区，只怕真是如你所料，是尼泊尔国王派他来的。"冰川天女道："除开是你，我怎肯与第二个男子相处，莫说是尼泊尔国王，便是玉皇大帝迫我也不成。"冰川天女的爱意第一次这样明显地表露出来，唐经天喜极泪下，道："你真的这样看得起我么？"轻搂冰川天女香肩，冰川天女肩头一缩，轻轻拨开唐经天的手指，道："你不许我哭，怎么你自己又哭了？"

忽听得有沉重的脚步声走进，烽火台上下两层有活动楼板隔开，打开楼板，可以将下面的人吊上，吊绳早已腐烂，唐经天熟读史书，知道这种烽火台的建筑式样，刚才是与冰川天女施展轻功，硬把楼板揭开，跳上去的。唐经天听得人声，急忙将楼板盖好，笑道："如此深夜，且看是什么古怪的客人来了？"

冰川天女随手将冰剑一划，在楼板上刺穿了一个小孔，只听得有人怪声怪气地叫道："哈，这里居然有烤熟的羊肉！人却走到哪儿去了？"正是赤神子的口音。另一个声音道："我和尚募化十方，有主儿的东西我都要募化到手，何况是无主之物。哈，哈！我们吃了再说。"唐经天从小孔中望下去，只见一个又高又瘦的和尚手舞足蹈地走在前头，手臂碰到摆着烤羊的石案，竟然发出一种金属的铿锵之声。唐经天认得赤神子，却不认得与他同来的这个董太清。心中一凛，想道："一个赤神子已是扎手，这和尚也邪门得紧，偏偏我的腿伤还未痊愈。"伸手掏出天山神芒，冰川天女悄悄说道："不要理他，且待他们找到头上再说。"冰川天女的心里正充满蜜意柔情，纵许唐经天没有受伤，这时她也不欲厮杀。

赤神子吃了两口羊肉，皱着眉头说道："这烤羊的人简直是个笨蛋，一边烤得焦似火炭，另一边却带着血丝，简直不能入口。”唐经天听他们把自己冰雪聪明的意中人骂得如此不堪，大为生气。冰川天女却朝着他微微一笑，好像在对他表示歉意。

董太清哈哈大笑，道：“我和尚可是饥不择食，你不吃都留给我好啦。上了喜马拉雅山，要找吃的恐怕更难啦！”赤神子哼了一声，忽道：“天杀的毒手疯丐金世遗，我若找到绛珠仙草，恢复当初功力，哼，哼，不把你慢慢折磨，誓不为人！”董太清笑道：“亘古以来，从未听说有人能攀登上珠穆朗玛峰，凭咱们这块料子，想攀上珠峰，除非是天老爷保佑。”赤神子怒道：“你怕死就别陪我去。”董太清笑道：“我也似你一样，本事不济，活着也是尽受人家的气，不如陪你拿性命去赌它一赌！”

冰川天女不知他们说的是什么意思，但听得赤神子这样咬牙切齿地提起金世遗，却是大为诧异，心道：“使他元气大伤的乃是我，他应该恨我才对，怎么却恨起金世遗来了？”她哪知道赤神子在沙漠上吃了金世遗一拐，左脚已然跛了，两人又失了骆驼，熬了许多苦头才逃得出沙漠。

赤神子正在狠狠地咒骂金世遗，外面又传来了马蹄声，董太清笑道：“不好，烤羊肉的主人回来了，我可快要把他的羊肉吃光啦。”赤神子道：“他敢啰嗦，我就一掌将他击杀，咱们改吃马肉。”董太清道：“我出家人可不愿意随便杀人。”两人互相嘲笑，马蹄声已停在门前，只听得一个童子的口音叽里呱啦地说道：“我说不用慌就不用慌，天要打风下雪，这里就平地涌出一间屋子收留我们。哈，哈，里面有烤肉的香味。我敢跟你打赌，里面的主人一定是个好客之人。”唐经天与冰川天女相视一笑，心知来的定然是陈天宇那个多嘴的书童——江南。

一个女孩子清脆的口音叫道：“这是什么怪屋？妈妈，你可曾见过这样奇怪的人家？”一个妇人答道：“我瞧这屋子里也是透着怪气，但即来之则安之，咱们且进去求宿再说。”唐经天大为惊诧，心道：“怎么杨柳青母女也到这儿来了。江南怎的和她们如此稔熟？听这脚步声应有四人，还有一人是谁？”过了片刻，听得外面四人鱼贯而入，唐经天从小孔中张眼一望，那走在最后面的人，却是唐端。

原来江南带杨柳青母女到拉萨来找唐经天，却碰到了唐端，唐杨二家原是世交，廿余年前，冯琳误杀唐赛花的丈夫，闹了一场风波，几乎将杨仲英父女也牵连在内，幸而事情过后，唐家自知理亏，深感对不起死去的杨仲英，因而对杨柳青比前更好，虽然杨柳青的年纪比唐赛花小许多，唐端也将她当作长辈看待，一直将她叫做姑姑。唐端将草原上的奇遇告诉杨柳青，杨柳青知道了唐经天的踪迹，立刻叫唐端带路，西行追踪。

一进门口，只见地下余火未熄，赤神子面目狰狞，伸出一双手掌，在火堆里搓来搓去，正在练他独家的邪门功夫："引火烧身"，迫出掌心的热力，将地上已熄灭了的黑灰重新烧得通红，手掌上剥去了一层皮，十根手指，根根见骨，骇人之极；董太清则斜倚石案，撕着羊腿，脸上一股似笑非笑的阴森神气，据案大嚼，旁若无人。

突然遇着这两个魔头，一行四众都是吃惊不小，江南抖抖索索，退到邹绛霞背后，杨柳青道："不错，这屋子里倒很暖和。江南，把葡萄酒和腊雪鸡拿出来，咱们吃饱了好睡。"她在武林中辈分甚高，心内惊慌，脸上却是神色不变。

江南哪里吃得进去，撕了一只鸡腿，却递给邹绛霞，邹绛霞道："你自己吃吧，我这只鸡腿还没有吃完呢。"江南持着鸡腿，笑嘻嘻地道："唐大侠和我约好了在这儿见面，咱们要留一只鸡腿给他。哈哈，唐大侠和我家公子是最要好的朋友，从来不会失信，他说三更来就一定是三更来。"江南胡说一通，邹绛霞怔了一怔，随即醒悟，那是江南故意编出来说给那两个魔头听的，想用唐经天来吓走那两个魔头，不过他笑得极其勉强，即算是不熟识江南性情的人也听得出他内心的惊慌。

赤神子哼了一声，董太清笑道："可惜这里没有打更的，不知现在是三更还是四更？"江南也不知道是三更还是四更，只知自己话中露了破绽，持着鸡腿，划了一个圆圈，又道："唐大侠和我们一同从拉萨来，他的功夫虽好，坐骑却没有我们快，不过，恐怕也快要到了。他最欢喜喝酒，这个葫芦的葡萄酒可得留给他。"这一下破绽更大，赤神子突然一拍石桌，喝道："江南，你过来！"

江南吓了一跳，摇手说道：“不必客气啦，我怕羊肉那股骚味。”赤神子喝道：“你好胃口，谁请你吃羊肉？过来，服侍老爷喝酒。”江南道：“这酒是留给金大侠吃的。”赤神子冷笑道：“你的金大侠早就在沙漠中死掉啦，你胡说八道，想拿毒手疯丐来吓我吗？哼，你过不过来？再不过来，我就将你也烤焦了。”手掌一伸，热风扑面，江南苦着脸道：“喂，喂，我皮粗肉糙，烤熟了比羊肉还要难吃呵！”

忽听得外面有人哈哈笑道：“烤羊肉还说难吃？哈，哈！我就最欢喜吃羊肉！”赤神子双眼一睁，只见两个怪人以手撑地，竟是头下脚上，像旋风般地扑了进来。看清楚时，原来这两个怪人的双脚自膝盖以下，盘屈如环，一看就知是给人打断了骨头，故此不能行走。但见他们以手代脚，所过之处，地上留下一个一个的掌印。这份功夫虽然吓不倒赤神子，但亦足以令人骇异的了。

这两个怪人深目高鼻，黄发宽额，看装束似是阿拉伯人，却说得一口流利的汉语。只见他们盘膝一坐，眯着眼睛，指着赤神子说道：“好香的肉味，把那条羊腿给我。”赤神子大怒，双掌一扇，热浪向他们直逼。董太清急忙打眼色，阻止赤神子动手。这两个怪人叫道：“哈，哈，好舒服，从冰天雪地里走进这座屋子，真像走进了天堂啦。”看他们的神色疲劳之极，若是武功根基稍差的人，从雪地走来，又受热浪急攻，必将晕倒无疑，而他们却解开襟扣，挥汗谈笑，若无其事。

这两个怪人一胖一瘦，胖的那个道：“久闻中华国土，人人好客，谁知传言是假，眼见方真。”赤神子怒道：“你疯言疯语说些什么？”瘦的那个道：“你想打架么？”赤神子再也按捺不住，跳起来道：“我们两个，你们也是两个，咱们就比划一下。”瘦的那个摇头笑道：“我饿着肚子，可没有气力和你打架。”赤神子一手抢了董太清的羊腿，抛过去道：“快吃，快吃！”虽然是一条斤多重的小羊腿，经赤神子掷出，劲力不亚于一柄流星锤，瘦的那个怪人却一张口就把它咬住，胖的那个道：“还有我呢！”赤神子叫道：“江南，把两只腊雪鸡给他。”江南正盼望有人给他出头打架，忙将两只腊雪鸡恭恭敬敬地摔过去，说道：“吃完了，不够还有！”胖的那个道："酒也拿来。"江南不待赤神子吩咐，又将一大葫芦的酒递给那个怪人，笑嘻嘻地道："不错。饮醉食饱，打架才有精神。"

赤神子狠狠地瞪着那两个怪人，董太清摇头道："何苦来哉？何苦来哉？"赤神子理也不理，连声催道："快吃，快吃！"

那两个怪人慢条斯理地吃了羊腿、雪鸡，又把一大葫芦的葡萄酒喝得干干净净，猛地发了一声怪笑，叫道："好呀，要打架的来吧！"董太清劝道："大家都是出门人，远无冤，近无仇，何苦争这些闲气？"他心中自忖：赤神子功力已减，与自己联手，也未必胜得了那两个怪人，何况还有四个敌人环伺窥视。这四人中，邹绛霞、唐端、江南等三个都是小辈，无足轻重，但杨柳青的弹弓，却不能不提防几分。总之，敌众我寡，这场架不打也罢。

胖的那个怪人面色一沉，却忽地又哈哈笑道："不打也成，只是你们要借一样东西给我。"赤神子怒道："什么？"那怪人道："把你们的四条腿借给我们，这是你们身上之物，现成得很，不费张罗，该不算是难题吧？"这几句说话得稀松平常，好似是向别人借一件微不足道的物件一般。

赤神子辈分极高，横行半世，近年来虽屡受挫折，可从没有人敢对他这样无礼，闻言怒极，不待他们说完，早已飞身扑起，只听得呼的一声，热浪四溢，这一掌是他全身功夫之所聚，杨柳青等人距离在数丈之外，亦觉得热不可当。江南急忙盘膝静坐，运用唐经天所授的那点内功心法，连看也不敢看。

只见那两个怪人不慌不忙，徐徐出掌，赤神子的身形飞在半空，尚未落下，忽然似受了一股无形的潜力反击一样，向下一沉，脚未着地，却向左斜方倒撞出去，赤神子双臂一振，呼地又发了一掌，但这一掌的热力已是大不如前。

董太清这一惊非同小可，但见赤神子狂呼猛扑，身形总不能进到距离那两个怪人的一丈之内，过片刻，只见赤神子左冲右突，竟似没头苍蝇一样，团团乱转。原来那两个怪人所发的掌力，名为"阴阳五行掌力"，一股掌力推前，一股掌力拉后，两股掌力相反相成，陷入了他们掌力的圈子，就像陷进了漩涡一样，非但不能前进，连脱身也难。

董太清虽然不愿招惹这两个怪人，但他与赤神子狼狈相依，赤神子被困，他自是不能袖手旁观，他比赤神子要谨慎得多，先想好了脱身之计，准备施展猫鹰扑击之技，一击不中，立刻退开，永不和他们的掌力正面相接。他心中想道：“这两个怪人双脚已断，如何能追得上我？”

岂知他想得周全，那两个怪人的招式却大出他意料之外，他凌空一击，长臂还未抓到敌人头上，忽见胖的那个怪人双掌向同伴一推，瘦的那怪人身子也突然飞了起来！董太清受他掌力牵引，慌忙在半空中一个转身，向后倒跃，哪知他快别人更快，呼的一声，怪人已在他的头顶越过，烽火台四边有四根木柱，怪人一手抓着木柱，猛地回头发掌。董太清的猫鹰扑击之技，可以在半空回翔转折，但却不能持久。

这猫鹰扑击之技，是当年八臂神魔萨天剌在猫鹰岛上，日久模拟猫鹰扑击姿势，苦练而成，端的是武林罕见的一种轻功妙技，别样轻功，最多是以迅捷见长，而它却可在空中回翔转折。董太清是八臂神魔的唯一传人，现下功夫不减师父当年，瘦的那个怪人一掌拍出，掌力未到，董太清在空中一个转身，又换了一个方向，可是在这转身形换方向的时间，那个怪人手一按柱，身形又已弹出，越过了他的前头，抓着了另一根木柱，回身又是一掌拍出。如是者一连三次，猫鹰扑击之技，闪躲虽然灵活，却是不能持久，到了第四次发掌之时，董太清再也支持不住，一跤摔倒，被那怪人掌力一挥，“送”到了赤神子的身旁。那怪人哈哈一笑，立刻飞回原地，与同伴的掌力一合，董太清也与赤神子一样，只觉好似陷在漩涡之内，脱身不得。

这两个怪人出掌越来越快，董太清和赤神子与他们的距离本在一丈开外，这时但见他们满头大汗，手舞足蹈地一步步向前移动，在寻常人见来，可能还以为是他们在鼓勇进攻，落在杨柳青这样的武学行家眼里，却知道他们是被那两个怪人的掌力所牵引，越陷越深，只要一到了那两个怪人掌力激荡的中心，即算赤神子与董太清武功再强，也将完全受制，宰割由人的了。

杨柳青心中暗喜，想道：董太清对我父亲那一掌之仇，卅年不忘，虽有冯琳调解，难保他日后不再向我寻事，若能借这两个怪人之力，将他除去，倒可永除后患。注视斗场，目不稍瞬。赤神子功力稍高，还在尽力挣扎，董太清却是退一步、进两步，渐渐被那两个怪人引到身边，但见他头筋毕现，火红的两颗眼珠，好像要夺眶而出，杨柳青虽是与他有仇，见此惨状，也觉得于心不忍，急把眼光移开，不欲再看。

忽听得那两个怪人同声喝道："双腿拿来!"接着"当"的一声大响，好像铁锤击钟，巨斧劈石，杨柳青头未抬起，只觉一股热气，掠面而过，睁眼看时，只见董太清俨如巨鸟穿林，身形在空中一个转折，已是从东面的窗子飞出，赤神子亦已无影无踪，想是他逃走在前，那股热风自然是他带起的了。场心那两个怪人仍然盘膝而坐，胖的那个捧着一条铁臂，喃喃说道："真料不到他还有这种邪门功夫。"原来董太清在绝险之际，突然施展救命神招，把他的铁臂飞出，那两个怪人并不知道他那条臂膊是铁铸的，蓦然见他断臂飞来，吃了一惊，不知其中有什么古怪，急忙运了全身气力，将它接住，在这一瞬之间，赤神子和董太清已是双双逃脱。

董太清虽未毙命，但已被逐走，而且又损了最厉害的铁臂，杨柳青自是欣喜无限，忽见那两个怪人目露凶光，忽然转向自己这边。正是：

烽火台中惊怪异，珠峰底下集邪群。

欲知后事如何？请听下回分解。

第三十五回　幽谷屯兵　战云迷塞外
军前露面　天女震番王

杨柳青心中一凛，抓紧弹弓。江南一直闭目静坐，这时听得有人奔出门外，脚步急速之极，迅即消失，四下里静得出奇，这才倏地张开眼睛，跳起来道：“那两个魔头给打走了吗？哈哈，你们得多谢我才成，那一葫芦的葡萄酒最能恢复精神，两只腊雪鸡的味道也不错吧？”忽见杨柳青和那两个怪人相对而视，神气骇人，多嘴的江南也不禁愕诃诃地怔着了。

那两个怪人目光一转，忽地发了一声怪笑，胖的那个首先说道：“确是不错，应该大大的谢你！”瘦的那个接口说道：“你这双腿借给我们用用，等下我给你锯掉时，包保你全无痛苦！”江南叫道：“什么？你要锯掉我的双腿？”瘦的那个道：“不错，我的手术巧妙之极，先点了你的晕穴，你一醒来，血就止了。这份谢礼你觉得如何？”江南大叫道：“不成，不成，我这双腿还要走路！”胖的那个道：“我们也要走路呀，借你的腿给我续筋驳骨，这是两俱有益的事情。”瘦的那个道：“我们借了你的双腿，就收你做弟子。你有了我们做靠山，不但一生不愁衣食，而且没人敢欺负你！”江南叫道：“哈，我才不信，你们的双腿为什么又给人打跛了？”江南这一问，正触他们之忌，那两个怪人面色一变，暴怒喝道：“我要令天下会武功的人都断双腿，第一个就先向你下手！”只见他们手一撑地，立刻飞身扑到，一出左手，一出右手，十指长甲，有如鸟爪，都对准了江南的穴道。

江南吓得魂飞魄散，大声叫道：“我的妈呀！”穴道还未被点，人已几乎晕倒！说时迟，那时快，就在这两个怪人身形飞起之时，杨柳青的弹子也已发出，杨家神弹，名不虚传，弓弦一曳，便是连珠发出，瞬息之间，但似冰雹乱落，从四方八面，打那两个怪人。

忽见那满空的弹子互相激撞，全部粉碎，竟无一颗打到那两个怪人的身上。那两个怪人哈哈大笑，道："还有多少，尽数发来吧！你们四个人的腿都给我留下。"杨柳青这一惊非同小可，但觉两股潜力，已然卷至，顿时便似身陷漩涡之中，不由自己地向前移动。原来杨柳青所发的弹子，给那两个怪人所发的阴阳五行掌力一挤，就像泥沙被卷进了旋风的中心，哪还有半点力量。

眼看那两个怪人便要施展杀手，猛地里"轰隆"的一声巨响，头顶的天花板突然裂开一个大洞，这事情来得意外之极，两个怪人也不禁吓了一跳，同声喝道："谁躲在上面，赶快给我滚下来！"话声未了，但听得"嗤"的一声，一道暗赤色的光华，骤然射下，两个怪人吓个面无人色，手掌一转，互相一推，身似离弦之箭，立时"射"出门外，大声叫道："唐晓澜你可不能不顾诺言！"杨柳青狂喜道："晓澜，是你在这儿吗？"但见一个俊俏少年，从裂洞跃下，微笑说道："不，我是唐经天。"

接着冰川天女也走了下来，杨柳青还是第一次和她见面，心中叹道："天下竟有如此美丽的姑娘！"看了唐经天一眼，又看了女儿一眼，暗暗叹息。邹绛霞一声欢呼，上前拉着冰川天女的衣袖，叫道："姐姐，这回你可走不了啦！"回头对母亲说道："那晚经天哥哥在我们家中出走，我怎么也留不住他，原来他是去追这位姐姐。"冰川天女见她如此天真烂漫，想起当时的误会，不觉低眉一笑，也是发自内心的欢悦的微笑。

唐经天道："这位是桂华生伯伯的独生女儿，芳名冰娥；这位是邹伯母，三十年前，鼎鼎大名的江东女侠杨柳青，算起来我爹爹还是她的师弟。"杨柳青哈哈笑道："说起来都不是外人。"拉着冰川天女的手，仔细端详，越看越觉得她清雅绝俗，艳丽无伦，杨柳青本来对她有点妒意，这时亦觉得"我见犹怜"！冰川天女给她看得不好意思，盈盈笑道："经天，还是你出手得快。那两个怪人不知是什么道路。确有一点邪门功夫，看来就是我发出冰魄神弹，也打退不了他们。”杨柳青笑道：“经天，你看我多糊涂，几乎忘了向你道谢了。”

唐经天道：“其实我的天山神芒也未必伤得了他们，他们是给我吓走的。”冰川天女道：“怎么?”唐经天道：“看这情形，他们定是给我爹爹的神芒打断了腿，故此一见这个暗器，就以为是我爹爹来啦。”杨柳青道：“不错，听这两个怪人临走的言语，大约是你爹爹打断了他们双腿之后，答应过饶恕他们的。所以刚才他们才骂唐大侠不顾诺言，敢情他们还真怕你伤他们的性命。”唐经天沉吟说道：“看来那孤峰上的陷阱，必是这两个怪人所布置的无疑。只不知他们何故与我爹爹结下深仇大恨?”杨柳青道：“什么孤峰上的陷阱?”唐经天将那日的事情说了，杨柳青惊喜交集，道：“原来果然是你的爹爹到此地来了，但喜马拉雅山比天山还高得多、大得多，怎生去找? 呀，我也有廿多年没见着你的爹爹啦，你的爹爹也许未老，我的头上已开始有白发了!”

杨柳青想怀旧事，絮絮不休。邹绛霞笑道：“妈，你尽拉着冰娥姐姐做什么? 经天哥哥要吃醋啦。”杨柳青一笑放开冰川天女，只见女儿却拉着江南走过一边，交头接耳，好像在说什么秘密，江南还不时挤眉弄眼地扮鬼脸。原来这多嘴的江南，最喜欢打听别人的闲事，他从萧青峰和陈天宇那儿，听到一些关于唐经天和冰川天女的事情，这时正像一个说书人一样，在给邹绛霞说唐经天三上冰峰，邀请冰川天女下山的故事呢。杨柳青对着这个顽皮的书童，又好气，又好笑。再看看唐经天与冰川天女亲热的神情，又禁不住心中一酸，想道：“真是各有各的缘分，勉强不来的!”

原来杨柳青少时，曾奉父亲之命，与唐晓澜订下婚约，其后虽因性情不投，各自婚嫁，但唐晓澜到底是杨柳青的第一个意中人，过了数十年，杨柳青的感情虽然早已纯净升华，但对唐晓澜的敬慕却是始终不减。所以她在年前一见唐经天之后，实在有意将女儿许配于他，而今见此情形，知道勉强不得，只好罢了。

众人当晚便在烽火台内歇宿，第二日唐经天的腿伤已愈，一行人等，继续西行，数日之后，到了喜马拉雅山的南边，冰川天女见山谷之中，隐隐露出旌旗，心中一惊，道：“难道是尼泊尔的军队真个来了？咱们且去探它一探。”唐经天道：“好吧，我陪你去。邹伯母，你们暂且不要进山，待我们探明之后，再行定夺。”众人之中以他们二人本领最高，大家自是毫无异议。

喜马拉雅山实在大得惊人，山中许多还是未经人到的原始森林，无路可寻，冰川天女虽然看见旌旗，朝着那个方向走去，还是迷失了路，走了半天，有时听得战马嘶鸣之声，好像就在附近，转过山坳，却又是另一个荒凉的山谷。唐经天笑道：“真得要找个向导才行。”冰川天女笑道：“痴人说梦，你就是出千两黄金，也无人敢陪你攀登此山。”唐经天忽道：“这也不见得，你瞧，那不是人？”

冰川天女抬头一看，只见对面的一座山峰上，一条人影，矫捷如猿，轻登巧纵，越上越高，后面约有五六个人追赶，个个都是一身上乘的轻身功夫，为首的似乎是个僧人，披着一件大红袈裟，迎风招展，分外夺目。

唐经天叫道：“先头逃走的那人是龙灵矫！”冰川天女道：“不错，后面这个胡僧一定是唐端所说的那个劫狱的胡僧了。”唐经天道：“他们追赶龙灵矫定非好事，咱们截住他。”说话之时，龙灵矫的背影已只见一个黑点，后面那几个人影子也模糊了。

冰川天女道：“好，咱们从侧边绕过去兜截他们。认定那个大红袈裟！”两座山峰相距不远，大红袈裟又是最易辨认的目标，唐经天和冰川天女的轻身本领，比之龙灵矫与那胡僧都要高出一筹，唐经天又有游龙宝剑开路，不到半个时辰，他们已从另一个方向，绕到胡僧的前头，龙灵矫正在攀上第二个山峰，而其他几名尼泊尔武士却还远远落在胡僧后面。

原来龙灵矫在尼泊尔军营中住了几日，左想右想，虽然有争天下的雄心，但终不愿负汉奸之名，引外兵入寇本国，是以下了极大决心，拼着为清廷诛戮，从尼泊尔军中逃了出来，准备回到拉萨，将尼泊尔军的部署告诉福康安知道。不料尼泊尔军中也颇有能人，龙灵矫一逃走便给发现。那胡僧率领四名尼泊尔武士，已追了一日一夜。

龙灵矫不敢逃下平地，专向草莽密菁的山头逃匿，追逐了一天一夜，越上越高，雪滑坡陡，山路越来越难走民。这时龙灵矫正在攀登第二座山峰，山上怪石遮云，藤蔓如障，胡僧心道：“若被他逃上山头，更难寻觅了。”提一口气，紧紧跟着上去。这胡僧名唤泰吉提，是尼泊尔的第一国师，轻功确有极高的造诣，这一跃平地拔起，居然跃上了二丈有余，但山上积雪没胫，平滑如镜，脚一着地，又滑下三尺有多，看那龙灵矫时，也是如此，上两步退一步的不敢飞腾跳跃。龙灵矫的轻功与泰吉提在伯仲之间，但在这样陡削的斜坡上，大家都难以如意施展，龙灵矫占了先走的便宜，这时距离那胡僧已有百来步远。

那胡僧心念一动，忽地把袈裟脱下，迎风一展，好似大鸟的双翼，风从上面吹下来，他袈裟兜风，向上一跃，借着风的阻力，居然将身形定住，不再滑下，那胡僧哈哈大笑，向上招手道：“年先生，国王待你不薄，何故逃走？再说，我冒了性命之险，从拉萨救你回来，你这样不辞而行，似乎也违了中国圣人的古训，太不够朋友的交情了吧？”龙灵矫头也不回，拼命攀援爬上，那胡僧声调一变，冷冷说道：“年先生，我劝你还是下来吧，敬酒不吃吃罚酒，那何苦来？被我追上那就不好看相了。”袈裟一展，向上又跃了丈余。

这胡僧胜券在握，正自得意，话未说完，忽听一声怪啸，一道暗赤色的光华劈面射来，那胡僧抖起袈裟，“卜”的一声，袈裟登时穿了一个大洞，好像戳破的风帆，失了作用，那胡僧猝不及防，脚步一滑，向下滑了几丈，几乎跌倒。这胡僧的袈裟是金丝所织，加上他的内力运用，赛过一面盾牌，十数日前，他就曾用这件袈裟，挡过唐赛花的诸般暗器，不料竟给这骤然其来、莫名其妙的暗器射穿，不由大吃一惊。

说时迟，那时快，山坳处扑出一个人来，正是唐经天，胡僧一见是个唇红齿白的少年，骄念又起，袈裟一展，大声喝道：“你是谁人？”唐经天道：“你管我是谁人？我就是不准你上这座山！”胡僧大笑道：“小娃儿，凭你也配？”挥动袈裟，一个盘旋，突然凌空罩下，他以为唐经天只是暗器厉害，还未曾将他放在心上，这一招正是那胡僧苦练了十多年的功夫，名为“天罗盖地！”多强的武功，被他罩着也是无能为力！

袈裟罩下，呼呼挟风，有如一座小山，突然给那胡僧移来一样，唐经天心中一凛：怪不得唐老太婆与金世遗对他也占不了上风，果真有几分本领！不敢怠慢，游龙宝剑扬空一闪，立刻还了一招“后羿射日”的招数！

游龙剑是天山派的镇山之宝，便真的是面铁牌，也给它戳穿了，何况这件袈裟，只听得“嗤”的一声，剑光闪处，袈裟反穿了一个大洞。这一下，那胡僧更是吃惊，袈裟一收，消了唐经天的剑势，先护着身子，再打量敌人。唐经天硬接了一招，虽然把胡僧的袈裟戳穿，自己的臂膊也觉疼痛。

那胡僧袈裟一展，变招再扑，经这一招，他已试出唐经天气力稍逊，拼着袈裟再被宝剑戳穿几个大洞，把袈裟舞得呼呼风响，用绞扯的手法硬抢唐经天的宝剑，唐经天凝神应战，霎眼之间，过了十余廿招，袈裟上被剑尖戳穿的小洞密如蜂窝，那胡僧兀是勇战不退。

冰川天女这时已从另一边绕到，她的轻功本来比唐经天还高，但荆棘遮路，她的冰剑却不如唐经天的游龙剑来得好使，是以反而来迟了一盏茶的时刻。那胡僧正在高呼酣斗，忽见冰川天女白衣飘飘，有如仙女御风，突然飘到面前，只觉目眩神迷，慌忙后退几步。冰川天女按剑斥道：“尼中两国世代交好，你们为何妄来挑衅？还敢越境捕人！快给我滚回去！”声音清脆，宛若银铃，但却另具一种威严，教人慑服。那胡僧不觉又后退几步，但他是第一国师的身份，尼泊尔国王也不敢对他如此呼喝，心头一凛，旋即怒气又生，袈裟再展，冷笑说道：“你是何人？敢来干预我国之事，哼，哼！好大的口气！哎哟，乞嗤！”原来是冰川天女轻轻弹出一颗冰魄神弹，饶是这胡僧内功深厚，袈裟及早挡开，但也不自已地打了一个寒噤。登时怔在当场，猛地想起一事。那冰弹的冷气还未能使他颤抖，想起此事，却不由得抖索起来。

忽听得后面几个声音同声说道：“叩见公主！”那胡僧回头一看，只见跟着自己来的四名武士，在后面一排跪倒。这胡僧大惊失色，心道：“果然是她！”原来这胡僧泰吉提乃是以前那个曾上过冰峰，后来送命在陈天宇之手的那个红衣番僧的师兄，他也曾听师弟说过冰魄神弹的神异，而今亲身遇到，自然也便知道了冰川天女的身份。

泰吉提慌忙谢罪，冰川天女轻轻摆手，朝着跪在前面这两个尼泊尔武士一挥，斥道：“我吩咐过你们，不许再到中国境内捣乱，你们为何不听？”那两个尼泊尔武士诚惶诚恐地答道：“国王有命，不敢不来！”冰川天女道：“国王在哪儿？”尼泊尔武士答道：“国王率领大军，驻屯在南面的山谷过冬。”泰吉提赔笑说道：“国王此次前来，正是为了找寻公主，公主来了，省得大军跋涉之劳，真是好极了。请公主移玉，到军中相见。”冰川天女道：“好，他不找我，我也要找他！”

泰吉提一听冰川天女愿去，心中大喜，想道：“放走了一个龙灵矫，请来了公主，这功劳可大得多了。”于是命令那四个尼泊尔武士在前开路，一行人又再走下山坡，穿过幽谷。唐经天抬头一望，但见山峰上云气弥漫，雪光在雪幕中闪动，再高处则连山峰的面貌也看不清楚，更不要说龙灵矫的踪迹了。

幸喜泰吉提他们带有帐幕，晚上便在山谷宿营，第二日再走了半天，才隐隐听见战马的嘶鸣，泰吉提带有指南针，校准方向，对冰川天女说道：“再向南面走一个时辰，大约就可到了。国王得会公主，不知该多高兴呢！”冰川天女淡淡地应了一声，冷然自若地看着天际浮云，任那胡僧搭讪，她总不肯开口说话。

唐经天却是思潮汹涌，不能平静。冰川天女之所以肯来会见尼泊尔王本是出于他的鼓励，但如今走近了尼泊尔的军营，将来会生出什么风波，却是难以预料，心中禁不住忐忑不安。看冰川天女却仍是那样镇静自如，海水一样湛蓝的眼珠闪呀闪的，谁也猜不透她的心事。

唐经天正自遐思，忽听得冰川天女“咦”了一声，那胡僧也跳了起来，唐经天随着他们所指的方向看去，只见一块平滑如镜的岩石上，留下一道深深的拐印，那不是金世遗的铁拐印还是什么？冰川天女道：“他还留下几行字呢！”唐经天读道：“人间白眼曾经惯，留得余生又若何？欲上青天摘星斗，填平东海不扬波！”想不到金世遗疯疯癫癫，这一首诗却写得超脱豪迈，饶有“仙”意，诗中蕴藏着多少愤激与不平，但却并无向人间“报复”之念。唐经天心中一凛，想道：“难道真是人之将死，便露出至性真情？金世遗一生愤世嫉俗，谁知他却是面冷心热的悲歌慷慨之士？呀，看他的诗意，真是想攀上高接青天的珠峰去寻死，这个想法也太怪诞了！”

冰川天女轻轻地一声叹息，道：“在这样的大山中却怎生去找他？”泰吉提问道：“他是什么人？”冰川天女道：“一个特立独行的朋友。”泰吉提曾被金世遗打过一拐，当然认得金世遗的拐印，听说他竟是冰川天女的朋友，心中暗惊。冰川天女却在独自思量，希望早早结束了与尼泊尔国王会见之事，便邀唐经天登山去搜寻金世遗的踪迹，但一想到在这样的大山中去寻找一个人，那真无异于大海寻针，再一算，金世遗的生命期限只有十天，那更是凶多吉少的了。

冰川天女闷闷不乐，不知不觉随着那胡僧走入南面的一个大山谷，但见帐幕连营，胡马嘶鸣，谷中旌旗招展，刀枪如雪，也不知有多少大军？泰吉提先遣两个尼泊尔武士入王营报告，谷中的军队听说是前王的公主到来，将令也禁制不住，都奔出来看！

自从尼泊尔的前任国师，那个红衣番僧，从冰峰归来，带回了冰川天女的消息之后，尼泊尔国中便流传着冰川天女的种种神话。这时听说冰川天女到来，数万大军都争着出来看，嘈杂声、脚步声震撼山谷。忽见冰川天女在谷口现身，衣袂飘飘，俨如青女素娥，御风下降！一霎时间，数万人不约而同，都止住了脚步，静得连一根针跌在地上都听得见响，人人心中都在赞叹，忽地里“万岁”之声有如山崩地裂！冰川天女微笑挥手，眼角里有晶莹的泪珠。

东方西方，都有相似的成语，说是美人一笑，足以倾国倾城；但冰川天女能令万众倾心，却并非徒恃美色。尼泊尔人人知道，冰川天女乃是华玉公主的女儿，当年若非华玉公主弃国远走，按照王位的继承法，现任的国王就应是冰川天女而非这个暴君。这山呼“万岁”之声，其实是代表了一个愿望，人人都愿得这样一位可爱的女王当国！这愿望潜伏在每个人的心底，这时见了冰川天女的绝世容颜，更是人人难以抑制，不约而同地爆发出来！

忽见王旗招展，中央大营黄色的帐幕打开，尼泊尔王骑着白象，

冰川天女傳
一九八五年十二月画梁羽生先生之小说
于羊城荔湾湖畔野味斋

尼泊尔王骑着白象，在王公大臣的簇拥之下走出帐幕，……

在王公大臣的簇拥之下走出帐幕，霎时间又是诸声俱寂，唐经天陪在冰川天女的身边，冷眼望去，但见尼泊尔王面色灰败，在白象上摇摇欲坠，看这情形，竟是惧怕多于喜悦，尼泊尔王给这突如其来的“万岁”之声吓着了。

这确是大出尼泊尔王意料之外的事，他日思夜想，只是想得这位美若天仙的表妹为妻，如今一听这“万岁”之声，宛如受了当头棒喝，陡然想起了冰川天女也是王位的继承人，心中暗暗叫苦。

尼泊尔王久已期望这样的一次会面，早已念熟了见面之时所要说的倾慕言词，如今竟是一句话也说不出来。倒是冰川天女落落大方，含笑和他施礼。尼泊尔王急忙跳下白象，让她乘坐，但觉她容光迫人，不可仰视；气度高华，令人慑服。嘴角的微笑如同幽谷百合，清雅绝俗，令人不敢起丝毫亵渎之念！

进了营帐，尼泊尔王替她摆酒洗尘，冰川天女叫唐经天坐在她的侧边，尼泊尔王大为不悦，但那是冰川天女吩咐的，连尼泊尔王也不敢道半个“不”字。

酒过三巡，尼泊尔王心神稍定，刚刚想向冰川天女倾吐仰慕之忱，冰川天女却先开口问道：“请问你带倾国之兵，到来何事?”尼泊尔王道：“正是为了迎接表妹回国。”冰川天女面色一端，冷冷说道：“我虽然在中国出生，未曾踏过本国土地，但也曾听母亲提过本国前王的遗训，表兄既然继位为君，难道列祖列宗的遗训也不知道么?”此言一出，满座失色！尼泊尔王杯中的美酒也溅了出来。

冰川天女不怒而威，那两道明如秋水的眼睛，紧紧地盯着尼泊尔王，尼泊尔王只觉得冰川天女又是可爱，又是可怕，勉强镇慑心神，避开冰川天女的目光，强笑说道：“什么遗训?倒要请教。”冰川天女道：“我国小国寡民，样样都要靠中华大国扶持，所以自立国以来，就与中国永敦世好，祖宗的遗训，要奉中国为天朝，不可轻启边衅，你怎么带兵越境?”尼泊尔王道：“我不是挑衅，我是不愿你流浪异乡，想接你回国。”冰川天女道：“我在西藏住得好好的，我若要回来我自己会走。再说你要接我，也不必发了倾国之兵呵！”尼泊尔王哑口无言。冰川天女又缓缓说道：“你发了倾国之兵，也填不满喜马拉雅山的一个山谷，中国之大，岂是你能想象！”

尼泊尔王老羞成怒，想要发作，可是对着这样一位绝世容颜又是公主身份的冰川天女，他又怎敢发作出来。

冰川天女目光一扫，道："国王做了错事，监国重臣也有责任呵！"那些王公大臣个个垂下了头。冰川天女面对尼泊尔王道："我母亲虽然离开故国，但她还保存有先王祖给她的铁券丹书，可以顾问国事，这铁券丹书如今就在我的身上。为了中尼两国的世代交谊，我劝你立即撤兵。你若是不肯依从，咱们就招集全军，各自把主张说出来，诉之公决好了。"尼泊尔王冷透心头，想道："若是招集全军，诉之公决，军队十九会拥护她，这岂不是要立即引起阵前叛变！"心中暗暗叫苦，早知如此，纵许冰川天女再美十分，他也不敢招惹。

唐经天还是第一次见冰川天女这样斩钉截铁的说话，大为惊奇，心中又觉十分痛快。他还未能完全领会，那是冰川天女出于爱中国与爱尼泊尔的激情，以至令一个柔情似水的姑娘，变成了慷慨激昂、大仁大勇的侠士。

尼泊尔王斛悚不安，支吾说道："要撤兵也得过两天才行。外面冰雪封山，也得派人先扫清道路呵！"冰川天女面色稍稍缓和，道："目下春暖花开，冰雪就将融解，那么你就趁早派人清道吧。"尼泊尔王转过话题，搭讪笑道："听说公主住在冰宫，人迹罕到，不寂寞么？"冰川天女道："也住惯了。何况我还有许多宫女陪伴。"尼泊尔王笑道："你在中国长大，当知中国古训，男婚女嫁，人之大伦，长住冰峰，怎生挑选驸马？所以我此次想接你回去，替你筹办大婚。"冰川天女皱眉说道："你多少正事要理……"尼泊尔王截着冰川天女的话头说道："公主完婚难道不是正事么？我只有你一位近亲，能不关心？"冰川天女面色一端，淡淡说道："这事也不劳王兄担心！"尼泊尔王心头一跳，道："你选了驸马么？"冰川天女含笑不答，缓缓抬起头来，忽见唐经天含情脉脉地注视着她，冰川天女满面通红，又垂下头去。

瞧那神情，谁都可以猜想到他们是一对爱侣。尼泊尔王妒恨交并，冷冷问道："这位是谁？"冰川天女道："这位是中国最有名的少年侠客，文才武功都是上上之选。"唐经天道："公主太夸奖了，中国像我这样的人车载斗量。”话似谦虚，其实是正告尼泊尔王，中国不可轻侮。尼泊尔王“哼”了一声，久久始道：“失敬了！”冰川天女道：“他还有几位朋友在山脚。”尼泊尔王道：“好，凡是汉人，我都请他们进来。”声音和面色一样阴沉。

这一晚尼泊尔王彻夜无眠，冰川天女在他心目中就像一朵有刺的玫瑰，明明知道不好沾惹，却又舍不得放开，一闭眼睛，冰川天女和唐经天亲昵的神情，又在他脑海中浮现。尼泊尔王恨恨想道：“我就是撤兵也得把这小子杀掉。”

第二日一早，尼泊尔王又派人请冰川天女与唐经天赴宴，筵席仍是设在他的帐幕中，只是却多了好几个人，原来杨柳青母女和唐赛花姑侄以及那个小书童江南，都给尼泊尔王派人兜截，说是冰川天女和唐经天的意思，把他们都请进来了。

冰川天女欢喜无限，请唐赛花坐在她的身边，悄悄问道：“我们找得你好苦，你不是和金世遗在一块儿吗？他到哪儿去了？”唐赛花道：“一到山脚，他就丢开我独自登山去了。呀，我若是年轻卅年，或许还能追赶得上。金世遗这个人真是古怪透了，咳，我沾他的恩惠，今生是无法报答了。你有没有见到灵娇？”

冰川天女正想答话，帐幕开处，一群武士走了进来，好像开了一个人种展览会，欧洲人、阿拉伯人、印度人、波斯人都有。以尼泊尔一个小国，居然聘请到欧亚各国的武士，尼泊尔王也大足以自豪了。那个胡僧泰吉提也在其中，看了唐赛花一眼，若无其事地坐下，唐赛花真想揪着他追问龙灵娇的下落，可是在尼泊尔王的国宴上，任她如何生气，却也只好忍着。

只听得尼泊尔王笑道：“久闻中华上国人才众多，昨日听公主称赞得这位唐大侠天上有地下无，更是令本王钦仰，难得有今日的盛会，各国武士济济一堂，还请唐大侠不吝指教，好让我们开开眼界。”

冰川天女微笑道：“切磋武功，不分国域，王兄此言，好像把在座诸人划分两边了。”尼泊尔王道：“公主言重了，小王并无他意，只因唐大侠是初次见面的贵客，又是公主赏识的人，才想先见识他的本领。好，我先敬唐大侠一杯！”冰川天女见他目光有异，心中一凛，正想说话，唐经天已坦然的将那杯酒接过去喝了。

尼泊尔王道："谁人愿和唐大侠合演武功?"那胡僧泰吉提应声而出，说道："昨日我已见识过唐大侠的高招，可惜未能尽兴，今日还要续请指教。"他早已换了装束，左手提着大红袈裟，右手拿一个大铁锤。

唐经天道："国师赐教，何幸如之!"拔剑下坐，尼泊尔王命撤开帐幕，腾出一大片空地。

泰吉提扬起袈裟，宛如一片红云，当头罩下。唐经天笑道："你的袈裟织补得好快呵!"举剑一刺，但听得当的一声巨响，泰吉提右手的大铁锤猛地撞去，唐经天踉踉跄跄地倒退几步。尼泊尔王侧目笑道："公主，敢情你真是言过其实，对这位唐大侠夸奖得太甚了!"冰川天女大是起疑，心中想道："这胡僧气力虽大，但以唐经天所修习的天山正宗内功，岂有挡不住他一击之理?这中间一定是有什么古怪。"

泰吉提一击得手，猛如怒狮，袈裟一展，大铁锤又是呼的一声打下，他这打法似是欺负唐经天没有气力似的，硬打硬撞，左肋露出空门，他亦似毫无顾忌。忽见唐经天一个"回风折柳"，身形疾闪，剑光疾起，朗声笑道："站稳了!"刷的一剑，泰吉提腾身跳起，袈裟穿了一个大洞。唐经天连逼两剑，泰吉提收势不及，一锤打下，把坚硬的石地打了一个凹槽，几乎扑倒。唐经天一笑收剑，道："再来，再来!我们中国的古训，不打落水之狗!"

冰川天女舒了口气，微笑说道："王兄请看。唐大侠若是乘势进招，再补一剑，你的第一国师只恐马上就要血溅黄沙!"尼泊尔王大惊失色，这回是轮到他暗暗奇怪了。

原来尼泊尔王蓄意要把唐经天置于死地，在壶中暗藏毒酒，那酒壶分成两格，内有机关，斟给唐经天吃的那杯，是用喜马拉雅山特产的一种叫做"百日醉"的毒草所泡制的；而斟给自己和泰吉提吃的却是平常的葡萄酒。"百日醉"顾名思义，乃是一种极厉害的麻醉药。哪知唐经天胆大心细，早已看出泊尔王神色不对，暗中服下了一颗用天山雪莲制炼的"碧灵丹"，天山雪莲能解百毒，即算是最厉害的"孔雀胆"和"鹤顶红"尚且不怕，"百日醉"何足道哉？

泰吉提满心以为唐经天吃了毒酒之后，筋酥骨软，真力必然发作不出来，所以才大胆抢攻，毫无顾忌。哪知唐经天将计就计，故意装作不胜酒力，让了一招，这才实施反击。要不然唐经天和那胡僧的本事，实在是在伯仲之间，唐经天也断不能一剑将他杀败。

泰吉提一挫复上，这回他可不敢再轻敌了，两人各展出平生绝学，打得砂飞石走，地惨天愁，不过半日时辰，就斗了一百来招，兀是不分胜负。但见那胡僧的袈裟有如一片红云，而唐经天的剑光，则如银虹环绕，中间不时杂以“当当”的铁锤与宝剑交击的金铁之声，动人心魄。这一战把尼泊尔的武士都看得目定神呆，连尼泊尔王亦是惊心失色！

那胡僧昨日与唐经天第一次交手之后，知道他的游龙宝剑锋利异常，只凭着一件袈裟，实在难以抵敌，因此又多用了一柄重达七八十斤的大铁锤作为辅助兵器。宝剑虽利，总不能削断铁锤，泰吉提的内力又比唐经天大得多，因此唐经天虽然展开了绝妙的天山剑法，也不过堪堪打个平手。

激斗正酣，猛地里狂风骤起，喜马拉雅山区风力之猛，举世无匹，尤其是在北山峰坳的一个“台阶”，更有世界“风窝”之称，据近世英人探险家所测，经常达到十级台风以上，登山者若不是用绳索相连，往往连人也被吹走。尼泊尔军队驻屯山谷之中，一为避寒，二来也是为了避风，虽然如此，大风刮过山谷，声势亦足骇人。那胡僧的大红袈裟得风力之助，抖开来有如大鹏展翅，每一扑力逾千斤，把唐经天整个身形都笼罩在他的袈裟之下。唐经天想用宝剑再刺穿他的袈裟，出手虽快，却总是被他的大铁锤挡住。

泰吉提一占上风，尼泊尔王又是洋洋得意，回顾冰川天女，唐赛花坐在冰川天女右侧，蔑嘴说道：“得风力之助，虽胜不武。”尼泊尔王大为扫兴，冰川天女听得经验最丰富的武林前辈唐老太婆也这么说，却禁不住为唐经天担心。

山风越刮越猛，不但唐赛花以为唐经天可能落败，那胡僧也以为胜券可操，顺着风势，袈裟舞得呼呼作响。唐经天给他逼得一连退后几步，忽地说道：“你双手都有兵器，我却只有一把剑，这不公平。”泰吉提冷笑道：“可没有谁禁止你用两种兵器呀。”唐经天笑道：“那么，我可要得罪了。”猛然间只见他把手一扬，几道暗赤色的光华在他指间发出，那件大红袈裟登时像泄了气的皮球，穿了几十个小孔。泰吉提这一惊非同小可，猛地想起这是天下最厉害的暗器天山神芒，纵有金钟罩铁布衫的功夫也不能抵敌，说时迟，那时快，唐经天五指疾弹，大喝一声：“撒手！”他指间夹着几支天山神芒，一挥手间已把袈裟刺了无数小孔，手法之快，实在难以形容，神芒透过袈裟，直刺胡僧手腕。那胡僧大叫一声，不由得他不急忙撒手，只见那件袈裟，被大风一刮，登时飞出了山谷，无影无踪。

泰吉提垂头丧气，退入军营，竟不敢跟唐经天回到席间。唐经天对尼泊尔王笑道：“贵国的第一国师，武艺也确算得是不错的了。”似赞似讽，尼泊尔王听得刺耳钻心，但他所等候的第一高手还未来，只得强笑说道：“我国练兵注重弓马，每个士兵都能驰马射箭，百发百中的也很普通，并非只注重一两个出类拔萃的武士。”唐赛花忽地冷冷说道：“是么？请国王叫几位贵国的神箭手出来，让我这个老太婆也见识见识。”正是：

雕虫小技真堪笑，请看中原第一家。

欲知后事如何？请听下回分解。

第三十六回　较技服三军　神弓无敌
振衣凌绝顶　滑雪奇能

尼泊尔王面色一沉，把手一挥，传下令去，登时在军中挑选出四个人来，每个人都抱着一张大铁胎弓，看那大弓两臂非有五七百斤气力，休想拉得它动。这四个人都是军中的弓箭教头，尼泊尔王却故意隐瞒他们的身份，指着他们对唐经天说道："这四个士兵都是军中的神箭手，百发百中，唐大侠可肯和小兵比比弓箭吗?"在尼泊尔王的用意，以唐经天的身份，胜了几个小兵不足为荣，但若输了，那自是大失面子。

唐经天微微一笑，尚未开言，唐赛花已抢着说道："比弓箭这样的小玩意何劳唐大侠出手？中国的妇孺都能挽弓射箭，何足为奇。这里地湿风寒，老身正想舒展舒展筋骨，这一场待我来吧。"话未说完，就颤巍巍地站了起来。

尼泊尔王大为恼怒，重重地将酒杯一顿，冷冷说道："我国虽然国小兵微，随我出征的都是能征惯战之士。赳赳武夫，岂能欺负一个老妇?"唐赛花也把酒杯重重地一顿，用更冷峭的声音说道："老身虽然年过六旬，叫我穿针引线，我可能老眼昏花；叫我张弓射箭，嘿，嘿，那可是最平常不过之事。若非国王说他们是神箭手，我还不屑欺负后生小子呢!"这几句说话针锋相对，把尼泊尔王说得下不了台，心中想道："好一个讨厌的老乞婆，这可是你自己找死!"便道："好吧，这几个士兵用的是第一号强弓，你要用第几号?"这种第一号的铁胎弓，重达百斤。尼泊尔王看唐赛花老态龙钟的模样，心道："我就不相信你能使用铁胎弓，只怕你拿也拿不起来。”

唐赛花故意不答，道：“你待我再喝一杯酒提提神。”这时间尼泊尔的兵卒已把各号弓箭捧出来，第一号第二号的铁胎弓用两个人抬，尼泊尔王道：“最小的那一号铁弓也有二十来斤，老太太你小心点儿，别闪了手。”

唐赛花一声长笑，道：“老身不用弓箭！”尼泊尔王道：“怎么？不用弓箭，如何比法？”唐赛花道：“善射者何须自己携弓带箭，嘿，嘿，便以其人射来之箭反射其人之身就行啦！你们尼泊尔的神箭手连这点本领都没学过吗？”比射箭而可以自己不用携弓带箭，尼泊尔王确是没有听过，哪肯相信，只当是唐赛花因为自己拿不起铁弓，故作大言，其实是想逃避。唐经天可是暗暗好笑，唐家素有“天下暗器第一家”之称，唐赛花是唐家硕果仅存的长辈，她和这几个人比箭，那简直是等于猫和老鼠戏耍一般。

只见唐赛花一步一步，气喘吁吁地走入场心，忽地盘膝坐在地上，双目一张，叫道：“你们把利箭射来吧！”那四个弓箭教头见一个老妇人走出来，又是如此这般模样，反而给她弄糊涂了。他们始时以为是她走得累了，坐在地上歇息，哪知她却讲出这样的话来。这四个尼泊尔教头在军中素负盛名，岂肯射一个手无寸铁的老妇。

唐赛花嚷道：“怎么，你们不敢和我比箭吗？哈！哈！尼泊尔的神箭手竟是虚有其名！”尼泊尔受汉化甚深，许多人懂得汉语。这四个教头中有两个便能听能说。其中一人忍受不住，心道：“你骂我事小，损及尼泊尔射手的威名，那可不成！”立刻张弓搭箭，叫道：“我这一箭射你头上的玉簪，你不要动，免得误伤！”他的箭法百不失一，嗖的一箭，对准唐赛花的头簪射去。

这个教头还真的不忍射伤一个老妇，所以预先出言提醒。哪知唐赛花可全不领他的这个情，只见弓如霹雳，箭似流星，倏地射到唐赛花头上，唐赛花把手一招，若无其事地将那支利箭接了下来，在地上一插，叫道：“喂，其他的人怎么不射？”那个教头大吃一惊，又是嗖的一箭，对准她的手腕射去，唐赛花伸指一弹，那支利箭又插到泥中。另一个教头心狠手辣，一箭射向她的咽喉，唐赛花叫声：“哎哟，不好了！”嘴巴一张，利箭插入口中。第一个教头埋怨同伴道："你怎么真的要射死她？"忽见唐赛花张口一吐，笑道："幸亏我的牙齿还行！"那枝箭又插在地上。这正是唐门的绝技——"啮簇法"。唐赛花嚷道："你们是怎么射的？这一会子功夫才射出三枝。"

这一下把那四个教头全都激怒，四弓齐张，四箭齐发。唐赛花坐在地上，动也不动，箭到便接，霎时间在她周围插满了箭杆，好像平地筑起了个篱笆围着她一样。唐赛花边接箭边嚷道："不成，不成！还要射快一些！"四个教头咬一咬牙，这时已不是怕将她射死，而是怕损了他们军中神箭手的威名，不约而同地都施展出"连珠箭"的绝技，但见飞矢如蝗，纷纷攒射。唐赛花手法一变，随接随甩，每甩一枝箭，就将另一枝箭碰落。她虽年迈，却是内功有火候的人，以手甩箭的劲道比那四个教头用铁胎弓射出的劲道还要凌厉得多，但见满空箭雨，纷纷向那四个教头反射回去。她也是有意不伤那四个教头，利箭射回，都插在四个教头身边的地上。霎时间也像平地涌起了一座箭林，将那四个教头都围在里面。

四个教头大惊失色，不消片刻，他们箭囊中的利箭已射完了。唐赛花叫道："你们留心，我还敬了，我要把你们的四张弓弦全都射断！"她双手齐发，将最后所接的四枝箭都甩出去，箭挟风声，掠过空中，发出呜呜的啸声。那四个教头无法可挡，只好不约而同地提起铁弓招架，但听得一阵噼啪的连珠密响，四张铁弓的弦果然都给她一举射断！

四个教头掷弓于地，气沮神丧。唐赛花拍拍衣服，抖一抖身上的尘砂，站起来道："如何？我中华妇孺之辈，亦善骑射，这话可不是说假的吧？"那四个教头跨出箭杆所围成的圈子，面色惨白，听了此话，意殊不信，拱手齐道："老太太神技惊人，只怕天下再也找不到第二个。"唐赛花微微一笑，招手说道："柳青，你也来露一手。"

其时狂飙已息，山上的飞鸟，纷纷飞进谷中躲避外面卷起的漫天雪片，杨柳青取出弹弓，指着天上的两行雁道："我第一排弹弓，要打左边这行雁的左眼，第二排弹弓要打右边这行雁的右眼。"此言一出，不但那四个教头吃惊，所有听得懂汉语的尼泊尔武士都露出不相信的神气。

说时迟，那时快，只见杨柳青弹弓一曳，嗖嗖连声，左边那一行雁应声堕地；杨柳青脚跟疾转，柳腰一折，弹弓再曳，右边那一行雁也齐都堕地。两行雁堕在地上，也相距三丈有多。

那四个教头分成两组，上前验看，果然是左边那一行雁都瞎了左眼，右边那一行雁都瞎了右眼，眼中都嵌着一颗小小的弹子。一排弹弓能打瞎一行天空飞雁的眼，而且要左中左，要右中右。这手功夫与刚才唐赛花的接箭甩箭，各有胜场，都是足以震世骇俗的绝技！四个尼泊尔教头心服口服，再也不敢多说半句。

唐赛花与杨柳青回到席上，江南笑嘻嘻道："邹伯母，你这手绝技教我行不行?"杨柳青笑道："你给我磕头，叫我妈妈，我也许会教你。"江南道："好，一言为定，我这就给你磕头。"杨柳青又气又恼，道："别胡闹，这是什么地方?"邹绛霞说道："妈，教给他。"杨柳青大为奇怪，心道："难道霞儿看上了这个书童?"岂知邹绛霞早与江南约定，她想要学江南那手颠倒穴道的功夫，说好了将杨家的神弹绝技作为交换。

尼泊尔王心烦意乱，他一连看了三场绝技，由不得他不惊惶，心中想道："这些汉人难道都是神仙下凡？毒酒不中用，连一个老太婆也能射断铁胎弓。"他所等的一个异人还没有来，实在想不出什么办法来折唐经天的威风。

忽见一个黄发碧眼的西洋武士站了出来，叽里咕噜地说了一大遍，通译的说道："这位史密夫先生说，他曾听说中国有一种奇妙的点穴功夫，可以制人于死，他说在欧洲也有一种叫做'子午流'的功夫，可以随时令人的血液停止循环，看来大约与中国的点穴功夫相近，他想与中国的点穴名家彼此观摩印证。"

唐经天听说欧洲居然也有这种与"点穴"相同的功夫，大感兴趣，正想应战，忽见江南笑嘻嘻地站了起来，说道："我江南手痒得紧，唐大侠，这一场就让我玩玩吧。"

唐经天笑道："好极，好极！我几乎把你这位点穴名家忘啦!"江南乐不可支，对邹绛霞道："你听到没有？唐大侠也夸奖我，你还敢说我的功夫不行?"咕噜噜连喝了三大盏葡萄美酒，连笑带跳地跑到场心，活像一个顽皮的孩子，急不及待地去参加什么有趣的玩意。

尼泊尔王怔了一怔，但随即想道：刚才那个老太婆也有这般惊人的本领，只怕这小孩子真会点穴！对江南倒是不敢小觑。那西洋武士却是气得哇哇大叫，指着鼻子道："哼，哼！叫这个小孩子和我比赛点穴？"江南听不懂他的说话，但见他哇哩哇啦地指手划脚大嚷一通，形状甚是滑稽，也学着他的样子和腔调指着鼻子胡叫一通。那西洋武士问通译道："这小把戏说什么？"那通译其实也不知道江南是说什么，但他听得尼泊尔王传话下来，说这个小孩子是点穴名家，便道："他说他的点穴功夫很厉害，问你敢不敢和他比试。"转过头问江南道："是不是这个意思？"江南忍着一肚皮的笑，满脸正经地点头道："对极，对极！你译得一点不错，正是这个意思！欧都由都，艾詹哇哩哇噜。"刚才这个西洋武士出场时曾向冰川天女问候，"欧都由都"是"你好吗？"冰川天女经过通译传话，也问他："你好？"他说："艾詹哇哩哇噜。"即是回答："我很好。"这是西方应酬的套语。江南就学会了这两句，模仿那西洋武士的口吻，乱嚷一通，但说出来当然是荒腔走调。

那西洋武士初时勃然大怒，听了江南乱嚷，不觉一怔，心道："咦，他怎么向我问好，又自问自答呢？"继而自作聪明地想道："是了，这个小孩子怕我弄死他，所以先向我套套交情。"便道："小孩子放心，我不要你的性命，只将你点得晕倒就算啦。"江南凝神听他说话，跟着又学他的说话，指着那西洋武士的鼻子大嚷一通，这几句话甚长，他学讲也讲得不全，但"我不要你的性命"这一句却讲得相当纯熟。那西洋武士刚刚对他有点好感，一听之下，怒火又发，"哇"的一声大叫，张手就向江南一扑。

那武士只当江南是和他胡闹，并不真想用"子午流"的闭血法来对付他，而是想将他摔倒便算。岂知江南在石林中，学过"穿花绕树"的身法，在岩石交错的石林中也可以穿插自如，西洋武士要捉他，他只当是捉迷藏，绕着那武士的身子转来转去。那武士手长脚长，捉来捉去都捉不着江南，江南时而从他胯下钻过，时而从他肩头跳过，闹得不亦乐乎，旁边人看去，就似乎那长手长脚的西洋武士在和这个小孩子闹着转圈圈的玩儿，都忍俊不禁，嘻嘻哈哈地哗笑起来。

那西洋武士大怒，喝道："你再胡闹，我可不留情啦！"江南也学着他喝道："我可不留情啦！"只听得铮的一声，那西洋武士掣出一件奇形怪状的兵器，似一个银制的笔管，约有六七寸长，两头都是尖的，银光闪闪，向着江南的胸膛一刺。江南道："咦，你点的是什么穴？"身形一仰，便待避开，哪知"得"的一声，那支笔管忽然长了几寸，在江南的胸脯上重重点了一下，原来这枝笔管，装有机括，可以随意伸长，高手比斗，只差毫黍，何况江南还并不是高手，一下便给他点中了。

江南只觉一阵酸麻，立即又跳起来道："喂，你这件东西倒是件好玩意，送给我行不行？"那西洋武士的"子午流"闭血法和中国的"点穴法"同一原理，不过却没有中国点穴法的深奥，中国的点穴法是认明人身上的各种穴道，所击之处只在一点；而"子午流"闭血法则是按着时辰，将身体某一部分的血液循环阻遏。江南跟黄石道人七天，就只学得他一样"颠倒穴道"的功夫，穴道颠倒，血液的循环自然也不是依照正轨，不过因为"子午流"闭穴法触及的部位较广，因此亦感到一阵酸麻，但却无伤害。

那西洋武士点不倒江南，江南反而嘻嘻哈哈地来抢他的笔管，这一惊非同小可，一按机括，"得"的一声，长针又在江南的手腕上刺了一下，江南骂道："好小家相，你不给我，我偏要取！"使出一招陈天宇教他的"顺手牵羊"，将那西洋武士一扯，一只手托着他的肘尖，另一只手便来硬抢他手中的笔管。岂知那西洋武士颇有几斤蛮力，手腕一弯，便是一记勾拳，江南险险避开，他那支笔管向前一送，银针陡地长出一尺有多，针端锋利，在江南腿上重重刺了一下。这一下却不是"子午流"闭血法，而是把银针当成伤人的利器。原来他这支笔管，共有三截，第二截的银针是钝头的，用以闭血，第三截的针尖却是锋利的，内贮毒液，可以伤人。江南给他一针，痛得"哎哟"一声大叫，跳了起来，忽觉一腿麻木不仁，只道是被他点了穴道，大怒叫道："哼，就只你会点穴么？看我的！"身形一晃，从那西洋武士蒲扇般的大手底下钻过，骈指一点，正正

冰川天女傳
一九八五年十二月畫于羊城

……身形一晃，从那西洋武士蒲扇般的大手底下钻过，……

点中他胁下的晕穴，那西洋武士哼了一声，立刻跌倒。

江南一跷一拐地跑回来，对唐经天道："颠倒穴道的功夫不顶用，喂，你给我解穴。"唐经天一看，见他小腿红肿，笑道："这不是点穴，你喝一杯酒就好啦！"暗把一颗碧灵丹丢入酒杯，江南接过这杯葡萄酒一喝而尽，果然痛楚若失，嘻嘻哈哈地对尼泊尔王笑道："这大个子说要和我比赛点穴，哈，我用点穴法点倒他，他却用毒针整治我，真不要脸。不过他既然在点穴的比赛上输了，当然算我全胜啦。"尼泊尔王作声不得，那西洋武士的伙伴却忽然哗叫起来。

原来他们见同伴昏迷不醒，他们以为中国的点穴既与"子午流"闭穴法相同，便尽他们所知，用解"子午流"闭血法的手术施救，岂知中国的点穴法奥妙非常，各家各派的点穴法都是不尽相同的，他们不动手术也罢了，一动手术，割破静脉，放出血来，摸一摸同伴的鼻端，反而没了气息。因此群情汹涌，说是江南用巫法治死了他们的同伴，要向江南索命。

通译传话过来，江南叫道："呵呀，我早说过我的点穴非常厉害，问过他敢不敢与我比试的，是么？"通译点点头道："不错。"江南道："那么他是咎由自取，怎能要我赔命？"尼泊尔王一想，既然比武，那就难保不伤性命，确是没理由要江南赔命。不过武士们群情汹涌，却是令他难以处置，便道："请问小侠，你既会点穴，是不是能够解救？"

江南第一次听得人尊称他做"小侠"，乐得眉开眼笑，装模作样地说道："这个吗？这个——"尼泊尔王急道："怎样？"江南道："我师父只教我点穴，解穴却未教过。更且，谁教他们胡弄，刀呀叉呀的乱割一通，他们把同伴弄死了，却推给我医，哪有这个道理？"尼泊尔王大为失望，道："这便如何是好？"江南慢吞吞地道："小侠不会，大侠可会。唐大侠不但会解穴，而且死了的他也可以医活。"尼泊尔王大喜，急忙向唐经天求救，唐经天暗暗好笑，不想江南再胡闹下去，便道："好，且待我试一试看，我可不敢担保准成。请那些人不要围在旁边，我好施术。"

尼泊尔王请通译传话，那群西洋武士听说唐经天可以把死人医活，立刻让出路来，恭请唐经天来施术。唐经天微微一笑，道：“我的手术，是不必临床的。”随手在地上拾起一粒石子，轻轻一弹，筵席与场心相距数十丈，这粒小石呼的一声，端端正正地打中了躺在地上那西洋武士的眉心，旁边的同伴哗然大叫，正欲责问唐经天何以对死了的武士尚加侮辱？忽见那西洋武士“哎哎”地叫了一声，手脚颤动，一霎眼便站了起来。唐经天笑道：“行啦，他们自己割破的伤口，那我可不负责了。”手术割破的外伤，极为轻微，边旁的人替他裹伤包扎，立刻行动如常。

这群西洋武士见中国的点穴法如此神奇，都是心服口服，一致向唐经天道谢。那个与江南动手的西洋武士长叹一声，将闭血的笔管叫人送给江南。西方武士的规矩，比试输了，就得将佩剑献给对方，这个西洋武士正是依照他们的规矩，何况江南曾向他索取过这枝笔管。江南笑道：“你敬我一尺，我也敬你一丈，这枝笔管我不要啦。”那西洋武士更是感激，大大地恭维了江南一通，称赞他的点穴确是世间少有，江南笑得眼睛眯成了一条缝，其实他的“颠倒穴道”功夫还可算得是独门绝技，至于论到点穴的功夫，第三流还够不上。

江南正在嘻嘻哈哈，忽觉四围的人突然静寂，气氛有异！

尼泊尔王突然发出一声欢呼，站了起来，只见两个残了双足的怪人，手挽着手，一跷一拐地跳跃而来，形状诡秘之极，这正是在烽火台中所遇，声言要打断江南双足的那两个怪人，江南一见，吓得不敢做声。

那两个怪人肩上搭着一件大红袈裟，正是胡僧泰吉提用作兵器的那件袈裟，刚才刮大风之时，袈裟被吹到谷外，想是刚好被这两人拾获，就披了进来。江南很怕这两个怪人，这两个怪人却不理会江南，眼睛向席上一扫，忽地从袈裟上取下一支天山神芒，问道：“这是谁的？”尼泊尔王急忙给他介绍道：“这位是中国最出名的唐大侠。这两位是阿拉伯最出名的袄教修士，左边这位是佟古拉，右边这位是阿斯罗。他们师父是东欧和阿拉伯最有本领的异人。”唐经天抱拳道：“领教了。这支神芒正是我的。”那两个怪人打量了唐经天一会，说道：“幸得在这里重逢，真是好极了。我们还要和唐大侠领教领教!”尼泊尔王听说他们曾经见过，颇为奇怪。

那一晚在烽火台内，佟古拉和阿斯罗其实还没有见着唐经天的面，他们是给唐经天的天山神芒吓跑了的。刚才他们在谷外拾获胡僧的大红袈裟，看到插在袈裟上的天山神芒，还以为是唐晓澜在此，(他们的双腿正是唐晓澜用天山神芒射残废的。)硬着头皮，心惊胆颤地进来。如今一见不是唐晓澜，心中都是又羞又怒，立意要和唐经天再决雌雄。

唐经天道：“请两位划出道来。”心中正在盘算如何破解他们的阴阳掌力，佟古拉和阿斯罗悄悄耳语，商量了好一会，由佟古拉说道：“我们两人是一师所授，碰到一个是两人齐上，碰到一千个也是两人齐上。要比试就是我们兄弟同唐大侠一齐比试。”唐经天心中一凛，想道：“若是一个，我有把握取胜，若是两人，他们那怪异的阴阳掌力，却非我一人所能破解。”但在国王筵前，岂能示弱，便道：“好极，好极！那就让我一人接两位的高招!”

佟古拉道：“唐大侠是国王贵宾，咱们若然武比，只怕伤了和气。”唐经天心中一喜，说道：“那么文比也行，请问两位要如何比法?”佟古拉道：“我们二人想与唐大侠比试轻功。”原来他们二人被唐晓澜打得怕了，听说唐经天也姓“唐”，又会用天山神芒，早已猜到唐经天是唐晓澜的儿子，虽然见唐经天如此年轻，功力料想远远不如他的父亲，但心有顾忌，未有十分把握，终是不敢武比。

他们是如此想法，这句话一说出来，可令得全场震动，连唐经天也暗暗吃惊。这两个怪人的膝盖已碎，虽然经过多日治疗，不必像在烽火台的时候，用手代足走路，但两只脚好像吊在大腿上一样，一跷一拐，走一步都十分吃力，这个样子，却居然要与唐经天比试轻功，而且看他们的神气，竟似极有把握!

唐经天怔了一怔，只听得佟古拉又道：“咱们就以南面这座山峰，作为比试轻功的地点，谁先上到峰顶，谁便算赢。”唐赛花冷冷说道：“可是你们是两个人呢！若然一个比唐大侠先到，一个比唐大侠后到，那又如何?”佟古拉道：“要赢我们两个就一齐赢，要输我们两个就一齐输。我们只要一个落在唐大侠之后，那就算我们输了。”这办法看来好似是唐经天大占便宜，唐赛花也无话可说。

佟古拉又喝了一大杯酒，“当”的一声，将酒杯摔掉，哈哈笑道：“趁现在天色还好，咱们这就比吧，一刮大风，这山峰就更难上了。”

众人不约而同地抬头一望，但见那座山峰峭壁千丈，积雪皑皑，有如一座白玉屏风在，阳光下闪出霞辉丽彩，看这光景，只怕苍蝇爬上去也会滑下来，人哪得立足？即算是用壁虎游墙的功夫，也支持不了多久。

唐经天正想答话，忽见冰川天女盈盈起立，微微笑道：“唐大侠适才与我国的第一国师比了一场，咱们不该让客人太过劳累，请让我与两位大师比一场吧。彼此观摩印证，原不必有国域之分，尽挑着要与唐大侠比，那岂不是令客人感到见外了？”她这话说得冠冕堂皇，尼泊尔王无话可驳，佟古拉惶恐说道：“公主万金之体，怎好轻试？”冰川天女笑道：“我在冰峰上，也已惯了，算得什么？”佟古拉约略听过关于冰川天女的故事，心内嘀咕。冰川天女笑道：“若是我输给二位，再由唐大侠来比，那么双方都比了一场，就没有谁占便宜了。”佟古拉与阿斯罗，在阿拉伯久享胜名，自然要保持身份，听冰川天女的口气，竟是口口声声暗指他们想占唐经天的便宜，心中大是气愤，想道：“好，待我们赢了你之后，再与他比，那也准赢，这不过是迟早的问题而已。”便道：“公主既如此说，那我们只好奉陪了，请国王恕我们僭越之罪。”

尼泊尔王持杯沉吟，良久始道：“好，好！请公主珍重玉体，不要强力而为。”他看这峭壁千丈，积雪皑皑的山峰，心中也不禁发毛，甚怕冰川天女一个失足，那便要立刻玉殒香销，但转念一想，自己欲讨冰川天女为妻，那是十九不能如愿，若然冰川天女失足而死，那最多是自己与唐经天都无所得，自己的皇位也不怕有人威胁了。所以他几次转念，欲阻还休，终于还是允准了冰川天女的比试。

尼泊尔的军队听说公主要亲自比试，都是又喜又惊，喜者是有机会得再睹冰川天女的仙容，惊者是怕她万一失足。但王命已下，军士又有谁敢上去劝止？

几十营兵丁都涌出帐外，但却是万众无声，大家都屏住了呼吸来看这一场比试，冰川天女缓缓走到山峰下面，和佟古拉、阿斯罗二人并排站立，静待尼泊尔王发令。阿斯罗忽道：“且慢!”

冰川天女道：“怎么?”阿斯罗道：“咱们这场比试，名是一场，实是两场。上山之后，还要下山。再回来时，谁先落地，那便算赢，还是依照上山的规矩。”冰川天女笑道：“这个何须再说。上了山当然还得下山。好吧，现在可以开始了吧。”挥一挥手，叫一个在旁侍候的尼泊尔武士告诉国王。阿斯罗比佟古拉细心，未获胜，先防敌，心中暗思：“公主能称冰川天女，只怕上冰峰确有非常本领，但下山之时，以我们练之有素的神技，则定是能准胜无疑。”

尼泊尔王一声号令，他的御前侍卫立刻发出一支响箭，只见佟古拉手一按地，腾空飞起三丈来高，头下脚上，向着冰峰猛行，身体一沾着冰壁，便好似钉在上面似的，说时迟，那时快，阿斯罗也照样的腾空而起，但却拿佟古拉的身体作为按手之处，一按他的身体，立刻借力再度飞起，这一下两股力量相合，身子腾空，飞得更高，直飞上四五丈高，始行冲下，仍是像佟古拉一样的附着冰壁，再让佟古拉借他的身体作为按手之处，发力再飞，如是者此起彼落，霎眼之间，已升了数十丈。满山谷士兵，都不禁大声喝彩。却不知他们是用什么方法，如此神奇，竟然能令身体钉在冰壁之上。

原来佟古拉与阿斯罗断腿之后，彼此相依，在各种武功上都练好了互相配合之法，他们对这场比试，更是早有准备，十指上都戴有铁指套，硬用指力插入冰壁。所以他们坚持要两人一同比试，看似给对方便宜，其实却是他们绝妙的取胜之法。

冰川天女让他们先起步，微微一笑，也跟着腾空飞起。但见她双足一沾冰壁，便再不起步，竟似在冰壁上滑行似的，借那冰雪之力，风驰电掣般地向上疾驶。尼泊尔是冰雪之国，溜冰滑雪这种玩意三岁儿童也会，但足下必定装上滑冰的鞋子，而且是顺着下易，向上滑难，像冰川天女这样无所凭依，在冰壁上向上滑行，那却是闻所未闻，见所未见。满山谷的士兵发出轰天价般的彩声！连唐经天与她相识了几年，也还是第一次见到她在冰峰上的轻功本领，不禁看得呆了。

但见冰川天女与佟古拉、阿斯罗二人，时而你抢在我的前面，时而我抢在你的前面，佟阿二人一飞就是四五丈高，但他们要指插冰壁，方能借力再飞，往往就在这刹那之间，冰川天女便即滑行穿越他们；随即他们二人又是腾空掠过，冰川天女又追上；于是者兔起鹘落，端的令人眼花缭乱。渐渐越上越高，但见冰川天女衣袂飘飘，俨如在千丈的冰壁上蹈空飞翔，美妙之处，难以言宣。山谷下面的数万大军，个个目不转瞬地仰头上望，静得连一根针跌在地上都听得见响。如此奇景，再世难逢，人人心中赞好，连喝彩也无暇了。再过片时，只见这三人好像星丸飞跃，即将到达山顶。

除了唐经天唐赛花等有限几人外，其他人等已瞧不清楚谁在谁的前面。江南紧张之极，频频问唐经天道："喂，现在是谁占先了？"唐经天睁圆双眼，仰头上望，不睬江南，江南着急得搓着双手，满头大汗。忽听得唐经天一声欢呼，手中的酒杯"呛啷"一声跌落地上，江南道："怎么啦？"唐经天透了口气，这才叫道："公主赢了！"

原来在接近峰顶的一刹那，佟古拉使尽平生气力，向上一冲，刚刚沾地，冰川天女立刻便跟上来，而阿斯罗虽然也立即飞上，但已是落在冰川天女后面。照他们自己定的规矩，只要有一人落后，便得算输，唐经天瞧得清楚，所以说是冰川天女赢了。

但在冰峰之上，冰川天女却自己愿当作和论。佟古拉与阿斯罗正自气沮神伤，冰川天女却盈盈笑道："我赢了阿斯罗，输给佟古拉，若然照你们定的规矩，算我赢了，我自己也心难自安。好吧，这一场就算扯成平手，公不公道？"佟古拉吁了口气，不好意思回答，阿斯罗道："既然如此，我们多谢公主相让了。好吧，咱们再比赛下山。"佟古拉与阿斯罗得冰川天女当作和论，都不禁精神一振，在山峰上与冰川天女并排站好，尼泊尔王的御前侍卫在地上射出一支响箭，响箭带着一溜蓝火升空，山峰上的三人立刻又飞驰而下。

佟古拉与阿斯罗仍依前法，以一人指插冰壁，定着身形，第二人再借力飞腾，不过比上山之时，却快得多，俨如两只大鸟俯冲飞下，每一腾起跃落就是十丈有多！

他们快冰川天女更快，她顺着冰壁溜下，毫不费力，当真如冰河倒泻，飞星急驶，转瞬之间，已到山腰。佟古拉急极，使尽气力飞降，但见他张开双臂，身上的斗篷被山风吹得好像涨满的风帆，借着风力，下“飞”更速。冰川天女双足交错滑行，在他附着石壁的时间，驶过他的面前，盈盈笑道：“小心些为好！”佟古拉全神贯注，哪敢回答，陡然间山上刮下大风，佟古拉一喜，心道：“我乘风飞腾而落，怎么样也比你滑行要快得多！”这时阿斯罗已掠过他们面前，手指刚刚插入冰壁，佟古拉急不及待，用力在他肩上一按，哪知冰雪给风吹得剥落，佟古拉这一下用力，两个人都立足不稳，被风一刮，头下脚上地冲下来，跌得头晕眼花，好不容易才沾着冰壁，但冰壁滑不留手，他们顺着冰壁滚下，失了那俯冲之势，手指使不出劲来，眼睛又被风刮得张不开来，但觉身体虚虚浮浮，好似向无底的海洋飞堕，心中都在叫道：“想不到就此完了！”

谷底的士兵不知就里，只见佟古拉二人在冰壁上飞滚而下，而冰川天女竟然落后数十丈之多，还以为是佟古拉用什么妙法，都在替冰川天女暗暗叹息，惋惜她这世上无双的滑雪功夫，竟会败在佟古拉等二人手里。

忽听得“轰隆”一声，佟古拉触着一块凸出来的大冰块，撞得头破血流，登时晕厥。但也幸而有这块冰块，阻止了他，这才不至从千丈冰崖堕下，送了性命。阿斯罗给他一阻，手脚也给尖冰割伤。冰川天女一看不好，加速滑下，解下腰带，缚住了佟古拉的腰，叫阿斯罗拉着中间，她执着腰带的一头，小心谨慎地将他们拖下冰壁。

谷底的士兵触目惊心，冰川天女一下来，周围的武士便纷纷涌上去，急忙施救，幸喜二人的内功甚有根底，佟古拉伤势较重，头上穿了一个窟窿，经过裹伤包扎，血也止了。尼泊尔王面无人色，忙叫人将佟古拉与阿斯罗抬到帐后疗治。这二人还能说话，躺在担架上频频向冰川天女点首道谢。

冰川天女回到席上，叹口气道：“料不到我一时好胜，却累得这二人跌伤！”尼泊尔王强笑说道：“公主仁人之心，在绝险的冰峰之上，救了这二人的性命，小王敬佩无限！”亲自敬了冰川天女三杯美酒，心中却一直打鼓，自思自想道：“冰川天女这样本事，万一她肯嫁我，我也制服不了她！”在尼泊尔王的眼中，此时的冰川天女已不止是一朵有刺的玫瑰，而是他王位的克星了。尼泊尔王恨不得早早送走了她，但他一来就说过要邀请冰川天女回国，却又怎生措辞将她送走？

忽听得谷外敲起咚咚的大鼓，一连敲了三十六下，冰川天女知道这是尼泊尔皇室接待最珍贵的外国贵宾的敬礼，心中大诧，想道：“难道是哪一国的皇子到了？”

只见尼泊尔王喜形于色，站起来道：“唐大侠，我给你们引见一位当世的异人，他是东欧和阿拉伯诸国公推为最有本领的一位高人，提摩达多大法师！”

尼泊尔王以王者之礼迎接提摩达多，但见前面王旗引路，提摩达多骑在一匹白象之上，在众武士与弟子簇拥之下，走进山谷营地。唐经天定睛一看，但见他银发披肩，面色却是非常红润，太阳穴微微鼓起，一看就知是内功深湛的高人。唐经天心道：“久闻阿拉伯诸国也是文明古国，他们的武术像中华一样，也是源远流长，这个人倒是不可小觑。”

提摩达多见国王迎接，略一欠身，便下了象背，众人像捧凤凰似的，陪他走到筵席，尼泊尔王恭请他坐在上位，自己在下首相陪。唐经天暗暗留心，只见他走过的地方，地上的冰雪立刻融化，虽说谷中地气暖和，地上的积雪不厚，但这份功力，即在中国的武林，也没有几人能与抗衡。

提摩达多横眼环扫席上诸人，缓缓说道：“我此来是想登上世界第一高峰，创造人类奇迹，想不到碰上国王的盛宴，真是幸何如之。”他的话自有人译成中尼二国语言，唐经天听了，心中暗笑，想道：“原来他与金世遗竟是抱着同样的心思！”随即又想：“喜马拉雅山是中尼两国共有的名山，若给他攀上这世界第一高峰，岂不令我们愧死？”心中不期然起了争雄之念。但想到珠峰亘古无人能上，提摩达多的武功再高，只怕也是一场妄想而已。

尼泊尔王道：“攀登珠穆朗玛峰，稍缓一两日，待天气转暖也还不迟。目下各国武士较技，盛会难逢，正要请大法师指教。”冰川天女看了提摩达多一眼，见他仰望珠峰，洋洋自得，禁不住心中生气，想道："若给这厮攀上珠峰，尼泊尔人也失了面子。可笑国王还这样奉承他。"这时她也明白了，提摩达多肯作尼泊尔王国宾的理由，原来他是想攀登珠峰，喜马拉雅山主权属于中尼两国，他是要取得尼泊尔王的允许，才能登山。不过严格说来，山的北边是中国所有，他若从北边登山，按理至少还应得到西藏当局的允可；不过，清廷在西藏的当局，自顾不暇，也难以理到这些事情了。

提摩达多目光与冰川天女一触，倏地面色一变，随即合十说道："这位女菩萨，就是贵国的公主吗？"尼泊尔王道："不错，她正是前王的公主，流落中国，孤王此次便是要接她回来。"提摩达多一到，便听得自己的两个徒弟与冰川天女比试轻功，几乎跌至摔死，心中正自不忿，如今见到冰川天女的绝世容颜，而且高贵庄严，令人不敢迫视，腔中的怒火怎么也发作不出来，更兼她是半个主人的身份，也不方便向她挑战。转过目光，对唐经天看了一眼。尼泊尔王忙道："这位是中国最负盛名的大侠，令师侄泰吉提便是败在他的手下。他的武功神奇之极，只怕除了法师外，无人能与他相抗。"

尼泊尔王是故意要挑起提摩达多的敌忾，提摩达多听了通译的话，果然不忿，哼了一声，说道："我久闻中国武功的奥妙，可惜无缘到中国来与中国高手切磋，今日得遇唐大侠，那是定要领教的了。"

唐经天道："我怎敢当大侠之名，法师若想与我国高手切磋，亦非难事，在一月之内，我定当寻得本领比我高十倍之人，向大师领教。"唐经天知道自己的父母已到此地，冯琳和吕四娘也会到西藏来，心想随便一人，便至少可与提摩达多打成平手。

提摩达多听了通译的传话，冷冷一笑，仰天说道："我可没有工夫等一个月！咱们又不是孩子打架，要等大人来帮手嘛，彼此印证武功，谁胜谁败，又算得了什么？唐大侠可不必着忙要挂免战牌。唐大侠若是怕输，那么让在座所有的中国人在一边，区区不才，只凭这双肉掌，愿与所有中国高手较量。"听了这话，泥人也自有气，唐赛花忍耐不住，道："经天，你不出场，让我这老太婆向他领教。”唐经天急忙将她按住，冷笑说道：“大法师既然如此挤兑，我虽然不足以代表中国武士，也只好不自量力，向你讨教了！”正是：

堂堂中国奇男子，岂肯低头服外人。

欲知唐经天与提摩达多较技，胜败如何，请听下回分解。

第三十七回　剑影刀光　群英逞绝技
干戈玉帛　杀气化祥云

提摩达多仰天大笑，道："对啦，还是爽快些好！嚓，还有哪位要一同上吗？省得我一个一个的比试。"唐赛花老而弥辣，听了通译的传话，"哈，哈，哈"地也大笑了三声，道："你对他说，我坐着不动，也要将他打败！"唐经天一听，便知道唐赛花又是想施展她的暗器功夫，但提摩达多岂是那几个弓箭教头可比？他既在东欧西亚号称第一高手，想必有极其厉害的独门功夫，唐赛花年迈力衰，纵然暗器精绝，只恐也难与相抗。唐经天不待通译传话，急忙说道："这位老太太是闹着玩的，当然由我比试。"那通译的说了，提摩达多龇牙咧嘴地冲着唐赛花一笑，道："老太太你坐着瞧好了，你年纪大啦，就是打我我也不能还手。"唐寒花最恨别人欺她年老，听了通译的传话，气得半死，提摩达多与唐经天已经走入场心了。

提摩达多气焰凌人，唐经天心中自是不悦，但仍是待他以前辈之礼，拱手说道："请！"提摩达多哈哈笑道："你腰间悬着宝剑，我就让你先刺三招！"唐经天又怒又惊，心道："这厮好眼力，剑未出鞘，他居然看出我的游龙剑乃是宝物。"唐经天如何肯占这个"便宜"，冷冷说道："中国武士从不欺负手无寸铁之人，你亮出兵器来，我让你先进三招！"提摩达多双掌一拍，淡淡说道："我多年不用兵器对敌，早已忘掉兵器是怎么用的啦！"唐经天道："好吧，那么咱们就较量较量拳脚上的功夫。"江南急忙扬声叫道："唐大侠不要上他的当，有宝剑为何不用？"要知唐经天的宝剑神芒，乃是克敌制胜的两大"法宝"，只赛拳脚，那就是舍长用短了。按中国武林的规矩，各人有各人的绝技，有的精于剑法，有的雄于掌力，以剑对掌，也并不是什么有失面子的事情。但经多嘴的江南这样一嚷，尼泊尔武士们都注意唐经天腰间隐隐透出光芒的宝剑。通译的又故意将江南的话传译出来，提摩达多更是洋洋得意，哈哈笑道："对啦，有宝剑为何不用？要不然你输了也不心服！"

处此情形，唐经天更不好自食前言，弃掌用剑，双掌一错，傲然说道："不必多言，请先赐招！我若输了，自然甘拜下风！"提摩达多心中也佩服唐经天的倔强，知他不肯先行动手，便笑道："那么你站稳了！"距离三丈之外，也不见他伏身作势，便若无其事似的，轻飘飘地拍出一掌，唐经天尚未留神，陡然间只觉一股极大的潜力排山倒海而至，急忙施展"千斤坠"的功夫，双脚牢牢钉在地上，上身已是晃了两晃，提摩达多见一掌推他不动，微微"噫"了一声，右掌收回，左手轻轻一招，唐经天只觉陡然间又有一股相反的潜力，将他牵引！

两股力量，相推相引，唐经天再也站立不稳，急忙趁势一跃而起，出手如风，凌空疾击，一照面便用天山掌法中的追风掌式"排云驶电"，立下杀手。尼泊尔武士们不知就里，见唐经天身法俊美，掌法凌厉，都喝起彩来。岂知唐经天是被迫如此，实在已被敌人占了主动。只是提摩达多在喝彩声中，双掌齐扬，唐经天在半空中连翻两个筋斗，斜飞出三丈之外，落在地上。尼泊尔的数万大军，见两人手指都未沾到，便立即分开，都是莫名其妙。

提摩达多见双掌齐出，仍是未能将唐经天击倒，心中暗暗称奇，想道："这小子就算在娘胎里便学武功，最多也不过二十多年功力，居然能挡得我的阴阳掌力！看来中国武功的奥妙，确是名不虚传！"心中一凛，不敢轻敌，趁着唐经天喘息未定，疾行扑上，左一掌右一掌，有如狂风骤雨，打得唐经天只有招架的份儿！

唐经天小心翼翼地用追风掌法对付，攻中带守，见招拆招，见式拆式，不过一会子功夫，但觉敌人的两股掌力，左右牵引，越来越见厉害，顿然间好像身处在一个极大的漩涡中心，进既不能，退亦不得！原来提摩达多用的乃是"阴阳五行掌力"，是观察天体星辰的运行法则，从"万有引力"中所参悟出来的一门奇功。要知用任何一种力量打击对方，有正作用必有反作用，提摩达多练到两股掌力互相激撞，再与敌人所发的力量汇合，敌人的力量就反而为我所用，和几股浪潮相碰之时，卷起漩涡的道理，正复相同。

唐经天虽然不识这种奥妙的奇功，但他到底是一代宗师的嫡系传人，一觉身子似投入漩涡的中心，不久便悟到内力激撞的消长之理，当下立即凝神运气，抱元守一，兀立在漩涡的中心，施展出天山掌法中最精妙的“须弥掌法”。须弥掌法是天下第一等的防身功夫，全用阴柔之力，随势屈伸，消解敌人攻来的劲道。不过提摩达多的掌力并非直接打到唐经天的身上，他的两股掌力成为圆圈形的牵引，唐经天虽然尽力化解，仍然是身不由己地跟着他的掌力直打圈圈。不过比起初遇这种掌力之时的狼狈，已算是应付有方了。

尼泊尔武士们不明其理，但见唐经天不住地绕着提摩达多疾走，提摩达多则有时迈前一步，有时退后一步，总是将自己保持在唐经天所绕圈子的中心，同时不停地将两手揉搓，均是大感诧异，不知者还以为他们是弄什么把戏。唐赛花可是触目惊心，只见唐经天越转越疾，头上冒出热腾腾的白气，心中暗叫不妙，不假思索，长袖一挥，暗中发出几枚三棱透骨钉，分打提摩达多上中下三处死穴！

唐赛花发暗器的手法，天下无双，这一下袖底飞钉，毫无声息。众人又正在看得眼花缭乱，谁也没有留意她。唐赛花正自得意，忽听得叮叮叮几声连响，有如银瓶乍裂，金铁交鸣。唐赛花吃了一惊，立刻暗呼不妙。提摩达多手上没有兵器，身上没有甲胄，唐赛花所发的暗器名叫“透骨钉”，一沾人体，立可透骨而入，他身上既无甲胄阻隔，怎会发出这种叮叮叮之声？

只见唐经天似陀螺般地疾转一圈，身形忽然停滞下来。提摩达多纵声大笑，原来那几枚透骨钉都给他用掌力硬迫到唐经天身上。提摩达多正想出语冷嘲，忽见火星点点，从唐经天身上溅起，那几枚透骨钉给震到半空，除了是他，寻常肉眼，已是不能看见。提摩达多这一惊不在唐赛花之下，要知这几枚透骨钉锋利非常，经他的掌力一迫，那就等于从枪口中所发出的铅弹一样，即算身上披着重甲，也难抵御，然而竟然射不进唐经天的身体！

他哪里知道唐经天身上披着一件异宝，那是昔年钟万堂送给他母亲的金丝软甲，不要说几枚透骨钉，即算削铁如泥的宝剑也刺不进去。不过因为提摩达多的内力太猛，所以他才似突然给人推了一把似的，转个不休，好不容易用“千斤坠”的功夫，才能把身形定住。

唐经天大怒喝道：“好呀，你偷用暗器，来而不往非礼也，你也接一接我这天山神芒。”霎然间两道乌金光芒电射而至。提摩达多长袖一挥，只听得嗤嗤两声。那两支天山神芒虽然给他拂落地上，但他的衣袖也被射穿了两个小孔。提摩达多还是第一次见到世间有这种强劲威猛的暗器，心头也不禁微微一震，说时迟，那时快，唐经天又接续发出两支，提摩达多不敢怠慢，凝神运掌，将两支天山神芒在离身丈许之地劈落。这时通译才来得及将唐经天适才所骂的说话传译过来。提摩达多这一气非同小可，大怒骂道：“你们的人偷施暗算，却赖在我的身上，哼，哼，算哪门子的好汉！喏！就是——”忽地想起自己适才说话太满，说过只凭一双肉掌便可与所有的汉人周旋，那又怎怪得旁人出手相助？何况发暗器的又是他所讥笑过的“老太婆”？以他的身份，难道还要与一个老太婆骂战？所以他本来想指出唐赛花，话到口边，却又忍着。尼泊尔武士听了通译的传话，心中都在想道：“明明是你用暗器先打人家，若然是中国人发的，怎么会打到他们同伴的身上？”对提摩达多的话反而不信，嘘声四起！

说时迟，那时快，唐经天又接续发出两支天山神芒，提摩达多一动了气，真力稍减，两支神芒直到离身三尺之地，才给他的掌力震落，要是掌力再弱一些，只怕就要给神芒透心穿过！提摩达多心中一凛，正在凝神运气，忽觉臂上的穴道一阵酸麻，随即听到女子吃吃的笑声。

只见山坡上的冰岩转角之处，突然闪出两个女子，一个是中年妇人，一个是如花似玉的少女，看情形是两母女，却是一般打扮，头上结着两个蝴蝶结，显出一副淘气的神情。唐经天大喜叫道：“姨妈！”那中年妇人身形一起，在空中一个转身，飘然落地，这等轻功比刚才的佟古拉阿斯罗等人，又不知高明了几倍，山谷中的几万大军不禁发出如雷彩声！

提摩达多俯首一看，只见臂上沾着一片新绿的树叶，一抬头但见冯琳对着他嘻嘻地笑。这片树叶正是冯琳用“飞花摘叶”的最上乘的内功发出来的！本来提摩达多的内功与冯琳不相上下，只因他全神对付天山神芒，故此竟给冯琳的一片树叶，将他的臂膊打得隐隐发麻！也幸亏冯琳及时出手，要不然他的掌力一发，唐经天就要重陷漩涡，虽有天山神芒，也无余力发出了。

冯琳道：“经天，金世遗呢?”唐经天道：“嗯，还未见到，看迹象可能也到这儿来了。”冯琳点了点头，道：“好，你和表妹说去，我来对付这个番僧。”一招手叫通译过来，嘻嘻笑道：“我最喜欢看人要把戏，我瞧这位大法师搓手转圈，怪有趣的，你对他说，我想逗他玩玩!”

提摩达多几曾给人这样嘲弄过，但他见了冯琳的武功，确是不容小视，高手比拼，哪敢动气？只好强抑怒火，拱手说道：“好，我今日就再会一会中国的女英雄，叫她亮出兵器来!”冯琳听了通译的话，笑嘻嘻地解下头上的一个蝴蝶结，把缠着蝴蝶结的彩色头绳一抖，笑道：“我既不是女英雄，也不会拿刀弄剑，我最拿手的就是用绳子缚猴儿，好呀，你对他说去!”

通译的话未说完，但听得提摩达多一声怒吼，双掌一拍，狂飙骤起，冯琳身似花枝乱颤，在风中摇摇晃晃。唐赛花叫道：“不好!”李沁梅笑道：“我妈妈和他戏耍呢!”只见冯琳左一晃，右一晃，有如迎风起舞，衣袂飘飘，那根彩绳俨似一条金蛇，忽屈忽伸，忽地嗖的一声，抖得笔直，直钻提摩达多的鼻孔。这一下怪招，大出提摩达多意外，彩绳全不受力，掌风及远不能及近，竟是无可奈何，饶是他闪避得快，也被彩绳轻轻地沾了一下，登时打了一个喷嚏。

江南拍手笑道：“妙啊！妙啊!”连紧绷着脸孔的尼泊尔王也不禁笑了起来。但见冯琳刁钻之极，口中不住叫道：“刺你眼睛!”“穿你耳朵!”那条彩绳被她用上乘内功使动，竟似一条钢线，不但穿眼刺鼻，防不胜防，而且专钻人身各处穴道。提摩达多的阴阳掌力虽然厉害，但也得利用敌人的反击之力，冯琳的彩绳轻飘飘的，打又打不断，荡又荡不开，看似最柔，实则最刚。冯琳把真气防护全身，她与提摩达多功力悉敌，提摩达多的劈空掌力又伤她不得，她用彩绳刺穴，等于用兵器以制空拳，提摩达多简直无法应付。

唐经天直看得入神，李沁梅在他耳边低声问道："表哥，你是不是很讨厌金世遗?"唐经天随口应道："嗯，有一点。"眼光一瞥，忽见李沁梅神色甚是认真，心中一动，转口说道："没，没有呀！呀，快看！这一招好极了！"李沁梅嗔道："喂，你怎么无心答我的话？我妈准赢这个番僧，不看也罢。你真心答我，你到底是不是讨厌金世遗?"唐经天道："我是说真的。以前是有点讨厌，现在吗？没有了。"李沁梅道："嗯，现在世遗哥只有七天性命了，你知也不知?"唐经天怔了一怔；怎的李沁梅记得如此清楚？忽地恍然大悟，微笑说道："原来你和姨妈到此，是来追金世遗的。"李沁梅道："你愿不愿救他？我妈说只有你和姨父用天山派的内功心法可以救他。"唐经天道："我和冰川天女来此，本来就是准备救他。"李沁梅道："那么咱们赶快上山去寻他。"唐经天笑道："那也得等你妈妈打完这一场咱们才好去呀。"心中暗笑，想道："金世遗这样不近人情，居然也有人欢喜他。"但立即被表妹流露的真挚感情所感动，想起要在喜马拉雅山找一个人，无异大海捞针，殊无把握，不禁黯然神伤。

李沁梅扬声叫道："表哥已答应救他啦。妈，你赶快打败这番僧，咱们好上山去！"忽听得"哗啦啦"一片声响，地上本来凝结着很厚的坚冰，这时冯琳脚下的冰雪突然崩解，只见冯琳凌空飞起，彩绳疾绕，同时屈指如钩，向着提摩达多的头顶凿下。唐经天喝彩道："好一个猫鹰扑击的功夫。"话犹未了，但见提摩达多的满头乱发根根上竖，冯琳突然在半空中转了一个圈圈，彩绳倏地飘开，人也斜飞飘下。提摩达多身法也是快到极点，几乎是后脚跟着前脚的一扑即至，双掌一分，把冯琳的身形都罩在他的掌力之下。

要知提摩达多能够称雄东欧西亚，实非幸至，他见难以取胜，突施诡计，虚劈数掌，迷惑冯琳，却把内家真力，运到脚跟，突然在地上重重一踏，将坚冰震裂。正巧冯琳又被女儿催促，忽觉地下摇动，便趁势飞起，用力下扑。提摩达多正要借用敌人反击之力，冯琳的力量分解为二，一股力量用以压住地下的坚冰，才能借力飞起；一股力量用以反扑敌人；这一来，恰好中计，即在内功的比对上，也已及不上提摩达多了。提摩达多的阴阳五行掌力立生妙用，冯琳几乎被他的掌力卷入漩涡，幸而她的轻功妙技，天下无双，能在空中转折，这才逃出了提摩达多的毒手。

在这一进一退之间，提摩达多已是抢了先手，冯琳急忙凝神运气，仍用前法，以彩绳刺他的穴道。但提摩达多的掌法亦已跟着改变。

但见提摩达多五指疾弹，另一只手则不停地打着圈圈，冯琳的彩绳有如长蛇屈伸，倏进倏退，却总是穿不进圈子，近不了敌人的身躯。原来提摩达多的聪明才智并不亚于冯琳，交手了数十回合之后，他已看出冯琳的功力与他不相上下，也看出了冯琳防他阴阳掌力的方法。于是改变战术，只用一手发动阴阳掌力，另一只手则改掌为指，把内力凝于指尖；掌力的分布面广，面广则力薄，难以令彩绳受力；指力凝于一点，彩绳一近就被他弹开。这一来，冯琳的彩绳刺穴之法受了克制，难以发挥，双方等于各以内力相搏，打成了一个平手。

唐经天暗暗顿足，道："不要再催你的妈妈啦!"李沁梅大是焦急，却无可奈何。江南悄声说道："唐老太婆，再发暗器!"他机灵之极，刚才唐赛花偷发暗器，他坐在唐赛花身边，只有他瞧在眼内。不过他却看不出冯琳偷发的那片树叶，只道刚才提摩达多的受挫，是唐赛花的暗器之功。唐赛花苦笑道："冯琳的暗器功夫比我厉害得多，她犹自不能制胜，我再出手，那管保是越帮越糟!"唐经天听了这才知道刚才的暗器竟是唐赛花所发，自己错怪了提摩达多了。

不说唐经天等一干人为冯琳暗暗着急，尼泊尔王更是触目惊心，他把提摩达多倚为靠山，只道提摩达多一到，便可无敌于天下，哪知却被冯琳缠战，抢不到半点上风。"一个中国妇人，也有如此神奇的本领，中国人才之盛，真是难以窥测，看来我真是井底之蛙了!"心中不禁凛然生惧!

提摩达多苦斗冯琳，地下的冰雪不住融解，双方都占不到便宜。冯琳面上的笑容也尽已收敛，她正想别出新法破敌，忽地山风又起，卷着沙石冰块，从上面直刮下来，蓦地里忽听得一声怪啸，随着山风吹送下来，那啸声恍如海涛卷空，接续不断，接着是一阵极奇特的呜呜之声。

冯琳忽地跳起，叫道：“是金世遗！”一个转身，跳出圈子，疾向山上奔去。提摩达多怔了一怔，咕咕噜噜地大嚷一通，也跟着向山顶奔去，冯琳的影子，转瞬之间不见，提摩达多向着另一个方向登山，片刻之间，身形也被嵯峨的怪石遮蔽了。

众人都是一呆，通译的禀告尼泊尔王道：“提摩达多大法师说，他的弟子在上面呼唤他，他要攀登世界第一高峰，先告辞了。”唐经天叫道：“胡说，明明是金世遗，怎么是他的弟子？”李沁梅扯着唐经天道：“咱们快去。”这时群情耸动，冰川天女和唐赛花等人都纷纷起立，忽又闻得呜呜的号角之声，守在山谷的尼泊尔的武士跑进来报道：“中国的大军到了！”但听得谷外万马奔腾之声，尼泊尔王大惊失色！

冰川天女道：“咱们的军队先行越界，怪不得人家前来问罪。幸在尚未越出山区，还有得说。目下之计，只有设法消弭争端，方为上策。”尼泊尔王道：“他们肯么？”唐经天道：“中国是仁义之师，人不犯我，我不犯人。现在战端未启，国王亲去赔罪，料想可以化干戈而为玉帛。”尼泊尔王没了主意，恳求唐经天道：“一切仰仗唐大侠代为说辞。”尼泊尔王本来觎觊西藏，经过了今日的一场比武，始知中国能人之多，而今又被中国的军队制住机先，堵了谷口，哪里还敢再有野心。

唐经天道：“排难解纷，乃是我辈分所当为，不敢推辞！”尼泊尔王便请唐经天与冰川天女同乘白象，摆起仪仗，到谷口迎接大军。李沁梅急道：“表哥，你不去救金世遗么？”唐经天道：“待这里事情稍告段落，我便立即上山。”李沁梅道：“那么我先走了。”神色之间，颇为不悦。唐经天取出一个银瓶，瓶中藏有三粒碧灵丹，递过去给李沁梅道：“碧灵丹虽然不能治本，但让他多活几天，想还能够。你一路上留下标志，我自会跟踪前往。”李沁梅接过银瓶，幽幽地叹了一口气，道：“若然救不回世遗哥哥，我一生都会难过。”唐经天还是第一次见这个顽皮的表妹叹气，心中甚感歉疚，但中尼两国的友好，比起金世遗的生死重要得多，他又怎能抽身陪李沁梅？

冰川天女傳
一九八五年十二月畫于羊城野味齋

只见“帅”字旗下，一个雄赳赳的将军，挺着狼牙棒，在马背上顾盼自雄，……

走出葫芦形的峡谷，只见中国的军队排成扇形的阵势，堵住谷口，戈矛映日，旌旗招展，军容甚壮，冰川天女道："咦，你看那不是陈天宇和幽萍吗?"只见"帅"字旗下，一个雄赳赳的将军，挺着狼牙棒，在马背上顾盼自雄，侧边立着一个少年公子，一个如花少女，唐经天认得这将军乃是焦春雷，旁边站立的公子和少女正是陈天宇和幽萍。原来福康安赏识陈天宇的才具，叫他来襄赞军务，幽萍怀念主人，当然跟着来了。

唐经天得见陈天宇，冰川天女得见幽萍，自是喜之不胜。焦春雷虽然是主帅，但拙于言辞，交涉事宜，都委托给陈天宇办理。陈天宇首先便问尼泊尔王的来意，尼泊尔王说是因为冬天寒冷，特地到山谷中避寒练军，喜马拉雅山太大，一时没有查清楚，以至越过疆界。说话之间，频频道歉。陈天宇想不到事情如此容易解决，也便不为己甚，告诫了几句，约好在第二日再详细商谈两国友好通商的具体条文。

尼泊尔王既已道歉，中国军队当然亦以国君之礼相待，立即在军营中设宴，并馈赠一万套寒衣给尼泊尔的士兵。尼泊尔军欢声雷动，人人感谢冰川天女和唐经天的相助，消弭了这场战祸。对中国的宽容，当然更是感激不尽。

事情告一段落，趁着筵席未开，陈天宇忙与唐经天交谈别后的经过。

陈天宇听说金世遗有性命之忧，而今独上高山，只怕难以寻觅，心念他以往相救之情，甚是难过，也愿陪唐经天等上山寻找。唐经天道："我们已有多人前往，你尚有大事要办，不必去了。"陈天宇道："咱们不久也怕要分手了。"唐经天道："是否令尊已接了御旨，有了南归之讯么?"陈天宇道："京中已来了驿报，家父奉调回京，重任御史。家父想回京之后，便即辞官，回故乡养老。"

江南插口笑道："带不带我回去?可怜我名叫江南，天天听你们说江南的美景，江南到底是怎个好法?我却一点也不知道。"唐经天笑道："江南就像你一样，顽皮活泼，生气勃勃，惹人喜爱。"江南笑道："哈，我还是第一次听得有人说我不惹人厌，唐大侠，你真是我的知己。"陈天宇正色说道："你如今和我们都是一样的身份，你欢喜去哪儿就去哪儿。你愿和我们同回江南，那是求之不得。我也舍不得你呢！”

那边厢，幽萍也在和主人互谈心事。幽萍问道：“公主，你回不回尼泊尔？”冰川天女笑道：“我就是想回去，只怕国王也不欢迎我呢！”幽萍笑道：“他不是想娶你做皇后吗？”冰川天女笑道：“谅他也没有这个胆子。我看他现在就是想等我自己说出不愿意回尼泊尔的说话。”将两日来的事情，告诉幽萍，幽萍听说尼泊尔王尴尬之事，几乎笑破肚皮。

过了一会，幽萍忽又问道：“那么你回不回冰宫？”冰川天女道：“怎么？”幽萍道：“我想那冰宫冷冷清清，其实也没有什么好玩。”冰川天女道：“我偏偏就是喜欢冰宫！”幽萍黯然不语，脸上掠过一丝失望的神色。冰川天女笑道：“我也学陈天宇对待江南的榜样，从今以后，你我姐妹相称，你愿意去哪儿，就去哪儿。”幽萍忙道：“我没有离开公主的意思。”冰川天女笑道：“各人有各人的缘分，我知道你不愿再回冰宫，你想跟陈公子同去江南，天宇为人不错，你跟他我很放心！”幽萍给主人一言说破心事，既是欢喜，又是害羞，说不出话来，只是嘻嘻地笑。

席散之后，已是黄昏，唐经天冰川天女等都留在清军大营，尼泊尔王自和他的大臣回去，商议明日交换文书、勘定疆界等大事。唐赛花知道龙灵矫已逃入深山，不待席散，便先和侄儿上山去了。

喜马拉雅山的夜景奇特之极，一望无尽千万座山峰，都是白雪皑皑，好像神话中的琉璃世界。唐经天迫不及待，与冰川天女连夜登山。午夜时分，重到金世遗留下诗句的地方，唐经天无限感慨，笑道：“想不到我当初那么憎恨他，而今却从心底里盼望他不要死。”冰川天女笑道：“人世之事，本来难测。这不是你常说的吗？”谈笑之间，忽又听得山顶有怪啸之声，不是金世遗是谁？只是山峰插云，虽闻啸声，却不知他人在何处。正是：

飘零湖海豪情在，欲上世间第一峰！

欲知金世遗性命如何？请听下回分解。

第三十八回　恩怨全消　卅年怀旧恨
死生度外　一醉解千愁

冰川天女在为金世遗担心，金世遗却正在为冰川天女祈祷。金世遗早就看见他们了，唐经天和冰川天女却没有看见他。

那是在唐经天和冰川天女出手拦阻红衣番僧，让龙灵矫攀上山峰逃走的时候。金世遗正伏在对面山峰，将一切情形都看得清清楚楚。

这时只要金世遗一声叫喊，他立刻可以将自己的生命从死亡的边缘挽救回来，可是他却不愿意向唐经天乞求，他一声不响地直到唐经天和冰川天女走了之后，才抬起头来，深深地叹了口气。

山风卷着雪花，雪花飘在他的身上，他死水一样的心湖，却忽然泛起了波澜，记起了人世的冷酷，也记起了人世的温暖。他想起冰川天女对他的友情和期待，他也想起了李沁梅对他的爱意与关怀。然而这一些杂乱无章、片片段段的回忆，都似那满天飞舞的雪花，刹那之间，便又随风而逝。

他深深地叹了口气，从来不懂得关心别人的他，这时却忽然为冰川天女祈祷起来，他生平一不信神，二不信佛，可以说从来没有信仰过什么东西，然而他这次却是衷心地为冰川天女而祈祷，但愿天上真有一个“全能”的神，能够降福给冰川天女，让她和唐经天一生幸福。这时他对唐经天的恨意也像雪花在阳光之下一样地融解了，虽然谈不上好感，但他已知道冰川天女是真心喜爱唐经天，他为了冰川天女的幸福，也就愿意唐经天得到幸福，一切妒忌贪嗔，尽都升华，尽都净化。

他茫然地独自登山，但见龙灵矫正在上面疾行，龙灵矫似乎也怀着重重的心事，脚步不停地攀上一座山峰又一座山峰，根本没有想到会有人跟在他的后面。金世遗忽然觉得非常寂寞，想出声呼喊，想找一个人倾谈，然而他终于还是忍住了。“龙灵矫为什么逃上山呢？他到底是怎样一个人？”怀着浓厚的好奇心，金世遗悄悄地跟在龙灵矫后面。忽然又是一阵大风，上面有一块磨盘大的冰块摇摇欲坠，龙灵矫却似乎还没有留意，看他身形跃落，势将踏着那块冰块，金世遗捡起两块石子，倏地掷出，一块掷在龙灵矫的面前，将他吓了一跳，另一块掷在那冰块上，那冰块本就摇摇欲坠，给石头一撞，登时“轰隆隆”地飞滚下来。但是龙灵矫茫然四顾，不久又向前走了。

龙灵矫四顾无人，还以为那是山峰偶然刮来的两块石子。他这时也正是心事重重，叹了口气道：“要是这样跌死了，倒也干净。”他心中正在人天交战，他知道自己这次从尼泊尔军营中逃走，尼泊尔王必定要追捕他；他若是回到拉萨，清廷也必然不肯放过他。

龙灵矫抖一抖身上的雪花，自思自想：“我即算死在福康安手中，也胜于给尼泊尔王作傀儡。我既已知道尼泊尔王要进兵西藏的阴谋，岂可不回去报告。哼，哼，那红衣番僧居然想要我做引狼入室的巨奸大恶，这简直是对我最大的侮辱！”心中打定主意，在山上躲过追兵之后，就从另一面翻下山坡，绕过喀什伦草原回拉萨。

雪越下越大，天色渐近黄昏，紫色的晚霞抹在满山交错的冰川上，蔚成七彩，奇丽无俦，龙灵矫无心观赏，只是想找一个岩穴，今晚可以栖身，走了一会，忽觉冷风之中，有一股温暖湿润的空气扑面而来，抬头一看，原来前面有一股喷泉，灼热的水花被风吹散，映着阳光，形成一圈圈橙色的、淡紫和浅红的花朵，就像拉萨布达拉宫在节日之夜所放的烟花。西藏各地本多温泉，但在这高插入云、冰川遍布的喜马拉雅山山峰上见到灼热的喷泉，却是一大奇景。

龙灵矫心中大喜，心道：“就在这温泉的旁边过夜，倒也不错。可惜总碰不着黄羊和山鸡，要不然连开水也不用烧。”走近温泉，忽又闻得风中送来的花香，龙灵矫大为奇怪，循着香风来处走去，只见山坡上有一家人家，有一个小小的花圃，围墙只有人高，花枝低桠，绿叶红花隐约可见。龙灵矫心道：“此处地气温暖，有花不足为奇，但有这样的一家孤零零的人家，却是奇了。”要知这地方虽然还未到半山，但比中原的大山已不知要高出多少，不要说山顶的冰雪亘古不化，山腰也是终年积雪，等闲人家，怎能在此安身？

龙灵矫走近前去，只见园门虚掩，轻轻一推，门就开了。忽听得里面有一个少女的娇声说道：“爹爹，你看我种的玫瑰已经开了。”抬头一看，两个人都不禁“呵呀”一声叫了起来。

只见一个娇小玲珑的少女，立在玫瑰丛中，手拈一把剪刀，指甲上还有污泥，似乎是刚刚给花树裁枝剪叶。那少女道：“你是什么人？”龙灵矫道：“我是迷了路的猎人。”那少女道：“这么样的大雪天，你上山打猎？”龙灵矫道：“我想猎一只野牦牛。”西藏的野牦牛有“冰河之舟”的称号，肉可食，乳可饮，皮可制革，毛可御寒，西藏猎人视为宝贝，这种牦牛栖息在雪山之上，龙灵矫的说话倒可以自圆其谎，但他既没有猎人的装备，而且最大胆的猎人也只敢在下面的群峰之间打猎，从来无人敢上到这样高的。那少女半信半疑，但能见到一个外人，心中却又高兴，便道：“好，待我和爹爹说去。”龙灵矫道：“你家中有多少人？”那少女道：“就只有我和爹爹。嗯，你在这里待一会儿。”龙灵矫心中疑虑，好奇之心大起。过了一会，只听得脚步声已到了花圃外边。

一个老头的声音低声说道：“不管他是否真正的猎人，既然是山下的远客到来，咱们就该款待。你也不必问他的来历。”语声极低，似乎是凑着耳朵说的。但龙灵矫是暗器大名家的嫡传弟子，耳音极好，这老头的说话却听得一清二楚。

园门推开，只见这老头鬓眉如雪，老态龙钟，背也微微佝偻了。但干瘦的面上却隐泛红光。龙灵矫心中一凛，想道：“说不定他就是遁迹山林的一位世外高人。”恭恭敬敬地上前行礼，请问姓名。那老头道：“老朽姓方，居住此间，已有三十年了，名字一向没人提起，早已忘了。”龙灵矫自报姓名，道：“我上山猎牦牛，不想越上越高，闯到仙居，实在无礼。”那方老头说道：“既然如此，壮士若不嫌简慢，就请在此歇宿一宵。”

龙灵矫自是求之不得，随两父女登堂入室，但见石室里空无所有，只是墙壁上挂着几张兽皮，屋角堆有一些草药。那少女捧出一大盆肉和一大盆牛乳，那老者笑道："你上山来还没有碰到牦牛吧？"龙灵矫道："没有。"那老者道："牦牛要在大雪初止的时候出来，很有耐心的猎人才能守到。小女前几天倒很幸运，猎到了一只牦牛，够我们吃几个月了。你尝尝这牦牛奶，趁热喝最好。"龙灵矫大吃一惊，要知西藏的牦牛比猛虎还凶，最少要集合十数猎人才敢捕它，而这少女居然能猎牦牛！龙灵矫虽然早就料到这两父女是有本事的人，听他们说得如此轻松，心中还是不免骇异。龙灵矫深知江湖忌讳，虽有所疑，却也不敢动问他们的来历。

那老者道："壮士敢于独自上山捕牛，勇气可嘉。腰间长剑亦非凡品，想来在武功上定有极深的造诣了。"龙灵矫心想不认也不行，谦辞对道："学是学过几年，哪说得上什么造诣。"那少女道："你的师父是谁？"老头子望了女儿一眼，那少女想起父亲不许她盘问客人来历的吩咐，讪讪的怪不好意思。龙灵矫道："是四川一位姓唐的师父。"他没说出天下暗器第一家的名头，那老头听后，"哦"了一声，却没追问。

牦牛肉微带腥味，龙灵矫很不习惯，把嚼碎的肉吐出来，那少女笑道："龙先生吃不惯吗？唐大侠倒很喜欢！"那老头急忙又瞪了女儿一眼，龙灵矫大为吃惊，问道："哪位唐大侠？"那老头微笑道："是一位懂得剑术的朋友，小女少见世面，凡是本事比她好的人，她都尊为大侠的。"龙灵矫心道："世间足当得上唐大侠称呼的，只有唐经天父子，唐晓澜远在天山，唐经天尚在山峰底下，他们怎能见到？"心中疑云更重了。

牦牛奶倒很可口，只是滚热烫口，龙灵矫喝了一大碗，额上沁出汗珠，那老头道："贵客请宽衣。"龙灵矫脱下外面的狐皮罩袍，忽见那老者目光有异，紧紧地盯着自己，神情诡秘之极。龙灵矫经尽大风大浪，对着这样的目光，也不禁微微发抖。

龙灵矫感觉那老者的目光，灼视着他腰间的一件饰物，那是用一块通体晶莹的白玉雕成的玉狮子，心中不禁大奇，想道："难道这样一位世外的高人，也垂涎世间的金玉？何况这玉狮子也并不是什么宝物。可惜这是我父亲仅剩下来的遗物，要不然我倒可以送给他。”那少女也感到父亲的目光有异，轻轻叫道：“爹爹，牦牛奶凉啦。”目光也不自禁地转到了龙灵矫的饰物上。

龙灵矫道：“承蒙老伯款待，无以为报，这一串珍珠送给令嫒，不成敬意，聊表寸心。”他舍不得送那玉狮子，另从怀中掏出一串珍珠。那老者诡异的目光一瞬即逝，哈哈笑道：“山野丫头，要这珍珠有何用处？戴给斑豹和牦牛看吗？”那少女从未见过珍珠，闪着好奇的目光说道：“这是什么东西，怎么光闪闪的？”龙灵矫道：“宝剑赠侠客，珍珠赠美人。姑娘你戴上这串珍珠，一定更好看啦。”那少女笑道：“我见过一些画上的美人，哈，扭扭捏捏弱不禁风的样子，我才不愿像她。”这少女在喜马拉雅山长大，压根儿就没有见过几个外人，丝毫不懂人世之事，觉得那串珍珠好玩，根本就不考虑到世俗之见——不好乱要别人的东西。那老者皱皱眉头，忽道：“雪儿，你既然欢喜，就谢过这位客人吧。”那少女当真裣衽一礼，龙灵矫急忙还礼，心中想道：“到底还是要了。”但对那少女，只感到天真无邪，却也不敢存半点轻视之念。

那老者微笑说道：“在西藏的猎户，要买南海的珍珠，我看总得十只牦牛才换得这么样的一串珍珠呢。”龙灵矫心中一动，暗笑自己泄露了身份，但随即想到，这老者绝非常人，定然早已看穿自己不是猎户，那也就随他去吧。

那老者让龙灵矫住在外面的一间石室，靠近花圃。龙灵矫这一晚翻来覆去，哪睡得着，他心中思如潮涌，首先想到这两父女奇怪的行径；那老者诡秘的目光似乎在黑暗中盯着他，龙灵矫不禁打了个寒噤，好不容易才摆脱开这老者的影子；手触腰间的玉狮子，忽地又想起了自己的父亲，想起他率领百万大军的威风，想起他被清廷杀戮的仇恨。龙灵矫叹了口气，心道：“我父亲当年本来可以自立称王，可惜他没这份胆气。”想起自己多年的苦心策划，壮志雄心，到而今都付之流水。思潮接连不断，山风送来缕缕花香，龙灵矫睡不着觉，素性披衣出户，到花圃中漫步。

穿过花丛，忽见有一道矮小的篱笆围着园子的一角，龙灵矫一时好奇，探头进去一看，这一看登时令他吓得呆了，这时他再也无暇顾及那两父女是什么人，立即就把篱笆完全拆毁，月光下两尊石像显露出来，一尊石像似是一个满族的贵人，另一尊石像竟是他的父亲——年羹尧，更奇怪的是他父亲那尊石像上插着两把尖刀。

龙灵矫几乎怀疑自己是身在恶梦之中，这刹那间，既是愤怒，又是惊恐，忽觉背后衣襟带风之声，龙灵矫大吼一声，反手一拳，怒声喝道："老匹夫，你何故侮辱我的父亲？"

一拳打出，只听得"砰"的一声，如中败革，龙灵矫被那老头轻轻一推，退出数步，回头一望，只见那老者身躯摇晃，口角沁出血丝，在冷月寒冰的映照之下，面色越发显得惨白可怕。龙灵矫怔了一怔，只见那老者缓缓举起衣袖，拭掉嘴角的血丝，沉声说道："我早料到年公子有此一问，请你把那柄尖刀拔出来。"

龙灵矫略一踌躇，终于去拔那两柄尖刀，只见刀柄触手即落，原来年深日久，木头早已腐朽了。龙灵矫力透指尖，硬把尖刀拔出，只见上面半截生满铁锈，下面半截因插在石像中，刀口仍然闪着光芒。那老者道："这两把刀是三十年前，插进去的，那时，我对令尊确是怨毒甚深。"

龙灵矫道："我父亲与你何冤何仇，你如此冤毒？"那老者道："三十年前，天下的仁人义士，个个都是你父亲的仇人！我呢，我虽然也恨你的父亲，可是这仇恨又与一般人不同，说起来惭愧得很。"

龙灵矫喝道："你是谁？你因何恨我父亲？"那老者道："你听过方今明这个名字么？"龙灵矫似乎听师父提过这个名字，却想不起他是谁人。那老者凄然一笑，说道："三十年世事沧桑，现在我的名字也没人知道了。"顿了一顿，缓缓说道："现在的皇帝是乾隆，四十五年之前，乾隆的父亲雍正还是四皇子胤禛，那时诸皇子争位，胤禛最大的强敌就是十四皇子胤禵。这故事你听说过吗？"龙灵矫点点头道："嗯，这故事我听说过。"方今明道："乾隆的祖父康熙本来是写好遗诏传位给十四皇子的，后来雍正得你的父亲和国舅科隆多之助，擅改遗诏，将'传位十四皇子'这几个字，改为'传位于四皇子'，雍正才得登大宝。"龙灵矫道："他们满洲人谁做皇帝，还不一样。与老百姓何干？"

方今明道："不，最少与你我有关。若不是雍正做皇帝，你父亲不会这样快便被杀头，我也不会逃到这山上来。”龙灵矫默然不语，半晌说道：“好在雍正也给他的仇人杀了。”

方今明道：“四十多年之前，那时十四皇子手下有两个最出名的武士，称为军中二宝，一个叫做车辟邪，后来改事新君，投顺了雍正。另一个呢，对十四皇子始终忠心耿耿。”龙灵矫骤然想了起来，叫道：“这个人叫做神拳方今明。”那老者微微一笑，道：“不错，那就正是老朽了。”说至这里，那少女分花拂叶，穿入花丛，道：“爹爹，这么夜了，你还要客人陪你说话吗？咦，你怎么啦？”

方今明再拭干净嘴角沁出来的血丝，微笑说道：“没什么？雪儿，你也听听。”顿了一顿，往下说道：“雍正擅改遗诏，僭登大宝，过了几年，又趁着十四皇子西征之时，将他害了。害十四皇子之事，正是你父亲替雍正策划的，事成之后，你父亲夺了十四皇子的兵权，才得以成为年大将军。”（按：诸事详见拙著《江湖三女侠》）龙灵矫道：“因此，你就恨雍正与我的父亲了。”方今明道：“不错，我不肯投顺，雍正也恨极了我，我才逃到西藏。逃到西藏之后，我还矢志报仇，娶了她的母亲，希望生下一个儿子，杀你的父亲和雍正。”那少女惊叫起来，方今明笑道：“雪儿，不必骇怕，这两个仇人都死了三十多年了，那时我消息隔阂，尚自念念复仇，还未娶你的母亲呢。”停了一下，续道：“雍正死后几年，唐大侠来探望我，我才知道消息。但我的名字，还是被朝廷列为钦犯。我也早心灰意冷，你母亲对我很好，我也就把西藏当成我的家乡啦。我初初来到这里隐居时，对年羹尧的恨意尚未全消，因此刻了他的石像，练习飞刀。其实人死仇灭，在死人身上发气，实是无聊得很，唐大侠也曾劝告过我。年公子，今晚我把事情说明，我是诚心让你打一拳消气的。”那少女请龙灵矫坐下，这时龙灵矫才知道她的名字叫做方雪君。

龙灵矫恨意消了一半，仍道：“原来你是因此恨我父亲。你效忠十四皇子，我父亲效忠四皇子，只能说是各为其主，你何以怨毒深厚如斯？”

方今明道：“不错，我当年效忠十四皇子，说起来也该为人责骂。但比起你的父亲却大不相同。我仅是十四皇子的心腹武士，你父亲却是个大将军。他给雍正出了许多坏主意，杀戮天下义士，压得老百姓抬不起头来，他又背叛师门，火烧少林寺，屡兴大狱，残害无辜，这种种事情，你知道吗?”龙灵矫自幼受唐家抚养，唐家怕伤了他的心，从没对他说过他父亲的事。还是龙灵矫长大成人之后，才知道自己的父亲是年羹尧，但亦仅仅知道自己的父亲是个手握百万军符的大将军和他被雍正惨杀这两件事而已，至于他父亲做过的许多坏事，因没人对他说，他自然也不知道。这时听得方今明一桩桩提起，有如万箭穿心，想起自己一向崇拜的父亲，竟是个国人皆曰可杀的国贼，悲愤羞惭，顿时填满胸臆，恨不得掘个地洞钻了下去。方今明缓缓说道：“父亲的罪过，不关儿子的事。何况你父亲死时，你还是个未满周岁的婴孩。前些时唐大侠到此，也曾提起你，他从唐少侠打听到的消息知道你已改名换姓，在西藏有所图谋，算得是一个人才。他还替你高兴呢。只是他听说你想在西藏起事，他很不赞成。”龙灵矫有如泥塑木雕，胸中百感交集，想的只是怎样替父亲赎罪，哪还有争夺江山的壮志雄心?好半晌才道：“你怎么知道我是、我是年羹尧的儿子?”好艰难才说得出他父亲的名字。但觉这三个字对他乃是一种耻辱。

方今明道：“我曾见过你父亲佩戴过这个玉狮子。嗯，我今晚若要害你，那是易如反掌。现在你的气消了吧?”龙灵矫潸然泪下，叫道：“老丈!”极为悔恨打他那拳。

方今明道：“现在我得听你说了，你又是因何逃上此山?”龙灵矫道：“尼泊尔的大军就驻屯在下面的山谷，我对朝廷并无好感，但总不能见异国入侵。”猛地想起父亲当年曾带大军给清廷四处“平乱”，让满洲皇帝可以坐稳龙廷，无异为虎作伥，不禁暗怪自己糊涂，多少年来，何以总没想到这等民族的大义。

方今明眼睛一亮，道：“唐大侠没看错，你果然不像你的父亲!”那少女替龙灵矫难过，插口说道：“呀，爹爹，你尽提人家的父亲做什么?”方今明一笑说道：“不错，上代冤仇今代解，龙生九种各不同。你们拉拉手吧。”那少女天真无邪，坦然地伸手和龙灵矫一握。方今明今晚立意和龙灵矫化解，其实还另有用心。他和女儿隐居深山，难选佳婿，听唐晓澜说起年羹尧的儿子与父不同，心中早有印象，今日一见，果是一表人才，虽然他比女儿大上十多年，也还匹配。只是自己刚刚被他打了一拳，婚事又怎好意思出口。只好等待将来再请唐晓澜撮合了。

龙灵矫心神稍定，问道："老丈所说的唐大侠是否即天山派的掌门唐晓澜?"方今明道："不错，我们是将近四十年的老朋友了。"龙灵矫道："他也到了这里吗?"方今明道："不久之前才来过。"正想再说，忽听得外面有轻微的脚步声，方今明道："来人踏雪无痕的功夫还未到家，但也算不弱了。"龙灵矫心中一凛，道："这必然是尼泊尔王派武士来追捕我!"方今明道："龙先生，哈，我还是叫你龙先生的好，有我们父女在这儿，绝不能让你被捕，只恐未必就是你的敌人。"

话犹未了，脚步声已到外面，有人打石屋的大门，方今明沉声喝道："我在这儿!"只听有人用西藏话骂道："老头儿，你敬酒不吃吃罚酒，胆敢打伤提摩达多的门下，快快出来领死!"龙灵矫一怔，道："原来是找你的。"方今明道："不关你事，待我去会他们。"提高声音，哈哈笑道："我这几根老骨头正想找人松松呢。"一窜身，打开园门，冲了出去，龙灵矫岂肯让他孤身对敌，与那少女也立即跟在方今明身后，飞出围墙。

只见山坡上高高矮矮的站着四五个人，除了一个说西藏话的之外，其他都是奇形怪状的异邦人，一见方今明出来，不由分说，立刻扑上，龙灵矫大怒，长剑出鞘，抢先动手，忽觉两股掌力，左右回旋，长剑几乎拿捏不定。龙灵矫吃了一惊，心道："这是什么武功?"只见方今明"呼"的一拳打出，相距十步，抢先扑上的那两个番僧还是给拳风冲得摇摇晃晃!

龙灵矫心中赞道："神拳之名，确不虚传!"另两个人又从侧翼抄上，四股掌力一合，方今明应付渐见艰难，龙灵矫与那少女上前助战，龙灵矫内功深湛，虽然还比不上顶儿尖儿的武林名宿，但亦不过略逊于唐经天等人而已，提摩达多门下的阴阳掌力，虽然厉害，过招不久，他已妙悟其理，顺着那股掌力的回旋之势，运剑击刺，也不见怎样吃力。那少女使的是一根金丝软鞭，功夫虽然较弱，但鞭法灵活刁钻，一丈之内，敌人近不了身，也是个得力的助手。

战到分际，忽听得“波”的一声，好像一个极大的气球爆裂一般，左翼两个敌人朝天跌下，龙灵矫长剑斜刺，却被右翼那两个敌人挡回，转眼之间，跌倒的另两个人已滚下山坡，右翼那两个敌人以退为进，猛发三掌，将龙灵矫迫退数步，一个转身，也急忙走了。

但听得方今明气喘吁吁，摇头叹道：“老了，不中用了！”原来他强以内家真力，破了敌人的阴阳掌力，虽然得胜，元气已是大伤，龙灵矫和那少女扶他回转石室，方今明静坐运功，过了一盏茶的时刻，气息才渐渐调匀。

龙灵矫问道：“这干人是甚来头？怎的要和老丈作对？”方今明道：“谁知道呢？他们去了一批，又来一批，先后已有三次了。第一次是一个红发的番僧带同一个西藏的通译来，说他的师父要这个地方，叫我们将石室和花圃都让给他，还要老朽和小女都做他们的奴婢，哼，哼，老朽活了六十多岁，还没见过这样霸道的人，没说的，只有给他们一顿好打，将他们打跑了。第二次有三个人来，其中两人功力甚高，老朽父女两人和他们打了半天，抵挡不住，幸好唐大侠恰巧上山找我，用两支天山神芒，将功力最高的两人打伤，直将他们赶到山脚。这一次又多来了一个，幸亏有龙先生相助，要不然老朽经营了数十年的家园，就只好眼睁睁地让他们霸占了。”

龙灵矫心中奇怪之极，想道：“这些外国人看来不似是尼泊尔的武士，他们万里迢迢，到中国来，要霸占荒山的一间石室，却是为何？”事理反常，怎样也猜想不透。原来这些人都是提摩达多的门下。提摩达多想攀登世界第一高峰，筹划已久，派了门下弟子探路，见半山上有方今明这一家人，甚是奇异。加以方今明所居之处，地气温暖，最适合做中途的驻脚之所，故此他门下的弟子，两次三番，前来索要，若是他们说明原由，方今明服软不服硬，或许答允，偏偏提摩达多门下的弟子，一向横行欧亚，恃强惯了，故此才爆出了这几场的恶战。第二次上山，被唐晓澜用天山神芒打折了腿的那两个人，正是佟古拉和阿斯罗。

月光从雪峰上泻下来，令人感到一股寒意，方雪君道：“爹爹，你该睡啦！”方今明侧耳凝神，好似在聆听什么声音，忽道：“只怕敌人还不肯让我们睡觉。”方雪君道：“什么，他们又来了吗？”龙灵娇长剑一振，怒道："这干人纠缠不清，的是令人可恼。"他也听到外面敌人的声息了。

蓦地里轰隆一声巨响，花圃的围墙崩了一堵，沙石纷飞中，一伙人从缺口涌入，只见当前的那人，正是尼泊尔的第一国师泰吉提，刚才被打走的那四个提摩达多的门下弟子，也去而复回，另外还有两个尼泊尔武士跟在后面。原来泰吉提被唐经天打败之后，无面目再见国王，因此邀了两个尼泊尔武士，再上山来追拿龙灵娇，希望可以将功赎罪。他的袈裟已被天山神芒射穿，不能再用，改用一面铁盾，配合右手的铁锤。上到半山，恰好碰到那四个提摩达多的弟子，泰吉提懂得阿拉伯话，一问情形，知道龙灵娇也在上面，于是两伙人合成一伙，又来寻衅。

泰吉提一锤击坍围墙，满园花树都受灾殃，方雪君爱花若命，心痛如割，大怒斥道："无礼番僧，胆敢糟蹋我的花枝，看剑！"方今明忙叫道："雪儿退下。"方雪君右手挥动长鞭，左手飞出一把短剑，只听得当的一声，短剑碰在铁盾上，登时折断，长鞭噼啪一声，却缠上了泰吉提的手腕。泰吉提竟似毫不在意，仍然迈步前行，哈哈笑道："年公子，我国国王待你不薄，因何私逃？"每行一步，那长鞭便在他手臂上多绕上一匝，方雪君使尽气力，有如蜻蜓之撼石柱，眼看长鞭越缩越短。龙灵娇喝道："放开再说！"长剑一挽，作势刺他腕上的关元穴，泰吉提手臂一振，将方雪君推上两步，哈哈笑道："你刺！年先生，咱们还是先礼后兵的好！"说时迟，那时快，忽见一条黑影，捷如飞鸟，倏地扑来，只听得又是"当"的一声，泰吉提的铁盾登时脱手飞上半空，随即听得"卜勒""卜勒"的一串急响，方雪君的长鞭寸寸碎裂，丈余的长鞭，只剩下四尺来长。原来是方今明施用神拳真力，硬打了泰吉提一拳，解了女儿之围。

泰吉提面色灰白，哇的一声，喷出一口鲜血；方今明的身子也摇晃不定，有似风中之烛。方今明刚才那一拳是以内家真力与泰吉提硬碰，若在他壮年之时，这一拳就足以裂泰吉提的五脏，而今一者吃亏在年纪老了，二者吃亏在曾吃了龙灵娇一拳，三者吃亏在刚刚激战过来，以至闹得个两败俱伤。

龙灵矫叫道："雪妹，扶你爹爹回去。"一抖手发出几枚蒺藜和袖箭，只听得嗤嗤的暗器破风之声，却都从泰吉提的身边擦过，原来是被那四个提摩达多的弟子用阴阳掌力震歪了准头。龙灵矫大怒，奋不顾身，挽剑冲入敌人的垓心。

泰吉提顽勇之极，受了内伤，居然还能够挺住，拾回铁盾，挥动铁锤，仍然抢来助战，这一来变成了以一敌七之势。龙灵矫被那四个提摩达多的弟子以及尼泊尔的两个武士困在垓心，另外还要抵挡泰吉提的铁锤压顶之势，幸而泰吉提受了内伤，那四个提摩达多的弟子刚刚经过一场激战，其中两个还被方今明用百步神拳之力打下山坡，内力俱都受了损耗，龙灵矫这才能够勉强支持。然而也不过十多廿招，龙灵矫便被卷进阴阳掌力的漩涡之中，长剑渐渐施展不开。泰吉提一见时机已到，运了全力，一锤击下。

忽听得一声怪啸，响彻林谷，突然一块磨盘大的巨石向着众人飞下，这一来阵势大乱，各人纷纷走避，只见随着那大石的轰隆撼地之声，一个鹑衣百结的少年跳了出来，哈哈笑道："我生平最看不过眼以多欺少之事，哈哈，你吃我一拐，哈哈！你也吃我一拐！"铁拐一挥，突然在地上连打了三个筋斗，疾似惊飙闪电，霎眼之间，已连袭了七个敌人，身法怪异，世罕其伦！此人非他，正是金世遗来了！

龙灵矫不认得金世遗，惊诧交集，顾不得问他姓名，长剑一振，上来助战。金世遗仗着诡异绝伦的身法，把那四个提摩达多的弟子打得隔在四处，阴阳掌力汇不到一处，先占上风。泰吉提鼓勇挡了三招，阵势重整，金世遗被那四股掌力牵引，只觉有如身陷漩涡，大怒喝道："这是什么邪门功夫？"一拐荡开泰吉提的大铁锤，抽出拐中铁剑，左拐右剑，左冲右突，龙灵矫叫道："兄台不可动气，顺着其势，先守后攻！"金世遗"呸"了一口道："猛虎怒吼，震慑鼠辈，大丈夫当怒则怒，岂可没有脾气？"龙灵矫呆了一呆，心道："我好心劝你，怎的你连我也骂起来了？"那四个提摩达多的弟子虽然听不懂中国话，但见金世遗强攻猛打，心中正自暗喜，正待加强掌力，使他不能脱身，忽听得泰吉提大叫道："小心了！"说时迟，那时快，金世遗呸的一口浓涎，已然吐出，首当其冲的一名提摩达多门下，眉尖上忽似给一只毒蚂蚁叮了一口，眼睛顿时睁不开来，只听得一阵“嗤嗤”声响，那两名尼泊尔武士也仆地不起。

剩下的那三个提摩达多弟子惊骇莫名，急忙撤回掌力自保，只见泰吉提也把铁盾舞得旋风疾转，泼水难进。原来这正是金世遗的拿手绝技，假作动怒，喷出口中的毒针。龙灵矫这才恍然大悟，失声叫道：“你是毒手疯丐！”金世遗哈哈大笑，应道：“不错呀不错！毒手疯丐是我，我是毒手疯丐！世人都说我毒，世人都说我疯！哈哈，你也怕了我么？”龙灵矫一声喊出，立刻醒觉自己说错了话，好生尴尬，忙道：“兄台侠义心肠，小弟失言了。”金世遗哈哈大笑道：“我本来就是毒手疯丐，哈哈，你再来看我的毒手！”

只见他又是呸的一口浓痰飞出，铁剑一振，把泰吉提的右臂割了一道长长的伤口，泰吉提狂舞铁盾，拼命抵挡，金世遗左一拐，右一剑，真如疯虎下山，招招都是毒手！

但在这转瞬之间，那三个提摩达多的门下，又已占好方位，三股掌力合在一起，以四敌二，堪堪打个平手，金世遗拐剑兼施，破不了他们的掌力，他们害怕金世遗的暗器，也只能半攻半守，不敢全力施为。

激战移时，只听得那三个提摩达多的门下发出呜呜的口哨声，令人心烦意乱，金世遗喝道：“鬼嚎什么？你也听我的龙吟虎啸！”发声长啸，把他们的口哨声都压了下去。山风呼号，啸声哨声在风中回旋，更令人惊心动魄。

再打了半个时辰，泰吉提又被他敲了一拐，眼见不支，金世遗忽道：“我肚子饿啦！吃饱了再和你打。”泰吉提求之不得，急道：“好，让你们多活一天！”金世遗笑道：“也不知是谁让谁呢？”“呸”的又是一口浓痰，泰吉提急忙窜开，不敢再说。

金世遗摸出半边烧野鸡，咬了两口，道：“冻得硬了，一点也不好吃，喂，我帮你打架，你就不招待我么？”龙灵矫眼见将可得胜，甚是可惜，但不好违拗金世遗，只得说道：“屋子里有酒有肉，咱们回去吃饱了再打也好。”他却不知原来金世遗猛打了半个时辰，气力也差不多耗尽了。金世遗这时已悟出了阴阳掌力的诀窍，知道在急迫之间，破他不得，正准备养好气力，再用妙法破他。

龙灵矫记挂方今明的伤势，心道：“回去先把他医好也是正理。”与金世遗踏入石屋，只见方今明躺在地上，面如金纸。龙灵矫惊道：“老丈，你怎么啦?”方今明微笑道：“还好，今晚我死不了!”龙灵矫是个行家，急忙替他把脉，心头不觉一沉，原来方今明的带脉已给震断，最多也活不过七天，心中极为难过，眼泪几乎要滚出来，为怕令他女儿伤心，强行忍着，不敢把真情说出。

忽听金世遗又是哈哈笑道：“对极，对极！活一天就算一天，只要今晚死不了就好，谁知道自己明天还在不在这世界上?”龙灵矫心中生气，暗道：“毒手疯丐果然是疯疯癫癫，说话不近人情。老人家伤得这么重，他还在说风凉话儿!”向他白了一眼，淡淡说道：“里面有酒有肉，你自己端出来喝吧!”金世遗铁拐一顿，又哈哈笑道：“好，妙极妙极！吃饱了明天便死也好做个饱鬼！老丈呵，咱们同病相怜，我和你痛饮三杯!”龙灵矫气得说不出话，他哪里知道，金世遗的生命也只有七天，难怪他有如斯感触!

方今明望了金世遗一眼，忽地哈哈笑道：“妙极，妙极！这位小哥快人快语，我与你痛饮三杯！雪儿，快去取酒食来款待客人。”笑声渐渐凄凉，方雪君从未见过父亲这副神气，不觉呆了!

方今明是武学的大行家，瞧了一眼，已看出金世遗内功走火入魔，性命也不过七天，任何妙药灵丹，无可救治。他饱经忧患，历尽沧桑，对死生之事本就豁达，何况金世遗又是与他同病相怜的人，因而对金世遗的话，也就丝毫不以为意。

方雪君烫好热酒，端了出来，给金世遗斟了一杯，按着酒壶道：“爹爹，你喝酒不妨事么?”方今明仰天一笑，在女儿手上接过酒壶，道：“今日幸遇敌人之子，又新交上了这样一位豁达豪迈的小友，我心中痛快已极，什么妨事不妨事？如此盛会，岂可不痛饮一场。”提起酒壶自斟自饮，又给金世遗频频添酒，一老一少，端的是脱略形骸，放怀大饮，把生生死死，恩恩怨怨，全都置之度外。

龙灵矫想起是自己的父亲害得他们两父女隐居荒山，而他又是为自己而受重伤，不觉心痛如割，明明知道他是借酒浇愁，却又怎忍止他死前的欢乐?

方今明酒酣耳热，忽地把酒杯重重一顿，面向龙灵矫说道：

“龙先生，今日之会，何幸如之？我的未了之事，要拜托你了。”龙灵矫道：“老丈有命，万死不辞。”方今明道：“我这位小女，总不能在喜马拉雅山上度过一生，将来下山，还望你多多照顾。”

龙灵矫听他话中似有深意，怔了一怔，方今明道：“怎么？”龙灵矫道：“这是理所当然。”方雪君十分不解，道：“爹爹，我若下山，你自然也得下山，咱们相依为命，难道你就不照顾我了？”方今明道：“傻孩子，爹爹能照顾你一世么？龙先生赠你珠串，你向他拜谢。”方雪君心道：“我不是谢过了么？咦，爹爹怎的今晚大失常态，说话颠倒？”但还是依着父亲的吩咐，向龙灵矫再谢一次。龙灵矫是个绝顶聪明的人，这时恍然大悟，原来方今明适才准许女儿接受他的礼物，敢情早已有了以女儿终身相托之意，把珍珠串当作聘礼看待了。

龙灵矫多年来遁迹风尘，胸怀大志，活到三十多岁，从来未兴过家室之念，这时忽在喜马拉雅山中有此奇遇，眼见方雪君娇美可爱，天真无邪，心中也不禁怦然而动，急忙向方雪君答拜，又向方今明叩了三个响头，道：“小侄必不负老丈所托。”方今明撚须大笑，又饮了满满一杯。方雪君仍是莫名其妙，怔怔地站在一旁。

忽听得金世遗也是哈哈大笑，把壶中余酒一饮而尽，朗声说道：“他若负你所托，我就给你打他三十铁拐！哈哈，想不到我今晚倒做了世外奇缘的见证之人！”

龙灵矫道：“兄台醉了！”金世遗大笑道：“端的醉了，我只有缘作证，无缘再饮你的酒了！”把酒壶“砰”的一声掷出门外，立刻倒在地上，呼呼熟睡。

龙灵矫却是满怀心事，哪睡得着，好容易熬到天明，只见金世遗一个翻身跳起，揉揉眼睛，迎着射入来的晨曦，仰天笑道：“又是一天啦！”拾起铁拐，踢开大门，大叫道：“来，来，来！你且看我给你打发那几个小贼！”

大踏步走出门外，只见那几个敌人都聚在一堆，却多了一个身材高大、长发披肩、碧眼黄须的外国人，正俯下身躯替那个中了毒针的敌人按摩。这个人正是提摩达多，他是听到弟子吹的口哨声赶上来的，刚到不久，这时正用深湛的内功，替弟子吸出体内的毒针。

只见提摩达多的掌心在那弟子的背心转了几转，忽地叫了一声，手掌一起，双指拈着一根亮晶晶的银针，咕咕噜噜地直骂。金世遗听不懂他的话，也猜得到他是骂自己的暗器狠毒。泰吉提受了重伤，无法运气，养了一夜，越发重了，这时坐在地上，不敢动弹，见金世遗现身，恨得牙痒痒的，向金世遗指了一指，用阿拉伯话叫道："就是他！"又用中国话向金世遗骂道："好小子，提摩达多大法师来了，管叫你们一个个都难逃活命！"

金世遗的毒针是用蛇岛最毒的金线蛇的口涎所炼，伤人之后，廿四个时辰之内，毒气即攻入心头，无药可救，而今竟被提摩达多用掌心吸出，这份内功，确是不可思议。金世遗也不禁心中一凛，但他自知死期将至，对任何强敌，也了无畏惧，听了泰吉提的指斥，反而哈哈大笑，迎上前去，"呸"的啐了一口，叫道："不错，毒针是我发的，什么大法师，你懂不懂得超幽度鬼？"

提摩达多衣袖一拂，将金世遗杂在口涎中的几口毒针，拂得无踪无影，猛地大吼一声，一掌向金世遗拍下。

金世遗铁拐一举，一招"飞龙在天"，疾起而迎，只听得当的一声，那铁拐弯了过来，提摩达多的虎口也震得大痛。比对之下，虽然是金世遗吃了亏，提摩达多却也不敢轻视，左掌连环击到，金世遗早已拔出拐中铁剑，提摩达多那一掌拍下，正正迎着剑尖，金世遗一剑戳去，心道：这一剑还不把你的手掌戳穿？

哪料提摩达多掌势倏然而止，金世遗骤觉两股力道，一齐攻到，一推一拉，竟是立足不稳，身不由己地滴溜溜地转了几个圈。提摩达多磔磔怪笑，左一掌，右一掌，掌掌拍向金世遗命门要害，金世遗虽败不乱，忽然顺着身子旋转之势，一个"灵猴倒纵"打了一个筋斗，铁拐霍地一扫，居然化解了提摩达多打他的致命的一招。提摩达多大为诧异，心道："中国的武术，果然名不虚传，这小子年纪轻轻，竟也不在那姓唐的之下。"战术一改，由急攻改为缓取，运用阴阳掌力，将金世遗困住。

提摩达多一掌接着一掌缓缓拍出，看似轻描淡写，实已用了全力，金世遗但觉敌人的力道从四方八面推挤迫来，有如置身在漩涡之中，进退不得。

方今明扶着女儿，走了出来，盘膝坐在门前，凝目注视，摇头叹息道：“可惜，可惜！”方雪君道：“怎么？”方今明道：“这位小哥年纪轻轻，功力之高，除了有限几位前辈高人之外，当今之世，恐怕无人能与匹敌。英年国手，早归黄土，岂不令人慨叹？”龙灵矫不知道金世遗的生命只有六日期限，只道方今明是指目前之战，心道：“这疯丐昨晚曾经救我，我岂可让他独抗强敌？”拔剑欲出，但见提摩达多的那四个弟子，排成半个弧形，正是虎视眈眈，龙灵矫心中一凛，想道：“方老伯身受重伤，敌人若攻过来，凭雪妹一人，怎能防护？”手按剑柄，踌躇难决。忽听得方今明一声欢呼，叫道：“唐、唐、唐大侠夫妇来啦！”欢喜过度，声音颤抖嘶哑！

金世遗正自全神贯注，对付提摩达多的阴阳掌力，头昏脑胀，根本就没有听到方今明叫些什么。忽觉身上一轻，眼前人影一晃，一条长袖迎面拂来，金世遗大吃一惊，欲待闪避，哪里还来得及，竟似被人凭空托起，金世遗顺着这股力道，一个筋斗倒翻出去，但见提摩达多也踉踉跄跄地向后连退了十几步。

唐晓澜来得正是时候，要不是他双袖齐拂，一举拂开了提摩达多与金世遗二人，再过片刻，金世遗内力支持不住，必被提摩达多的阳阳掌力压得窒息闭气。此时他虽脱身，但阴阳掌力的后劲尚未消解，兀自在地上旋转不休。

提摩达多这一惊更是非同小可，他纵横欧洲与阿拉伯诸国，从无对手，一照面就给来人挥袖拂开，不觉被唐晓澜的神威震慑，虽然立即扑了上来，却不敢动手。唐晓澜道：“你是何人？怎的在我老友的门前胡闹？”

提摩达多听不懂唐晓澜的话，但觉他说话的声音虽然不高，耳鼓却给震得嗡嗡作响。提摩达多急忙运气托御，泰吉提尚自不知死活，代为答道：“纵横欧亚，武功天下第一的大法师提摩达多，你知不知道？”

唐晓澜仰天大笑，扬袖一拂，说道：“我还没有见过敢自称天下第一的人。今日倒要见识见识外国的武功。好呀，你的掌力是有点邪门，我就先让你打我十掌。”他这一拂，力道分袭提摩达多与泰吉提二人，提摩达多全力抵御，身躯不过晃了一晃，泰吉提距离二三十步之外，却被唐晓澜挥袖的劲风一拂，咕咚一声，倒在地上，翻翻滚滚，要不是同门抢救得快，赶紧将他扶起，几乎就要滚下山坡。

泰吉提嘶声叫道："法师不必和他客气，他说他让你先打十掌，只要除此强敌，中国就无人再敢与你相抗。"泰吉提常在尼泊尔与西藏之间来往，对中国的武林名手，虽未认识，也有耳闻，听到方今明的呼喊，见此情形，也料到是天山派的掌门唐晓澜到了。

提摩达多哪曾受过如此轻蔑，沉住了气，双掌接连拍出，只见唐晓澜足跟牢牢钉在地上，犹如打了桩似的，纹丝不动。提摩达多又惊又怒，一掌紧似一掌，只见唐晓澜湖水色的长衫随着掌风飘动，他的脚步却始终未曾移动分毫。提摩达多用尽全力，猛地大吼一声，双掌齐出，阴阳掌力，左推右引！唐晓澜身躯略晃，提起左足，划了一个圈圈，踏下足来，仍然站在原位，哈哈笑道："十招已满，你能使我身形晃动，亦算难得了！好，你也接我数招！"只听得呼的一声，劲风骤起，天山神掌，实有开碑裂石之能，提摩达多哪敢学唐晓澜的样子，纯用内功抵御，当下双掌护胸，拼力往外一推，身躯仍是不由自己地向后连退三步。唐晓澜一声长啸，踏上一步，呼地又是一掌拍出，提摩达多双掌打了一个圈圈，斜走疾避，仍然被唐晓澜的掌力迫得立足不稳，有如风中之烛，摇摇晃晃，几乎栽倒！唐晓澜再踏前一步，第三掌又待连环迫出，提摩达多急忙叫道："且住，且住！"唐晓澜怔了一怔，回顾泰吉提道："他说什么？"

提摩达多咕咕噜噜地说了一通，泰吉提断断续续地代为翻译道："大、大、大法师说、说、说他、他和你，都、都是并世高手，硬打硬拼，有失身份，他、他、他要与你另、另换一个方法，赌、赌赛……"唐晓澜道："怎样赌赛？"泰吉提道："赌、赌赛攀、攀山，看谁能攀上世界第一高峰？"把话说完，声嘶力竭，登时晕死。

唐晓澜挥手说道："好，珠穆朗玛峰是中国的，就是不提赌赛，中国人也要上此高峰！"方今明叫道："唐大侠，不，不……"气力微弱，声音嘶哑，唐晓澜道："方大哥，你怎么啦？"

金世遗这时已止了旋转之势，方今明的话，传入耳中，金世遗呆若木鸡，心道："原来是唐经天的父亲。"头脑昏乱，想起当今之世，只有此人能救自己的性命，几乎喊出声来，忽地又想起他是唐经天的父亲，想起董太清的谗言，说是唐晓澜妒忌他这一派的武功，自己若去求他，以后就永远抬不起头来。霎时间思潮转了数十百遍，突然回身便走，猛一抬头，忽见一个中年美妇，从山峰上飘然而下，金世遗好似被人定着，失声叫道："你、你一定要迫我做什么？"正是：

欲上珠峰摘星斗，生来狂傲不求怜。

欲知后事如何？请听下回分解。

第三十九回　大雪寒风　高山消霸气
轻怜蜜爱　冰塔救佳人

这少妇正是唐晓澜的妻子冯瑛，金世遗错把她当成了冯琳，心中暗暗叫苦："这回她必定不肯放我走开，要强迫我接受唐晓澜的恩惠了。"

冯瑛一听金世遗的话，如堕五里雾中，摸不着头脑，诧道："你说什么？"金世遗见她一副冷傲的神气，心中怒火突发，想道："原来你以前对我好，都是假仁假义，见我死期在即，却又换了这样的一副冷面孔了。呀，人情冷淡，世态炎凉，这还有什么可说。"金世遗就是这样的一副怪脾气，他不希望沾别人的恩惠，却又热盼有人肯关怀他。他既怕冯琳缠他，但一旦感到受她冷落之时，却又更增怒气。

冯瑛心头一动，想道："莫非又是我妹妹惹来的事情？"柔声说道："你是谁？什么事情，好好地对我说吧！"金世遗突然一声怪叫，喊道："好，从今之后，就只当你我未曾相识，放我走开。"他只怕冯瑛出手拦阻，不顾一切，飞身跃起，一拐扫去，只见冯瑛轻舒玉臂，双指一弹，冷冷说道："谁要留你？"只听"铮"的一声，金世遗的铁拐被她一弹，登时一股力道传了过来，金世遗竟被这股力道推得在空中连翻了三个筋斗。金世遗落下山坡，这一惊非同小可，他以前曾见冯琳的本领，虽然极之佩服，但却也想不到如此神通，心道："幸亏她无意作弄我，要不然我只有听她摆布的份儿了。"心中凛惧，急忙攀上对面的山峰，不敢再回头望冯瑛一眼。他哪知道冯瑛的武功远在冯琳之上，几乎与吕四娘并驾齐驱，这一弹若是换了冯琳，至多只能叫金世遗翻一个筋斗。

唐晓澜这时已看清楚了方今明的伤势，给他服了两粒碧灵丹，又用最上乘的内功替他打通经脉，冯瑛走了过来，过了一会，唐晓澜拍拍手掌，站起来道："方大哥，你从明日起在静室里静坐十天，这伤势料想无妨。"方今明苦笑道："唐大侠，你何苦多事，又要我多活几年?"原来方今明年纪老迈，受了重伤，虽得疗治，武功最少也要损失一半，估量也不能活多少年了。

方今明慢慢抬起头来，缓缓说道："唐大侠，我给你们引见两位后辈英豪。咦，那位小哥哪里去了?"刚才他闭目运气，接受唐晓澜的治疗，还不知道金世遗已经逃走。冯瑛道："那人是谁? 怎的行径如此奇怪?"龙灵矫道："他是江湖上人称毒手疯丐的金世遗。"唐晓澜没听过这个名字，喃喃说道："金世遗，咦，刚才我见他的武功路道，回想起一位老朋友来了。"冯瑛叫道："毒龙尊者!"唐晓澜道："不错，你看他的武功是不是毒龙尊者的路子?"冯瑛道："岂只路道相同，连那奇门内功也是一样的路子。呀，糟了，可惜我没有把他留下!"

唐晓澜道："怎么?"冯瑛道："刚才我用一指禅的功夫，将金世遗送走，他不知道我的好意，竟然运力反击，按说是非立即受伤不可，但他的内功怪异非常，居然把因他反击而引起的我的一指禅的潜力化解了。天下只有毒龙尊者有这门自生自灭的内功。但他从铁拐传来的内力，毫无后劲，看来已是走火入魔之象，只怕死期就在这几天了。"龙灵矫听了大骇，这才醒悟金世遗说话疯疯癫癫，原来是将死的狂傲哀愤的心声。

方今明叹口气道："昨晚我仔细察看他的气色，推测他死期不过六天，唐夫人也这么说，想来不会错了。"冯瑛叹道："若是我早知道他是毒龙尊者的弟子，定然把他留下。毒龙尊者的武功自成一派，若因此而成绝响，这倒是武学上的大损失呵!"

方今明静默半晌，缓缓说道："长江后浪推前浪，世上新人换旧人。看来这十数年间，武林中的后辈英豪出了不少。唐大侠，我再给你引见一位后辈英豪。"龙灵矫上前施礼，唐晓澜一眼瞥见他佩剑上挂着的那件饰物——玉狮子，怔了一怔，忽地哈哈笑道：

"原来是故人之子。久仰了!"龙灵矫满面羞惭，道:"罪人之子，尚祈恕罪。"唐晓澜哈哈笑道:"年羹尧之罪与你何干?你父亲本是一代将才，可惜不走正路。但望你熟读兵书，为民效力。"龙灵矫拱手说道:"谨领教言。"唐晓澜道:"多谢你给我保存那块汉玉，我早从经天口中知道你的为人了。"

当下同进石屋叙话，唐晓澜听说儿子和冰川天女也都来了，欢喜无限，对冯瑛笑道:"我与那大法师打赌攀山，你下去探访他们吧。"说将起来，原来唐晓澜也知道尼泊尔的大军屯在下面的山谷，怕有人上来骚扰方家，故此特地上山探问老友的。

冯瑛想起那次在驼峰之上，冰川天女误会她是冯琳之事，笑道:"咱们这个未来媳妇，见了我只怕气还没有消呢。琳妹总是孩子脾气，看来这个毒手疯丐金世遗也是被她捉弄过的，要不然不会一见我就吓得要逃。咦，这是谁来了?"

众人随着冯瑛走出石屋，只听一个女子的声音嘻嘻笑道:"姐姐，你又在背后骂我了。你问问经天去，我得罪了你的媳妇，可也帮了她不少忙呀!"来的正是冯琳。她轻功本来比提摩达多高强，只因不熟山路，反而落在提摩达多之后，而今才到。

冯瑛正待说话，冯琳忽地跳了过来，将她揽住，叫道:"好姐姐，你刚才说什么?是不是你已经见到金世遗了?"

冯瑛道:"咦，你这样着急做什么?"唐晓澜道:"他刚刚走了。"冯琳叫道:"呀，你知道不知道他的生命期限只有六天?"冯瑛道:"知道。"冯琳大叫道:"那你为什么见死不救?"冯瑛笑道:"谁叫他一见面就打我一拐?"唐晓澜道:"别再激恼你的琳妹啦。没有将金世遗留下，我也遗憾得很。"当下将适才的情形说了。冯琳急得跳脚，一把扭着姐姐，叫道:"好，你们把他放走，你们就得替我把他找回来。"

冯瑛熟知妹妹的脾气，心念一动，在妹妹耳边低声说道:"你今日怎的如此认真。哈，是不是替阿梅看中了这个毒手疯丐?"冯琳杏眼睁圆，道:"怎么，他有什么不好?你们说他是毒手疯丐，我却要说他是个至情至性的少年。你讨厌他，我偏偏欢喜他。"冯瑛噗嗤一笑，道:"谁讨厌他了?你替我撮合经天的姻缘，我也替你找回一个女婿便是。”

只见山坳处又转出一人，却是唐老太婆，她一见岩石上有金世遗的拐印，便大声叫了起来，冯琳道：“姐姐，你瞧，又是一个说金世遗好的人来了。”冯瑛笑道：“幸亏这个唐老太婆没有女儿。”

唐赛花听说金世遗已走，却见了龙灵矫，正是一喜一愁，拖着龙灵矫说道：“儿呵，料不到还能见到你，娘就是现在便死，也瞑目了，灵矫，依我说，你年纪也不小了，好好给我讨一门媳妇正经。待我死后，你再去争王夺霸吧，免得我在生之日，总为你担心。”唐赛花年青守寡，将龙灵矫抚养成人，端的是视同己出，龙灵矫而今已是三十多岁的人，她还是将他当作孩子看待。龙灵矫面上一红，说道：“从今之后，我只盼能跟随唐大侠等诸位先辈之后，行侠仗义，再也别提什么争王夺霸啦。娘，你老当益壮，尽说那些丧气的话做什么？”唐赛花道：“要不是金世遗，我只怕早已死啦。你可得替我找他。晓澜，现在只有你是他的救星，看在我的份上，请你们夫妇也去找他。”

冯瑛道：“你从下面上来，可知道经天的消息么？”唐赛花道：“经天和冰川天女也要上来的，我老婆子心急先走，所以没有和他们一道。”唐晓澜诧道：“怎么？尼泊尔的大军退走了吗？”唐赛花道：“也不远了。”龙灵矫与唐晓澜夫妇得知中国军队已到，这才放下了心上的石头。

当下商议，分头去找金世遗。唐晓澜、冯瑛、冯琳各走一路，龙灵矫与唐老太婆同一路，虽然分成四路，但一想喜马拉雅山千峰万壑，绵延数千里，寻觅一个人等如海底捞针，真是渺茫得很，那只有听天由命了。

众人在方今明家中略事歇息，并准备登山的干粮。冯瑛和唐晓澜将冯琳拉过一边，查问她母女结识金世遗的经过。

冯琳便将结识金世遗的经过，一一说与姐姐知道。冯瑛听到她在峨嵋山戏弄金世遗的情形，也不禁笑了起来，听到金世遗的凄凉身世，又不禁潸然泪下，喟然叹道：“原来他的狂傲怪僻，大有来由。”

唐晓澜道：“你们两姐妹一见面，总是话说不完，咱们该登山啦。”冯琳忽然想起一事，取出毒龙尊者那本日记，交给唐晓澜道：“这本东西交给你保管，这是毒龙尊者在蛇岛几十年所写下的。但愿你能亲手交与金世遗。”金世遗与唐经天不和，冯琳约略知道一些，故此将这本日记交与唐晓澜，希望为他们的和解加多一重助力。唐晓澜无暇细问，更无暇翻看，只道是毒龙尊者的武功秘笈，便珍重地收藏了，心中想道：“能救活金世遗，那固然是最好不过。万一金世遗不幸而死，我也必定要替毒龙尊者寻觅传人，免得他这一派旷世武功成为绝响。”

金世遗避开了唐晓澜夫妇之后，独自登山，此时他最后求生的一点机会亦已消灭，自分必死，心中所想的，只是能够在死前登上珠穆朗玛峰。第一第二两日还没觉得什么，到了第三日，越上越高，但觉呼吸渐渐困难。金世遗没有现代人的常识，当然不知道这是因为高山缺氧的缘故。要知本世纪初，欧洲的爬山家还认为八千米是登山的“极限”，喜马拉雅山高达八八八二米，亦是地球的最高点，金世遗这时攀登的高度，已是接近七千米了。高山缺氧的结果，当然在生理上引起反应，金世遗不明其理，只道是自己的“走火入魔”提前发作，心中焦急，只好拼命加快脚步，鼓勇前行。

可是越上越高，那就越发难走，任是金世遗如何使尽气力，速度已是大不如前。还有一样困难的是，高山上的寒风，越至高处，风力越大，往往骤然一阵狂风，将人刮得后退数十步，待得风止之后，又要耗掉许多气力，方能爬至原处。金世遗遥望着高耸入云的珠穆朗玛峰，珠穆朗玛峰就像一个硕大无朋的宝石，在蓝天白云之中晶莹耀目，是那样的诱人，却又是那样的可望而不可即！金世遗打遍天下英雄，此时遥望珠峰，也不禁感到有些气馁。

但他还是鼓勇前行!

奇景骤然在眼前出现，但见冰川交错，遍布在雪白的山坡上，蔚蓝得像翡翠一般，无数冰川汇到一处，突然好似平地上涌起许多宝塔，那是像蔚蓝色水晶的“冰塔群”！“成群结队”地连成一大片，在阳光之下闪着寒光！金世遗一声欢呼，仰天长啸，叫道：“纵算不能攀上珠峰，得见此人间仙境，死亦瞑目了！”

金世遗使劲地深深吸了口气，向着“冰塔群”奔去，脚步一抬，踏碎冰块，忽然触着一样东西，低头一看，却原来是一个外国人的尸体，在积雪里不知埋了多少年，尸体旁边有许多登山的用具，绳索衣裳都已风化腐烂了，触手即成碎粉，面目仍是栩栩如生。走不多远，又发现一个尸体，金世遗叹口气道：“千百年来，不知多少人因为攀登这天下第一高峰而埋尸雪地，三两日后，大约我也要步他们的后尘，与他们作伴了！”

“冰塔群”看来不远，走了大半天仍未走到，金世遗带来的干粮也已吃完了，幸喜高山上也有些动物，而且都是别处见不到的珍禽异兽，小熊猫在雪地上跳跃，见了人也不知道躲避，可爱极了，活像一个淘气的娃娃。金世遗舍不得打它，用石子打下了几头黄嘴山鸦，又猎了一只雪鸡。他随身带有火石，擦了许久，才擦出火星，高山上有的是枯枝败叶，可作燃料，但煮东西却比平地花多了不止三倍的时间，金世遗在那两个死了的“爬山家”的遗物中，捡出了一个盛水的锡器，把冰块放在里面，烧了一个时辰，水还未滚。金世遗吃了两头山鸦，半边雪鸡，喝饱了半开的温水，气力稍稍恢复，又向前行。

迎面是一条大冰川，冰川上有一块巨大的花岗石，被一座小山般的大冰块支撑着，形状酷肖一个巨型的“蘑菇”。金世遗正想改道绕过，忽听得“冰蘑菇”后面隐约有呻吟之声。金世遗吓了一跳，攀上“冰蘑菇”，向下一看，只见两个僵尸般的怪人，躺在冰块上，面上一条条的血痕，越发显得狰狞可怕。这两个人乃是赤神子与董太清，他们想上山来寻绛珠仙草，哪知刚望见“冰塔群”就冻僵了。

若然是在平地，金世遗对这两个人决不会起半点同情之心，此际在高山之上，得见人类，哪怕他是敌人，也有一种亲热之感。金世遗提一口气，跃下冰川，脚底下隐隐可觉冰块浮动，金世遗先摸一摸赤神子的鼻观，触手冰冷，气息已绝。董太清却尚有一丝气息。原来赤神子是被冰川天女打了七枚冰魄神弹之后，元气大伤，加以他所练的内功更是邪门，反而比不上董太清能够持久。

金世遗替董太清揉搓手足，又喂他喝了半口水，董太清微微张

冰川天女傳

金世遗心底一阵悲凉，不自禁地洒下几滴英雄眼泪，……

开眼睛，嘶声说道："是你?"金世遗道："别动，我助你运功。"董太清叹了口气，低声说道："不成啦，你快离此险地!"金世遗听他脉息散乱，体硬如冰，亦已知道难以救治，但仍犹疑不决，未忍离开。董太清挣扎了一下，忽道："世遗兄，是我哄骗了你!"

金世遗道："恩恩怨怨，是是非非，到了此时，还用得着计较么?我哪有心思理会你说的什么是谎言，什么是真话?"董太清又挣扎了一下，道："不，不，我再不说以后就不能说了。"金世遗道："好，你既然要说出才能心安，那你就说。"

董太清嘶声说道："你师父的书，在冯琳手中。我以前所说被唐晓澜抢去乃是哄骗你的。"金世遗淡淡一笑，道："管它在谁手里，喂，你怎么啦?"

董太清忽地把脚一蹬，使尽最后的气力叫道："快走!"金世遗只觉脚下流冰浮动，眼见一股狂风刮来，不假思索，急忙跃上"冰蘑菇"，再跳回地上。只听得在呼呼的狂风声中，那块"冰蘑菇"晃了几晃，"蘑菇"下面的浮冰哗啦啦地响，骤然裂开了一条大缝，董太清和赤神子的尸体被浮冰一挤，沉没入裂缝之中，埋到冰川底下!

金世遗心底一阵悲凉，不自禁地洒下几点英雄眼泪，也不知是为董太清伤感，还是为自己的命运辛酸?一抬头，忽见附近的一块冰岩上刻有一朵梅花，金世遗吃了一惊，顿时间只觉热血上涌，神思惘惘，喃喃自语道："当真是好，她也来了?"狂风已止，阳光被冰川反射，泛出千百道霞辉丽彩，金世遗一片茫然，沿着冰岩走去，走不多久，又见一朵梅花标志，敢情那是用利剑在冰壁上刻划出来的，冰层透明，花瓣在冰层中映得玲珑浮凸，真比开在枝头的梅花更要娇艳。金世遗身躯颤抖，倚着冰壁，几乎迈不动脚步。

这梅花正是李沁梅的标志，因她的名字中有一个"梅"字。金世遗以前和她同路，从四川峨嵋山走下，一路直到藏边，沿途就曾见她留下不少梅花记号。

这刹那间，金世遗但觉被冻得麻木了的身体忽然如有暖流通过，想不到这世界上还有一个如此挂念他的人，不辞冒雪冲寒，到此亘古无人的冰峰，追踪觅迹!但想到自己死期将至，又怎忍和她再见最后一面，令她伤心。

金世遗正自踌躇难决，忽听得冰塔群中隐隐有厮杀之声，金世遗突然血脉偾张，提了口气，飞奔过去，穿入“塔”群，远远就见冰壁上映出李沁梅的影子，无数大大小小的冰塔，就像千百面明镜，层层反射，走到塔群的中央，目之所至，所见的都是李沁梅的影子。另外还有两个怪人的影子，围着李沁梅手舞足蹈的，在千百面冰壁上反射出来，令人眼花缭乱。

金世遗定一定神，靠着耳朵的感觉，辨别声音的来路，在“冰塔群”中穿来插去，眼前忽然开朗，但见在几座冰塔围拱之中，有一个小湖，小湖之滨，李沁梅正在和那两个怪人厮杀。

那两个怪人都是双足已跛，以手支地，频频换掌，围着李沁梅陀螺般地旋转，交替发掌。这两个人正是佟古拉与阿斯罗。他们那日与冰川天女比赛轻功，从冰峰上跌下来，幸而冰川天女相救，得以不死。所受的轻伤，养了一两日亦已无事。他们闻知师父提摩达多登山，便赶上来，不想在此处遇见李沁梅。他们一来缺了干粮，二来亦感气力枯竭，见到李沁梅，忽地起了坏心，想把李沁梅劫走，从南面下山，偷回故国。说是劫到中国的美人，也好在欧洲炫耀。在当时欧洲的风气，“骑士”远征，抢劫女人作为胜利品，那是司空见惯之事。何况佟古拉与阿斯罗此次来华，一再挫败，连双腿都被唐晓澜打得几乎断折，一腔怒气，无处发泄，劫一个中国美人回去，正好泄愤。

李沁梅此时也是气衰力竭，但她的剑法是天山剑法的另一支，白发魔女这一派的嫡传，奇诡变幻，天下无双，佟古拉与阿斯罗的阴阳掌力，虽然厉害，却也只能将她困住，近不了身。

高山缺氧，在此打斗，比在平地上吃力百倍，不消半个时辰，三个人都是头昏目眩，气尽力竭，只是本能的发招相抗了。金世遗自是行家，一见李沁梅的剑尖东指西划，毫无劲风，立知不妙，提起铁拐，正待相助，李沁梅从冰壁的反映中，已看见金世遗的影子，端的似大漠中绝望的旅人，蓦然天降甘霖，狂喜而致昏迷。只听得她尖叫一声，长剑一抛，踉踉跄跄地迎着金世遗奔跑，跑得十来步，便晕倒地上。

佟古拉与阿斯罗兀自在地上打转，他们亦已神智昏迷，金世遗来到湖滨，他们竟似视而不见。金世遗哪有心思去理他们，慌忙抢上前去将李沁梅一把抱起，但觉她身子软绵绵的，香喘吁吁，星眸半闭，金世遗情不自禁地拨开她面上的乱发，轻轻地弹了一下她的眉尖，低声唤道："梅妹妹，你睁开眼睛看看。"

李沁梅嘴角挂着凄凉的微笑，眼睛慢慢张开，喘气说道："世遗哥哥，我知道你会来的。"金世遗道："你调匀呼吸，我助你运功。"李沁梅在他怀中微微颤动，忽地掏出一个银瓶，道："你快服下!"金世遗正自莫明所以，忽见李沁梅又慢慢闭了眼睛，面色非常宁静，嘴角的笑容渐渐收缩，好像一朵蓓蕾，金世遗吃了一惊，但觉她手脚渐渐僵硬。

金世遗替她按摩了一会，毫无效果，除了些微气息之外，便和死去一般。金世遗仔细察视，知她并没受伤，但气力消耗过甚，却是难以恢复。若在平地，喝两碗参汤，睡一个大觉，自然无事。但这里是高耸入云的雪峰，呼吸尚且困难，食物亦极难找，哪有什么灵药可以助她恢复元神。

金世遗心痛如割，垂泪说道："呀，都是我累了你。"这是他有生以来第一次大动真情。可惜他充满感情的言语，李沁梅却一点也听不见。

金世遗垂下了头，茫然无措，忽然眼光碰到了地上的银瓶，金世遗心头一跳，将银瓶抓了起来，只见瓶中有三粒碧绿色的丸丹，正是用天山雪莲配制的碧灵丹，以前唐经天曾要把这三粒灵丹连同银瓶送给金世遗，被金世遗拒绝了的。如今金世遗只有三天的性命了，却又在李沁梅的身边发现这个银瓶。

如果金世遗现在吞下这三粒灵丹，他的性命最少又可以延长三十六天，但金世遗哪会如此去想，这时他捧起银瓶，就像捧着从天上掉下来的宝贝，心中想道："天山雪莲可解诸般邪毒，而且能助长元气，功力比起千年老参，有过之而无不及。呀，灵药就在身边，我刚才怎么视而不见?"

金世遗急急打开银瓶，将三粒碧灵丹倾倒手心，撬开李沁梅的牙关，将三粒灵丹送进她的口中，将她的身子摇了两摇，又给她推血过宫，忙了一阵，但觉她气息渐渐转粗，但仍未苏醒。

金世遗一阵狂喜，随即又是感到一片悲凉，自己只有不够三天的性命了，难道还要留在她的身边，让她苏醒之后，替自己送终？呀，呀，世界上只有她这样关心自己，难道又忍心独自离去，让她孤零零的在这里怀着痴心，等候一个永不会再回来的人？

金世遗心乱如麻，悄悄地离开了李沁梅，在冰塔群中徘徊，抬头一望，忽见那两个怪人盘膝坐在地上，宛如石像。金世遗这才记起他们，走上去一探，气息毫无，竟是死了。佟古拉与阿斯罗这两个人，武功虽高，但论到内功的精纯，却还不如李沁梅传自天山的正宗内功，因而能够支持的时间，比李沁梅更短。

金世遗叹口气道："这是第四个在喜马拉雅山上送命的人。"想到不该让李沁梅苏醒之后看到死尸的惨状，于是挖开地上的积雪，将这两个怪人的尸体掩埋。忽然想道："这两个人死了还有我给他们掩埋，我死了又有谁来埋我？"

金世遗回转头来，忽见李沁梅在地上动了两下，眼皮也好似就要张开。这一瞬间，金世遗心悸不休，突然作了决定："不，不，我不应让她眼睁睁瞧我死去！我一生冷酷对待世人，我也不配接受她的爱意。"心意虽决，脚步还是舍不得离开。只见李沁梅在地上转了个身，手脚慢慢舒展。金世遗咬了咬牙，忽然跳上前去，在她额上亲了一下，丢下吃剩的半边雪鸡，鼓起全身气力，跑出了"冰塔群"，再也不敢回头。

背后传来微弱的呼声，那是李沁梅的声音，隐隐约约还可以听得出来，她是在叫："世遗哥哥，世遗哥哥！"金世遗感到无限欣悦：李沁梅毕竟苏醒了；又感到无限辛酸，世界上竟有一个这么关心自己的人，然而自己竟不能和她诀别；又感到莫名其妙的恐惧，好像神话中的巨人逃避自己的影子追逐一样，头也不回，逃出了冰塔群。

太阳早已落山去了，一钩新月在珠穆朗玛峰上泻下幽冷的清光，群峰雪盖，喜马拉雅山的夜晚，沉浸在雪光月景之中，周围数里的景物，还是看得清清楚楚，翡翠般的冰川，宝石般的冰塔，构成了绝妙的图画，奇丽无俦！那是天公的大手笔，幻出了这人世间的神仙境界！然而这神仙的境界，却又是何其凄寂，何其清冷！金世遗除了静听自己的呼吸之外，眼前白茫茫一片，完全看不到有生命的东西，金世遗只感到自己也快要窒息了。

然而金世遗还是鼓勇前行。他抖一抖身上的冰雪，像是下了极大的决心，抖落了一切对于人世的依恋和记忆，将下面的世界连同李沁梅在内都抛在后面。

迎面是一道纵直的冰裂缝，阻着去路，裂缝深陷而狭窄，就像一条竖着的“冰胡同”。金世遗找不到出路，只好钻入了“冰胡同”。“胡同”幽深暗黝，虽有上面透下来的冰雪寒光，眼前道路已看不清楚了。金世遗但觉精疲力竭，四肢麻木，只好在“冰胡同”中盘膝静坐，默运玄功。虽还可以勉强运功，但已不能像平时一样吐纳呼吸。坐了许久，真气兀是不能透过十二重关。金世遗在半睡半醒之中，度过了一个漫长的夜晚。

第二日，阳光透下了冰胡同，金世遗精力稍稍恢复，又向前行，行了许久，才到冰胡同的尽头，又得向上面爬了。这冰胡同虽然只有廿来丈高，但却爬得非常吃力，寒风削体如刀，汗水仍是不停地从额角上淌下，金世遗接连几次从中途跌落下来，好不容易爬到了胡同的顶端，但见日头已过中天，金世遗叹了口气，他的生命期限，已经不够两天了！

金世遗稍稍歇息了一会，吃完了最后一份干粮，腹中还觉空虚，走了一会，见一只雪羊从身旁经过，金世遗急忙跑去追逐雪羊，哪知雪羊是最胆怯的动物，不追自可，一追它，它未曾见过人，只当是什么凶恶的野兽，放开四蹄疾跑，金世遗哪追得及，这才发现，自己的轻功也已大不如前了。其实不是金世遗的武功减退，在这高山之上，氧气缺乏，任是盖世英雄，也要受生理的影响，哪能像平地一样来去自如。

好不容易打下两头黄嘴乌鸦，生了半天的火，把乌鸦烤熟，鸦肉粗糙，而且带有一股膻味，但在金世遗已觉得是最美味的珍馐。再行了半天，眼前景色突变。

这是凸出来的山坳地区，受的风力最大，狂风卷着积雪，吹得人难以前进，喜马拉雅山诸峰，都是终年雪盖，只有这一处上面的山峰，因为经常被狂风吹刮，山峰北面，也即是正向着金世遗的这一面山坡，积雪被风吹得干干净净，露出赭色的岩石，与周围景色大不调和，更增荒冷寂寞之感，令人悚然生惧！

金世遗在狂风中匍匐前进，爬到天黑，才通过这凸出来的山坳地区，可怜金世遗的手足都已磨得伤损流血，就在山坡上生起野火，睡了一晚，第二日一早起身，获得两只野兔，果腹之后，又向前行。

这已经是金世遗生命期限的最后一天了。珠穆朗玛峰就在面前，看来并不远了。可是珠穆朗玛峰高耸入云，即算攀上了珠峰，还得多少时日才能到达峰顶？而今只有短短的一天期限，金世遗想征服珠峰的愿望看来是绝望了。

但他此际只有一个念头，要到达珠峰，要创造人类的奇迹！不管是否绝望，他仍是鼓勇前行。

越到后来，艰难越甚，金世遗张大了嘴拼命地吸气，仍然感到胸脯闭塞，喘不过气来，猛烈的西北风冲击着北峰和主峰的岩壁，带着暴雨一样的冰渣和雪粒，嘶啸着，翻滚着，形成一股强烈的旋风，金世遗走不动了！在地上几乎是一寸一寸地爬行。

手触着珠穆朗玛峰的岩石了，金世遗的手足早已麻木了，这时却突感到一股清冷之气，精神陡地振作起来，终于触到珠穆朗玛峰的岩石了！好像回光返照的病人，受到了强心剂的刺激，金世遗又拼命地向上攀登。

突然间，眼前金星闪烁，头昏脑涨，除了一团团的幻影之外，什么都看不见了。最后的时刻到了，金世遗的气力已是完全消失，走火入魔的迹象也开始出现了！

幻影渐渐扩大，有李沁梅的影子，有冰川天女的影子，有他师父毒龙尊者的影子。这些影子都在注视他，耳边好像听得人说道："呀，这可怜的孩子！"这是谁说的呢？金世遗挣扎叫道："我不要人可怜！"但已是力不从心，双手一松，登时跌倒珠峰脚下，他没有征服珠峰，却给珠峰征服了！

迷茫中，金世遗忽然感到了人世的可恋，他从心底里叫喊出来道："我还要活！"一股狂风打来，狂风挟着冰碴和雪粒，撒在他的面上，撒在他的身上，渐渐地将他掩盖了！

也不知过了多久，金世遗好像在沉睡中突然被人惊醒，僵硬的身体上又竟好似有了知觉，觉得疼痛了，眼前又是一团团的幻影，又好似喜马拉雅山上的层云一层层地向自己压下来，金世遗想叫，叫不出声，依稀听得一个人在耳边说道："呀，这可怜的孩子！"

这的确是人类说话的声音。"咦，我还没有死？这也不是梦？"金世遗想道。但眼睛还是睁不开来，诸般魔相，诸般幻影都渐渐消散了。骤然间，金世遗感到一股巨大的暖流从身体流过，冲击自己各处大穴，骨节好像被利刀支解似的，疼痛之中，却又有一种轻松之感。再过一会，疼痛的感觉也渐渐减弱了，但觉那股巨大的暖流，在体内流转，竟似化成了一团火焰，在体内燃烧起来，金世遗但觉焦渴之极，想张口呐喊，却喊不出声；想张开眼睛，眼皮上却似压着千斤重物。忽然间，一股清凉之气，直透心田，有如饮了玉液琼浆，将体中的烦躁火热之气消除得干干净净，那股暖流仍然在体内流转，有说不出的舒服。

金世遗慢慢恢复了知觉，慢慢睁开了眼睛，首先看到的是两只炯炯发光的眼睛，渐渐看清楚了面容的轮廓，金世遗几乎要喊出声来，可惜气力毫无，想挣扎也动弹不了。

这个人不是别人，正是金世遗不愿向他求救、想躲避他的唐晓澜！

唐晓澜一来为了寻觅金世遗，二来为了与提摩达多打赌攀山，越上越高，他从另一条路登山，绕过了冰塔群，直抵珠穆朗玛峰的脚下。饶是他的内功已到了炉火纯青之境，饶是他长住天山，能够适应高山的环境，这时也感到呼吸困难，只能一步一步地向上攀登了。就在他开始攀登珠峰的时候，发现了还没有被积雪完全掩盖的金世遗。唐晓澜这一喜非同小可，挖开积雪，摸一摸金世遗的心头，还有些微气息，幸亏他来得及时，将金世遗从死亡的边缘上拉了回来！

金世遗张开眼睛，但见唐晓澜头上白气腾腾，汗水从额角上不停地淌下，知道他正在用深湛的内功替自己冲关解穴，消除那"走火入魔"的邪毒，心中既是感激，又是惭愧，他一生不愿向人乞怜，不愿受人恩惠，然而这一次却不由得他不接受了。他还不知道，唐晓澜为了救他，为了使他能尽快地恢复，除了耗费精力，用内功给他疗治之外，还把身上仅存的五粒碧灵丹全都给他服下了。

唐晓澜见金世遗张开了眼睛，微微笑道："好孩子，你终于醒了！"金世遗喉头咕咕作响，这时他本来可以说话了，但却说不出话来，两颗晶莹的泪珠，从他的眼角流出。唐晓澜道："咦，你还是感到痛苦吗？咬着牙关再忍一会儿。"他不知道金世遗心中的千般感触，只当自己功力未到，急忙凝神运气，将真力传入金世遗体内。过了一会，金世遗但觉气机畅通，虽然体力尚未恢复，但已知道经此一来，自己不但保住了性命，而且内功上也大有裨益。

正在唐晓澜全力施为之际，雪地上忽然传来了极轻的脚步声。

要不是唐晓澜这样一位武学大宗师，这样轻微的声音，定然当作是浮冰的碎响，唐晓澜心中一凛，想道："难道是瑛妹来了？"忽听得金世遗叫道："敌人！"他仰卧地上，已看到唐晓澜背后的冰壁现出了提摩达多的影子。话犹未了，提摩达多突然从冰壁跃下，呼的一掌拍到唐晓澜的肩头。

幸而有金世遗提醒，唐晓澜身手何等快捷，忙左手抱起金世遗，右手反掌一挥，双掌相交，只听得"蓬"的一声，唐晓澜踉踉跄跄后退几步，几乎滑下山坡。本来唐晓澜的功力比提摩达多要高出许多，但因他耗了不少精力救治金世遗，加以只是用一掌之力，故此刚刚和提摩达多打成平手。

唐晓澜转过头来，提摩达多的狞笑刚刚收敛。唐晓澜喝道："岂有此理，彼此赌赛攀山，你怎的暗中偷袭！"提摩达多的狞笑变为欢笑，作出了一个亲热的姿态，拍拍自己的肩头，向上面一指，叫道："哈啰，哈啰，高，高！戟，戟！"意思是招呼唐晓澜快去爬山，唐晓澜听不懂他的话，看他的手势，听他的语调，亦已明白，这提摩达多敢情是偷袭不成，故意作状招呼的。只见提摩达多一面胡叫，一面爬山，转眼之间，已爬上了十多丈了。

唐晓澜瞿然一惊，心道："且不管他是恶意偷袭还是好意招呼，我总不能让他先我登上珠峰。"低头一看金世遗，见金世遗面色也渐转红润，看此情形，金世遗已是脱了危险，体力和武功的恢复也是旦夕间事了。唐晓澜将金世遗轻轻放下，同时也等于放下了心上的石头，微笑说道："冯琳和她的女儿也上来了，你在这里等候她们，或者待你体力恢复之后，径自下山，到方今明家中去等候她们吧。"金世遗默然不语，眼色又沁出两颗晶莹的泪珠。

唐晓澜忽然起了异样的感觉，心中想道："咦，这少年人怎的如此奇怪，将他救醒了，他道谢也不说一声。"唐晓澜并不是稀罕他的道谢，只是觉得此事大出情理之常，随即想道："是了，想是他得以重生，感极而泣，神智尚未清明哩。"他哪知金世遗此刻正是心事如潮。是仍旧像以前一样，独往独来，寂寞终老？还是回到人群之中，获得友谊的温暖？此事正在金世遗的心头委决不下。

唐晓澜抬头一看，但见提摩达多又已攀上了十多丈，心中一急，无暇再推敲揣测金世遗的心事，丢下半袋干粮，便去追赶。走了几步，陡然想起了一件事，回过头来，掏出了冯琳交给他的那本书，笑道："我几乎忘记了，这是你师父的遗书。"轻轻一掷，将毒龙尊者在蛇岛所写的那本日记，掷在金世遗的身旁。但听得金世遗微微叹息，叹息中反显现得无限诧异，无限凄凉！

唐晓澜已在峭壁上攀登了几丈高，回头下望，只见金世遗已坐在地上，翻阅那本日记。唐晓澜见提摩达多的背影越上越高，他虽然觉得金世遗神态有异，终于还是抛下了金世遗，紧跟着提摩达多的足印前进。

唐晓澜只觉呼吸越来越是困难，在珠穆朗玛峰上攀登，那真是世上无可比拟的奇险。只见上面除了陡峭的长长的冰坡之外，还横卧着两道百丈悬岩，珠峰银色的山峦间尽是浓密的白色云雾，飞絮一样的云气，触手即散，有几只矫健的山鹰在悬岩上空盘旋，突然间一只山鹰从云雾中跌了下来，看来它是因为云雾遮着视线，触着悬岩的利石而跌下来的。唐晓澜不禁叹了口气，心道："兀鹰尚自飞不上珠峰！"但不管如何，他总不能让一个外国人比他先爬上这个属于中国的世界第一峰。

与提摩达多的距离渐渐近了，唐晓澜但觉精疲力竭，手足并用，也只能一寸一寸地向上爬行，心中正自奇怪，提摩达多却怎的还能够支持。再接近一些，但听叮叮叮之声，原来提摩达多的背囊中准备有各种登山工具，这时正在冰坡上用冰镐挖"台阶"，在岩石上钉上一口口的铁钉，但他每上一步，就用小铁锤把铁钉一敲，将铁钉敲得没入岩石之中，使得唐晓澜无法利用。再看他踏过的足印，又发现他是穿着镶有钢钉的特制的登山鞋子，不怕雪滑。他靠着各种登山工具的帮助，自是省力得多。

唐晓澜雄心勃发，叫道："好，我就是只手空拳也要赢你！"施展平生绝学，以大力鹰爪功，抓紧岩石，定住身形一步步向上攀登，碰到岩石平滑之处，又用壁虎游墙功加快上升的速度，虽然吃力非常，有好几次还几乎滑下来，但终于还是支持住了，与提摩达多的距离也缩短到只有五六丈了。

第一道悬岩已横在面前，只见提摩达多身体贴着冰面，进行攀登，那气呼呼的喘息声吹得冰渣纷落。他已是精疲力竭了。要不是唐晓澜跟在后面，他怕唐晓澜耻笑，更怕唐晓澜在他下来之时加害，他早已缒绳溜下了。

唐晓澜学提摩达多的方法，贴着冰面，进行攀登。他四肢都已麻木，气力就像要用石磨紧榨才一点一点地榨出来。这时太阳已经偏西，阵阵寒风从山峦间刮过，发出阵阵啸鸣。

突然飘来一阵乌云，遮住了晴空，大风骤起，吹得人寸步难行。唐晓澜紧紧抓着一块凸出来的石笋，忽听得轰隆轰隆之声，整个山谷都好像要震动起来，原来是碰到珠穆朗玛峰顶的"雪崩"！

山坡上纵横交错的冰川突然间冒出无数气泡，那是冰层震裂之后所发生的现象，整个珠穆朗玛峰好像披上了薄雾轻绡，阳光透射下来，眼前一片白蒙蒙的景象，只听得冰块炸裂的声音不绝于耳，幸亏有巨大的悬岩横在前面，冰块碰着悬岩，体积重的就像滚珠一样，遇到阻碍便飞腾起来，作弧形的抛物线向山谷抛下，体积轻的炸成无数碎裂的冰块，有如陨星，纷落如雨。

唐晓澜紧紧抓着凸出来的石笋，将身体倒挂在悬空的岩石下面，但觉无数巨大的冰块，在狂风中呼啸、炸裂，从头顶上滚过，从身边飞过……这真是人世上难逢的奇景，是那样的可怕，又是那样的壮丽无伦！唐晓澜饶是盖世英雄，也觉心头颤震。

珠穆朗玛峰上堆积着深不可测的万年冰雪，尤其在唐晓澜现在所攀登的"北坳"险陡地坡壁上，更潜伏着无数冰崩和雪崩的"槽印”，成为珠穆朗玛山峰间最危险的地区，几乎每年都要发生巨大的冰崩和雪崩，唐晓澜这次碰到的，其实只是微不足道的一次雪崩而已！在巨大的雪崩时，千百吨重的冰岩和雪块都像火山一样喷泻而下，百里之外都可以听到它的轰隆声，在雪崩三数里之内的范围，生物休想活命！（作者按：近代攀山家认为珠峰的北坳是“不可逾越的天险”，其中的一个原因就是因为这个地区经常发生雪崩。最近一次人类在北坳所遇到的雪崩是一九二二年英国的探险队遇到的，在北坳约八千米高度之处，七名探险队员都被埋到冰雪的底层。此事大英百科全书亦有记载。）

唐晓澜这次碰到的雪崩，其实只是微不足道的一次而已。但就是这样一次轻微的雪崩，已显示出了大自然巨大的威力！令唐晓澜这样的英雄，也感到个人力量的渺小！

眼前白蒙蒙一片，唐晓澜定睛注视，数丈之外，隐约可见到提摩达多的景况。但见他双手紧紧抓着一条铁链，他早就在岩石上凿了一口铁钉，在铁钉上挂上铁链，如此一来，他整个身子都悬在横空的大岩石底下，有大岩石挡着，冰块伤害不到他，那是比唐晓澜安全得多。他毕生处心积虑，梦想攀登这世界第一高峰，曾派门下弟子在喜马拉雅山勘查过无数次，看来他对可能发生的雪崩，也早已估计在内，所以登山工具带得甚为齐全。

可是在这种令人无可抗拒的自然灾祸中，最重要的还是超人的勇气。唐晓澜咬实牙根，用了全身的力量，紧紧抓着石笋，把生死置之度外，终于支持下来了。提摩达多抓着铁链，挂在悬岩下面，生命本来已有了保障，反而显得惶恐不安，只见他身体剧烈摇摆，可以看出他颤抖得多么厉害！蓦然间悬岩上轰隆一声巨响，一块巨大的冰块坠了下来……

那块冰块大得惊人，像一座小山似的骤然从天外飞来，压在悬岩上面，惊天动地的一声巨响，炸裂成无数碎块，震撼得那横凸出来的百丈悬岩也摇动起来，唐晓澜拼命抓紧岩山，眼睛也被狂风刮得不能张开，但觉冰块嗖嗖地从四边飞过，触体如刀，唐晓澜一生之中，不知经过多少次大阵仗，却从无一次像现在的奇险！生命系于一线，就像到了悬岩的边沿，只要稍一松劲，便会从万丈高峰跌下！

陡然间只听得一声厉叫，在风声之中掠过，更显得刺耳非常，惊心荡魄！唐晓澜努力睁开眼睛，只见提摩达多那庞大的身躯，从高空飞堕，凄厉的叫声摇曳空际，转瞬之间，提摩达多的身形就被风雪卷没了！本来提摩达多抓紧铁链，挂在悬岩下面，原可不受伤害，但他被这大自然的威力吓着了，意志支持不了身体，手指一松，登时丧命！

唐晓澜也被这一惨厉的景象吓得心悸身颤，幸而这次雪崩，只是珠峰上一次轻微的雪崩，不久风力便渐渐减轻，雪崩也停止了。唐晓澜向前爬行了几丈之地，到了提摩达多刚才躲避的地方，但见那条铁链尚自挂在悬岩下面，往来摇摆，铁链上血迹殷红，想是提摩达多的手指被磨损所致。唐晓澜心头颤栗，想不到这位名震东欧与阿拉伯诸国的第一高手，竟是如此收场！

此时此际，饶是唐晓澜绝世武功，亦已精疲力竭，寸步难行。俯首下望，但见峭壁冰岩，脚下云气弥漫，看来下山亦大不易。唐晓澜卧在悬岩之上，调匀呼吸，运气御寒，但觉呼吸亦极艰难，眼前不停地迸发“金星”，胸口疼痛胀塞，那自是高山缺氧之故，幸而唐晓澜的内功深湛，在武林中是顶儿尖儿的人物，即算完全闭了呼吸，也可勉强支持一时三刻，要是换了稍差一点的，到了这个高度，早已窒息而死！

唐晓澜歇了一会，气力稍稍恢复，这时风雪已止，天朗气清，翘首望上去，珠穆朗玛峰的顶峰亦已清晰可见，然而他还没有上到一半，上面还有一道更高更陡地悬岩。而且在长长的冰雪的斜坡上，白雪点缀着狭窄的裂缝，就像树叶的脉络一样，遍布在冰坡上，要是在这冰坡上爬行，稍一疏神，就会堕下裂缝，永埋冰底。不要说唐晓澜现在已是精疲力竭，即算一如平时，要在这冰坡上爬行，也是奇险万分！唐晓澜叹了口气，不由得他不向珠穆朗玛峰低头，放弃了征服珠峰的梦想。

唐晓澜解下了提摩达多那条长可丈许的铁链，正在筹思下山之法，忽听得上面隐隐有人呼唤，仔细一听，竟像是叫唤他的名字！

唐晓澜心头一震，失声叫道：“瑛妹，瑛妹！”精神陡振，又向上面爬行了十多丈，抬头一望，果然是冯瑛坐在上面，但见她云鬓松乱，衣裳上一点点的血迹，不问可知，那也是被冰雪刮损了身体所致的了。冯瑛低声叫道：“晓澜，是你吗，快来救我！”冯瑛的内功已得天山前辈剑客易兰珠的衣钵真传，比唐晓澜还稍胜一分，平时用“传音入密”的功夫，百丈之外，亦可与唐晓澜谈话，有如面对，如今两人的距离不过十来丈，声音听来已是微弱之极，显然也已是精疲力竭的了。

唐晓澜出尽平生气力，再向上攀登数丈，两人的距离越来越近了，然而唐晓澜再也无力向上攀登了，忽地脑筋一动，将那条铁链向上抛出，冯瑛一手抓着铁链，将唐晓澜拉动几步，唐晓澜也用力支撑着冰块，好不容易翻上悬岩，和冯瑛坐在一起，歇了半天，才说得出话。

冯瑛微笑道：“和你在一起，即算死在珠峰，亦可瞑目。”唐晓澜惊道：“瑛妹，你怎么啦？是刚才的雪崩伤了你吗？”冯瑛道：“没什么，我躲在岩石缝中，总算避过了这场灾难。刚才我听得有人惨叫，还以为是你呢！我只被冰雪刮伤了一点皮肉，可是我的气力已经完全没有啦，看来是下不去了。”唐晓澜苦笑想道：“我何尝不是如此！”其实他因为曾救治金世遗，费了许多精神气力，爬至此处，精疲力竭的程度，已是比冯瑛更甚了。但为了安慰冯瑛，只好在无办法之中想办法，说道：“咱们若是各自下山，自是奇险万状，两人相互扶持，或许能平安下去。这条铁链倒是可以大派用场。”

两人歇了一会，吃了一点干粮，趁着天色未晚，正想冒险下山，忽听得高处有人长啸，唐晓澜跳起来道：“咦，是吕四娘！”回声相应，怕声音不能传至高处，又射出两枝天山神芒，破空直上。过了一会，只见上面山坡现出吕四娘的身影，招手叫道：“快来，快来！”

唐晓澜冯瑛二人本想保留气力作下山之用，但听得吕四娘招唤，仍然挣扎着向上爬去，两人相互扶持，手牵着手，两股内家真力合在一处，果然比一人爬山省力得多，然而爬到上面，亦已手足酸软，四肢无力。

但见吕四娘亦是面色惨白，气喘吁吁，显然精力尚未恢复。但她独自一人，比唐晓澜夫妇还攀登得高，唐晓澜从心底佩服。只见吕四娘微笑问道：“晓澜，你的赌赛赢了吗?”原来吕四娘在峨嵋山金光寺送冒川生入土之后，便即赶来找唐晓澜，赶到喜马拉雅山脚，遇到在清军大营中留守的陈天宇等人，才知道唐经天等众人都已上山找金世遗，于是吕四娘也独自上山，在半山方今明家中住了一晚，知悉各事，因而兼程追赶，寻觅唐晓澜夫妇等人。

吕四娘的轻功本领天下无双，沿途又没耽搁，所以登山虽在唐晓澜之后，却比唐晓澜先到此间。但她到了这个高度，亦已感到呼吸困难，精疲力竭的了。

唐晓澜听她问起赌赛之事，苦笑说道：“赢了，也输了。”吕四娘道：“此话怎说?”唐晓澜道：“提摩达多跌死，我和他的赌赛算是赢了，但到底上不了珠峰，那还是输了!”

吕四娘微微一笑，道：“到了此处，你也可以心足了。我带你去看一件物事。”三人相互扶持，又爬了好半天，好容易再爬上二三十丈，到了第二道悬岩的下面，只见冰壁一块平滑的大石上，刻有“人天绝界”四个大字，下面还有题记，文道：

> “甲申之秋，余三赴藏边，欲穷珠峰之险，至此受阻，力竭精疲，寸步难进，几丧我生。嗟呼，今始知人力有时而穷，天险绝难飞渡也！余虽出师门以来，挟剑漫游，天下无所抗手，自以为世间无艰难险阻之事，孰知坐井观天，今乃俯首珠峰，为岭上白云所笑矣！呜呼，胜人易，胜天难，此事诚足令天下英雄抚剑长叹者也!”

文后的署名是“凌未风”，他助晦明禅师创立天山派的武功，也即是天山派的第一代掌门，唐晓澜和冯瑛的师祖。吕四娘指着碑文笑道：“凌大侠当年亦不过只到了此处，便即回头。咱们现在也到了此处，还不满足吗?”唐晓澜看了那“人天绝界”四字，出了一会神，喟然叹道：“凌师祖说得不错，再想上去，那真是难于登天了。咱们都是血肉凡人，到了此处人天交界之处，已是尽头了。”

吕四娘沉思有倾，忽然微笑说道：“咱们是不能再上去了，但凌大侠所题的‘人天绝界’四字，这话也怕说得太满，焉知后者之不如今?”唐晓澜有点不服，道：“以凌师祖那样的绝世武功，还有谁能赶得上他?”

吕四娘吸了口气，左手拉着唐晓澜，右手拉着冯瑛，毅然说道:“再前行三步!”唐冯二人不明其意，但他们一向都把吕四娘当成大姐姐一样尊敬，依言向前踏出三步，这三步在悬岩峭壁上踏进，端的难如登天，要不是各以绝顶的内功相互扶持，决计移不动脚步。吕四娘嘶声一笑，拉着两人跳了下来，在悬岩下歇了一会，喘气说道:“后人必胜前人，这是今古不易之理。咱们今天不就是比凌大侠多走了三步吗?”

唐晓澜心头一动，但觉吕四娘之言大有哲理，但仰望珠峰，云气弥漫，不知还要几千几万个“三步”才能踏上峰顶，又不禁黯然神伤。可惜那时候还没有登山的测量仪器，要不然他们当可发现，他们已在八千二百五十米的高处，早已超过了近代欧洲爬山家所说的“登山极限”，大足自豪了!

歇了一会，冯瑛问道:“吕姐姐，你上来的时候，可有见到经天么?”吕四娘道:“经天和你们的未来儿媳都已上山来了。听说也是为了找金世遗。”唐晓澜道:“嗯，那么他们也许在珠峰下面见着了。”唐晓澜将在珠峰脚下救治金世遗的事告诉了吕四娘，吕四娘道:“毒龙尊者有了衣钵传人，我也放下一重心事了。趁着天色还早，咱们也该下去啦。”冯瑛道:“幸而碰到吕姐姐，要不然真不知道怎么下山呢!”三人牵着铁链，互相照顾，滑下冰坡，虽然险状百出，到底比上山之时省力得多。

他们以为一下珠峰，就可以见到金世遗，谁知又有了意想不到的变化。

唐经天和冰川天女，在尼泊尔王的筵席散了之后，就连夜上山。尼泊尔王已答应在几日之内便撤兵，他们几月来所担心的事情，终于得到了圆满的解决，心情自是愉快之极，但悬念金世遗的命运，却又不免蒙上一层阴影。他们也有听到金世遗的啸声，却因所走的道路不对，既没有经过方今明的家园，也没有发现金世遗的踪迹。

走了三日，越上越高，冰川天女长住冰宫，还没感觉什么，唐经天则渐渐感到呼吸有些不畅，但他仍是给眼前壮丽的景色所吸引住了。喜马拉雅山的冰川比之冰川天女所住的念青唐古拉山，不知高出多少倍！但见天蓝色的冰川，像彩缎一样，从峰顶向四面八方撒下来，镶嵌在洁白的山坡上，显得分外的晶莹灿烂，冰川天女啧啧称赏，好像游子看到了与故乡相似的景物一样，时不时停下步来，驻足而观。唐经天和她相处以来，还很少见到她有这样的兴致，但觉冰雪世界，都化成了旖旎风光！唐经天回想起三上冰峰，邀请她下山的往事，回想起万里追踪，好事多磨的经过，而今这一切全都过去了，喜马拉雅山上的险阻虽多，但他们爱情的道路上已没有险阻了。唐经天心中甜丝丝的，虽然他不大习惯高山上的气候，但有冰川天女在旁，却是精神焕发，比起金世遗上山之时的那种凄苦心情，那自是天渊之别了。

再走了两天，远远地看到了冰塔群，宝塔流辉，冰光映日，端的似冰峰上突然涌现的蓬莱仙境，冰川天女喜极而呼，这时，因为高山缺氧的缘故，她本来也感到呼吸有些困难了，但见此人间异景，仍禁不住飞奔过去，只可怜唐经天用尽气力，都跟不上她。

面前一道冰川阻止去路，恍惚听到底下流冰的嘶响，冰川上有一个巨大的冰块，状似蘑菇，冰川天女刚想绕过这道冰川，忽听得冰蘑菇背后，有人低声啜泣，甚是凄凉，冰川天女心头一震，招手等唐经天过来，两人绕过冰川一看，只见冰蘑菇背后，有人坐在冰川的旁边，抱着一条黑漆发光的人臂。

唐经天叫道："咦，你是黄石道人！"他抱的却是董太清的那条铁臂。只见他面上一条条的血痕，沁出的血丝都已凝结成冰，形状十分可怕，一见冰川天女到来，忽地挥动那条铁臂，夹头夹脑地打来，大叫大嚷道："是你害死了他，是你害死了他！"冰川天女奇道："我害了谁了?"随手用冰魄寒光剑一拨，"嗤"的一声，将黄石道人的道袍割裂数寸，黄石道人双眼一瞪，忽然大叫一声，将铁臂抛出，叫道："是我害死了他，是我害死了他！"状若疯狂。冰川天女有点害怕，退后一步，但见黄石道人一声厉叫，仆倒地上，鲜血涌出，染红衣裳，片刻之间，又已凝结成冰。

冰川天女那一剑根本没有触及他的身体，突然见他流血晕倒，不禁大奇，上前察看，原来是他受不了山上的严寒，加以高山上呼吸困难，功力早已大减，冰川天女的冰剑又是奇冷无比，内外两股寒气夹攻，以至血管爆裂。要不然若是在平地之上，冰川天女还不是他的敌手，这一剑绝不能叫他受伤。

冰川天女心存恻隐，掏出了专解寒气的阳和丸给他服下，这是冰宫中绝妙的灵丹，即算受了冰魄神弹的奇寒之气亦可解救。黄石道人服后，过了片刻，果然苏醒。唐经天给他推血过宫，再过了一会，黄石道人神智渐渐恢复正常，眼光中流露出感激的神气，忽然又喃喃说道："是我害死了他们，是我害死了他们！"

唐经天道："你害了谁了？"黄石道人忽又叫道："没有绛珠仙草，没有绛珠仙草，你们赶快下去吧。"冰川天女道："什么绛珠仙草？"黄石道人道："你们不是想上珠穆朗玛峰寻觅绛珠仙草的吗？"冰川天女摇了摇头，道："连这名字我都没有听过。"黄石道人吁了口气，道："呀，那就只是我害了赤神子和董太清了。"冰川天女道："怎么？"黄石道人一指那条铁臂，又取出一缕黄褐色的乱草般的长发，那是赤神子的头发。黄石道人叹了口气，说道："他们都已埋到冰川底下去了。我只在冰裂缝中抓起这条铁臂和扯断这缕头发，连他们的尸身也掏不出来，冰缝便重合了。"

冰川天女道："这是怎么回事？"黄石道人道："赤神子中了你的七枚冰魄神弹后，元气大伤，他一心想恢复武功，已到痴迷的程度，他一生只交我这个朋友，我不忍让他郁郁而死，为了解开他心头的死结，于是骗他说，珠峰上有一种绛珠仙草，服下一株，可以当得三十年功力，我只是想让他心头有一个希望，或者即算上山，也会知难而退，那时就息了心了。岂知他和董太清竟然冒险来到此处，这不是我害了他们吗？"

冰川天女心中恻然，想道："赤神子无恶不作，死不足惜。但这黄石道人笃于友情，虽说是非不分，倒还值得同情。原来他刚才是因为好友之死，以至神智迷乱。"便道："既然如此，你赶快下山去吧。你服了我的阳和丸，不畏寒气所侵，下山料可无妨。"

黄石道人拾起那条铁臂，道："你呢？"冰川天女道："我们所要寻觅的东西比绛珠仙草还要珍贵。"黄石道人摇了摇头，见冰川天女意志坚决，只好独自下山而去。

冰川天女心头有点怅惘，但冰塔群奇丽无俦的景色将她吸引住了，她和唐经天轻轻携手前行，穿入冰塔群中，但见冰光塔影，互相辉映，千门万户，寒气森森，冰川天女欢喜赞叹，笑道："简直比我的冰宫还要胜过万分。"唐经天笑道："冰宫中有你这样一位仙女，这里虽然奇丽，却毫无一点生气。"

冰川天女笑道："你焉知这里不是女神所居？嗯，你可知道珠穆朗玛这几个字的意思吗？"唐经天道："正要请教。"冰川天女道："它是女神的名字，藏人称珠穆朗玛为'圣母之地'，有的称作'第三圣母'，在西藏和尼泊尔，流传着一个非常美丽的传说。

"据说珠穆朗玛是一位腰身纤细、四肢修长的女神，她的相貌挺秀，性格温柔。登临峰巅，能看到全世界的景色。人们看到她的容貌，没有不感到羡慕和景仰的。和她同住的有大姐珠穆策仁玛、二姐珠穆丁结沙桑玛，她是三姐珠穆朗玛，还有四妹穆觉本珠桑玛、五妹穆德格日卓桑玛，合称珠穆觉岸（珠穆五姊妹）一家。这世界第一峰本是三姐珠穆朗玛住的，后来其他四姐妹因感到世界上的人没有比珠穆朗玛再温柔可爱的了，也没有地方比她所居住的仙峰再美好的了，所以都从各地迁来，环绕珠穆朗玛而居住。你瞧，那就是环拱着珠穆朗玛那四座山峰了。她们在珠穆朗玛峰上修建宫殿、湖泊和亭台，饲养着金色的鸳鸯和白色的狮子，使这座高峰成为世界上最美好、最幸福的地方。"

这美丽的神话从冰川天女的口中说出来，听得唐经天如醉如痴，忽地笑道："那么，你就是珠穆朗玛，世界上再没有人比你更温柔可爱的了。"冰川天女嗔道："你几时学得这样油嘴滑舌？咱们连珠穆朗玛峰都上不了呢。"唐经天学着冰川天女的语调说道："不论你住在什么地方，那就是世界上最美好、最幸福的地方。"

冰川天女轻轻地打了他一下，唐经天怨道："咦，这里敢情真有女神？你听！"只听得冰塔群中果然有人的声息，听清楚了，竟然又是低低的啜泣之声。正是：

人间几许伤心事，独上珠峰把泪弹。

欲知后事如何？请听下回分解。

第四十回　天女散花　珠峰劳怅望
冰川映月　云海寄遐思

冰川天女笑道："女神是不会哭泣的。"唐经天眼睛一亮，道："这哭声好熟悉！"朝着那声音的方向跑去，忽然大声叫道："沁梅表妹！"只见冰塔群中一个小湖之滨，李沁梅正在那里哭泣。

唐经天轻轻地走过去，微笑说道："阿梅，迷了路吗？"他和李沁梅小时候常常一齐玩耍，只道她还是小时那样脾气，但听她哭得十分凄凉，决不是仅仅为了迷路。

李沁梅缓缓抬起头来，道："他走啦！"冰川天女走到了她的身边，道："你见着他了，呀，你怎么不留住他？"唐经天的笑容立即收敛，这时他已明白，原来是金世遗到过这儿，李沁梅都留不住他，那么还有谁能劝他回来？

李沁梅指一指地上的银瓶，道："他把碧灵丹都留给我吃啦。他的心肠太好了，也太狠了。"唐经天道："怎么？"李沁梅道："真像做一场梦似的，梦醒了他就不见了！"哽咽着把遇到金世遗的经过说了，冰川天女和唐经天都觉得心头沉重，想不出用什么话来安慰李沁梅。

冰川天女低头默想，过了一会，轻声说道："沁梅妹妹，你别哭啦。我们陪你上珠穆朗玛峰去。"李沁梅抬起了疑惑的眼睛，冰川天女道："依他的性格，我看他既然到了这儿，就一定会去攀登珠峰。"

李沁梅眼光中露出一点希望，道："冰娥姐姐，你真好！"唐经天道："咦，你还打了雪鸡，哈，还是烤熟了的。你怎么不吃？"李沁梅道："这是他留给我的，我舍不得吃。"冰川天女笑道："傻孩子，不吃东西，哪有气力呢。”她摸摸李沁梅的干粮袋，干粮袋早已空了，原来李沁梅整整一天，竟没有吃过东西。幸而唐经天的干粮带得很多，还带有一支长白人参，最适宜于爬山之用。李沁梅吃了一些干粮，嚼了半支人参，那半只雪鸡，却还是舍不得吃。

三人穿过了冰塔群，但见冰坡上还留有金世遗的足印，他们跟着金世遗的足印前行，再走过了冰胡同，第二日到了风窝的北坳地区，大风雪早已把金世遗的足印埋掉，三人用尽气力通过了这个地区，再走一天，珠穆朗玛峰已经在望。可是他们也都精疲力竭了。冰川天女虽然不怕寒冷，但到了这样的高度，由于缺乏氧气，一样令她觉得胸口疼痛而胀塞，呼吸十分困难。唐经天内功根基最厚，稍好一些，李沁梅则更是支持不住，但为了一个希望，她仍然坚持着，在冰川天女和唐经天的扶持下，一步步走近珠峰。

那正是雪崩过后，珠穆朗玛峰上风雪呼啸，从下面望上去，但见雪峰插云，简直是兀鹰也飞不上！

冰川天女和李沁梅仰望珠峰，心脏都几乎要停止跳动了，不约而同地想道：“金世遗怎能攀上这座高峰。呀，那定是凶多吉少的了！”但这绝望的语言，谁也不肯先说出来。李沁梅忽然低声说道：“这是第几天了？”她在冰塔群中经过一度昏迷，日子记得不大清楚，但觉得好似已过了金世遗生命的期限。冰川天女刷的一下面色变得灰白，她猛地记了起来，她们在喜马拉雅山上已过了七个白天和黑夜，那就是说早已过了期限一天一夜了！

霎时间，空气都好似冷得凝结了，众人本来都已精疲力竭，这时更觉手足酸软，丝毫也不能移动。白天又过去了，但见苍白无力的月亮，从珠穆朗玛峰上悠悠升起，良久，良久，唐经天叹了口气道：“咱们该回去啦！”李沁梅叫道：“不，我不回去！”

冰川天女凄然地看着李沁梅，正想说话，忽听得冰坡上有人叫道：“阿梅，是你来了吗？”李沁梅跳起来道：“妈妈！”抬头一看，只见冯琳笑嘻嘻地在冰坡上招手。

唐经天大喜叫道：“姨妈，你找到他了吗？”冯琳道：“找到啦！”李沁梅一下子精神抖擞，竟然跑得比冰川天女还快，先到了母亲的跟前，忽地又堕进了失望的深渊，失声叫道：“他在哪儿？”

冯琳伸手一指，道："你看。"

只见前面的冰壁上刻有几行字迹，那是一首诗，诗道："不是平生惯负恩，珠峰遥望自沉吟，此身只合江湖老，愧对嫦娥一片心。"冰壁下面还剩下几个未被风雪埋掉的拐印。

冰川天女心头沉重，只有她能稍稍理解金世遗题诗的心情，那是一种极度自尊而又极度自卑的错综复杂的感情，他终于舍掉了渴望已久的人间温暖，在这冰雪的世界中又悄悄地独自走了。

李沁梅但觉一片茫然，十分不解，叹口气道："嗯，那么，他还是走了。"冯琳道："你瞧，这几行字是他用铁剑刻出来的，如果他临死垂危，哪还有这份功力？"李沁梅心中稍稍安慰，仍是怅然地说道："可是，他还是走了！"

珠穆朗玛峰顶的月光，透过漫天风卷的冰雪，洒到众人身上，冰川映月，意境分外凄清，众人都觉心头一片寒冷。冯琳恨恨说道："这小子真是岂有此理！"忽又噗嗤一笑，道："你愁什么？只要他不死，妈总能给你把他抓回来，让你打他一顿消气。"这说话当然是故意逗女儿笑的，冯琳看了这首诗，也早已明白，金世遗乃是下了决心避开她们，再要找他，那是更不容易的了。

风雪渐渐减弱，李沁梅忽道："咦，这三个雪球怎么如此奇怪？"只见冰坡上滚下三团白色的东西，冯琳"噗嗤"一笑，道："那不是雪球，那是你的姨父、姨母，咦，还有一个人似是吕四娘！"话犹未了，那三个"雪人"已是从冰坡上滑了下来，到了珠穆朗玛峰脚，纵声长笑，拍掉身上厚厚的积雪，果然是唐晓澜、冯瑛和吕四娘。在珠峰脚下呼吸当然比上面舒畅得多，这三个人乃是当世武功最高的人物，到了下面，精神恢复，谁也想象不到，不久之前，他们是那样的困顿疲劳，在珠峰上面，几乎丧掉了性命。

冯瑛一见儿子，心花怒放，揽着冰川天女，轻轻摸抚她的秀发，笑道："你现在对我不生气了吧？"冯琳笑道："我答应过给你找一个好媳妇儿，瞧，你现在该称心满意了吧？"冰川天女羞得低下了头，想起以前将唐经天的母亲误当他的姨妈之事，不禁暗笑。真想不到天下竟有这样相似的人。记起唐经天的话，暗中留意，这才分辨出她们笑时果不相同，一个在左边面颊现出梨涡，一个却在右边。

冯琳又道："我答应你们的事已办到了，你们答应我的事呢?"唐晓澜道："怎么，你们还没有见着金世遗吗?我叫他在这里等你们的呀！要不，他就是到方今明的家中等候你们了。"冯琳道："他才不会呢，你瞧，他题的这首诗。"

唐晓澜看了题诗，黯然不语，半晌说道："真是有其师必有其徒，他的行径比毒龙尊者当年还要古怪。"将他救治金世遗的经过告诉了众人。李沁梅听了一喜一忧，喜者是金世遗的性命得以保存，而且因祸反而得福，异日必能成为武学的大师；忧者是他康复之后，还要逃走，那定是下了决心，不再回来的了。

冯琳一向游戏风尘，对什么事情都是满不在乎的样子，这一次表面上虽然也没有显露得怎样紧张，其实却是伤心之极。她好不容易才找到一个合乎自己心意、也合女儿心意的人，然而这个人却又莫名其妙地避开了她，避开了所有关心他的人。冯琳心中烦乱之极，听得唐晓澜提起毒龙尊者，突然想起了毒龙尊者那本日记，问道："那本日记你交给了金世遗了吗?"

唐晓澜怔了一怔，说道："交给他了。什么，那不是毒龙尊者的武功秘笈，而是他所写的日记吗?"

冯琳道："你没有翻看吗?"唐晓澜愠道："我怎么会翻看别人的东西?"吕四娘一直在默默地听他们谈话，这时眼睛中忽然现出光芒，道："这日记里记有什么重要的事吗?"冯琳道："怎么没有?这日记的记载，有关沿海的生灵！"

唐晓澜吃了一惊，道："怎么回事?"冯琳道："蛇岛下面，原来埋有火山，依毒龙尊者的推算，这火山的爆发可能在十年之后，只恐整个蛇岛都要化成飞灰，不但海中的生物遭逢浩劫，黄海边沿的陆地，也可能波及。只有熟悉蛇岛地形而又不畏蛇毒的人，在火山爆发之前的几个月，深入火山口，凿开通路，引来海水，让毒火慢慢宣泄，或者可以挽救这场浩劫！"

吕四娘色然而喜，笑道："如此说来，你们不必费力去找金世遗啦！"冯琳道："怎么?"吕四娘道："他看了这本日记，难道他还不明白，他自己就是最适宜于挽救这场浩劫的人！"

李沁梅道："那我宁愿他不再回来。"唐晓澜道："救困扶危，

冰川天女傳
一九八五年十一月初至十二月十九日畫

在草原上他们唱起了《流浪者之歌》……

侠者本色。何况是挽救这样的一场浩劫！而且毒龙尊者对消弭祸胎之事，既有预见，料想金世遗就是深入火窟，也未必就有性命之忧。”冯琳道：“反正他的性命也是拾回来的，就让他做这一场大功德，也可得人景仰。”

李沁梅紧蹙着的双眉渐渐开展，道：“那么我也愿他回来了，只是他肯不肯回来呢？”吕四娘道：“他的心情正自愧对世人，我瞧他一定会回去挽救这场浩劫。”李沁梅听她说得如此肯定，心情矛盾之极，但一想起火山爆发之期至少还有十年，若果是金世遗十年之后才重回中原，自己虽然可以到蛇岛去守候他，这十年漫长的时间，又怎生挨过。但事既如斯，空自焦急，也没有什么办法。

一行人等，默默下山。下山比上山容易得多，可是为了金世遗的事情，心头都蒙上一层阴影。走了三天，回到方今明的家中，龙灵娇、唐老太婆等人早已回来了，他们根本还未上到冰塔群那处的高度，空自满山搜索，当然没有发现金世遗的踪迹。

方今明听唐晓澜之劝，也随同众人下山，他离开数十年隐居的家园，心中自有无限怅惘，但想到女儿的将来，他仍是愉快地离开了故居。

众人上山下山，经过的时间不过十多天，山下的景色早已变了，这时已是暮春三月的时节，山下的冰雪已渐渐溶解，山坡上披盖着浓绿的森林，到处盛开着白色的野蔷薇，还有艳红的玫瑰和五色缤纷的杜鹃，冰川天女随手摘了几朵野花，又让它随风飘散，不时地回望珠峰，只有唐经天能稍稍理解到她心中的怅惘。

再走了两天，循着来时的路，回到喜马拉雅山下面的幽谷，但见谷中野羊奔走，尼泊尔的大军早已撤走了，清军也已撤走了，山谷中一片宁静，谁料得到不久之前，这和平宁静的山谷中曾弥漫战云？

清军还是前几天撤走的，陈天宇和幽萍却还留在山谷之中等候众人，见众人平安回来，自是欢喜，但听得金世遗失踪的消息，想起他曾救过自己的性命，也不禁黯然。

众人走出山谷，又回到阳光明媚的草原上，草原上已开始有第一批旅人，那是一群贩马的“流浪人”，来到边境做生意的。在草原上他们唱起了《流浪者之歌》：

“圣峰的冰川像天河倒挂，

你听那流冰浮动、轻轻地响——
像是姑娘的巧手弹起了东不拉。
她在问那流浪的旅人：
你还要攀过几座冰山？
经历几许风砂？
咿啦——
流浪的旅人呀，
草原的兀鹰也不能终日盘旋不下，
你们尽是走呀，走呀，走呀——
要走到哪年哪月，才肯停下你们的马？

姑娘呀，多谢你的好心好意，
只是我们没有办法回答。
你可曾见过荒漠开花？
你可曾见过冰川融化？
（你没有见过？没有见过！呀！）
那么流浪的旅人哪，
他也永不会停下！”

这《流浪者之歌》是陈天宇三年之前曾听过的，那时他初会芝娜，听了这首歌，不禁心中绞痛，回头一瞥，幽萍正用深情的眼光注视着他，这眼光足以疗治他心头的创伤。

冰川天女也曾听过这首歌，她禁不住心头颤栗，想起了金世遗的命运，难道金世遗的命运竟似这歌中流浪的旅人？回头一瞥，唐经天也正用深情的眼光注视着她，她虽然仍是心头颤栗，却感到自己的幸福了。

李沁梅是第一次听到这首歌，然而却没有人用深情的眼光注视着她。金世遗回不回来，这还是一个谜，他会不会像流浪的旅人，要等荒漠开花、冰川融化才肯停下他的马？李沁梅眼角沁出晶莹的泪珠，不敢回望珠峰，但听得那《流浪者之歌》，还是在草原上余音缭绕。

（全书完）